BIRGIT GASSMANN

Vertauschte Leben

Birgit Gassmann
ist Jahrgang 1958. Sie studierte Sonderpädagogik an der Universität Hannover. Seit 1988 lebt sie in Jordanien und leitet dort das von ihr gegründete „Center of Hope", ein Trainingszentrum für junge Erwachsene mit geistiger Behinderung. „Vertauschte Leben" ist ihr erster Roman.

Birgit Gassmann

Vertauschte Leben

Roman

Gerth Medien

MIX
Papier aus verantwortungsvollen Quellen
FSC® C014496

Verlagsgruppe Random House FSC-DEU-0100
Das für dieses Buch verwendete FSC®-zertifizierte Papier:
Enso Classic 95 liefert Stora Enso, Finnland.

1. Auflage 2013
Bestell-Nr. 816749
ISBN 978-3-86591-749-2
Umschlaggestaltung: Björn Steffens
Umschlagfoto: Shutterstock
Satz: DTP Verlagsservice Apel, Wietze
Druck und Verarbeitung: GGP Media GmbH, Pößneck
Printed in Germany

Anfang Juli

Es war der erste Ferientag, und Tim Bender öffnete sein rechtes Auge gerade weit genug, um festzustellen, ob die Sonne schon auf Oprah Winfrey stand. Sie stand noch nicht, und zufrieden schloss er das Auge wieder. Ein herrlicher Tag lag vor ihm, herrliche sechs Wochen (die letzten Sommerferien vor dem Abi). Er konnte an Geschichte denken oder auch nicht. Er konnte sich ein wenig Mathe reinziehen oder auch nicht. Er konnte seine Bewerbungsformulare durchchecken oder auch nicht. Er konnte Zukunftspläne schmieden oder auch nicht.

Noch vor Weihnachten (dem letzten Weihnachten vor dem Abi) würden sich alle seine Pläne ohnehin ändern und Tim Bender würde auf seine intelligente und sorgfältige Art anfangen, einen Mord zu planen. Aber das wusste er an diesem Sommermorgen noch nicht, und so döste er gemütlich vor sich hin. Auch seine Mutter genoss die Stille dieses Morgens. Ihr Mann war schon seit einer halben Stunde aus dem Haus, und wären keine Sommerferien gewesen, dann hätte sie schon längst den Tisch abgeräumt und mit ihrer täglichen Hausarbeit begonnen. Stattdessen saß sie vor ihrer Tasse Kaffee, las planlos dies und das in der Zeitung und freute sich auf ihren Sohn.

Tim war anders als die anderen. Er war intelligent, aber das waren auch andere seines Jahrgangs. Er sah toll aus, zumindest fanden das die Mädchen der gesamten Oberstufe, aber auch das hatte nicht allzu viel Bedeutung für Gabi Bender. Er war unglaublich musikalisch, kein Mensch wusste, von wem er diese Gabe geerbt hatte. Gabis Großvater, daran konnte sie sich noch vage erinnern, hatte gern auf der Mundharmonika gespielt. Das war aber auch die einzige musikalische Ader, die sie bei ihren Vorfahren aufdecken konnte. Und ihr Mann Gerd hatte ebenso wenig Talente in seiner Familie aufzuweisen. Gabi freute sich an dieser Gabe und daran, mit welcher Leichtigkeit ihr Sohn sie in fröhliche Stunden umsetzte. Aber auch das machte ihn noch nicht so besonders für sie.

Tim hatte noch eine ganz andere Gabe: Er hatte die Gabe, Sohn zu sein.

Es wäre Gabi nicht im Traum eingefallen, diese Ansicht irgendjemandem mitzuteilen. Sie kam in keinem der Tests vor, die in Illustrierten zu finden waren. Sie wurde in keinem Bewerbungsformular abgefragt, und sie und Tim hatten in den vergangenen Wochen weiß Gott Tonnen solcher Formulare durchgelesen. Sie wurde wahrscheinlich noch nicht einmal in der Bibel erwähnt. Allerdings konnte Gabi in dem Punkt nicht allzu sicher sein, da sie die Bibel noch nie gelesen hatte.

Aber ihr Sohn hatte diese Gabe, selbst wenn Gabi die Einzige war, die das zu bemerken schien.

Natürlich war man sich darüber einig, dass er ein ganz ausgesprochen netter Teenager war. Daran gab es nichts zu rütteln. Aber Tim war nicht einfach nur nett. Er hatte etwas an sich, das Gabi immer wieder bestätigte, dass sie Mutter war.

Sie kannte die Nörgeleien ihrer Freundinnen zur Genüge: „Ich bin für Bernd nur noch die Waschfrau."

„Ich komme mir vor, als wäre ich für meinen Sohn nichts weiter als eine Kellnerin im Restaurant – und glaub mir, egal wie gut ich koche, es ist ein Stehimbiss. Er kommt nur mal eben vorbei, stürzt sich aufs Essen und ist schon wieder verschwunden, ehe es überhaupt im Magen angekommen ist. Wofür gebe ich mir eigentlich jeden Tag diese Mühe?“

„Restaurant ist doch gar nicht so schlimm. Ich bin die Kellnerin in seiner Disco und am nächsten Tag auch noch die Putzfrau.“

„Und ich bin für meinen Herrn Sohn nichts weiter als ein Bankdirektor. Ha! Sagte ich Direktor? Bank*angestellte* bin ich, von der alleruntersten Sorte. Der Herr Sohn nennt eine beliebige Summe, und ich hab sie auszuzahlen.“

Und so weiter und so fort.

Tim war anders. Auch er nahm sich meist nicht allzu viel Zeit für die Mahlzeiten. Aber häufig endeten sie mit einem schnellen Kuss auf ihre Stirn. „Dank dir, Gabilein, total lecker.“

Auch er ließ seine schmutzige Wäsche überall in seinem Zimmer herumliegen, und alle Versprechungen, sie wenigstens bis ins Bad zu tragen, hielten immer nur wenige Tage. Aber wie oft war es schon vorgekommen, wenn sie beim Aufhängen oder Bügeln stand oder wenn sie einen Stapel sauberer Wäsche in sein Zimmer trug, dass er ihr plötzlich mit dem Handrücken über die Wange streichelte und sagte: „Ach, Muttern, du bist doch echt die Beste.“

Auch er hielt Feten in seinem Zimmer ab. Immer nur freitags, und am nächsten Morgen saß er mit müden Augen am Frühstückstisch, blinzelte seine Mutter an und sang die Songs der letzten Nacht – allerdings mit abgeändertem Text. Aus „Baby, do you wanna dance with me through the whole whole whole long night?“ wurde dann: „Mudder, do you wanna fight with me through this whole whole whole big mess?“ Und „Mudder“ lachte und gemeinsam rückten sie den Bierdosen, Pizzaresten und Kräckerkrümeln zuleibe.

Gabi liebte diese Aufräumaktionen am Samstagmorgen (auch eines der Dinge, die sie niemals vor anderen zugeben würde), und meistens endeten sie nach geschlagener Schlacht mit einem gemütlichen Klönschnack am Küchentisch.

Auch was die Finanzen betraf, schien ihr Sohn nicht anders zu sein als seine Freunde. Gleichgültig, wie oft sie eine Budgetbestimmung machten, er kam nie aus mit seinem Geld. Sein Vater würde ihm niemals über das vereinbarte Budget hinaus etwas geben. Das widersprach völlig seinen pädagogischen Prinzipien. Und interessanterweise stimmten sowohl Tim als auch Gabi darin durchaus überein mit ihm. Das hielt Tim aber nicht davon ab, bei Bedarf schon einige Tage vor Monatsende seiner Mutter zuzuzwinkern und zu fragen, ob vielleicht ein kleiner Vorschuss drin sei. Und es hielt Gabi ebenso wenig davon ab, zurückzuzwinkern und zu fragen, wie viel er denn brauche. Es hielt sich immer im Rahmen, und er zahlte es immer pünktlich am Ersten zurück – zusammen mit einer Blume oder einer Praline oder einer netten Postkarte.

Nein, beim besten Willen, sie fühlte sich bei ihrem Sohn niemals als Angestellte, Bank oder sonstwie. Sie fühlte sich als *Mutter.*

Tim, der von seiner Gabe als Sohn nichts wusste und sie wahrscheinlich deswegen so selbstverständlich und zwanglos ausübte, streckte sich noch einmal genüsslich in dem herrlichen Bewusstsein, dass er genauso gut auch noch liegen bleiben könnte, und sprang dann doch auf. Aus der Küche kam eindeutig Kaffeegeruch. Kein Grund, länger im Bett liegen zu bleiben. Er schlüpfte in seine Jeans und machte sich auf den Weg dorthin, von wo ihm der einladende Geruch entgegenströmte. Der Abstecher ins Bad, wo er sich schnell den Mund ausspülte, mit angefeuchteten Händen übers Gesicht fuhr und den Kamm einmal durchs Haar gleiten ließ, war nur ein kurzer. Ferien waren schließlich dafür da, dass man alles auch anders machen konnte als sonst.

„Moin, Muttern!“, begrüßte er Gabi, die eben die Todesanzeigen durchlas. „Irgendwelche schockierenden Neuigkeiten?“ Er zog sich den Brotkorb herüber, überlegte einige Sekunden lang und entschied sich schließlich für ein Brötchen.

„Nicht für uns, aber für eine Menge anderer Leute“, antwortete Gabi, lächelte ihm zu und reichte ihm die Thermoskanne. Sie mochte es lieber, wenn er sie „Muttern“ nannte, als wenn er „Gabi“ zu ihr sagte. Aber auch das würde sie niemals zugeben. Es klang viel zu altmodisch, und welcher 17-Jährige wollte schon eine altmodische Mutter?

„Irgendwelche Pläne für diesen Tag?“, fragte sie, während sie die Zeitung sorgfältig zusammenfaltete.

„Nichts Bestimmtes. Ich dachte an so etwas wie rumgammeln und dir auf die Nerven gehen.“

Seine Mutter lächelte. „Ich glaube nicht, dass dir das gelingen wird.“

„Welches von den beiden?“

„Wenn du mich fragst, keines.“

Tim lächelte ebenfalls. Er war tatsächlich nicht der Typ, der einen Tag nur vergammelte. Jedenfalls nicht so, wie seine Freunde es taten, indem sie einfach nur auf dem Sofa lagen und ins Leere starrten, Zigaretten rauchten, Musik hörten. Er konnte stundenlang mit dem Fahrrad durch die Felder fahren. Ohne ein bestimmtes Ziel, einfach nur atmen und treten. Aber wenn er dann nach Hause kam, hatte er nie das Gefühl, den Tag vergammelt zu haben. Er konnte auch stundenlang am Klavier sitzen, Fingerübungen, Chopin, Fingerübungen, Beethoven, Fingerübungen, eigene Kompositionen, Fingerübungen, Improvisationen. Niemals dachte er an solche Tage als „vertane“ Tage. Allerdings – als er jetzt darüber nachdachte, fiel ihm auf, dass die meisten seiner Freunde so verbrachte Zeit als genauso sinnlos betrachteten wie er Fernsehen. *Alles Ansichtssache, alles gleich richtig oder gleich falsch*, entschied er.

„Zuerst einmal“, sagte er schließlich und ließ das Messer über dem Tisch kreisen, „muss ich entscheiden, ob ich auf dieses halbe Brötchen Wurst oder Käse lege. Dann, ob ich eine Tasse Kaffee trinke oder lieber ein Glas O-Saft. Und finally, ob ich dusche oder mich nur wasche. Alles Entscheidungen, die im normalen Alltag nicht gefällt werden müssen, weil sie dem Fluch der Routine unterliegen. Womit bewiesen ist, dass die Freiheit vom Fluch der Routine uns nur in eine andere Art von Unfreiheit treibt.“

„Das Einzige, was du soeben bewiesen hast, ist, dass du zur Zeit offensichtlich keine anderen Probleme hast“, entgegnete seine Mutter lachend. „Was mich natürlich für dich freut. Und meinetwegen kannst du gerne so problemlos in den Tag gehen, wie du möchtest. Vorausgesetzt, du hackst mir nicht die Nase ab mit diesem Messer.“

Tim lachte ebenfalls, entschied sich für Käse und schlug dann vor: „Ich könnte dir ja im Haushalt helfen.“

„Wenn es dein einsames Herz erfreut, kannst du das gerne tun. Aber ich nehme an, dass du noch bessere Ideen entwickeln wirst, wenn du erst mal ordentlich gefrühstückt hast.“

„Hey, ich weiß was! Wir fahren zusammen mit den Rädern los. Picknickkorb und Strandmatte und auf in die Felder. Das finde ich spitze! ‚Er verbrachte den ersten Tag der großen Freiheit mit seiner Mutter.‘ Ich sag dir, damit gehe ich in die Schülerzeitung ein. Titelblatt, Leitartikel. Dein Sohn wird noch berühmt.“

„Davon bin ich sowieso überzeugt. Ich hatte zwar bislang eher an so etwas wie Konzerte oder Nobelpreise gedachte, aber Witzfigur in der Schülerzeitung ist auch kein schlechter Anfang."

Tim wurde einer Antwort enthoben, weil in dem Moment das Telefon klingelte und seine Mutter in den Flur ging.

Mitte Juli

Katrin schloss auf, tastete nach dem Lichtschalter und ließ die Tür dann so leise wie möglich ins Schloss fallen. Kein Licht im Flur, *special code*: „David schläft, bitte nicht aufwecken." Sie steckte kurz den Kopf durch die Wohnzimmertür und sah ihre Eltern auf dem Sofa sitzen. Ihr Vater hatte den Arm zwar um seine Frau gelegt, aber beide lasen unterschiedliche Bücher, und höchstwahrscheinlich war ihr Vater im Moment einige Tausend Kilometer und Jahre entfernt.

„Ich bin zu Hause", sagte sie gewohnheitsmäßig, und „Gut, Schatz!", antwortete ihre Mutter ebenso gewohnheitsmäßig.

In ihrem Zimmer ließ sie sich erst einmal aufs Bett fallen. Was für ein Tag! Einer von der Sorte, aus denen man mindestens drei machen könnte. *Und diese blöden Schuhe drücken, als wären sie zu klein. Wachse ich eigentlich noch, oder was?* Seufzend riss sie die Schuhe von den Füßen, ohne sie aufzuschnüren und dachte: *wahrscheinlich das Gegenteil; ich werde alt. Ich komme in die Jahre, wo man einen Mittagsschlaf braucht und abends seine geschwollenen Füße heiß baden muss. Oder kalt?*

Die nächsten zehn Minuten verbrachte sie damit, den Tag in kurzen Gedankenfetzen an sich vorüberziehen zu lassen. *Strafrechtklausur, Bank, Martinas Regenmantel wieder zurückgegeben, oh Mist, Bernd nicht angerufen, na, jetzt hab ich auch keinen Nerv mehr, Geburtstagsbrief an Sarah geschrieben, aber noch nicht eingesteckt, wo hab ich den denn bloß gelassen? Warte mal, in der Mensa geschrieben, also wahrscheinlich in die Zivilrechtmappe gesteckt. Sonst noch irgendwas?*

Weitere fünf Minuten lang dachte sie an das, was sie möglicherweise den Tag über nicht gemacht hatte, und dann hatte sie keine Lust mehr. Im Kühlschrank fand sich wahrscheinlich zurzeit Interessanteres als in ihren Hirnwindungen.

Die Tür zu Davids Zimmer stand offen, und sie lugte schnell hinein. Undeutlich konnte sie seinen Kopf auf dem Kissen erkennen, aber sehr deutlich konnte sie sein Schnarchen hören. Leise zog sie sich zurück, öffnete die Wohnzimmertür und ging hinüber zu ihren Eltern. Ihr Vater las wahrscheinlich im Buch der Könige oder in der Chronik. Er empfand eine heiße Liebe zum Alten Testament, eine Passion, die Katrin nur bedingt teilen konnte. Sie strich ihrer Mutter kurz übers Haar und drückte ihrem Vater einen flüchtigen Kuss auf die Halbglatze.

„Na, was sagt das alte Bibelbuch?"

„Dass du deinen Vater ehren und ihm eine Tasse Kakao machen sollst."

„Ach nee, in welcher Konkordanz finde ich denn ‚Kakao'?"

„In der, die ich schreiben werde, wenn ich dermaleinst mit grauen Haaren im Lehnstuhl sitze."

„Ach, Väterchen, falls du jemals mit grauen Haaren im Lehnstuhl sitzen solltest, dann danken wir alle miteinander Gott für das Wunder, dass dir in hohem Alter noch Haare gewachsen sind."

„Ich möchte wirklich wissen, wer dieses Kind erzogen hat", murmelte „Väterchen" und wandte sich – Katrin hatte ganz richtig vermutet – wieder der 2. Chronik zu.

„Wie auch immer die Antwort lauten mag", rief seine Tochter aus der Küche, „sie kommt um einige Jahre zu spät.

Schade, dass David schon schläft, ich hab ihm was Tolles mitgebracht. Hätte direkt Lust, ihn noch einmal zu wecken."

„Wage es ja nicht!", drohte ihre Mutter. „Ich bin froh, dass er endlich Augen und Mund zuhat. Der hat mich den ganzen Tag genervt."

„Ach komm, das ist nicht fair. Er ist schließlich krank. Der kann ja noch nicht einmal richtig atmen. Röchelt wie 'ne alte Dampflok. Vielleicht sollten wir doch lieber einen Facharzt kommen lassen."

„Dein Bruder hat eine Erkältung. So etwas geht im Allgemeinen vorüber, und nur in Ausnahmefällen stirbt man daran."

„Und warum geht's ihm dann so schlecht?"

Ihre Mutter seufzte. „Erstens, weil er männlichen Geschlechts ist. Männer können Schmerzen und Krankheit nur dann mit Würde ertragen, wenn es sie zu Helden macht. Und zweitens, weil er verwöhnt ist. Aber das predige ich in diesem Haus ja schon seit Jahren vergeblich, also wird es heute Abend wahrscheinlich auch niemanden interessieren."

Katrin warf rasch einen Blick ins Wohnzimmer, und Vater und Tochter sahen sich an, grinsten und verdrehten vielsagend die Augen. Sie machte sich aber gleich weiter in der Küche zu schaffen und kam schließlich mit einem Tablett ins Wohnzimmer.

„Du bist eine Rabenmutter, aber du kriegst trotzdem eine Tasse Kakao. Stärkt die Nerven." Vorsichtig setzte sie das Tablett auf dem Wohnzimmertisch ab, indem sie einen Stapel Bücher damit zur Seite schob. Wahrscheinlich alles irgendwas Geschichtliches. Ihr Vater konnte niemals einfach nur ein Buch lesen. Er brauchte nebenbei Kommentare oder einen Atlas oder was immer zum Thema passte. Deswegen brauchte er auch immer ewig lange, bis er ein Buch ganz durchgelesen hatte. Ihre Mutter war dagegen, genau wie sie selbst, eine Rekordleserin. Es war eine endlose Diskussion zwischen ihnen, ob man mehr vom Lesen hatte, wenn man ein Buch verschlang oder wenn man es in kleine Häppchen aufteilte und mit Anhangsliteratur würzte.

An diesem Abend allerdings war niemandem nach langen und erfahrungsgemäß fruchtlosen Diskussionen. Katrin schob die „Anhangsgewürze", wie sie sie immer nannte, achtlos auf die Seite, goss drei Tassen voll Kakao und ließ sich dann in einen Sessel fallen.

Ihr Vater legte sein Buch auf den Schoß. „Wie war Strafrecht?", fragte er und schlürfte vorsichtig an dem heißen Getränk.

„Nächste Frage", gab Katrin zur Antwort.

„Was war so schwierig?", wollte ihre Mutter wissen.

„Alles, und wie war dein Tag?"

Diesmal war es ihre Mutter, die grinste und ihr Buch auf den Schoß fallen ließ. „Na, sagen wir mal so: Wenn ich Zensuren drauf kriegen würde, wäre ich wahrscheinlich durchgefallen."

Katrin zwinkerte ihr müde zu. „Willkommen im Club!"

Sie schwiegen eine ganze Weile, aber weder ihr Vater noch ihre Mutter nahmen ihr Buch wieder auf. Katrin hatte die Augen geschlossen. Sie brauchte sie auch nicht zu öffnen, um zu sehen, was sich vor ihr abspielte: ein ganz normaler Abend. Ihre Eltern saßen auf dem Sofa, lasen oder sahen fern, diskutierten irgendwas oder hingen einfach nur ab. Häufig Letzteres. Ihre Tage waren üblicherweise chaotisch, fingen morgens um 6:00 Uhr an und ließen meist nicht den geringsten Spielraum für irgendwelche spontanen Ideen. Die ungeplanten Ereignisse, die trotz aller Vorsichtsmaßnahmen fast täglich auf sie einströmten, sorgten dafür.

Katrin liebte ihre Eltern, aber sie war sicher, dass sie mal ein ganz anderes Leben führen würde. Spannender, gleichzeitig aber weniger hektisch. Vor allen Dingen weniger von anderen gelebt. *Ich werde mein eigenes Leben leben, nicht das, was andere mir jeden Tag diktieren.*

Eines allerdings würde sie übernehmen: die 21:30-Uhr-Deadline. Das war die großartigste Erfindung, die ihre Eltern gemacht hatten, und sie bewunderte sie für die Konsequenz, mit der sie sie durchzogen. Egal, wie hektisch ein Tag auch war, egal, wie viel Arbeit noch anlag, egal, welcher Druck auf ihnen lastete – um 21:30 Uhr ließ jeder alles fallen, was er in den Händen hatte, fand sich im Wohnzimmer ein, und ein ungeschriebenes Gesetz verbot ab dann die Erledigung irgendwelcher Arbeiten, gleichgültig, wie dringend sie sein mochten. Es wurden auch keine Telefongespräche mehr angenommen. Eigentlich kamen auch kaum welche. Jeder, der die Liegers kannte, wusste, dass ihr offizieller Tag um 21:30 Uhr endete. Ein privater Code – zweimal klingeln lassen, auflegen, wieder anrufen – wurde nur von Katrin benutzt, falls sie ihren Eltern noch mitteilen wollte, wenn sie später als geplant nach Hause kommen würde. Aber auch das kam nur sehr selten vor.

„Wenn du um viertel vor zehn weißt, dass du später nach Hause kommst, weißt du es auch um zwanzig nach neun", hatte ihr Vater gesagt und natürlich hatte er recht. Im Übrigen schätzte Katrin die ruhigen Abende selbst viel zu sehr, als dass sie sie ohne triftigen Grund unterbrechen würde.

Im ersten Semester hatte sie ihren Eltern verkündet, dass sie nun als Studentin ihre Zeit ganz anders einteilen könnte und wollte und durchaus gedachte, auch an den Abenden zu studieren. Ihre Eltern hatte das völlig kalt gelassen.

„Solange du deine Bücher nicht ins Wohnzimmer schleppst und uns mit irgendwelchen Rechtsfragen nervst, kannst du meinetwegen die ganze Nacht studieren", war Mutters einziger Kommentar gewesen.

Es hatte nur ein Semester angehalten. Katrin war ebenso wie ihre Eltern und ihr Bruder ein Frühaufsteher und nur in ganz besonderen Ausnahmesituationen nachtaktiv. Und das Boheme-Feeling, das sie erwartet hatte, hatte sich auch nicht eingestellt. Ehe sie es selbst recht merkte, verbrachte sie die letzte Stunde des Tages wieder mit ihren Eltern im Wohnzimmer. Füße auf dem Tisch oder Kopfstand, Wein oder Kakao, etwas knabbern oder noch richtig kochen – alles war erlaubt außer arbeiten.

David schlief dann meist schon. Er war der verrückteste Frühaufsteher, den Katrin kannte. Sie hatte einen leichten Schlaf und hörte ihn manchmal um 4:00 Uhr morgens schon. Was er machte, wusste sie nicht. Um diese Zeit war sie viel zu müde, um es auskundschaften zu wollen. Vielleicht holte er sich ein Buch, ein Spiel, etwas zu knabbern aus der Küche. Aber er war sehr rücksichtsvoll (jedenfalls morgens; später am Tag änderte sich das manchmal) und weder Katrin noch die Eltern fühlten sich jemals gestört von seinen morgendlichen Erkundungen im Haus.

In den letzten Tagen war das anders gewesen. Er hatte eine wirklich eklige Erkältung und sein gesamter Schlaf-Wach-Rhythmus war durcheinander. Jede Nacht hörte sie ihn mindestens vier- bis fünfmal rufen. *Zu kalt, zu warm, Durst, Hunger, kann nicht schlafen.* Bevor Katrin wach genug war, um zu entscheiden, ob sie auf sein Rufen reagieren sollte, hörte sie meist schon ihre Mutter.

Wie es ihm tagsüber ging, wusste sie eigentlich gar nicht. Meistens kam sie erst nach Hause, wenn er schon schlief.

„Ich hab's mir überlegt", sagte sie, als sie mit ihren Gedanken so weit gekommen war, „du bist doch keine Rabenmutter."

„Das freut mich zu hören."

Die 21:30-Uhr-Deadline ist doch nicht ihre beste Erfindung, dachte Katrin. *Ihre beste Erfindung sind David und ich.*

Viel, viel später

Das war ein interessanter Fall gewesen damals. Nicht so sehr medizinisch, obwohl wir natürlich alle gebangt haben. Wie man eben bangt, wenn man als Chirurg nicht versagen will und gleichzeitig weiß, dass man alles getan hat, was in seiner Macht steht. Juristisch war es in jedem Fall spannend. Man glaubt gar nicht, wie viele Dinge es gibt, über die man sich noch nie Gedanken gemacht hat. Aber am interessantesten war natürlich der menschliche Aspekt. Nichtssagender Ausdruck. Sagen wir mal, der psychologische. Oder philosophische? Ich neige fast dazu, ihn theologisch zu nennen, aber die Theologen sind immer gleich so extrem in ihren Argumentationen. Na ja, vielleicht sind es auch die Nicht-Theologen. Jedenfalls war es ein Fall, den man nicht so schnell wieder vergisst.

Monate davor

Tim hatte echte Probleme mit der Berufswahl. Viele seiner Mitschüler wussten nicht, was sie mal werden wollten. Tim hingegen wusste bei der Fülle spannender Berufe einfach nicht, was er *nicht* werden wollte. „Erfinder" zum Beispiel hatte er schon fast abgewählt, obwohl er immer wieder einmal damit liebäugelte. Eine seiner Erfindungen nahm immerhin fast zehn Quadratmeter ein.

Andere Leute hatten eine Wanduhr, Tim hatte eine Uhrwand erfunden. Leider funktionierte sie nur in bestimmten Monaten und auch nur bei Sonnenschein. Dafür war sie mit einem Minimum an Materialaufwand entstanden. Einfach nur ein paar Poster, strategisch günstig angebracht. Die ersten Sonnenstrahlen, die morgens durch sein Fenster fielen, beschienen nur die nackte Wand. Aber nicht lange. Als Erstes fielen sie auf das Oprah-Winfrey-Poster, als Nächstes auf Einstein. Tim liebte den alten Albert, aber geweckt werden wollte er lieber von Oprah. Auf Albert Einstein folgten die Beatles, dann Beethoven, und den Abschluss bildete schließlich Rembrandt. Natürlich war immer ein gleich breiter Abstand zwischen den Postern, sonst hätte man ja nicht ausmachen können, wann es zwanzig nach oder viertel vor war. Zehn nach Beethoven verschwand die Sonne in diesen Tagen hinter dem Stamm der alten Kastanie vor seinem Fenster, und nur die Angst vor einer Auseinandersetzung mit Greenpeace hatte Tim bislang davon abgehalten, diesen altehrwürdigen Baum zu fällen, um einmal im Sommer um halb Rembrandt an seinem Schreibtisch zu sitzen oder ein Buch zu lesen oder sonst irgendetwas zu tun.

Natürlich wäre es ein Einfaches gewesen, die Poster auszutauschen und auf diese Weise alles Erdenkliche um halb Rembrandt, zwanzig vor Rembrandt oder viertel nach Rembrandt zu erledigen. Aber es erschien Tim nicht fair, nur um eines lächerlichen Wunsches willen die anderen in den Schatten zu setzen. (Er hatte es Rembrandt erklärt, und der hatte keine Einwände erhoben.) Im Übrigen liebte Tim unerfüllte Wünsche eigentlich genauso wie erfüllte. Die unerfüllten ließen einen großen Spielraum an Überraschungen zu. Schließlich wusste man nie, was aus unerfüllten Wünschen noch alles werden konnte, während die erfüllten ja doch abzuhaken waren.

„Die Beatles zwischen Einstein und Beethoven zeugen von seltsamen Windungen in deinem Gehirn“, hatte sein Vater bemerkt, als Tim die Poster aufgehängt hatte.

„Die Beatles zwischen Einstein und Beethoven zeugen von meinem eisernen Willen zur Disziplin“, hatte Tim ihm entgegnet. „Ich will doch lieber mit Einstein als mit den Beatles aufstehen, also zwinge ich mich so ganz nebenbei zu Pünktlichkeit.“

Ende Juli

David saß in seinem Zimmer auf dem Fußboden und legte ein Puzzle. Einer sehr freundlich aussehenden Katze fehlte noch der Schwanz, die Vorderpfote und eines ihrer Jungen. Die Tür zu Davids Zimmer stand offen, aber Rolf klopfte trotzdem an. David sah von seiner Arbeit auf und lächelte, als er seinen Vater sah. Er klopfte einladend neben sich auf den Boden, und Rolf setzte sich auf den Teppich.

„Sieht gut aus“, sagte er und deutete auf das Puzzle. „Brauchst du Hilfe?“ David schüttelte den Kopf, schmunzelte dann und reichte seinem Vater die Vorderpfote. Rolf schmunzelte ebenfalls, ließ die Vorderpfote über dem Puzzle kreisen, ahmte die Geräusche eines Helikopters nach und ließ das Teil dann sanft und zielgenau auf seinem Platz landen. David nahm das Katzenjunge, ließ es über dem Puzzle kreisen und mit Motorengebrumm landete es ebenso sanft und ebenso zielgenau auf seinem Platz. Er überließ das letzte Teil seinem Vater.

Ein Beobachter hätte nichts weiter gesehen als einen behinderten Teenager, der sich wie ein kleines Kind verhielt. Rolf und David wussten es besser: Sie tauschten Erfahrungen aus.

Der Hubschraubersuchtrupp war 7 Jahre zuvor für beide,

Vater und Sohn, die Lieblingsbeschäftigung gewesen. Mit seiner Hilfe hatten sie Puzzles gelegt, Farben, Formen, Mengen zugeordnet, eklige Medizin geschluckt und ihre Lieblingsblumen aus dem Katalog ausgesucht.

Und dann das letzte Puzzleteil. Es war zeitweise fast ein Zankapfel gewesen zwischen Mona und Rolf.

„Lass ihm doch die Freude, das letzte Teil zu legen", hatte Mona immer wieder gesagt, wenn David wütend auf den Tisch schlug oder sogar das ganze Puzzle auf den Fußboden schleuderte, weil sein Vater das letzte Teil in der Hand hielt und damit das Werk vollendete.

„Aber doch nicht jedes Mal!", hatte Rolf sich gewehrt. „Er kann doch auch mal anderen den Vortritt lassen. Was soll denn dieses Theater?"

„Er muss doch erst lernen, zu teilen und Rücksicht zu nehmen", hatte Mona eingewendet.

„Na eben!", hatte Rolf triumphiert. „Genau in diesem Moment lernt er es."

Als David jetzt lächelnd beobachtete, wie sein Vater das letzte Puzzleteil einlegte, war es, als wollte er sagen: „Siehst du, Paps, ich hab's gelernt."

David hatte ein untrügliches Gespür für Ehrlichkeit. Fast unabhängig vom Vokabular, das man benutzte, hörte er jedem aufmerksam zu, der mit ihm sprach. Und jeder, der die Liegers kannte, sprach mit David. Jeder wusste, dass sie ihren Sohn weder versteckten noch verleugneten, dass sie mit ihm sprachen, als wäre er normal, und dass sie dasselbe auch von jedem anderen erwarteten. Also sprachen sie mit ihm, als wäre er normal.

Was allerdings kaum jemand wusste, war, dass David seiner Familie vieles über ihre Freunde sagte. Ohne Worte. Einfach nur mit seiner Reaktion. Oder Nichtreaktion.

„Na, mein Junge, wie geht es dir?“, fragte vielleicht einer der nettesten Nachbarn. Und David sah ihn freundlich, aber völlig teilnahmslos an.

„Na, Kumpel, was macht die Kunst des Überlebens?“, fragte vielleicht einer der schnodderigsten Freunde aus Katrins Klasse, und David strahlte übers ganze Gesicht, wedelte mit seinen Armen und führte einen Stepptanz auf den Fußstützen seines Rollstuhls auf.

Seine Eltern und seine Schwester brauchten meist sehr viel mehr Zeit, um herauszufinden, wer David wirklich ernst nahm und wer sich nur höflich bemühte. David hatte sie schon mehr als einmal durch seine Menschenkenntnis mit den erstaunlichsten Leuten zusammengebracht. Das markanteste Beispiel war natürlich Professor Weingarten. Er lehrte „Geschichte des Instrumentenbaus“ und war der langweiligste Redner, den Rolf Liegers jemals gehört hatte. Sämtliche Studenten stöhnten oder machten ihre Witze über ihn, und Rolf konnte es ihnen beim besten Willen nicht verdenken. Auch im Kollegium war dieser Mann so steif und unnahbar, dass niemand etwas mit ihm anzufangen wusste. Rolf konnte sich nicht erinnern, ihn jemals im Gespräch mit irgendeinem der Kollegen gesehen zu haben. Er selbst hatte jedenfalls noch nie mehr als ein „Guten Tag“ und „Auf Wiedersehen“ mit ihm gewechselt.

Einer alten Tradition des Musikfachbereiches folgend gaben die Studenten an jedem Montag nach dem ersten Advent ein Konzert für ihre Lehrer. Sie studierten es allein ein, und das Kollegium der Hochschule hatte nie herausfinden können, wo sie dafür übten. Allerdings gab sich auch niemand Mühe, es herauszufinden, denn die Vorführung war wirklich jedes Mal eine gelungene Überraschung in ihrer Mischung aus klassischen und modernen Stücken und Instrumenten.

Nach einer ebenso alten Tradition traf sich das Kollegium

an eben diesem Montag dann immer abends zu einem festlichen Dinner außerhalb der Stadt. Im letzten Jahr hatte Rolf zufällig neben Kollege Weingarten gestanden, als der mit der Werkstatt telefonierte und erfuhr, dass sein Wagen noch nicht fertig sei.

„Sie können gerne mit mir mitfahren", hatte Rolf ihm angeboten. „Sagen Sie mir nur, wo Sie wohnen, und ich hole Sie ab."

Natürlich hatte Kollege Weingarten abgelehnt, er wolle doch dem Herrn Professor Liegers nicht zur Last fallen. Nach einigem Hin und Her hatte man sich schließlich darauf geeinigt, dass Weingarten mit dem Taxi zu Liegers' Wohnung kommen und die beiden von dort aus gemeinsam zum Restaurant fahren würden.

Weingarten war eine Viertelstunde zu früh erschienen und Rolf hatte ihn gebeten, einen Moment im Wohnzimmer zu warten. Dort hatte David auf dem Teppich gesessen und aus Lego eine Garage gebaut.

„Guten Abend", hatte Weingarten höflich gegrüßt, und dann, nachdem er David einen Augenblick zugesehen hatte, gefragt: „Stört es Sie, wenn ich Ihnen Gesellschaft leiste?" (David war 16 Jahre alt gewesen, aber die meisten Menschen redeten ihn mit Du an.) David hatte ihm zugelächelt und einladend neben sich auf den Teppich geklopft. Mona hatte die Szene aus der Küche beobachtet und sich gefragt, was wohl weiter geschehen würde.

Nichts weiter geschah. Rolf, der inzwischen in seinen besten Anzug geschlüpft war, aber die schwarze Schuhcreme nicht finden konnte, um seine besten Schuhe auf Hochglanz zu bringen, kam auf Socken ins Wohnzimmer gerutscht und sah seinen Sohn und seinen Kollegen vergnügt gemeinsam an der Legogarage arbeiten. Fünf Minuten später war er „an Kopf und Füßen auf Hochglanz poliert", wie ihn seine unmögliche Tochter immer aufzog, und entschuldigte sich bei Weingarten für die Verspätung.

„Kein Anlass zu Entschuldigungen", versicherte ihm der etwa 60-Jährige, während er sich etwas mühsam auf die Sessellehne stützte und versuchte, sich auf seine steif gewordenen Beine zu stellen. Es gelang ihm schließlich und er reichte David die Hand. „Hat mich gefreut, Sie kennenzulernen."

David reichte ihm ebenfalls die Hand und strahlte ihn an. „Dasehn", sagte er dabei, was „Auf Wiedersehen" hieß und sehr, sehr selten zu Fremden gesagt wurde.

Mona war neugierig geworden. Als Rolf spät nachts nach Hause kam (traditionsgemäß wurden an diesem Abend die Ehepartner nicht mit eingeladen), fragte sie ihn nach Weingarten aus. „Ich denke, das ist so ein langweiliger Typ!"

„Ist er auch", antwortete Rolf müde, band sich seine Krawatte ab und betrachtete den Sahnesoßenspritzer, den er sich von dem Dinner mit nach Hause genommen hatte.

„Und warum hat David ihn dann so herzlich begrüßt und verabschiedet?"

„Weil er ein höflicher Mensch ist."

„Aber kein Heuchler. Er würde ihn bestimmt nicht einladen, neben ihm zu sitzen, wenn er einfach nur ein langweiliger Typ wäre. Kennst du ihn denn überhaupt richtig?"

„Meinen Sohn? Natürlich kenne ich meinen Sohn richtig."

„Ach Quatsch, ich meine Weingarten. Überleg mal genau: Wie gut kennst du ihn wirklich?"

Rolf stöhnte leise. Er hatte soeben den Kampf mit seinen Schnürsenkeln verloren und sie hoffnungslos ineinander verknotet. Resigniert riss er sich seine Schuhe von den Füßen und fiel auf sein Bett. „Sag mal, Schatz, muss ich mir unbedingt jetzt Gedanken über Weingarten machen? Ich habe eine

Portion Hirschragout zu viel im Magen, ein Glas Wein zu viel im Blut und mindestens tausend Kubikmeter Rauch zu viel in der Lunge. Ich frage mich: Misst man Rauch überhaupt in Kubikmetern?“

An diesem Punkt gab Mona auf und verschob das Kreuzverhör auf später.

Erst am Wochenende fanden die beiden Zeit und Gelegenheit, mit David spazieren zu gehen, und dabei fiel Mona der Besuch des Herrn Professor Weingarten wieder ein.

„Mal ganz ehrlich, Rolf, irgendwie wundert's mich, dass David sich so bestens verstanden hat mit einem Menschen, von dem alle sagen, dass er ein Langweiler ist.“

Sie beugte sich zu ihrem Sohn, der gerade mit größtem Interesse verfolgte, wie sich vor ihm einige Kinder gegenseitig mit den letzten Schneeresten einrieben, die sie von den Autodächern zusammenkratzen konnten.

„Erinnerst du dich noch an Herrn Weingarten?“, fragte sie ihn. „Den alten Mann, der uns letzten Sonntag kurz besucht hat?“

David sah sie unsicher an. Offensichtlich musste er erst entscheiden, ob er sich wirklich von den Kindern vor ihm trennen wollte.

„Ihr habt zusammen was aus Lego gebaut, und dann bin ich mit ihm weggegangen“, half sein Vater aus.

Jetzt schien David sich zu erinnern. „Dasehn“, strahlte er und nickte heftig mit dem Kopf.

Nun allerdings war auch Rolf verblüfft. David äußerte nur sehr selten den Wunsch, jemanden wiederzusehen. Meistens war er ganz zufrieden damit, morgens seine Mitschüler und Lehrer zu sehen, und die Nachmittage zu Hause oder mit Uwe zu verbringen.

Sie kamen an eine Stelle, an der ein großer Schneehaufen

geduldig darauf wartete, von der Sonne weggeleckt zu werden, und Mona und Rolf mussten beide den Rollstuhl anfassen, um über dieses Hindernis zu kommen. Als sie es bewältigt hatten und wieder genügend Platz war, um nebeneinander zu gehen, fragte Mona: „Warum laden wir ihn nicht einfach für morgen Nachmittag zum Kaffeetrinken ein?"

„Bisschen kurzfristig, findest du nicht?"

„Ist doch egal. Absagen kann er ja immer noch, und dann machen wir was für nächste Woche aus."

„Meinetwegen."

Sie hatten ihn eingeladen, er hatte nicht abgesagt, brachte einen leckeren Stollen mit und war, wenn auch nicht gerade ein großartiger Unterhalter, so doch zumindest nicht ganz so langweilig wie üblicherweise an der Uni. Mit David, der diesmal in einem Bilderbuch blätterte, hatte er sich jedenfalls sehr zwanglos unterhalten. Seine Kommentare zu den Bildern waren einfach, aber nicht albern, und ihr Abschied nach eineinhalb Stunden Besuch genauso herzlich wie beim ersten Mal.

Katrin hatte zwischendurch mal hereingeschaut und war ebenso wie ihre Eltern durchaus beeindruckt davon, dass David diesen faden und scheuen Mann offensichtlich ins Herz geschlossen hatte.

In den kommenden Monaten hatten sie ihn noch ab und zu eingeladen, und eines Tages hatte er angefangen, von seiner Kindheit zu erzählen. Er kam aus einfachem Hause und war nie gern in die Schule gegangen. Aber schon als Dreijähriger hatte er aus allem, was ihm zwischen die Finger kam, Musikinstrumente gebastelt: Rasseln und Trommeln, Xylophone und Saiteninstrumente. Dem unscheinbaren Knirps gelang es, einfach allem, was er zusammensteckte, -klebte oder -schraubte, zum Schluss Töne zu entlocken.

Musikinstrumente waren seine große, seine einzige Liebe. Der 10-Jährige machte sich nichts aus Fußball, der 15-Jährige nichts aus Mädchen. Er hasste die Schule und die Schule hasste ihn. Aber er wollte Instrumentenbauer werden, und dafür brauchte er das Abitur. Er schaffte es mit Ach und Krach und höchstwahrscheinlich nur, weil keiner seiner Lehrer Lust hatte, diesen unwilligen Schüler noch ein weiteres Jahr zu ertragen. Der Einzige, der ihm nachtrauerte, war sein Werklehrer gewesen. Weingarten war der begabteste Tüftler, der ihm je begegnet war. Und wenn auch seine ganze Liebe den Musikinstrumenten galt, so war er doch durchaus auch bereit, sich anderen kniffligen Aufgaben zu stellen.

„Der Junge hat goldene Hände", war das Urteil seines alten Werklehrers gewesen, Schmiede hieß er, der einzige Name, an den sich Weingarten noch erinnern konnte.

„Na ja, zehn Jahre später hatte ich dann wirklich goldene Hände."

Die Träume des jungen Abiturienten hatten sich nicht erfüllt. Ein Jahr nach dem Abitur hatte er zum ersten Mal Schmerzen in den Händen verspürt, ein weiteres Jahr später waren sie vom Rheuma so steif und geschwollen, dass er mehr als einmal schreiend von seinem Arzt verlangt hatte, er solle sie lieber amputieren. Natürlich tat der Arzt das nicht, stattdessen verschrieb er Schmerzmittel, Packungen, Übungen, Massagen, noch mehr Schmerzmittel. Und dann, nach ein paar Jahren, fingen sie an, Gold zu spritzen, die erste Therapie, die wirklich etwas zu nützen schien, und ganz allmählich konnte der junge Mann seine Finger wieder einzeln bewegen.

„Ich war Mitte zwanzig, mein Körper war vollgepumpt mit Schmerzmitteln und inzwischen auch mit Gold, mit meinen Händen konnte ich nichts anfangen und das Einzige, wovon ich irgendeine Ahnung hatte, war Musikinstrumentenbau. Ich wusste alles darüber, es waren die einzigen Bücher, die ich je gelesen hatte, die einzigen Fernsehsendungen, die mich je interessiert hatten. Aber nun konnte ich selbst kaum noch eine Feile anfassen. Also habe ich mich entschieden zu lehren. Was hätte ich denn sonst machen sollen, ich wusste ja nichts anderes. Ich hab das Studium nachgeholt und die Dozenten zur Weißglut getrieben, weil ich sie ständig verbessert habe. Aber ich musste ja irgendwas Offizielles vorweisen können. Und nun sehen Sie mich an: Dreißig Jahre später bin ich Professor, ich weiß alles über Instrumentenbau, aber ich kann's meinen Studenten nicht beibringen. Nicht mit dem Mund. Mit den Händen könnte ich es, das müssen Sie mir glauben. Aber ich bin kein Redner. Sie tun mir so leid, die Studenten, die sich durch meine Vorlesungen langweilen müssen."

Rolf hatte etwas betroffen geschwiegen. Es war ihm nie in den Sinn gekommen, dass Weingarten sich seiner Wirkung auf seine Zuhörer bewusst war. Mona, ebenfalls etwas verlegen, hatte Kaffee nachgeschenkt, um die peinliche Stille zu überbrücken, die plötzlich entstanden war. David war auf dem Fußboden herangerutscht, hatte die Hand des älteren Mannes ergriffen und sie ganz zärtlich an seine Wange gedrückt. Es war seltsam mit ihm: Er hatte manchmal so starke Koordinationsschwierigkeiten, dass er kaum seine Zahnbürste zum Mund führen konnte. Aber wenn er Gefühle ausdrücken wollte, hatte er seine Motorik ganz klar unter Kontrolle.

Eine ganze Zeit lang saßen sie einfach nur so da, David an Weingartens Knie gelehnt, Weingartens Hand gegen Davids Wange gedrückt. Plötzlich rollten dem älteren Mann Tränen über die Wangen. Er wischte sie nicht weg, sie liefen einfach so herunter und tropften auf sein Jackett.

„Ich hab' mir auch nie Mühe gegeben, etwas über Redestil, Vortraghalten oder so zu lernen", fuhr er leise fort. „Hätte ich ja machen können. Dafür gibt's schließlich auch Kurse. Aber ich war so wütend, dass ich das, was ich am besten konnte, nicht machen durfte. Ich wollte einfach nichts anderes. Verstehst du das?“ Er sprach jetzt David an (nach einigen Wochen ihrer Bekanntschaft war er zum Du übergegangen), und David lächelte ihm zu. „Wenn es überhaupt jemand versteht, dann du. Bist du niemals wütend, dass du nicht alles tun kannst, was du möchtest?“

Mona und Rolf hielten den Atem an. Es kam nicht häufig vor, dass jemand sich in dieser Weise mit David unterhielt.

David atmete einmal tief durch, dann wendete er seinen Blick von dem alten Professor zu seinen Eltern, lächelte ihnen zu und drückte dabei die Hand des Mannes neben ihm noch ein wenig fester. „Mama. Papa. Katka“, sagte er und ließ keinen Blick von seinen Eltern.

Rolf presste die Lippen zusammen und wusste nicht, wo er hinschauen sollte; Mona schluckte und lächelte ihren Sohn fast scheu an. Professor Weingarten streichelte David über den Kopf.

„Du bist weiser als ich“, sagte er leise. „Du freust dich einfach an dem, was du hast. Wenn ich das vor vierzig Jahren auch getan hätte, wäre ich heute vielleicht nicht so ein griesgrämiger alter Mann.“

Anfang August

„Kannst du mir mal erklären, wieso andere Väter ihre Söhne schon vor dem achtzehnten Geburtstag fahren lassen und du nicht?“

„Wenn ich den Eindruck hätte, dass du's nicht verstehst, würde ich es dir wahrscheinlich erklären“, meinte Gerd Bender und seufzte. „Aber den hab' ich durchaus nicht, also spare ich mir den Atem."

Tim murmelte irgendwas von „Sparen am falschen Platz", ließ das Thema aber fallen. Es war zwecklos, und da er in diesem Punkt seine Mutter ausnahmsweise nicht auf seiner Seite hatte, war die ganze Angelegenheit doppelt zwecklos.

„Du warst großartig", sagte seine Mutter.

„Ja, so großartig wie du im Thema wechseln", antwortete Tim nur.

Gabi Bender kniff die Lippen zusammen und schwieg. Musste dieser schöne Abend jetzt im Streit enden? Aber Tim klopfte ihr schon von hinten auf die Schulter. „Entschuldige, Muttern, das war eine blöde Bemerkung. Schön, dass es dir gefallen hat."

„Mir hat's auch gefallen", sagte sein Vater und betrachtete Tim im Rückspiegel. „Du bist ein großartiger Klavierspieler. Und du wirst wahrscheinlich mal ein ebenso großartiger Autofahrer, wenn du deinen Führerschein hast. Aber solange du den noch nicht hast, fährst du eben nicht. Jedenfalls nicht mit meiner Erlaubnis. Sorry, Sir."

„Don't worry, Sir", antwortete Tim und lachte. Es war wirklich zu blöd, sich mit so etwas den Abend zu verderben. Es war nämlich tatsächlich ein ausgesprochen schöner Abend gewesen. Ein Kollege seines Vaters hatte sie zum Abendessen eingeladen, und rein zufällig stand ein Klavier im Salon, und man hatte gehört, dass der junge Mann recht ordentlich spielen könne, und ob er denn nicht vielleicht Lust hätte …

Dieser Kollege verstand wenigstens etwas von Musik und hatte einige Stücke sogar vierhändig mit Tim mitgespielt. Tim konnte solche Abende eigentlich normalerweise nicht mehr ausstehen. Es waren meistens die etwas höheren Typen in der Bank, die seinen Vater sowie „die werte Frau Gemahlin und den Herrn Sohn" zu einem „leichten Dinner" einluden. Das „leichte Dinner" war dann immer eine Abendgesellschaft von 20 bis 50 Personen, und immer stand ganz zufällig irgendwo ein Klavier an strategisch wichtiger Stelle. Es hatte sich längst in der Bank herumgesprochen, dass Kollege Bender einen ausgesprochen begabten Sohn hatte.

Als Tim 10 Jahre alt gewesen war, hatten sie – tatsächlich ganz zufällig – einen der Bankdirektoren im Musikhaus Brinkmann getroffen. Tim und sein Vater wollten eigentlich nur ein paar Noten kaufen, aber Tim nutzte die Gelegenheit gerne, um alle Klaviere auszuprobieren. Und der alte Brinkmann hatte seine Freude an dem Knirps, der schon seit Jahren immer wieder einen Grund fand, sein Geschäft aufzusuchen und sich durch die verschiedenen Klaviere hindurchzuarbeiten.

Der Junge war gerade in Chopins *Nocturne Nr. 19 in e-moll* vertieft, als ein Kunde, besagter Bankdirektor Darndorf, in das Geschäft kam und ganz fasziniert dem jungen Künstler zuhörte. Die drei Männer applaudierten kräftig, als das Stück endete, und der kleine Tim verbeugte sich, warf Kusshändchen in eine nicht vorhandene Menschenmenge und versprühte auch ansonsten so viel Charme, dass Kunstliebhaber Darndorf gar nicht anders konnte, als ihn ein wenig auszufragen. Es stellte sich heraus, dass er den Vater, Herrn Bender, nicht kannte, aber das war verzeihlich bei 75 oder 80 Angestellten. Unverzeihlich dagegen war, dass dieser kleine „Teufelskerl" (dabei klopfte er Tim auf die Schulter) sein Talent vergeudete, indem er für alte schwerhörige Männer (dabei klopfte er seinem Freund Gerhard Brinkmann auf die Schulter) spielte anstatt für die wahren Liebhaber klassischer Musik. Direktor Darndorf notierte sich Namen und Zweigstelle seines Angestellten, und drei Wochen später brachte die Post eine Einladung zu einem „leichten Dinner für Herrn Bender sowie seine werte Frau Gemahlin und ihren reizenden Sohn, dessen künstlerisches Talent zu bewundern ich vor einiger Zeit die Ehre hatte".

Tim hatte sich damals halb kaputtgelacht über diesen Ausdruck, aber seine Eltern waren ernsthaft beeindruckt gewesen. Er bekam einen neuen Anzug vor dem Abend, was ihn nicht sonderlich erfreute, und nach dem offensichtlich gelungenen Auftritt eine neue Uhr, was ihn nun allerdings sehr erfreute.

Danach wurde „der kleine Bender" in den Direktorenkreisen als Geheimtipp gehandelt. Sein Vater war einer der mittleren Angestellten, ordentlich und zuverlässig, seine Mutter eine ruhige, intelligente Frau – kein Grund also, die Familie nicht hin und wieder zu gesellschaftlichen Abenden zu laden.

Gerd Bender war sich natürlich darüber im Klaren, dass die gewisse Popularität, die er von da an in der Bank genoss, nicht auf seine Leistungen zurückzuführen war, sondern auf die seines Sohnes. Aber da er sich seiner eigenen Leistungen auch nicht zu schämen brauchte – er war verantwortungsbewusst, ehrlich, tüchtig –, sah er keinen Grund, die Ehren abzulehnen, die ihm aufgrund seines Sohnes zukamen.

„Schließlich", so argumentierte er, „habe ich die Musikstunden bezahlt, mir jahrelang das Gedudel anhören müssen, bevor der Herr Sohn sich entschied, ein Genie zu werden, und auf meinen wohlverdienten Norwegenurlaub verzichtet, um dieses *ganz wunderherrliche Piano* zu erstehen, in das Tim sich so unsterblich verliebt hatte. Wenn man mir jetzt also auf die Schulter klopft und mir zu meinem Sohn gratuliert, dann weiß ich jedenfalls, welchen Anteil ich daran hatte und habe."

Mutter und Sohn grinsten, wenn diese kleine Rede gehalten wurde – was so etwa zwei- bis dreimal im Jahr vorkam.

Meistens genossen sie alle miteinander diese Abende, und wenn sich überhaupt keine passenden Gesprächspartner für Gabi fanden, konnte sie sich immer noch in gemütliche Kissen zurücklehnen, ihrem Sohn beim Spielen zuhören oder Ideen sammeln, wie man ein Büfett kunstvoll ausrichtete.

Gabi hatte den Eindruck, als wären diese Dinnerabende die Aushängeschilder der Gastgeber. In den ersten Monaten, es war nach der zweiten oder dritten Einladung, die sie bekommen hatten, wurde sie irgendwann einmal von Panik erfasst: Mussten sie diese Einladungen nicht irgendwie erwidern? Aber es war völlig unmöglich für sie, einen auch nur annähernd ähnlichen Stil anzubieten. Sie hatten weder das Geld noch die Kenntnisse noch überhaupt genügend Raum in ihrer Wohnung, um solche Abende zu gestalten. Wo waren sie da bloß hineingeraten? Gabi sah sich schon nach klassischem Vorbild Schulden über Schulden machen, nur um einen Lebensstil vorzutäuschen, den sie sich gar nicht leisten konnten.

Als sie es eines Abends ganz vorsichtig ansprach, musste sie feststellen, dass Gerd unter dem gleichen Druck stand und sich mit den gleichen ängstlichen Fragen herumquälte.

Aber dann löste er das Problem doch recht geschickt. Als die nächste Einladung ausgesprochen wurde, nahm er alle seine schauspielerischen Talente zusammen und antwortete mit gut vorgetäuschter Leichtigkeit: „Ich sehe schon, ich werde demnächst einmal die Stadthalle mieten müssen, um all die freundlichen Einladungen der vergangenen Monate wiedergutzumachen."

Direktor Baumgarten (Gabi würde diesen Namen bis an ihr Lebensende nicht vergessen) hatte daraufhin nur schallend gelacht. „Aber mein lieber Herr Bender, das erwartet doch kein Mensch! Ich bitte Sie, wir werden doch Ihrer geschätzten Frau Gemahlin nicht zumuten, einen Haufen alter langweiliger Bankdirektoren einzuladen, die selbst bei köstlichstem Essen und köstlichster Musik noch den Dax diskutieren müssen. Nein, nein, das überlassen Sie mal lieber unseren eigenen Frauen. Die sind das gewohnt und haben sich damit abgefunden. Außerdem genießen sie es, auch wenn sie hundert Mal behaupten, es wäre ihnen eine Last. Wenn es nur Ihnen keine Last ist, uns hin und wieder die Freude zu machen, Ihren außerordentlich begabten Sohn und Ihre ebenso außerordentlich reizende Gattin in unserer Mitte zu begrüßen …"

Nein, nein, das sei ihm absolut keine Last, hatte Gerd Bender ohne jegliche schauspielerische Anstrengung versichert. Ganz im Gegenteil! Und wenn er auch im Nachhinein fand, dass das völlige Fehlen seiner eigenen Person bei all diesen „außerordentlichen" Lobpreisungen seiner Familie durchaus einen etwas unguten Nachgeschmack hinterließ, so war er doch völlig ausgesöhnt mit der Tatsache, dass man offensichtlich keine Gegeneinladungen von ihm erwartete.

Was Tim betraf, der hatte nicht die geringste Ahnung von den sozialpolitischen Irrungen und Wirrungen, denen seine Eltern ausgesetzt waren. Ihm gefiel es, an einem hervorragend gestimmten Instrument zu sitzen, in den Pausen mit leckerem Essen und Säften verwöhnt zu werden und einen anerkennenden Händedruck oder Klaps auf die Schulter von würdig aussehenden Herren zu erhalten. Das Tätscheln oder gar die Küsse auf die Wange von ebenso feinen Damen konnte er als junger Mann zwar nicht ganz so gut ertragen, aber meist waren sie es, die ihm dann auch einen Geldschein in die Hand drückten.

Er hatte sich sehr schnell mit seinen Eltern darüber geeinigt, dass dieses Geld der Grundstock für ein eigenes Klavier sein sollte. Und im Laufe der folgenden vier Jahre hatte er dann auch tatsächlich so viel angespart, dass Vater Bender beschloss, den Rest dazuzugeben. Die Ferienwohnung in Norwegen musste in diesem Sommer andere Mieter finden, und der alte Gerhard Brinkmann hatte die Freude, seinem langjährigen Stammkunden eines seiner besten Pianos zu verkaufen.

Noch immer wurden die Benders so etwa alle zwei Monate zu einem „leichten Dinner" eingeladen. Das Tätscheln und die Küsse hatten mit zunehmendem Alter glücklicherweise aufgehört, das Zustecken von Geldgeschenken allerdings auch. Weitere Vorteile waren nicht zu erwarten, außer vielleicht den Beziehungen, die der junge Künstler an diesen Abenden knüpfen konnte.

Tim machte sich nicht viel aus dem Knüpfen von Beziehungen, was vermutlich daran lag, dass er noch gar nicht wusste, was für Beziehungen er überhaupt suchen sollte. Er hatte sich ein Jahr vor dem Abi noch nicht entschieden, was er studieren wollte. Medizin oder Jura, Architektur oder Archäologie? Die Welt war voller spannender Berufe, und es erschien ihm etwas unfair, dass man sich nur für einen entscheiden konnte. Sein Zensurendurchschnitt war so gut, dass er die besten Chancen hatte, an so ziemlich jeder Uni angenommen zu werden.

Jedenfalls wusste er, was er *nicht* studieren würde: Musik. Er hatte in den vergangenen 10 Jahren alles verschlungen, was die Bibliothek an Büchern über Musikgeschichte und Biografien berühmter Musiker zu bieten hatte. Und eines Tages hatte er plötzlich beschlossen, dass er sich nicht in diesen Krieg stürzen würde. Denn ein Krieg würde es werden. Er war zu gut, um als mittelmäßiger Musiklehrer sein Dasein zu fristen. Aber um dorthin zu gelangen, wo die wirklich Großen spielten, wo Namen schon klangen, bevor überhaupt das Instrument gestimmt wurde, würde er hart arbeiten müssen. Verdammt hart.

Nicht, dass er die Arbeit fürchtete. Oder den Konkurrenzkampf. Nein, er fürchtete vielmehr, dass er seine Liebe zur Musik verlieren würde. Und sein Musiklehrer, Bernd Wiedemann, der bei jedem anderen gleichartig talentierten Schüler wahrscheinlich über vergeudetes Talent geklagt hätte, stimmte ihm sogar zu. „Musik ist bei dir viel zu sehr Emotion", pflegte er zu sagen. „Du hast die Musik nur im Herzen, aber nicht, oder sagen wir mal, kaum im Kopf. Das war zu Beethovens Zeiten vielleicht noch ganz okay. Aber heutzutage? Meine Güte, Musik ist Business. Nicht, dass ich dir nicht zutraue, dich in der Geschäftswelt durchzusetzen. Das schaffst du spielend. In jedem Bereich – außer in der Musik."

Wiedemann musste es wissen. Er hatte Tim 14 Jahre lang unterrichtet. Der kleine Knirps, der sich nach Blockflöte und Geige unsterblich in seinen Flügel verliebt hatte, war gerade noch dazu zu bewegen, sich statt des Flügels mit einem Piano zu begnügen. Aber das bearbeitete er dann mit so viel Zartgefühl und Liebe oder auch Passion und Draufgängertum, dass für Wiedemanns Lehrtätigkeit nicht mehr viel Raum blieb.

Gabi mischte sich in Tims Berufsvorstellungen nicht weiter ein. Sie diskutierte mit ihm zwar alle Vor- und Nachteile der unterschiedlichen Unis und deren Fachbereiche (jedenfalls sofern sie die Details verstand). Aber einmischen in seine Entscheidung – das wäre ihr im Traum nicht eingefallen. Sie hatte das felsenfeste Vertrauen, dass er schon die richtige Entscheidung treffen würde.

Daher hatte sie sich auch nichts weiter dabei gedacht, als er ihnen seinen Entschluss mitgeteilt hatte, nicht Musik zu studieren. „Na, dann bleiben ja nur noch 537 andere Berufe zur Auswahl", hatte sie lachend erwidert. Ihr Mann hatte gar nichts gesagt, aber er hatte Tim fast strafend angesehen.

Tim hatte es nicht bemerkt, aber abends im Schlafzimmer hatte sie doch noch einmal nachgehakt. „Warst du irgendwie sauer, als Tim sagte, er würde nicht Musik studieren?", fragte sie ihn so ganz nebenbei, während sie die Bügelwäsche in einen Korb legte.

„War ich irgendwie sauer, als mein Herr Sohn mir mitteilte, dass ich das ganze Geld für seine Klavierstunden zum Fenster rausgeschmissen habe?", fragte Gerd reichlich aggressiv zurück.

„Unser Sohn muss den teuersten Musiklehrer haben und das beste Piano kaufen, und ich mache das alles mit, weil ich schließlich seiner Karriere nicht im Wege stehen will, und dann eröffnet er uns so ganz nebenbei, dass das Ganze nur ein Jux war. Und nun soll ich wahrscheinlich sagen: *Aber selbstverständlich, mein Junge, kein Problem, mein Junge, was soll's denn jetzt sein, mein Junge? Vielleicht ein Pilotenschein, damit du ganz zum Jux mal ein bisschen fliegen kannst, wenn dir danach ist*?" Wütend riss Gerd an seiner Krawatte und warf sie hinter sich auf den Stuhl. „Und du findest das auch noch lustig."

Gabi ließ sich auf ihr Bett fallen und betrachtete ihren Mann durch die gespiegelten Schrankwände. „Aber Gerd", sagte sie leise. „Das ist doch schließlich seine Entscheidung. Ich meine, er wird seine Gründe haben, wenn er seine große Liebe nicht zum Beruf machen will. Aber das heißt doch nicht, dass alle Ausgaben dafür umsonst waren. Es hat ihm immer Freude gemacht, und er hat doch auch uns und vielen anderen damit Freude bereitet."

„Sicher!", antwortete ihr Mann heftig. „Das ganze Leben ist ja auch nichts weiter als eine einzige große Freude."

Gabi wollte etwas erwidern, aber er fiel ihr ins Wort. „Ich habe jetzt keine Lust, das Thema mit dir zu diskutieren, aber eines ist klar …", er wandte sich zu seiner Frau um, die Klinke zur Badezimmertür schon in der Hand, „… das letzte Wort in dieser Angelegenheit ist noch nicht gesprochen!"

Und außer zum Zähneputzen hatte er an diesem Abend seinen Mund nicht mehr aufgemacht.

Mitte August

„Moin, ihr beiden Gs!", war Tims üblicher Sonntagmorgengruß. An diesem Tag hatte er ein etwas schlechtes Gewissen, denn er hatte verschlafen, und ein schneller Blick über den Tisch zeigte ihm, dass seine Eltern das Frühstück bereits fast beendet hatten.

Der Sonntagmorgen war Gerd Bender heilig. Nicht aus religiösen Gründen, sondern seiner Familie wegen. Sonntagsmorgens sitzt man gemeinsam am Frühstückstisch, lautete das 11. Gebot, und seine Einhaltung hob die Befolgung der vorhergehenden 10 Gebote auf.

Tim goss sich eine Tasse Kaffee ein. „Sorry, hab echt verpennt!"

„Scheint so", murmelte sein Vater nur.

Also schön, sollte er schlecht gelaunt sein. Väter waren öfter mal schlecht gelaunt, das schien zur *job description* zu gehören. Im Großen und Ganzen fand Tim seinen Vater besser als viele andere, die er kennengelernt hatte. Einige seiner Freunde hatten geschiedene Väter, die sie nur ab und zu am Wochenende sahen, zwei hatten Alkoholiker zum Vater, ein paar von ihnen ätzende Angeber, und einige hatten langweilige fette Fernsehglotzer zu Hause sitzen. Da konnte er mit seinem eigenen alten Herrn eigentlich ganz zufrieden sein. Er war vielleicht ein bisschen spießig, ein bisschen zu sehr darauf aus, den Herren Bankdirektoren zu gefallen, und ziemlich häufig schlecht gelaunt. Aber wenn das seine Vorstellung vom Leben war, bitte schön. Er behandelte Tim im Allgemeinen fair und gerecht und konnte, wenn er wollte, sogar richtig humorvoll sein.

Das Einzige, was Tim ernsthaft an ihm störte, war, dass er seine Mutter manchmal wie ein kleines Dummchen hinstellte. Und das war sie wahrhaftig nicht. Eher im Gegenteil, denn in manchen Diskussionen hatte Tim den Eindruck, dass seine Mutter die Themen intelligenter und logischer, auf jeden Fall aber vorurteilsfreier anging als sein Vater. Trotzdem schwieg sie meistens, wenn er sie zurechtwies. Na ja, wenn sie sich das gefallen ließ, war es eigentlich ihre Sache.

Tim hatte irgendwann einmal entschieden, dass am besten wirklich jeder „nach seiner Fasson selig werden sollte", und wenn er nicht gerade selbst der Anlass für die Launen seines Vaters war, kümmerte er sich nicht darum.

Während er seinen Kaffee mit Milch und Zucker veredelte (sein Vater behauptete: verschandelte) beschloss er, dass ein verschlafener Sonntagmorgen kein Grund war, sich schuldig zu fühlen.

„Reichst du mir mal die Butter, Frau Mutter?", bat er und zwinkerte seiner Mutter zu. Sie lächelte zurück, allerdings etwas scheu, und war sich offenbar wieder einmal nicht klar darüber, mit wem sie sich solidarisch fühlen sollte – mit ihrem gut gelaunten Sohn oder ihrem missgestimmten Ehemann.

„Lernst du eigentlich jetzt in den Ferien für die Schule?", fragte Gerd in erstaunlich freundlichem Ton.

„Nicht viel", gab Tim zurück, froh, dass es kein „Eisfrühstück" zu werden schien wie schon so manche an schlecht gelaunten Sonntagen. „Nicht nur, weil ich keine Lust habe, sondern hauptsächlich, weil ich keinen rechten Grund habe."

Sein Zeugnis war wie immer hervorragend ausgefallen. Die einzigen „schlechten" Zensuren hatte er in Französisch bekommen und – ausgerechnet – in Musik. Sein Musiklehrer konnte ihn nicht ausstehen, weil er so häufig widersprach und tatsächlich vieles besser wusste.

„Was ist mit den Uni-Papieren? Musst du die nicht jetzt im Sommer ausfüllen?", fragte sein Vater weiter.

Tim, nicht ahnend, dass er über ein Minenfeld spazierte, strich sich genüsslich eine ordentliche Schicht Himbeermarmelade auf sein Brot. „Nö, das hat Zeit bis Oktober."

„Und, hast du schon entschieden, wo du dich bewerben willst?"

Tim merkte noch immer nichts. *Heiß!*, hätte Gabi am liebsten geschrien, *gleich trittst du drauf!* Aber sie schwieg. „Nö", wiederholte er gelassen. „Viel zu viel Auswahl. Ich werde wohl erst mal beim obersten Menschheitskommando beantragen, dass sie mir 200 Jahre genehmigen. Dann hab ich 50 Jahre für Archäologie, 50 Jahre für Jura, 50 für Medizin und weitere 50 für Literaturgeschichte. Das ist meine neueste Idee", fügte er mit einem Blick auf seine Mutter hinzu.

„Für Musik hast du offensichtlich kein Zeitalter einkalkuliert", stellte sein Vater – noch sehr beherrscht – fest.

„Auf keinen Fall", versicherte Tim fröhlich und trat mit dem ganzen Fuß, Schuhgröße 43, auf die Mine. „Ich werde doch den Spaß nicht zum Stress machen."

„Ja, sieh du nur zu, dass du deinen *Spaß* hast!", brüllte sein Vater plötzlich so laut, dass Tim vor Schreck das Brot aus der Hand fiel. Es klatschte mit der Marmeladenseite auf seinen Oberschenkel. Tim merkte es nicht. Er starrte seinen Vater völlig verständnislos an. Der war aufgesprungen, warf seine

Serviette auf seinen Teller und richtete einen ärgerlich drohenden Zeigefinger auf seinen Sohn. „Hauptsache, andere Leute haben den Stress!" Damit gab er seinem Stuhl einen ärgerlichen Schubs und fauchte (Tim fiel im Moment kein besserer Vergleich ein) aus dem Zimmer.

„Was hat der denn plötzlich?", wandte er sich völlig verdattert an seine Mutter.

Gabi war ausnahmsweise einmal nicht gewillt, den Übersetzer zwischen ihrem Sohn und ihrem Mann zu spielen. „Das musst du schon selbst mit ihm ausmachen", sagte sie nur und reichte ihm einen feuchten Lappen. „Hier, wisch dein Bein ab. Du siehst aus, als hättest du in einer Blutlache gekniet."

„Wenn Gerd ein Messer statt einer Serviette in der Hand gehabt hätte, wär's wahrscheinlich wirklich Blut", murmelte Tim und rubbelte an dem Fleck herum. „Kannst du mir nicht wenigstens einen Tipp geben? Ich hab nicht die geringste Ahnung, was ich jetzt schon wieder verbrochen habe."

Gabi seufzte. Sie fragte sich insgeheim, ob sie eigentlich irgendetwas anderes war als nur Ehefrau ihres Mannes oder Mutter ihres Sohnes. Zum Beispiel ein eigenständiger Mensch. Wäre das nicht mal eine herrliche Abwechslung?

Der eigenständige Mensch wäre jetzt gern hinausgegangen und hätte einen langen Spaziergang gemacht. Die Mutter sagte: „Vielleicht deine schnoddrige Art, über deine Zukunft zu reden." Die Ehefrau ging auf die Terrasse, um die Wogen ein wenig zu glätten.

Zurück blieb ein noch immer völlig verwirrter Sohn. „Eltern muss man nicht verstehen", hatte einer von Tims Freunden mal gesagt. „Die muss man nehmen, wie sie sind, ab und zu mal in der richtigen Richtung streicheln und ansonsten am besten ignorieren."

„Meine schnoddrige Art, von meiner Zukunft zu reden", murmelte er fassungslos. Er war einer der wenigen aus seiner Klasse – das wusste er nun zufällig genau –, die seinen Eltern keinerlei Sorgen bereiteten, was die Zukunft betraf. Er würde an keinem *Numerus clausus* scheitern, er brauchte keinerlei Nachhilfeunterricht, um welches Fach auch immer ein wenig aufzupolieren. Was um alles in der Welt hatten sie denn plötzlich? Er hatte noch drei Monate Zeit. Und im Übrigen handelte es sich schließlich um *seine* Zukunft. Konnte ihnen doch egal sein, wie schnodderig er damit umging.

Na gut, er würde es selbst nicht in Ordnung finden, wenn sie sich keine Gedanken über sein Studium machen würden (ganz abgesehen von der winzigen Tatsache, dass sie es finanzieren würden; aber war das nicht normal? War das nicht auch Teil der elterlichen *job description*?).

Seufzend fragte er sich, ob es jetzt dran war, sie zu nehmen, wie sie waren, sie zu streicheln oder sie zu ignorieren. Schweren Herzens entschied er sich für den Streichelpart und ging auf die Terrasse.

Seine Eltern saßen in dem kleinen Stückchen Schatten, das von der einen Wand geworfen wurde. In spätestens 15 Minuten würden sie aufstehen und den Sonnenschirm aufspannen. Die Terrasse wäre übrigens, nur ganz nebenbei bemerkt, ein hervorragender Ort für eine Uhrwand gewesen, aber Tims Vater weigerte sich strikt, an den strategisch wichtigen Punkten Poster zu erlauben. Und da Tim sie ohnehin nur samstags oder sonntags hätte genießen können, bestand er auch nicht weiter auf seiner Idee. An guten Tagen ärgerte er seinen Vater vielleicht manchmal mit der Frage, was aus der Menschheit geworden wäre, wenn die Väter von Edison oder Wright oder da Vinci ihren Söhnen aus ästhetischen Gründen das Experimentieren verboten hätten. Aber heute war kein Tag für

Scherze. Er zog sich einen Stuhl in den Schatten und setzte sich zu seinen Eltern.

„Tut mir leid, wenn ich dich verärgert hab, Gerd", sagte er in einem Tonfall, der ihm für einen reuigen Sohn angemessen schien. „Das wollte ich echt nicht. Es ist nur so, dass noch ein paar Monate Zeit sind und ich im Moment einfach die Ferien genieße. Aber natürlich mache ich mir ernsthafte Gedanken über mein Studium und meine Zukunft."

„Musik spielt darin offensichtlich keine Rolle", bemerkte sein Vater sehr ruhig.

Was um alles in der Welt hatte denn Musik jetzt mit seinem schnoddrigen Verhalten zu tun? Tim begann zu bereuen, dass er sich nicht für den Ignorieren-Part entschieden hatte, aber nun war es zu spät. „Äh, wieso? Natürlich spielt Musik eine Rolle in meinem Leben."

„Aber nicht in deinen beruflichen Plänen?"

Tim sah seinen Vater erstaunt an. „Nein, das habe ich euch doch schon vor ein paar Wochen gesagt. Ich möchte nicht Musik studieren, weil ich Angst habe, dass mir die Freude daran verloren geht, wenn ich professionell musizieren muss. Aber natürlich werde ich weiterhin spielen, für euch, für mich, für andere."

„Du hattest mal Träume von einer Karriere als Pianist", wandte sein Vater ein.

„Gerd!", sagte er beinahe vorwurfsvoll. „Das waren Kleine-Jungen-Träume. Ich hab auch mal davon geträumt, Astronaut zu werden und Rennfahrer und ich weiß nicht mehr, was noch alles."

„Aber in diese Träume haben wir keine Zeit und Mühe und Finanzen gesteckt."

Fassungslos sah Tim seinen Vater an. So langsam dämmerte ihm, welchen Sinn diese Unterhaltung hatte, aber er konnte es noch nicht so recht glauben. „Aber ... das war doch nicht wegen einer Karriere, sondern weil, na ja, weil es mir so viel Spaß gemacht hat."

„Das eine schließt das andere nicht aus."

Tim atmete einmal tief durch und sagte dann ruhig, aber sehr bestimmt: „Nicht notwendigerweise. Aber für meinen Fall habe ich eben beschlossen, keinen Beruf daraus zu machen, sondern zu meiner und anderer Freude zu musizieren. Nicht mehr und nicht weniger."

Gabi konnte die zunehmende Spannung zwischen ihren beiden Männern nun doch nicht mehr aushalten und sagte in ihrem besten Mutter/Ehefrau-Ton: „Und das ist ja auch absolut deine Entscheidung. Dein Vater möchte im Grunde nur wissen, ob diese Entscheidung endgültig ist oder ob du noch darüber nachdenkst."

Zu ihrer Überraschung und Erleichterung gingen beide auf die ausgestreckte Friedenshand ein. Ihr Mann nickte unwillig und ihr Sohn sagte einlenkend: „Na ja, wie gesagt, ich habe mich noch nicht festgelegt, welchen Studiengang ich wähle." Damit war die Bombe erst einmal entschärft, auch wenn er genau wusste, dass er nicht Musik studieren würde.

Sie schwiegen eine Weile, und schließlich sagte Tim: „Ich wollte heute mit Eeke zum See fahren. Irgendwelche Einwände?"

„Nein, natürlich nicht. Viel Spaß. Grüß Eckards Mutter."

„Tschüß." Und ein heimliches Aufatmen bei allen Beteiligten.

Während Tim zu seinem Freund radelte, gingen ihm ständig die wenigen Worte durch den Kopf, die sein Vater zu ihm gesagt hatte. Konnte es wirklich sein, dass er sauer war, weil Tim sich nicht für eine Karriere als Pianist entschieden hatte? Weil die Klavierstunden Geld gekostet hatten, das jetzt nicht wieder zurückfließen würde? Weil er …

„Mensch, wie siehst du denn aus?“, schreckte ihn plötzlich Eekes Stimme auf. Erschrocken blickte er auf und stellte fest, dass er vor einer roten Ampel stand. Neben ihm Eeke mit seinem super Geländerad. Es war die letzte Kreuzung vor Eekes Haus, und Tim sah verwirrt hinter sich. Er hatte scheinbar vier oder fünf Kreuzungen überquert, ohne es überhaupt zu merken. Konnte man so in Gedanken versunken sein? Offensichtlich. Und hatte er an den anderen Kreuzungen auch so unbewusst angehalten, wenn die Ampel rot war? Schwer zu sagen. Es herrschte nicht viel Verkehr. Vielleicht hatte er einfach Glück gehabt.

Eeke wedelte mit seiner Hand vor Tims Augen herum. „Hey, hallo, jemand zu Hause?“

Tim schüttelte den Kopf, als müsste er sich von einem bösen Traum befreien. „Also, glaubst du's“, erklärte er seinem Freund, als sie nebeneinander weiterradelten, „ich war doch tatsächlich so in Gedanken versunken, dass ich überhaupt nicht gemerkt habe, dass ich schon an dieser Ecke stehe. Ich komme mir echt vor, als wäre ich eben erst aufgewacht.“

„Glaub ich dir“, bestätigte ihm sein Freund, „du hast ausgesehen, als wärst du gerade auf dem Mond und hättest die letzte *Apollo* Richtung Erde verpasst. Was gibt's denn so Wichtiges zu durchdenken?“

„Streit mit meinem Vater.“

„Sag mal, spinnst du? Von so was lässt man sich doch nicht den Tag versauen. Ignorieren und weiterleben, aber hallo.“ Und dann, als er sah, dass Tim noch immer ziemlich ernst vor sich hin starrte: „Also schön, Partner, worum ging's denn?“

„Das weiß ich selbst nicht so genau. Ich glaub, mein Vater ist sauer, weil ich nicht Pianist werden will.“

„Kann ich verstehen“, meinte Eeke ungerührt. „Muss doch ’ne Riesenenttäuschung sein. Der hat sich bestimmt schon vorgestellt, wie du auf der Bühne stehst und alle dir zujubeln, und er dann der Vater des gefeierten Stars ist. Und plötzlich: *Buff!* Unser Genie will verknöcherter Archäologe oder so etwas werden. Also, wenn ich so ’n begabten Sohn wie dich hätte, würde ich auch lieber sehen, wie er ‚auf den Brettern, die die Welt bedeuten‘ steht.“

„Scheißbegabung!“, murmelte Tim, obwohl solche Kraftausdrücke sonst nicht seine Art waren. Aber Eekes Reaktion hatte ihm gutgetan. Er war vielleicht der Einzige unter seinen Freunden, der ihm seine Begabungen, die Leichtigkeit des Lernens und Schnelligkeit des Denkens nicht heimlich neidete. Sein Vater besaß eine Kette von Lebensmittelläden, und die würde er irgendwann einmal übernehmen, völlig gleichgültig, wie sein Abi ausfiel.

Sie waren jetzt vor Eekes Haus angekommen, und Eeke warf sein Rad auf den Rasen. „Warte mal eben, ich muss die Lage peilen!“ Nach nur drei Minuten kam er zurück und grinste übers ganze Gesicht.

„Glück muss der Mensch haben. Schwesterchen hat Liebeskummer und schmollt. Und ganz bestimmt will sie nicht zum verdammten See!“, betonte er mit Nachdruck, indem er ihren Tonfall nachahmte.

„Wieso Glück?“, fragte Tim. „Das heißt, dass wir radeln müssen.“

Eeke grinste noch immer. „Mensch, Papa hat doch die Schlüssel“, sagte er und wedelte mit den Autoschlüsseln vor Tims Gesicht. „Komm, pack die Badehose ein.“

Jetzt grinste auch Tim. „Nette Versuchung, aber ich glaub, wir lassen’s doch lieber bleiben. Ich kenn deinen alten Herrn. Der kann ganz schön brastig werden.“

„Ja, wenn man ihn gegen den Strich streichelt. Aber in diesem Fall ist das anders. Väterchen Chef hat nichts dagegen, dass ich mir ab und zu mal die Kiste ausleihe."

„Die Kiste" war ein 15 Jahre alter Mercedes, sah noch super aus und gehörte Eekes Mutter.

„Ehrlich?", staunte Tim und ließ sich auf den Beifahrersitz fallen. „Er erlaubt dir, so etwas zu fahren?"

„Na ja", lenkte Eeke ein. „Natürlich nicht offiziell. Aber er weiß, dass ich fahre und tut halt so, als hätte er von nichts 'ne Ahnung."

„Aha!" Tim wusste jetzt immerhin, woher Eeke seine „Ignorieren und weiterleben"-Philosophie hatte. Aber wenn ihm das zu einer Spritztour in dieser „Kiste" verhalf, warum nicht?

Schon nach wenigen Metern stellte Tim fest, dass Eeke nicht geprahlt hatte. Er hatte diesen Wagen ganz offensichtlich schon häufiger gefahren, so sicher und selbstverständlich, wie er ihn lenkte.

„Ob du's glaubst oder nicht, Chrissie hat mir das Fahren beigebracht", erklärte Eeke, während er den Wagen schnell, aber sicher durch die fast leeren Straßen lenkte. „Schon vor zwei Jahren, als sie selbst den Führerschein gemacht hat. Da hat sie sich, sozusagen für ein paar eigene Übungsstunden, ab und zu mal Mutterns Kiste ausgeliehen. Aber weil sie eben doch ein bisschen Schiss hatte, hat sie mich immer gebeten, mitzukommen. Na ja, und klein Eeke hat Papis Geschäftssinn geerbt und nur zugestimmt unter der Bedingung, dass ein Teil der Probefahrt ihm zugutekommt. Wir haben uns nach langen Verhandlungen schließlich auf dreißig Prozent geeinigt, und ich kann dir sagen, das war der größte Jux an dem Ganzen, immer die mir zustehende Zeit korrekt auszurechnen. Mein Vater hatte natürlich … oh Scheiße!"

Eeke stemmte sich mit aller Kraft in die Bremsen, riss das

Steuer herum, raste auf den Bürgersteig zu, rammte einen Kleinwagen, nahm einen Papierkorb mit, verfehlte die Hauswand nur um eine Handbreit und krachte stattdessen in das Schaufenster von „*Gebhard & Söhne, Herrenbekleidung*".

Was in dem Moment geschehen war, konnte Tim später nur noch unter großen Mühen rekonstruieren. Eeke hatte Gas gegeben, um die vor ihnen liegende grüne Ampel noch mitzunehmen. Er hatte das Tempolimit von 70 auch nicht oder jedenfalls nur unwesentlich überschritten. Er war zwar ziemlich schnell, aber noch bei Gelb in die Kreuzung reingefahren. Aber von rechts kam ein echter Sonntagsfahrer, der wohl glaubte, dass außer ihm keiner unterwegs war, und der war auf jeden Fall bei Rot reingeprescht.

Tim hatte sich nicht angeschnallt. In einer Reflexbewegung riss er noch schnell die Hände nach vorn und flog in einer Art Kopfsprung durch die Frontscheibe, durch die Schaufensterscheibe und hinein in ein Glasregal mit teuren Seidenkrawatten.

Das Nächste, was Tim wahrnahm, waren Geräusche, die er nicht identifizieren konnte. Er fühlte sich wie lebendig begraben, aber um ihn herum schien alles voller Leben zu sein. Gedämpft zwar durch die nasse, schwere Erde auf seinem Kopf, aber ganz offensichtlich liefen da irgendwo Leute herum. Es war stockfinster, er konnte sich noch immer nicht bewegen, aber ein großer dicker Elefant stand mitten auf dem Bürgersteig ... und diese Hitze, in der Beethoven mit komischen Bermudashorts herumtanzte ... und an der Zimmerdecke konnte man deutlich erkennen, wie kleine Kinder ganz wild sangen und hüpften ... Aber was war eigentlich dieses helle Licht neben der dicken Eiskugel? ...

Tim verlor wieder das Bewusstsein.

„Ich glaube, das reicht aus, vielen Dank, Schwester."

„Halten Sie den Arm bitte etwas höher. Ja, gut so. Schon geschafft."

„Was sagt der Blutdruck? ... Okay, kein Problem."

„Geben Sie ihm noch Zeit. Läuft alles bestens."

Tim lauschte eine ganze Zeit lang den Gesprächsfetzen, die er von unterschiedlichen Stimmen heraushören konnte, bis ihm klar wurde, dass er sich in einem Krankenhaus befand. Er erinnerte sich undeutlich an das Kreischen von Bremsen und das Splittern von Glas, und wenn ihm auch die Einzelheiten im Moment nicht einfielen, so war ihm doch klar, dass er einen Unfall gehabt hatte und nun behandelt wurde.

Sein Kopf fühlte sich schwer an und er konnte ihn nicht bewegen. Vermutlich steckte er in einem dicken Verband. Auch Arme und Beine konnte er nicht bewegen, aber das mochte an der Müdigkeit liegen. Wahrscheinlich war er gerade erst aus der Narkose erwacht.

Er überlegte noch, ob er etwas sagen sollte, zu erkennen geben, dass er wach war, als er plötzlich die Stimme seines Vaters hörte.

„Wie geht es ihm? Ist er wach? Was ist mit seinen Augen? Kann er sehen? Und die Hände? Was ist mit seinen Händen? Ist denen irgendwas passiert? Kann er sie bewegen? Ganz normal?"

„Bitte beruhigen Sie sich, Herr Bender, Ihrem Sohn geht es so weit ganz gut ..."

„Was heißt: ganz gut? Was ist mit seinen Augen? Und mit seinen Händen?"

„Das können wir noch nicht sagen ..."

„Das können Sie nicht sagen?!? Wie können Sie dann behaupten, es geht ihm gut?"

„Hören Sie, Herr Bender ..."

„Hören *Sie*, Herr Doktor: Mein Sohn ist ein intelligenter Kopf, ein begabter Musiker. Ich muss wissen, was mit seinen Händen und seinen Augen los ist. Was bleibt denn noch, wenn er nicht sehen, nicht lesen, nicht studieren, nicht Klavier spielen kann? Ohne seine Augen und seine Hände ist er nichts. Wie können Sie denn sagen, es geht ihm gut, wenn sie nicht wissen, was mit seinen Augen und seinen Händen ist?"

Ohne seine Augen und seine Hände ist er nichts. Ohne seine Augen und seine Hände ist er nichts. Ohne seine Augen und seine Hände ... Doch, Gerd, ich bin. Ich bin immer noch. Auch ohne meine Augen und meine Hände bin ich. Hörst du, Gerd, ich bin! Auch ohne meine Augen und meine Hände. Ich bin. Hört ihr das da draußen? Ich bin.

„Er ist wach, da bin ich mir ganz sicher. Ich hab das Gefühl, er will nicht reden."

Gabi sah den Arzt zweifelnd an. „Das ist doch Unsinn. Warum sollte er nicht reden wollen? Vielleicht liegt er ja doch im Koma."

Der Arzt schüttelte den Kopf. „Nein, nein, ganz sicher nicht. Glauben Sie mir, er ist wach. Ich lasse Sie eine Zeit lang allein mit ihm. Es ist wahrscheinlich der Schock."

Gabi setzte sich an das Bett ihres Sohnes. „Tim", flüsterte sie, „kannst du mich hören? Tim, es ist alles in Ordnung. Du bist okay. Es ist nichts Schlimmes geschehen. Deine Hände und dein Gesicht sind total verkratzt. Du bist von einer Glasscheibe in die nächste geflogen. Aber das wird alles wieder heilen. Mach dir keine Sorgen. Es wird alles wieder gut."

Sie war sich sicher, dass Tim ganz bewusst auf ihre Worte reagierte. Ihre Hand lag auf seiner Brust, und sie spürte seinen Atem. Er war regelmäßig, wenn sie schwieg, aber er schien die Luft anzuhalten, wenn sie sprach.

Sie schwieg eine ganze Weile, dann begann sie wieder. „Tim, ihr hattet einen Autounfall. Du warst mit Eeke auf dem Weg zum See. Eeke ist fast nichts passiert. Er war wenigstens angeschnallt und hatte auch noch den Lenker zum Abstützen. Na ja, er hat ziemlich böse Verstauchungen, aber so weit ich weiß, keine äußeren Verletzungen … Tim, dein Vater ist nicht böse. Nur besorgt. Er wartet draußen. Ich sage ihm, dass du wach bist."

„Nein!", hauchte Tim.

Gabi erschrak, als sie plötzlich die Stimme ihres Sohnes hörte. Leise zwar und etwas schwach, aber ganz klar. „Nein!", wiederholte er. „Ich will ihn nicht sehen."

Ein dicker Verband lag auf Tims Augen, dünnere Verbandsschichten bedeckten sein restliches Gesicht. Nur für Mund und Nase waren Öffnungen frei gelassen. Er hätte ohnehin niemanden sehen können. Vielleicht würde er niemals wieder jemanden sehen können. Aber das war es auch nicht, was er gemeint hatte.

„Tim!", rief Gabi erleichtert aus. „O Gott, Tim, ich wusste, dass du mich hörst. Bitte, warte nur einen Moment, ich hole deinen Vater."

Sie stand auf, aber Tims Stimme hielt sie zurück. „Nein!", wiederholte er jetzt eindeutig wütend. „Ich hab gesagt, ich will ihn nicht sehen."

„Aber Tim, um Gottes willen, warum denn nicht? Er sorgt sich zu Tode."

„Soll er."

Langsam setzte Gabi sich wieder auf den Bettrand. Sie legte ihre Hände auf Tims Arm. „Hast du Angst, dass er ärgerlich ist? Ist er nicht, glaub mir. Er ist nur in Sorge um dich."

„Er kümmert sich einen Dreck um mich. Er ist in Sorge um meine feinen Hände."

„Tim, was redest du denn? Ich verstehe kein Wort.“

Tim war zu müde, um es ihr zu erklären. „Ich will ihn nicht hier haben. Ich will schlafen.“

Und dann schwieg er eine ganze Zeit lang, bis er tatsächlich einschlief.

Am gleichen Tag

Es war typisch, wie die beiden vor mir saßen. Angst vor dem, was ich mit ihrem Sohn machen würde; noch mehr Angst vor dem, was ich vielleicht nicht machen konnte; ängstlich darauf bedacht, alle Fragen zu stellen, die ihnen einfielen, und alle Antworten zu verstehen, die ich ihnen geben würde.

Angst. Immer wieder komme ich zu dem Schluss, dass Angst mein eigentlicher Patient ist. Wenn ich den behandelt habe, habe ich den Eingriff schon halb gewonnen.

Angst lässt sich nicht mit Ehrlichkeit aus der Welt schaffen, so wie ich das während meines Studiums noch geglaubt hatte. „Man muss ehrlich sein mit den Patienten und den Angehörigen“, habe ich damals immer doziert. „Sie müssen genau wissen, was auf sie zukommt, welche Chancen sie haben oder eben auch nicht haben. Nur dann vertrauen sie uns.“

Das war auch so eine Theorie, die sich in der Praxis nie bewährt hat. Ich schwöre bei Gott, obwohl ich an keinen Gott glaube, dass ich nicht die geringste Ahnung habe, warum Patienten einem vertrauen oder auch nicht vertrauen. Vielleicht, weil ihnen meine Nase gefällt, vielleicht, weil heute Donnerstag ist, vielleicht, weil ich sie an ihren liebsten Onkel erinnere.

Vielleicht hat es auch ein wenig mit dem zu tun, was ich sage und wie ich es sage, aber da bin ich mir nicht so sicher. Ich plädiere immer noch dafür, ihnen die Wahrheit zu sagen.

Aber nicht, weil ich meine, damit ihr Vertrauen zu gewinnen. Das ist einfach eine Frage des Prinzips und der intellektuellen Redlichkeit.

Aber Vertrauen? Das wächst auf einem anderen Baum, ich hab keine Ahnung, wer den gepflanzt hat und womit er begossen wird.

„Wir müssen auf jeden Fall einen gesichtschirurgischen Eingriff vornehmen", erklärte ich ihnen. „Das Gesicht ihres Sohnes ist, wie Sie ja wissen, durch die Glasscheiben zerschnitten worden. Die meisten Glassplitter sind glücklicherweise nicht sehr tief eingedrungen. Aber wir werden Hauttransplantationen vornehmen müssen, denn ansonsten bleibt ein völlig von Narben entstelltes Gesicht zurück. Das ist übrigens nicht nur eine kosmetische Frage. Unsere Haut kann pro Quadratzentimeter nur eine begrenzte Anzahl von Narben verkraften. Die Bildung von Narbengewebe verhindert ein ausreichendes Neuwachstum der Haut und das kann dann zu Verengungen führen. So ähnlich, wie wenn sie zu viele Nähte auf einem kleinen Stück Stoff haben. Das Gesicht ihres Sohnes ist übersät von Einschnitten, und die verbliebenen Hautfetzen reichen nicht aus, um eine Eigenheilung mit, sagen wir mal, ‚normaler' Narbenbildung zu erlauben."

Die beiden sahen mich so ängstlich und erwartungsvoll an wie Kinder, die eigentlich nur hören möchten: „Hab keine Angst, es wird schon alles gut werden." Manchmal bedaure ich es fast, dass mich meine Berufsethik dazu zwingt, detaillierte Erklärungen abzugeben, anstatt einfach nur eine tröstende Hand auf eine verkrampfte Schulter zu legen.

„Wir werden also Haut von anderen Teilen des Körpers nehmen und in sein Gesicht verpflanzen. Keine Angst! Das ist zwar eine komplizierte Angelegenheit, da wir natürlich besonders im Gesicht so sorgfältig wie nur möglich arbeiten müssen. Gleichzeitig ist es aber auch unser tägliches Brot, wenn ich das so sagen darf, und wir haben ein großartiges Team mit langjähriger Erfahrung auf diesem Gebiet."

Ich frage mich häufig, ob es mich wohl trösten würde, wenn mir jemand so etwas sagt. Mein Auto hatte mal einen furchtbar verbeulten Kotflügel, und obwohl mir der Werkstattmensch versicherte, es würde bald alles wieder wie neu aussehen, hab ich's doch erst geglaubt, als der Wagen fertig vor mir stand. Warum um alles in der Welt sollten diese Leute mir mehr vertrauen, wenn es um die Gesundheit ihres Sohnes ging?

„Ja, was sonst? Die Nase ist gebrochen, aber es ist kein komplizierter Bruch, und ich rechne nicht mit Schwierigkeiten im Heilungsverlauf. Eventuell, nur eventuell müssen wir eine Nerventransplantation vornehmen, falls Gesichtsnerven durchgetrennt sein sollten. Aber das können wir natürlich erst erkennen, wenn wir Lähmungserscheinungen feststellen, was im derzeitigen Stadium noch nicht möglich ist."

„Das … das hört sich ja alles furchtbar an", sagte die Frau leise.

Ich tröstete sie. „In der plastischen Chirurgie hat die Menschheit mehr Erfahrung als in fast allen anderen medizinischen Bereichen. Wussten sie, dass man in Indien schon vor viertausend Jahren Nasentransplantationen vorgenommen hat?"

Die beiden wussten es nicht, und es interessierte sie auch nicht, aber ich ersparte ihnen die Details trotzdem nicht. „Es war offensichtlich damals die übliche Strafe für Verbrecher, dass ihnen die Nase abgeschnitten oder doch jedenfalls verstümmelt wurde, damit man sie zeitlebens als Verbrecher identifizieren konnte. Irgendwelche medizinisch interessierten Handwerker entwickelten schließlich eine Methode, aus der Stirn heraus die Nase wieder aufzubauen."

Die beiden haben diesem Vortrag natürlich nicht zugehört. Keiner von ihnen tut das. Und trotzdem: Wenn sie dann nach Hause gehen, erinnern sie sich kaum noch an all die Informationen, die sie so dringend haben wollten und zum größten Teil doch nicht verarbeitet haben. Aber sie erinnern sich noch an diese idiotische Geschichte von den Indern, und wenn das vor 4.000 Jahren funktioniert hat, dann muss es doch heute auch funktionieren.

Anfangs haben meine Kollegen mich ausgelacht, dass ich als Ablenkungsmanöver für verängstigte Patienten und Angehörige immer die gleiche Geschichte erzähle (die übrigens den Tatsachen entspricht, jedenfalls so weit man das, was uns aus 4.000 Jahre alter Geschichte bekannt ist, als Tatsache bezeichnen kann). Aber inzwischen haben sie doch von ziemlich vielen Patienten gehört, dass sie volles Vertrauen in unsere Fähigkeiten haben, denn in den letzten 4.000 Jahren muss sich ja doch alles ganz enorm verbessert haben.

Manche, die in der Lage sind, das Ganze humorvoll zu betrachten, sagen so etwas wie: „Na, wenn die alten Inder einem Verbrecher wieder zu einem harmlosen Gesicht verhelfen konnten, werden Sie mich ja wohl sicherlich nicht mit einer Verbrechervisage von hier fortschicken, oder?“

Das verspreche ich ihnen dann jedes Mal, und bislang habe ich meine Versprechen immer eingehalten.

Der Arztberuf ist nicht annähernd so romantisch, wie er immer noch gern dargestellt wird, aber ich möchte ihn trotzdem gegen keinen anderen Beruf eintauschen.

Am nächsten Nachmittag

Natürlich konnte sie Gerd nicht davon abhalten, sich an das Bett seines Sohnes zu setzen. Und natürlich konnte sie ihren Sohn nicht zwingen, mit ihm zu sprechen. Sie konnte nur dasitzen, schweigen, leiden und nicht verstehen, warum sie litt.

„Ich hole uns einen Kaffee", sagte Gerd endlich nach drei endlosen Stunden Warten und Schweigen.

„Bist du wach?", fragte Gabi Tim, kaum, dass sein Vater das Zimmer verlassen hatte.

„Ja."

„Tim, bitte, ich weiß nicht, was vorgefallen ist, aber bitte, bitte sag mir, was los ist. Warum du nicht mit ihm reden willst. Ich kann das nicht mehr lange aushalten."

„Entschuldige, Gabi."

„Ist okay. Nur bitte: rede."

Tim holte tief Luft, spürte einen stechenden Schmerz in seinen Lungen und musste sich davon erst einen Moment erholen. Dann versuchte er, ruhig und gleichmäßig zu atmen. „Ich hab euch gehört", sagte er leise. „Das heißt, ich hab *ihn* gehört. Wahrscheinlich noch auf der Intensivstation. Bin ich hier eigentlich auf Intensiv?"

„Nein."

„Gut. Ich hab gehört, was er zu den Ärzten gesagt hat."

„Was hat er denn gesagt? Was hast du gehört?"

„Er … hat gesagt … er … hat sich nur Sorgen um meine Augen und meine Hände gemacht. Nicht um mich."

„Aber Tim, wir alle haben uns Sorgen um deine Augen und deine Hände gemacht. Da hast du schließlich deine schweren Verletzungen. Das ist doch normal."

„Er hat gesagt: *Ohne seine Augen und seine Hände ist er nichts*. Findest du das auch normal?"

Gabi schloss die Augen. Sie konnte sich nicht erinnern, diese Worte gehört zu haben. Aber sie konnte sich an fast gar nichts erinnern. Nur Angst und Panik und Blut und rennende Krankenschwestern und Ärzte und noch mehr Angst.

„Tim", sagte sie leise, „ich weiß nicht, ob er das gesagt hat. Und ich weiß nicht, was du glaubst, was er damit gemeint hat. Ich weiß nur, dass er sich furchtbare Sorgen macht um dich. Um *dich*, Tim. Um seinen Sohn. Du hast übrigens Blutgruppe 0. Ist es nicht verrückt, dass wir das bislang nicht wussten? Die Ärzte haben uns gebeten, Blut zu spenden, und dein Vater hätte am liebsten hundert Liter für dich gespendet. Bitte, Tim, was immer dich so wütend macht – kannst du das nicht auf später verschieben? Sprich jetzt mit ihm, Tim. Bitte."

Sie schwiegen. Es gab nichts mehr zu sagen. Gabi stützte ihren Kopf in ihre Hände. Würde das denn nie aufhören? Musste sie bis an ihr Lebensende den Übersetzer spielen zwischen ihrem Mann und ihrem Sohn? Selbst jetzt, wo die Angst und der Schreck sie doch zusammenschweißen müssten?

Gerd kam herein und reichte seiner Frau vorsichtig einen Plastikbecher. „Ist er wach?", fragte er.

Gabi antwortete nicht. Sie hielt ihre Lippen an den Becher, um einen Grund zu haben, nicht zu antworten. Und nach einer ganzen Ewigkeit hörten sie vom Bett die leise Stimme ihres Sohnes. „Ja, Gerd, ich bin wach. Es geht mir gut."

Ein paar Tage später

„Du hast dich mal wieder benommen wie der berühmte Elefant im Porzellanladen", meinte Doris, als ich ihr von dem Gespräch erzählte. „Aber macht nichts, ich liebe dich trotzdem."

Sie hat so eine Art, mir manchmal solche Dinge an den Kopf zu knallen, dann steht sie auf, verschwindet im Bad, kommt nach einer halben Stunde wieder heraus, voll durchgestylt, ganz die Frau leitende Psychologin, drückt mir noch einen Kuss auf die Nase, fragt: „Sehen wir uns nächstes Wochenende?", und ist schon verschwunden, bevor ich geantwortet habe.

Na schön, das brauche ich nicht unbedingt jetzt zu beantworten. Das Krankenhaus ist groß und unsere Dienstzeiten ziemlich unterschiedlich, aber trotzdem laufen wir uns immer mal wieder über den Weg. Aber dass sie als Superpsychologin mich immer wieder verwirrt stehen lässt, wirft doch irgendwie ein fragliches Licht auf ihre Qualifikation, oder?

Ich werde das allerdings nicht ansprechen. Sie würde nur sagen: „Das ist Teil der Differentialdiagnostik, die du bei mir ganz umsonst bekommst." Und mir einen Kuss geben.

Und was dieses Gespräch betrifft – was habe ich denn gemacht? Ich habe Untersuchungsergebnisse ausgewertet und logische Schlüsse daraus gezogen. Das ist mein Job. Das wird von mir erwartet. Darin bin ich gut. Das habe ich studiert. Dafür werde ich bezahlt. Wieso also Elefant im Porzellanladen?

Schön, ich habe ein kleines Fragezeichen übersehen. Vielleicht hätte ich das Gespräch ein klein wenig anders begonnen, wenn ich das Fragezeichen nicht übersehen hätte. Aber es hätte doch letztlich nichts an den Tatsachen geändert. Wieso also Elefant im Porzellanladen?

„*Adoptiert*??? Blödsinn! Unser Sohn ist doch nicht adoptiert. Natürlich ist er unser leibliches Kind", herrschte Gerd Bender den Arzt wütend an.

Der hatte auch noch die Unverschämtheit, völlig unbeeindruckt zu bleiben und gelassen in seinen Unterlagen zu suchen. Schließlich schien er gefunden zu haben, wonach er suchte. „Verzeihen Sie, aber ich habe hier eine Randnotiz stehen …"

„Ihre Randnotizen interessieren mich nicht. Was mich interessiert, ist die Behandlung meines Sohnes. Welche Fortschritte macht seine Heilung? Wird er wieder sehen können? Wird er seine Hände wieder benutzen können? Wird er wieder ein vollwertiger Mensch sein, wenn er dieses Krankenhaus verlässt?"

„Herr Bender", antwortete der Arzt jetzt betont ruhig. „Diese Fragen kann ich Ihnen nach drei Tagen noch nicht beantworten. Wir haben alles in unserer Macht Stehende getan. Jetzt müssen wir abwarten. Aber es gibt eine andere Frage, die geklärt werden kann, und das ist die der unterschiedlichen Blutwerte. Sie und Ihre Frau haben beide Blutgruppe A, Ihr Sohn hat Blutgruppe 0. Der Vererbungslehre nach kann Tim also nicht ihr leiblicher Sohn sein. Weder Ihrer noch der Ihrer Frau. Daher meine Randnotiz ‚adoptiert?' Es ist die einzig logische Erklärung."

„Es ist eine falsche Erklärung", herrschte Gerd ihn an. „Unser Sohn ist nicht adoptiert, also sind Ihre Werte falsch."

Der Arzt atmete tief durch. „Die haben wir dreimal überprüft. Wir haben Sie, wie Sie sich erinnern werden, nach Ihrer Blutspende noch einmal um eine Blutprobe gebeten. Die Ergebnisse stimmen. Aber", nun wurde seine Stimme doch etwas unsicher, „Sie haben natürlich recht. Adoption ist nicht die einzige logische Erklärung. Es gibt noch mindestens eine andere. In welchem Krankenhaus wurde Ihr Sohn entbunden?“ Mit dieser Frage wandte er sich an die Mutter, die verständnislos von einem zum anderen sah.

„Äh, äh … St. Joseph“, stotterte sie jetzt verwirrt.

Wieder holte der Arzt tief Luft. „Wir werden uns mit St. Joseph in Verbindung setzen. Es wäre möglich, nun, äh … es scheint fast so, dass ihr Sohn dort vertauscht wurde. Oder irgendwo anders zu irgendeinem anderen Zeitpunkt. Es tut mir leid, Frau Bender, aber der junge Mann, den ich vor drei Tagen operiert habe, ist mit Sicherheit nicht Ihr leiblicher Sohn.“

Für einen Moment schwiegen alle drei. Selbst der wütende Vater wusste nichts zu sagen.

„Das … das ist doch unmöglich“, flüsterte Gabi schließlich.

„Es ist leider nicht ganz unmöglich“, antwortete der Arzt. „Ich meine, es kommt natürlich fast nie vor. Aber – na ja, es ist eben auch nicht unmöglich. Ich werde mich sofort mit St. Joseph in Verbindung setzen. Und sobald ich etwas weiß, rufe ich Sie an.“

Gerd sagte nichts. Er war nicht mehr wütend. Er war nicht mehr aufgebracht. Er war … gar nichts. Jedenfalls nichts Erkennbares. Er schwieg einfach nur.

Es gab nichts mehr zu sagen, und der Arzt hätte jetzt gerne mit St. Joseph telefoniert. Aber nicht vor den Eltern. Also wartete er.

Die Frau ergriff schließlich die Initiative. Sie erhob sich und reichte dem Arzt die Hand. „Ja, dann … vielen Dank. Wir warten auf Ihren Anruf. Das heißt, ich bin ja sowieso die meiste Zeit hier. Sie finden mich wahrscheinlich in Tims Zimmer.“ Auch ihr Mann erhob sich jetzt, reichte dem Arzt allerdings nicht die Hand. Die beiden wandten sich zur Tür, der Arzt murmelte nochmals, dass es ihm leidtäte, und dann standen sie im Korridor.

„Hast du dein Handy dabei?“, fragte Gerd, kaum dass die Tür hinter ihnen geschlossen war.

„Wie bitte?“, fragte Gabi verwirrt zurück.

„Dein Handy“, antwortete Gerd ungeduldig. „Hast du es hier?“

„Ich … ich weiß nicht genau. Mal sehen. Wozu brauchst du das denn jetzt? Lass uns doch erst einmal miteinander reden.“ Trotzdem kramte Gabi in ihrer Handtasche, brachte erst ihre Geldbörse, dann die Geschäftskarte irgendeines Blumenladens und schließlich ihr Handy zum Vorschein. „Hier ist es. Aber wen willst du denn jetzt anrufen?“

„Frag nicht. Komm. Wahrscheinlich ist das alles großer Blödsinn, aber falls nicht, werde ich jedenfalls den ersten Schritt unternehmen.“

„Was denn für einen Schritt?“ Gabi hastete hinter Gerd her, der mit Siebenmeilenstiefeln der Eingangshalle zustrebte.

„Hier hab ich doch irgendwo ein Telefon gesehen. Ach, da ist es ja. Verdammt, kein Telefonbuch. Guck mal bei dem da drüben. Ich brauch die Gelben Seiten.“

In keiner der Telefonnischen waren die Gelben Seiten zu finden, und mit einem wütenden „Scheißladen!“ hastete Gerd zum Informationsschalter. Dort war er wieder die Freundlichkeit in Person. „Entschuldigung, haben Sie hier vielleicht die Gelben Seiten?“

Die junge Frau hinter dem Schalter sah ihn erstaunt an. „Keine Ahnung, da muss ich selber erst mal suchen.“ Aber gleich darauf kam sie strahlend zurück und reichte ihm das Buch. „Die haben wir tatsächlich. Bitte sehr.“

„Vielen Dank.“

„Gerd, bitte“, keuchte Gabi hinter ihm. „Was soll denn das? Können wir nicht erst einmal miteinander reden?“

„Ich werde nicht reden, ich werde etwas *tun*“, herrschte

Gerd sie an. „Ich lasse mir doch meinen Sohn nicht nehmen!" Hektisch blätterte er das Telefonbuch durch, während Gabi verständnislos neben ihm stand und ihn anstarrte. „Bad … Chem … Dach … Deck …Hier: Detektive. Mein Gott, welchen nimmt man denn da? Lass mal sehen, welches ist die größte Anzeige? *Detektei Brenner und Söhne, seit 35 Jahren*. Na, die haben ja wohl hoffentlich Erfahrung. Wo ist denn jetzt das Handy?" Er stöberte in seiner Jackentasche und gab Gabi zum ersten Mal die Gelegenheit, etwas zu sagen.

„Gerd, was um alles in der Welt hast du vor? Was willst du denn mit einem Detektiv?"

„Na, was schon?", herrschte Gerd sie wütend an. „Herausfinden, was hier gespielt wird. Herausfinden, ob an dieser unverschämten Behauptung etwas dran ist."

„Gerd, bitte!", flehte Gabi ihren Mann an. „Was immer es ist, der Arzt wird das schon herausfinden …"

„Ja, und du glaubst, ich lasse mich dann vor vollendete Tatsachen stellen! Nicht ich! Nicht Gerd Bender! Oh nein!" Er warf noch einen Blick ins Telefonbuch und tippte die Nummer ein. Gabi verstand die Welt nicht mehr.

Es dauerte eine Weile und dann hörte sie Gerd sagen: „Ja, hallo? Ah, guten Tag, mein Name ist Bender. Ich habe einen Auftrag für Sie. Ich möchte, dass Sie … Wie bitte? Ach so, Sie sind die Sekretärin. Ah, ja, verbinden Sie mich doch bitte … Wie? Ja, ich warte." Gerd trommelte nervös auf das Telefonbuch, während er sich „Für Elise" anhören musste. Es waren ziemlich lange Ovationen für Elise, und gerade als sein Geduldsfaden kurz vorm Zerreißen war, meldete sich endlich eine gelangweilte Männerstimme: „Bitte sehr, was kann ich für Sie tun?"

„Mein Name ist Bender. Ich habe einen Auftrag für Sie. Ich möchte, dass Sie Namen und Anschrift einer männlichen Person ausfindig machen, die vor siebzehn Jahren im St. Joseph-Krankenhaus zur Welt gekommen ist. Sie müssen das innerhalb von vierundzwanzig Stunden herausfinden und Sie müssen … Wie bitte?"

Er lauschte eine ganze Weile, sagte dann höflich: „Selbstverständlich", legte auf und sagte weniger höflich „Arschloch!" Dann nahm er sich wieder die Gelben Seiten vor. „Wiesenweg. Man muss persönlich vorsprechen und einen Vertrag aufsetzen. Idioten! Weißt du, wo der Wiesenweg ist?" Gabi schüttelte verwirrt den Kopf, und Gerd zog sie nach draußen. „Ich auch nicht. Komm wir nehmen ein Taxi, das geht schneller."

Erst als sie im Taxi saßen und Gerd dem Fahrer die Anschrift genannt hatte, schien er sich ein wenig zu entspannen.

„Was um alles in der Welt machen wir hier?", fragte Gabi und massierte sich ihre Schläfen. Ihr Kopf dröhnte, und sie fühlte sich schwindelig.

„Wir lassen herausfinden, mit wem Tim vertauscht wurde. Falls er denn wirklich vertauscht wurde, was ich natürlich immer noch nicht glaube", antwortete Gerd.

„Aber was soll das denn? Dazu brauchen wir doch keinen Detektiv. Das finden die vom Krankenhaus doch viel leichter heraus."

„Ja, und knallen es uns vor den Kopf und plötzlich sollen wir unseren Jungen gegen irgendeinen Deppen eintauschen."

„Das ist doch Blödsinn, Gerd. Kein Mensch tauscht einfach so Kinder um. Ich weiß nicht, wo mir der Kopf steht. Aber so viel weiß ich noch, dass wir in einem Rechtsstaat leben, in dem man nicht einfach Kinder hin und her schiebt."

Plötzlich hatte Gerd wohl das Gefühl dass er seiner Frau das Ganze erklären musste. Er drehte sich um zu ihr, fasste sie hart an den Schultern und schüttelte sie sogar ein wenig. „Gabi, begreifst du nicht, was hier vorgeht? Nehmen wir mal einen Moment lang an, Tim wurde tatsächlich vertauscht und ist nicht unser leibliches Kind. Aber wir haben ihn erzogen, wir haben ihn zu dem gemacht, was er ist. Und jetzt kommt irgendeine Familie daher und sagt: *Oh nein, das ist unser Sohn. Kleines Versehen vor siebzehn Jahren, hier, nehmen sie diesen*. Und dann schieben sie uns irgendeinen missratenen Bengel rüber und wir können sehen, wie wir mit dem klarkommen."

Gabi verlor selten die Beherrschung, aber in diesem Moment geschah es.

„Sag mal, spinnst du völlig?", brüllte sie ihren Mann an, ohne sich um die entgeisterten Blicke des Taxifahrers zu kümmern. „Erstens ist so etwas rechtlich bestimmt völlig unmöglich. Aber zweitens und vor allen Dingen würde doch kein Mensch so etwas machen. Die Eltern, die unseren leiblichen Sohn jetzt haben, lieben ihn doch genauso, wie wir Tim lieben."

„Ja, denkst du!", unterbrach Gerd sie heftig und ebenso wenig um den Taxifahrer bekümmert. „Du weißt doch selbst, wie viele völlig vermurkste Teenager heutzutage rumlaufen. Was glaubst du, wie viele Eltern froh wären, wenn sie ihren Sprössling eintauschen könnten. Und dann noch gegen so einen wohlgeratenen, begabten Jungen wie Tim."

Gabi starrte Gerd noch immer entgeistert an. „Das meinst du doch nicht ernst", flüsterte sie fassungslos.

„Das meine ich sogar verdammt ernst. Bevor ich mir von diesen dämlichen Ärzten was sagen lasse, erkundige ich mich selbst. Ich will wissen, was das für Leute sind, mit denen wir es zu tun bekommen. Ha, ich werde vorbereitet sein. Und dann werden sie es mit *mir* zu tun bekommen."

„Hier ist der Wiesenweg", unterbrach sie der Taxifahrer. „Ist das Haus, das sie suchen, rechts oder links?"

„Ich weiß nicht", antwortete Gerd. „Fahren Sie mal etwas langsamer. Ja, hier muss es irgendwo sein. Danke. Wir steigen hier aus."

Völlig benommen suchte Gabi nach dem Türgriff, fand ihn schließlich und stolperte auf die Straße. Hilflos sah sie sich um. „Ich bin in irgendeinem schlechten Krimi gelandet", murmelte sie.

Gerd riss sie aus dieser Illusion. „Hier ist es, dritter Stock, Fahrstuhl links. Hör zu", wandte er sich an Gabi. „Du sagst kein Wort. Überlass das Reden einfach mir."

„Ich geh da nicht rein!", protestierte Gabi, die endgültig festgestellt hatte, dass es sich nicht um einen Traum handelte. „Ich weiß beim besten Willen nicht, was ich da soll!"

Gerd war sofort einverstanden. „Hast recht. Ich mach das besser allein. Sieh dir inzwischen Schaufenster an oder so etwas." Und damit war er in dem Hauseingang verschwunden.

Gabi sah ihm noch eine ganze Zeit lang nach, dann drehte sie sich um und entdeckte eine Parkbank. Sie hatte sich schon manches Mal gefragt, was für Leute sich wohl in einer Geschäftsstraße voller Benzingestank auf eine Parkbank setzen würden. Jetzt wusste sie es: Leute, die gerade erfahren hatten, dass ihr Sohn nicht ihr Sohn war und deren Mann durchgedreht war. Sie setzte sich hin und starrte geradeaus. *„Der junge Mann, den ich vor drei Tagen operiert habe, ist nicht ihr leiblicher Sohn."* Was um alles in der Welt bedeutete das? Sie konnte gerade noch so weit denken, um sich vorzustellen, was es in der Vergangenheit bedeutet hatte: Irgendeine fahrige Krankenschwester hatte ihr ihren Jungen abgenommen, während sie sich von der Geburt erholte, hatte einer anderen Frau einen Jungen abgenommen, hatte ihnen die falschen Namensschildchen umgehängt … Und so weiter. Aber was bedeutete es für die Gegenwart? Warum um alles in der Welt saß sie auf einer Parkbank mit Benzingestank vor einem Hähnchengrill statt mit ihrem Mann zusammen am Bett ihres Jungen? Was würde es für die Zukunft bedeuten?

Und während der Benzingeruch weiter zum Himmel stank und der Hähnchengrill weiter zum Himmel duftete, begriff Gabi Bender, dass ihre kleine heile Welt einen bösen Riss bekommen hatte.

Als Katrin nach einem viel zu langen Tag endlich nach Hause kam, brannte kein Licht im Flur. „David schläft schon, bitte leise sein", hätte ihr dieses Zeichen eigentlich sagen sollen. Stattdessen empfing sie eine ganz andere Botschaft: „Dicke Luft."

Das war eine relativ selten ausgesandte und empfundene Botschaft im Hause Liegers. Katrins Eltern stritten eigentlich kaum. „Tagsüber sind wir zu beschäftigt und abends zu müde, um uns gegenseitig die Köpfe einzuhauen", behauptete ihre Mutter immer.

Aber Katrin wusste es besser. Die Eltern ihrer Freunde waren auch alle tagsüber beschäftigt und abends müde, aber die Kraft zum Streiten hatten sie trotzdem noch, wann immer es Grund gab. Und Gründe schien man offensichtlich massenhaft zu finden.

Paps behauptete, man könnte Zeit finden für alle möglichen „unmöglichen" Sachen, man könnte Liebenswertes finden an ekelhaften Typen, man könnte tausend Gründe täglich finden, sich zu freuen, man könnte ebenso viele Gründe täglich finden, sich zu ärgern. Und so weiter und so weiter. „Man kann natürlich auch Gründe finden, sich zu streiten", sagte er manchmal und gab seiner Frau einen Kuss aufs Ohr. „Aber man kann's auch lassen."

Irgendetwas war heute offensichtlich schiefgelaufen mit dieser Lebensphilosophie. Katrin wusste selbst nicht, was ihr das Gefühl gab, dass irgendetwas nicht stimmte, aber was immer auch in der Luft lag, es war fast greifbar, und so warf sie schnell einen Blick in Davids Zimmer. Nein, hier war alles okay. Er atmete so ruhig wie immer, wenn er nicht gerade eine Erkältung hatte. Vielleicht hatte sie sich ja auch geirrt.

Der erste Blick ins Wohnzimmer zeigte ihr, dass sie sich nicht geirrt hatte. Ihre Eltern saßen am Tisch, kein Buch, kein Kakao, kein Glas Wein und absolut keine gemütliche Feierabendstimmung. Nur ein Blatt Papier lag zwischen ihnen auf dem Tisch.

Mona sah hoch, als sie ihre Tochter hörte, und mit Schrecken stellte Katrin fest, dass ihre Mutter geweint hatte. Ein Blick auf ihren Vater machte sie noch unsicherer. Er sah ernst aus und furchtbar müde. Nicht zornig oder enttäuscht. Einfach nur ernst und müde. „Was ist los?", wollte Katrin wissen und blieb in der Tür stehen.

„Komm rein, Schatz, wir müssen mit dir reden." Gott sei Dank, die Stimme ihres Vaters klang immerhin normal.

„Hab ich irgendwas verbrochen?", fragte Katrin, halb scherzend und halb, um diese Möglichkeit schon mal aus dem Weg geräumt zu haben.

„Falls du das hast, verschone uns bitte heute Abend damit, ja?", bat ihre Mutter.

„Komm her, setz dich zu uns. Oder willst du dir erst was zu trinken holen? Der Zimmerservice funktioniert heute nicht so ganz."

Katrin sah noch immer unsicher von einem zum anderen. „Ich glaube, ich will lieber erst wissen, was los ist. Sonst beiße ich noch vor Schreck ins Glas."

„Ist alles schon vorgekommen", murmelte ihr Vater. Aber

dann wurde er ernst. „Eine Angestellte vom St. Joseph-Krankenhaus war heute hier. Sie hatte morgens angerufen und gesagt, dass sie uns, deine Mutter und mich, dringend sprechen müsste."

Also doch David, dachte Katrin. Aber wieso das St. Joseph-Krankenhaus? Dort waren sie doch nur zur Entbindung gewesen. Alle Untersuchungen und Behandlungen seit seiner Krankheit waren im Stadtkrankenhaus durchgeführt worden.

„Sie sagte, dass David wahrscheinlich nicht unser leiblicher Sohn ist, sondern gleich nach der Geburt mit einem anderen Jungen vertauscht wurde."

Katrin starrte ihren Vater an. Er hatte so eine Art, die unglaublichsten Sachen einfach so zu sagen, dass sie manchmal ganz fasziniert war. Im Moment fehlte ihr allerdings jeglicher Sinn für Faszination.

„Wie … wieso kommen sie denn plötzlich nach siebzehn Jahren auf so etwas?"

„Dieser andere Junge hatte einen Autounfall. Seine Eltern wollten für ihn Blut spenden, und dabei stellte sich heraus, dass er eine völlig andere Blutgruppe hat und ergo gar nicht ihr Sohn sein kann. Sie kamen zu dem Schluss, dass er vertauscht worden sein musste, riefen das St. Joseph-Krankenhaus an, die haben dann wohl in ihren Akten gekramt, herausgefunden, dass in der Nacht zwei Jungen und drei Mädchen in ihrem Krankenhaus geboren wurden, dann riefen sie uns an und jetzt …"

„David hat tausend Untersuchungen hinter sich. Da müsste sich doch schon längst mal herausgestellt haben, dass seine Blutgruppe anders ist als eure."

Mona sah ihren Mann an. „Ich hab dir gleich gesagt, das ist das Erste, was Katrin sagen wird."

Rolf nickte. Und dann war er es, der seine Tochter unsicher ansah. „Wir … wir haben gewusst, dass David nicht unser leiblicher Sohn ist."

„Waaaas??!!" Katrin schloss die Augen. Dies war ein Albtraum, und sie war nicht gewillt, sich davon in Panik versetzen zu lassen. Es war nur eine Frage der Zeit, wann sie aufwachen würde.

„Ich erkläre es dir lieber von Anfang an", riss ihr Vater sie aus dieser Hoffnung. „Erinnerst du dich noch an die vielen Untersuchungen, die sie damals gemacht haben, bis sie herausgefunden haben, was mit David los war?"

Katrin nickte.

„Als sie dann endlich wussten, dass er mit einem Virus infiziert war, haben sie natürlich auch sofort unser Blut untersucht, ob wir ebenfalls betroffen waren. Vielleicht erinnerst du dich, dass wir damals alle ins Stadtkrankenhaus mussten zur Blutabnahme, und ein paar Tage später noch einmal." Katrin erinnerte sich zwar nicht, aber es musste wohl stimmen. Und es war klar, was jetzt kommen würde.

„Sie hatten die Unstimmigkeiten festgestellt und wollten sicher sein, dass ihnen kein Fehler unterlaufen ist. Na ja, und nachdem die zweite Untersuchung alle vorherigen Ergebnisse bestätigt hatte, hat uns der Arzt zu sich gebeten und ganz vorsichtig gefragt, ob David vielleicht adoptiert sei. – ‚Adoptiert? Wie kommen Sie denn darauf?', hab ich ganz entrüstet gefragt. ‚Nun, den Blutuntersuchungen zufolge kann er nicht Ihr leiblicher Sohn sein', sagte der Arzt. Er hat ziemlich herumgestottert. ‚Äh, ich meine: auch nicht Ihr Sohn', verbesserte er sich dann und sah deine Mutter an. ‚Also, ich wollte sagen, Ihrer beider Sohn, oder besser: nicht Ihrer beider Sohn.' ‚Können wir bitte einen Moment allein reden?', bat deine Mutter den Arzt und schon hatte sie mich raus auf den Flur gezogen. ‚Sag mal, was soll denn dieser Quatsch?‘, hab ich sie angeherrscht. Du weißt ja, wie ich manchmal sein kann.“

Katrin nickte. Ja, sie wusste sehr gut, wie ihr Vater manchmal sein konnte.

„Aber sie zog mich in eine Ecke. ‚Rolf, weißt du nicht, was das bedeutet?‘, flüsterte sie leise. ‚Nein, das weiß ich nicht‘, hab ich ziemlich ungeduldig geantwortet. ‚Ich weiß nur, dass mein Sohn nicht adoptiert ist. Ich erinnere mich zufällig, dass ich einige Monate lang deinen wachsenden Bauch beobachtet und meinem Sohn durch deine Bauchdecke hindurch fast jeden Abend eine Geschichte erzählt habe.‘ Deine Mutter hatte wirklich Geduld mit mir. ‚Wenn diese Blutuntersuchungen richtig ausgewertet sind, dann war es nicht David, dem du alles das erzählt hast. Dann muss unser Sohn … vertauscht worden sein. Noch im Krankenhaus. Eine andere Möglichkeit gibt es gar nicht. Es ging damals etwas chaotisch zu. Sie hatten einen größeren Unfall oder so etwas und hatten Schwestern von anderen Abteilungen angefordert. Ich hatte das alles gar nicht so richtig mitgekriegt, weil ich ziemlich fertig von der Geburt war, aber ich weiß noch, dass sich am nächsten Tag alle entschuldigt haben.‘“

Katrins Vater seufzte. „Ich hab deine Mutter wieder angestarrt und dachte diesmal, dass ich wohl nicht ganz dicht bin. Weißt du, Katki, damals hab ich plötzlich begriffen, dass deine Mutter viel schneller denken kann als ich. Ich meine, ich … ich hab noch überlegt, wieso die meinen Sohn als adoptiert bezeichnen, da hatte deine Mutter schon die einzig sinnvolle Antwort gefunden und sich erinnert, was damals im Krankenhaus los war … und … und auch, was das für Folgen haben würde.“

„Den Teil sollte ich lieber erzählen“, unterbrach Mona. „Ich weiß nicht, wie ich es dir erklären soll, Katki, aber ich war damals so fertig. David war schon wochenlang krank. Erst das Fieber, dann konnte er nicht mehr richtig sprechen, dann nicht mehr laufen, und dann diese endlosen Untersuchungen, und schließlich erzählen sie mir irgendetwas von einem Virus, der das Gehirn beeinträchtigt. Und dann ist David plötzlich gar nicht unser Sohn, und jetzt soll ich irgendeiner fremden Frau sagen: ‚Äh, Entschuldigung, der Junge, der da drüben Fußball spielt, ist gar nicht Ihr Sohn, sondern der, der hier im Bett mit einer Gehirnentzündung und folgenden Behinderungen liegt, und … und ich liebe ihn und ich möchte ihn bitte nicht hergeben und vielleicht lassen wir am besten alles so, wie es war', und … und das war irgendwie einfach alles zu viel für mich."

Mona holte tief Atem und sah ihre Tochter unglücklich an. Rolf hätte sie gern in den Arm genommen, aber er fühlte sich selbst so elend bei der Rolle, die er gespielt hatte, dass er im Moment keine Kraft zum Trösten verspürte.

„Ich weiß nicht, wie deine Mutter das alles in den paar Sekunden durchdenken konnte", fuhr er mit dem Bericht fort. „Ich hab jedenfalls erst einmal einige Zeit gebraucht, bis ich alles kapiert habe. Dann sind wir wieder rein zu dem Arzt, und ich habe gesagt: ‚Entschuldigen Sie bitte, aber wir sprechen nie über dieses Thema. Ist es medizinisch irgendwie von Bedeutung, dass die leiblichen Eltern benachrichtigt werden?' Und der Arzt meinte, nein, nein, das sei nicht nötig bei einem Virus, er wollte ja nur die unterschiedlichen Blutgruppen abgeklärt haben und das sei ja gar nicht seine Angelegenheit und Entschuldigung – und … und wir wollten einfach nur raus aus seiner Praxis und irgendwie einen klaren Kopf kriegen."

Katrin hatte verstanden. „Die perfekte Abrahamslüge", sagte sie und lächelte.

„Ja", flüsterte ihr Vater, aber er lächelte nicht. „Die perfekte

Abrahamslüge." Und dann legte Rolf Liegers seinen Kopf auf den Tisch, und endlich, endlich weinte er alle Traurigkeit und Scham der vergangenen sieben Jahre heraus.

Die perfekte Abrahamslüge.

Abraham, dieser große Mann Gottes, hatte auch seine Schwächen gehabt. Als Mann Gottes hatte er vielleicht genug Vertrauen gehabt in seinen Herrn. Aber als Mann seiner wunderschönen Ehefrau hatte er die weltlichen Herren wohl mehr gefürchtet. Nicht nur einmal, sondern zweimal auf seiner langen Wanderung durch den Mittleren Osten hatte er zu einer kleinen List gegriffen. „Sag nicht, dass du meine Frau bist, sag, dass du meine Schwester bist", hatte er seiner Frau Sara eingeschärft, als sie in ein neues Gebiet kamen. „Wer weiß, was sie sonst mit mir machen, wenn sich einer von denen in dich verliebt. Als dein Ehemann töten sie mich wahrscheinlich, als dein Bruder werden sie sich nicht um mich kümmern."

Natürlich kam es beide Male heraus, und natürlich hatte Abraham beide Male eine Erklärung parat: Sie war ja wirklich seine Schwester, zumindest seine Halbschwester. Hatte er gelogen? Nicht so richtig. Nur die viel wichtigere Tatsache, dass sie seine Halbschwester, aber eben auch seine Ehefrau war, hatte er fein verschwiegen, aber gelogen, nein, gelogen hatte er nicht. Und damit hatte er etwas erfunden, was noch Tausende von Jahren nach ihm benannt werden sollte: die Abrahamslüge.

Karin konnte sich noch gut erinnern, wie ihr Vater im Jugendkreis darüber gesprochen hatte. „Abrahamslügen sehen geschickt aus. Sie sehen smart aus. Niemand kann dich am Kragen packen und dir sagen: Hey, du hast ja gelogen. Denn du hast ja gar nicht so richtig gelogen. Du hast genau gewusst, dass das, was du sagst, in diesem Zusammenhang falsch verstanden wird, aber gelogen hast du nicht. ‚Wisst ihr, was das

Problem mit diesen smarten Lügen ist?' ,You outsmart yourself!' Mit all den anderen Lügen belügen wir unseren Gesprächspartner. Schlimm genug, aber da hat man doch wenigstens noch Chancen, zurechtgewiesen zu werden. Zu-recht-gewiesen! Aber mit der Abrahamslüge belügen wir am meisten uns selbst. Mensch, wer soll uns denn da noch zum Rechten weisen, wenn wir Lügner und Belogener zugleich sind?"

Die perfekte Abrahamslüge. Niemand konnte ihren Vater einer klaren Lüge bezichtigen, aber, mein Gott, wie musste er sich selbst bezichtigt haben! Katrin kannte ihren Vater sehr gut und sie kannte seine Schwächen zur Genüge. Aber was auch immer seine Fehler sein mochten – er war kein Heuchler. Er hatte seine Kinder zu Wahrheit erzogen, seine Sonntagsschulgruppe, seine Jugendgruppe – und er war selbst ein ehrlicher Mann, trotz Abrahamslüge auf seinem Gewissen.

Im Moment war er allerdings nichts als ein geknickter Mann. Zärtlich legte Katrin ihre Hand auf seine Schulter und streichelte ihn. „O Paps!"

Er ergriff ihre Hand und drückte sie so fest, dass es beinahe wehtat. „Ich … weiß nicht, was ich sagen soll", flüsterte er. „Ich habe mich immer bemüht, das, was ich predige, auch selbst zu tun."

„Das ist mir aufgefallen", meinte Katrin. „Zweiundzwanzig Jahre lang. Dachtest du, ich würde es innerhalb einer Sekunde vergessen?"

Zum ersten Mal an diesem Abend verzog sich Rolfs Mund zu einem kleinen, wenn auch traurigen Lächeln. „Ja, es scheint fast so, dass ich das dachte."

„Armer alter Paps. Und was ist mit dir?", wandte Katrin sich an ihre Mutter, die schweigend dabeisaß. „Was denkst du?"

Auch das Lächeln ihrer Mutter war nur ein müder kleiner Versuch. „Um ehrlich zu sein, Kind, ich weiß nicht, was ich denke. Ich fürchte, ich habe an der Sache nicht ganz so sehr gelitten wie dein Vater. Ich habe, glaube ich, immer nur gewusst, dass es eines Tages herauskommt, und habe den Moment so sehr gefürchtet, wie ich ihn herbeigesehnt habe." Sie atmete einmal tief durch und sagte dann mit etwas klarerer Stimme:

„Und nun ist es heraus, und meine Angst und meine Hoffnung haben sich erfüllt und ... und ich bin einfach froh, dass wir mit dir darüber reden können."

Ihre Eltern schwiegen daraufhin, und Katrin hatte Zeit für ihre eigenen Gedanken. David war wahrscheinlich nicht ihr leiblicher Bruder. Die interessanteste Entdeckung war, dass das gar nichts änderte. Er war immer noch ihr kleiner Bruder, sie war immer noch seine große Schwester.

Sie wünschte ihren Eltern eine gute Nacht und ging in ihr Zimmer. Das heißt: Sie wollte in ihr Zimmer gehen. Aber sie konnte nicht einfach so an Davids Zimmer vorbeigehen. Das konnte sie nie. Und heute schon gar nicht.

Mona und Rolf blieben noch eine ganze Weile schweigend sitzen. Es gab so vieles zu sagen. Sie wussten beide nicht, wo sie anfangen sollten.

„Ich sehe noch mal nach den Kindern", sagte Mona schließlich, nur um irgendetwas zu sagen, und stand auf.

Sie brauchte nur in ein Zimmer zu gehen. Schon vom Flur aus sah sie, dass Katrin an Davids Bett stand. Leise stellte sie sich neben ihre Tochter und legte den Arm um sie. Eine ganze Weile schwiegen sie, und nur Davids leises Atmen war zu hören.

„Komisch", sagte Katrin schließlich. „Wenn ich daran denke, dass David nicht mein leiblicher Bruder ist, dann ändert das überhaupt nichts an meinen Gefühlen für ihn. Aber wenn ich an den völlig Fremden denke, der irgendwo da draußen herumläuft und mein leiblicher Bruder ist, dann möchte ich ihn schon gern kennenlernen. Wenn ich Paps wäre, würde ich jetzt wahrscheinlich irgendeine Theorie daraus machen, so etwas wie: Geschwister kann man eben nur gewinnen, aber nicht verlieren – oder so was."

Mona lächelte. Katrin war ihrem Vater erheblich ähnlicher, als sie es wahrhaben wollte.

„Habt ihr eigentlich mal meine Blutgruppe überprüft?"

„War nicht mehr nötig, sie hatten ja von dir damals auch Blut zum Untersuchen genommen, erinnerst du dich?"

Katrin erinnerte sich zwar nicht, aber in irgendeiner Ecke ihres Herzens war sie doch erleichtert.

Am gleichen Tag, einige Stunden früher

„Schlimmer hätte es nicht kommen können. Er ist behindert." … *Schlimmer hätte es nicht kommen können. … Schlimmer hätte es nicht kommen können. … Schlimmer hätte es nicht kommen können.* Diese Worte gingen Gabi nicht aus dem Kopf.

Das Detektivbüro hatte keine 24 Stunden gebraucht, um herauszufinden, dass der Junge, der damals geboren wurde, auf den Namen David getauft war („Zum Teufel noch mal, ich habe Ihnen gesagt, dass ich nicht an Namen interessiert bin!", hatte Gerd ins Telefon gebrüllt) – und dass er schwerbehindert war. Geistig behindert und körperbehindert. („Ein Idiot und ein Krüppel!", hatte Gerd entsetzt ausgerufen.) Die Behinderung sei offensichtlich im Kindesalter erworben, eine

Virusinfektion oder Ähnliches. Ob sie wollten, dass man Details ausfindig mache? („Natürlich, zum Teufel!")

Gabi hatte nicht gewusst, dass man sich eine Behinderung „erwerben" konnte. Sie dachte noch darüber nach, was das bedeutete, als Gerd sie – nun schon zum zweiten Mal in 24 Stunden – hart an den Schultern fasste und zu sich herumriss. Sie standen in der Eingangshalle des Krankenhauses, wo Gerd eben wieder mit dem Detektivbüro telefoniert hatte.

„Hör zu, du redest nicht mit dem Arzt, verstanden? Wenn er dir sagt, dass er Informationen hat, dann sag ihm, du wollest warten, bis dein Mann kommt. Hast du das verstanden?", schärfte er ihr noch einmal ein. „Rede auf keinen Fall mit ihm!"

„Gerd", bat sie ihn mit müder Stimme. „Können wir bitte mal einen Moment in aller Vernunft darüber reden?"

Es war sinnlos. „Der einzig Vernünftige hier bin ich", hatte Gerd entschieden, „und darum beschließe ich auch, was wir jetzt tun."

Gabi wollte noch einen Einwand machen, aber er ließ sie gar nicht erst zu Worte kommen. „Gabi, verdammt noch mal, begreifst du nicht, was hier los ist? Du hast ein völlig normales, gesundes Kind zur Welt gebracht. Irgendeine bekloppte Krankenschwester hat es mit einem anderen Kind vertauscht. Wir haben den Kleinen, den wir mit gutem Recht als unseren Sohn angesehen haben, zu einem intelligenten, begabten Jungen gemacht. Diese andere Familie hat aus ihrem Jungen einen Idioten und einen Krüppel gemacht. Das sind die Tatsachen! Was glaubst du, wie froh die sein werden, wenn sie den Balg jetzt eintauschen können. Was ich dir von Anfang an gesagt habe! Wir müssen jetzt sehr geschickt vorgehen, und ich brauche Zeit, um das zu durchdenken. Also rede nicht mit dem Arzt! Hast du das verstanden?!?"

Gabi hatte es nicht verstanden, aber sie hatte genickt und war an das Bett ihres Sohnes gegangen und hatte ihm und dem Arzt gesagt, dass ihr Mann ein ernsthaftes Problem am Arbeitsplatz hatte und heute nicht kommen könne und dass sie auf ihn warten wolle, bevor sie weitere Einzelheiten besprachen.

Und dem Arzt war es recht gewesen. Er riss sich auch nicht gerade darum, die absolut peinlichen Informationen weiterzugeben, die er von St. Joseph erhalten hatte. Diese Idioten! Das würde vielleicht einen Wirbel geben. Die Presse würde mal wieder über sämtliche Ärzte und Krankenhäuser herfallen. Sie bemühten sich noch, die damals diensthabenden Krankenschwestern ausfindig zu machen. Und natürlich bangten sie vor dem Prozess, der ihnen ins Haus stand. Schöner Mist, das Ganze. Und ausgerechnet er musste auf diese blödsinnigen unpassenden Blutgruppen stoßen.

Nur etwa 24 Stunden später

Ich glaube, das war einer der unangenehmsten Termine, die ich je vergeben habe. Als die beiden eintraten, hätte ich am liebsten gesagt: „Wissen Sie, das ist jetzt sehr schwierig für uns alle. Lassen Sie uns am besten erst einmal einen Cognac trinken." Aber natürlich kann man so etwas nicht sagen. Jedenfalls nicht als Oberarzt im größten Krankenhaus des Ortes. Ich glaube, in der kleinen Landpraxis, von der ich noch manchmal träume, würde ich es so machen.

Doch wir waren nicht in meiner Landpraxis und dies war kein Traum. Allenfalls ein Albtraum. Aber alles entwickelte sich dann doch völlig anders als erwartet.

Ich hatte mir meine Worte sehr gut zurechtgelegt. Ich wollte mich nicht wieder wie ein „Elefant im Porzellanladen" benehmen. Besonders lange gefeilt hatte ich an dem Teil, in dem ich ihnen erklären musste, dass ihr leiblicher Sohn – und unsere bisherigen Untersuchungen unterstrichen die Tatsache des Vertauschens – ein schwerbehinderter Junge ist. Ich hatte alle medizinischen Unterlagen angefordert, um zu belegen, dass es sich nicht um einen Geburtsfehler handelte und nicht um eine Erbanlage. Das würde sie am allermeisten interessieren, das war mir natürlich klar.

Aber ich kam gar nicht dazu, alle meine wohlüberlegten Formulierungen anzubringen. Der Mann kam mir zuvor. Sie hatten sich noch nicht richtig hingesetzt, da begann er schon das Gespräch: „Bitte halten Sie mich nicht für unhöflich, aber ich möchte zunächst nur das eine von Ihnen wissen: Hat es sich bestätigt, dass unser leiblicher Sohn mit dem Sohn, den wir aufgezogen haben, vertauscht wurde?"

„Ja, das hat es, und ich möchte Ihnen sagen …" Weiter kam ich nicht, und ich glaube, das war der längste Satz, den ich in dieser ganzen „Unterhaltung" beisteuern konnte. Der Mann unterbrach mich sofort wieder: „Vielen Dank, aber es ist nicht nötig, dass Sie weitere Erklärungen abgeben. Ich habe mich inzwischen mit meinem Anwalt beraten und folgenden rechtlichen Rat erhalten: Wir können ja wohl davon ausgehen, dass die betreffende Familie – nein, bitte sagen Sie mir keinen Namen, wir möchten ihn nicht wissen! … Also, es ist ja wohl anzunehmen, dass diese Familie ihren Sohn ebenso liebt wie wir unseren und dass sie nicht an Komplikationen interessiert sind. Die Rechtslage ist so, dass für den Fall, dass jeder sein Kind behalten möchte – und davon können wir ja wohl ausgehen –, jede Familie den Sohn, den sie für ihren eigenen gehalten hat, offiziell adoptieren kann. Bei beiderseitigem Einverständnis ist von rechtlicher Seite nicht mit Schwierigkeiten zu rechnen, zumindest hat mir mein Anwalt das versichert. (Ganz so einfach war es zwar nicht, aber das wollte er hier nicht zugeben.) Meine Frau und ich haben kein Interesse daran, das St. Joseph-Krankenhaus zu verklagen, obwohl wir wissen, dass wir natürlich das Recht dazu hätten. Aber wir sind nicht an einer wie auch immer gearteten ‚Entschädigung' interessiert, sondern daran, unser Leben so weiterzuführen wie bisher. Wir möchten daher auch keinen Kontakt zu den Eltern unseres leiblichen Sohnes aufnehmen, da auch das nur zu emotionalen Konflikten führen kann. Alle Rechtsangelegenheiten werden wir über unseren Anwalt erledigen. Das St. Joseph-Krankenhaus muss selbstverständlich alle Anwalts- und etwaigen Gerichtskosten übernehmen, aber das dürfte eine geringe Summe sein im Vergleich mit den Kosten, die in Folge eines Prozesses auf sie zukommen würden. Auch diese Verhandlungen wird unser Anwalt führen. Wir hoffen sehr, dass die andere Familie unserem Vorschlag zustimmen wird. Niemand kann daran interessiert sein, dass unsere Söhne verunsichert und verwirrt werden. Im Besonderen denken wir natürlich an unseren eigenen Sohn, der ja mit schweren Verletzungen in Ihrem Krankenhaus liegt und eine sehr ungewisse Zukunft vor sich hat. Alle Beteiligten werden einsehen, dass es nicht im Interesse seiner Genesung sein kann, wenn er sich jetzt auch noch mit ungeklärten Fragen seiner Herkunft auseinandersetzen muss. Wir haben einen Brief an die betreffende Familie geschrieben", damit zog er einen Umschlag aus seiner Brusttasche. Seine Frau sah ihn stirnrunzelnd an.

„Dieser Brief ist an die besagte Familie gerichtet. Wir haben unseren Namen und unsere Anschrift nicht angegeben, sondern die unseres Anwalts. Ich bitte Sie nun, den Brief weiterzuleiten. Ansonsten möchten wir Sie mit dieser Angelegenheit nicht weiter belästigen. Ich wäre Ihnen dankbar, wenn Sie Ihre gesamte Energie auf die Genesung unseres Sohnes konzentrieren würden. Ach ja, Sie werden selbstverständlich kein Wort zu ihm sagen, nicht wahr? Ich bin sicher, dieses Thema fällt unter Ihre Schweigepflicht. Vielen Dank für Ihre Zeit …"

Damit erhob er sich. Unsere Unterredung war offensichtlich beendet. Seine Frau erhob sich ebenfalls, mindestens so verblüfft wie ich, und ich hatte plötzlich den Eindruck, dass die Rede ihres Mannes für sie ebenso unerwartet gekommen war wie für mich. Ich murmelte einen Abschiedsgruß und stand plötzlich allein in meinem Sprechzimmer, in der einen Hand den Brief, in der anderen Hand die Türklinke.

Völlig erschlagen ließ ich mich wieder in meinen Sessel fallen. Ich fühlte mich wie ein gemaßregelter Schuljunge, obwohl ich beim besten Willen nicht sagen konnte, wieso eigentlich. Es war doch großartig gelaufen. Ich hatte keine der peinlichen Informationen weitergeben müssen; die Kollegen des St. Joseph würden einen Luftsprung machen; wir brauchten wahrscheinlich die Psychos nicht einzuschalten, um unseren Patienten aufzufangen (na ja, das werde ich meiner Frau leitenden Psychologin vielleicht nicht so direkt erzählen), und vor allem: Ich selbst war aus dem ganzen Schlamassel raus. Sollten sich die Anwälte damit herumschlagen.

Wieso um alles in der Welt hatte ich trotzdem so ein ungutes Gefühl bei der ganzen Sache?

Gabi sagte kein Wort, als sie aus dem Sprechzimmer herauskamen.

Gerd zog sie in eine der Wartenischen und drückte sie dort in einen Stuhl.

„Das ist der erste Schritt in unserer Strategie", erklärte er eifrig. „Wenn sie darauf eingehen, ist natürlich alles gewonnen und wir brauchen uns nie mit diesen Leuten auseinanderzusetzen. Ich habe in dem Brief sehr eindringlich beschrieben, welches Trauma es für Tim bedeuten würde, jetzt mit so schwerwiegenden Fragen konfrontiert zu werden. Wenn sie ein Herz haben, werden sie das verstehen. Wenn sie darauf bestehen, das Krankenhaus zu verklagen, bitte schön, das ist ihre Sache. Unseren Namen müssen sie da raushalten, hat mir der Anwalt gesagt. Wenn sie allerdings darauf bestehen, unsere Söhne zurückzutauschen, wird's kniffelig. Theoretisch haben sie natürlich gewisse Rechte, zumindest das, ihren leiblichen Sohn kennenzulernen. Ich werde versuchen, eine persönliche Begegnung so lange wie möglich hinauszuzögern. Wir reden nur über unseren Anwalt mit ihnen. Mit ein bisschen Glück haben wir das alles geregelt, bis Tim wieder raus ist aus dem Krankenhaus."

Da war noch eine Kleinigkeit, die er im Moment erst einmal für sich behalten wollte. Es konnte sein, dass die Jungen, da sie über 16 waren, selbst befragt werden mussten. Sein Anwalt prüfte noch, ob das irgendwie zu verhindern war. Vielleicht war es sogar von Vorteil, dass der andere Junge behindert war. Der konnte ja ohnehin nicht für sich selbst entscheiden. Und von Tim würde er eine Begegnung fernhalten, so lange es nur irgend möglich war. Er würde Gabi erst von einer solchen Möglichkeit erzählen, wenn es unumgänglich war.

„Tim braucht wahrscheinlich nie etwas von all dem zu erfahren. Na, was sagst du?"

Gabi sagte gar nichts. Sie kannte ihren Mann nicht mehr, und im Augenblick war sie nicht bereit, ihre Gefühle mit einem Fremden zu diskutieren.

Ansonsten wusste sie nur eines: Er hatte einen Namen. Er hieß David.

Ende August

Mona hielt nichts von Traumdeutung, freudscher, jungscher oder „sonstscher“, wie sie sich immer ausdrückte. Sie war überzeugt, dass Träume Dialoge mit sich selbst waren und dass sich da niemand einzumischen hatte.

Sie hatte ihren eigenen Dialog mit sich selbst.

Es war immer der gleiche Traum, und sie hatte ihn schon so oft geträumt, dass sie jede Einzelheit wiedergeben konnte, jedes noch so kleine Detail. Sie saß auf einem Baumstumpf, aus dem am Rand schon wieder kleine neue Triebe herauslugten. Um sie herum eine herrliche Sommerwiese. Vor ihr in vielleicht 100 Metern Entfernung begann ein Wald, ein sehr dichter Wald. Der Himmel über ihr war strahlend blau und wolkenlos. Über dem Wald jedoch stieg ein blassgrauer Morgennebel auf, der langsam in den blauen Himmel schwebte und so die weite Sicht ein wenig einschränkte. Erstaunlicherweise war es völlig still. Kein Rascheln im Gras, keine Vogelstimmen, kein Windhauch. Nicht einmal ihr eigenes Atmen konnte Mona hören, aber sie genoss die Stille.

Während sie noch versuchte, in den Nebelschwaden über dem Wald Figuren zu erkennen, kam plötzlich eine Frau aus dem Wald, unglaublich groß und dick, und Mona wunderte sich, wie sie sich durch die dichten Zweige hindurchgequetscht hatte. Sie schien nur wenige Schritte zu brauchen, bis sie vor Mona stand. Ein großer Sonnenhut verdeckte ihr Gesicht, fleischige Arme und Beine (sie waren kein bisschen zerkratzt von den Bäumen und dem Gestrüpp, durch das sie sich hatte hindurcharbeiten müssen) ragten unter einem bunt gemusterten Sommerkleid hervor, ein riesiger Busen wogte drohend über einer immer kleiner werdenden Mona.

„Was hast du mit meinem Kind gemacht?“, brüllte die Frau sie an.

„Ich … ich habe es geliebt“, flüsterte Mona eingeschüchtert.

Die Großbusige war nicht beeindruckt. „Ha! Und du glaubst, das genügt?!“

„Ich … weiß nicht.“

„Das weißt du nicht? So etwas weiß man!“

Darauf wusste Mona nichts zu erwidern und so starrte sie die riesige Frau nur ängstlich und hilflos an.

Und dann geschah etwas Seltsames. Bislang hatte Mona in ihrem Traum immer das Gesicht derjenigen gesehen, die gerade sprach – und der Unterschied zwischen der starken, selbstbewussten Großen und der verängstigten, eingeschüchterten Kleinen wurde mit jedem Wort deutlicher.

Aber plötzlich war es, als ob die Kamera einen Positionswechsel vornahm. Mona hörte zwar ihre eigene Stimme, sah dabei aber das Gesicht der anderen. Was sie sagte, konnte sie nicht verstehen. Aber die große, starke Selbstbewusste schrumpfte plötzlich zusammen, ihre Augen weiteten sich vor Schreck, und erst langsam, dann immer hektischer zog sie sich zurück. Rückwarts stolpernd, die ganzen hundert Meter bis zum Wald, verschwand sie langsam aus Monas Blick.

Wieder schwenkte ihre Traumkamera, und Mona sah sich auf der Wiese, ganz gelassen an den Baumstamm gelehnt, auf dem sie vorher gesessen hatte, und als hätte ihr Kameramann jetzt endlich auch den Ton eingeschaltet, hörte sie alle Geräusche, alles Singen und Summen und Knacken und Rascheln einer blühenden lebenden Sommerwiese.

Der Himmel über ihr war noch immer blau, und der Nebel über dem Wald verzog sich langsam.

Es gab einige Details, die ihr unklar waren. Besonders natürlich ein Detail. Aber im Großen und Ganzen war der Traum eine klare Botschaft, die sie sich offenbar selbst anvertraute: Die Großbusige war die wirkliche Mutter ihres Sohnes. Sie war vor allem das, was Mona selbst sein sollte: eine richtige Frau, eine richtige Mutter. Eine richtige Mutter versagt nicht so abgrundtief. Eine richtige Mutter lässt nicht zu, dass ihr Kind von einem Virus befallen wird. Eine richtige Mutter beschützt ihr Kind vor solchen Gefahren.

Der große Busen versinnbildlichte alle Qualitäten einer „richtigen" Frau und Mutter. Vor ihr stand die Richtige. Sie selbst war die Falsche. Sie war die Versagerin. Sie war nur eine billige Kopie.

Ein Kind war ihr anvertraut worden, und sie war der Verantwortung nicht gewachsen gewesen. Ein simpler kleiner Sommerurlaub, wie ihn Millionen von Müttern millionenfach auf dieser Erde schon mit ihren Kindern unternommen haben und noch unternehmen werden – aber sie hatte versagt. Alle anderen brachten ihre Kinder heil und unversehrt nach Hause. Aber sie hatte zugelassen, dass ihr Kind krank und schwach wurde. Sie hatte Schmerzen und Fieber einfach Tür und Tor geöffnet, und die hatten ihr unschuldiges Kind überfallen und gequält.

Der Traum kehrte immer wieder. In unregelmäßigen Abständen. Manchmal träumte sie ihn monatelang nicht, dann wieder in Abständen von wenigen Wochen vier-, fünfmal hintereinander.

Sie hatte Rolf nichts von diesem Traum erzählt. Eigentlich erzählte sie ihm so ziemlich alles, das wert war, erzählt zu werden. Jedenfalls wüsste sie nicht, dass sie ihm jemals etwas bewusst verschwiegen hatte.

Bis auf diesen Traum.

Sie hatte Angst vor seiner Reaktion. Er würde sagen: „Mona, du weißt, dass das nicht stimmt. Du bist nicht schuld an diesem Virus. Niemand ist schuld an einem Virus. Solche Dinge geschehen, und sie haben nichts mit deiner Fähigkeit als Mutter zu tun. Du bist eine wunderbare Frau und Mutter. Glaub's mir, ich weiß es." Natürlich würde er so etwas in der Art sagen. Sie sagte es sich selbst immer wieder.

Aber der Traum blieb. Und das Schuldgefühl, dieses völlig unbestimmte Empfinden, versagt zu haben, wo sie nicht hätte versagen dürfen.

Sie fürchtete Rolfs Reaktion, weil sie richtig und logisch war und weil sie selbst genau das Gleiche empfand. Und weil sie sich trotzdem weiter schuldig fühlte. Irgendwo in irgendwelchen verborgenen Windungen ihrer Seele, die von Logik nicht erreicht wurden.

Am folgenden Abend

„Hast du oft an ihn gedacht?", fragte Mona.

Es war schon spät, es war ein hektischer Tag gewesen und sie waren beide erschöpft. Katrin verbrachte die Nacht bei einer Mitstudentin, wie so oft, wenn sie am nächsten Tag eine Prüfung hatten.

Es dauerte sehr lange, bis Rolf antwortete. „Ja", sagte er schließlich. „Sehr oft."

„Ich auch", sagte Mona. „Wie kommt es, dass wir nie darüber gesprochen haben?"

Rolf drückte seine Frau an sich und gab ihr einen Kuss auf die Schläfe. „Ich weiß nicht genau. Ich hab wohl irgendwie immer gedacht, wenn ich darüber spreche, muss ich auch etwas tun. Und ich wusste nicht, was ich tun sollte. Komisch. Ich drücke mich doch sonst eigentlich nicht vor der Verantwortung, oder?"

Mona lächelte. „Nein, mein Schatz, was auch sonst deine Fehler sind, verantwortungslos warst du noch nie."

„Diese ganze Situation damals in dem Sprechzimmer – ich sehe die Szene noch so deutlich vor mir, als wäre es vor einer halben Stunde gewesen. Jedes Wort, jede Geste. Das Bild wird noch vor mir stehen, wenn ich hundert Jahre alt bin."

„Ich hab ein anderes Bild vor Augen, das ich auch in den nächsten hundert Jahren nicht vergessen werde", gestand Mona und erzählte ihrem Mann von dem Traum.

Er hörte ruhig zu, schwieg, als sie geendet hatte, dann drückte er sie noch ein wenig fester an sich, und Mona wusste nicht, ob er Halt suchte oder Halt geben wollte. Wahrscheinlich wusste er es selbst selbst nicht. Schließlich sagte er: „Ich weiß, dass wir über all das reden müssen. Wir hätten es schon vor sieben Jahren tun sollen. Aber im Moment bin ich einfach zu müde. Drücke ich mich schon wieder vor der Verantwortung, wenn ich das auf morgen verschiebe?"

Mona lächelte ihn dankbar an. „Ganz im Gegenteil. Was immer wir in der Vergangenheit falsch gemacht haben, unsere Verantwortung heute ist es, schlafen zu gehen, damit wir morgen den neuen Verantwortungen gewachsen sind. Ich sehe nur noch eben nach David."

Mona verrichtete ihre Hausarbeit an diesem Tag noch mechanischer als sonst. Sie mochte die zwei bis drei Stunden Routinetätigkeiten, die sie jeden Tag zu erledigen hatte. Man brauchte über keinen seiner Handgriffe nachzudenken, jeder Arbeitsgang ergab sich automatisch aus dem vorherigen, und das Hirn war frei für die tausend Überlegungen und Entscheidungen, die den Rest des Tages beanspruchen würden.

Heute gab es nur eine Überlegung für sie. Seltsam, zum ersten Mal fühlte sie sich David gegenüber schuldig. Bislang hatte sie wegen ihres Schweigens und Verschweigens durchaus Schuldgefühle gegenüber Gott und der Welt gehabt. Aber nie gegenüber David. Irgendwie hatte sie immer vorausgesetzt, dass sie die beste Entscheidung für ihn getroffen hatte. Aber war das eigentlich sicher? Sie konnte sich nicht vorstellen, dass seine leibliche Mutter ihn mehr lieben würde, als sie es tat, aber darum ging es nicht. Er hatte ein Recht auf seine Mutter, und das hatte sie ihm vorenthalten.

Für einen Moment stand die Großbusige vor ihren Augen und Mona lächelte. Sie glaubte jetzt zu wissen, was sie ihr gesagt hatte. Es war eine Erleichterung, sich nicht mehr vor ihr fürchten zu müssen. Aber das änderte nichts daran, dass sie David betrogen hatte. Aus den besten Motiven, aber was bedeutete das schon? Eine Menge Leute taten eine Menge Dinge aus den ihrer Meinung nach besten Motiven. Das bedeutete noch lange nicht, dass sie das Richtige taten.

Am Wochenende

Den Samstagvormittag hatten Rolf und Mona für sich reserviert. Katrin war mit David und irgendeinem etwas seltsamen Typen, von dem Rolf insgeheim hoffte, dass sich zwischen ihm und Katrin nichts anbahnte, spazieren gegangen. Der Telefonstecker war herausgezogen. Der Frühstückstisch war noch nicht abgedeckt. Für Rolf und Mona bedeutete es den Inbegriff von „Ferien" schlechthin, wenn sie bis zum Mittagessen am Frühstückstisch sitzen konnten.

Katrin zog sie immer wieder damit auf. „Ihr seid vielleicht ein paar Spießer. Andere Leute machen eine Wochenendspritztour nach Paris, und ihr haltet euch an euren Kaffeetassen fest."

Sie liebten es beide, sich an ihren Kaffeetassen festzuhalten. Rolf liebte es außerdem, alle paar Minuten mit den Fingerspitzen etwas Wurst oder Käse abzuzupfen. Damit zog Mona ihn dann auf: „Sieh dir deinen Vater an. Kaum hat er Urlaub, vergisst er sämtliche Tischmanieren und macht sich in barbarischer Weise über die Lebensmittel her. Was glaubst du, was der erst macht, wenn ich ihn mit nach Paris nehme!"

Jetzt saßen sie gemütlich in ihrer Küche und genossen einen nicht abgedeckten Frühstückstisch.

„Die Idee mit Paris ist vielleicht gar nicht so schlecht", meinte Rolf, während er sich ein Stückchen Käse in den Mund schob. „Wir könnten um den Eiffelturm schlendern und über unser verpfuschtes Leben nachdenken."

Mona spielte mit ihrer Kaffeetasse. „Du bist ein Banause", antwortete sie. „Um den Eiffelturm schlendert man nicht, um über Verpfuschtes zu lamentieren, sondern um Zukunftspläne zu schmieden."

„Ich hoffe, Katrin schlendert nicht mal mit diesem komischen Knaben um den Eiffelturm. Was um alles in der Welt findet sie an dem?"

„Du willst nicht zufällig vom Thema ablenken?"

Rolf grinste verlegen. „Doch, das will ich unbedingt. – Mona, Schatz, wo um Gottes willen fangen wir nur an, dieses entsetzliche Knäuel zu entwirren?"

Er wurde jetzt ernst, was ihn allerdings nicht davon abhielt, sich ein Fetzchen Salami abzuzupfen. „Du hast mir von deinem Traum erzählt. Vielleicht fangen wir damit an. Was ist deiner Meinung nach die Botschaft?"

Mona erzählte ihm ihren Dialog mit sich selbst. „Ich habe mich immer gefragt, was um alles in der Welt ich ihr gesagt haben könnte, das sie so erschreckt hat. Ich meine, die ganze Zeit war sie mir überlegen, und dann plötzlich … Ich glaube, ich weiß jetzt, was ich ihr gesagt habe."

Sie schwieg, und nach einer ganzen Weile fragte Rolf: „Willst du es mir erzählen?"

Mona atmete tief durch. „Rolf, ich weiß, dass es unlogisch ist, aber ich hatte immer furchtbare Schuldgefühle, weil David so krank geworden ist. Diese ganzen Wochen, die ich an seinem Bett gesessen habe, bis er dann endlich durch war, hab ich mir solche Vorwürfe gemacht. Wie kann man es als Mutter nur zulassen, dass ein Kind so krank wird! Ich hab vielleicht nicht gerade eine Neurose entwickelt, aber dieses Schuldgefühl hat mich nie ganz losgelassen. Die Großbusige, diese Superfrau, hätte sich besser um ihn gekümmert, dachte ich. Ihr wäre so etwas nicht passiert. Ich hab mich immer klein und unfähig ihr gegenüber gefühlt. Ich hatte mich nicht richtig um ihren Sohn gekümmert. Nicht absichtlich, aber darum ging es jetzt nicht. Er war mir anvertraut gewesen. Sie hatte bestimmt in bester Weise auf unseren Sohn aufgepasst. Und … und nun erfahren wir plötzlich, dass der andere Junge einen Unfall hatte. Die Superfrau hat das nicht verhindern können. O Rolf, ich hoffe so sehr, dass alles gut verheilt und dass er keine Schäden davonträgt. Aber weißt du", sie nahm Rolfs Hand und spielte mit seinen Fingern, „in dem Moment hab ich endlich richtig begriffen, dass wir unsere Kinder nicht vor allen Gefahren beschützen können. Irgendwie hatte ich immer gedacht, das wäre meine Pflicht. Aber das ist völlig unmöglich. Es gibt Krankheiten und Unfälle und Verbrechen und Katastrophen, und wir haben schlicht und einfach keine Kontrolle darüber. Egal, wie sehr wir uns bemühen, es gibt tausend Dinge, die ihnen täglich passieren können. Wir haben keine Garantie, dass wir unsere Kinder heil großkriegen.

Auch nicht als Leute, die Gott lieben und die von Gott geliebt sind. Das Leben ist erheblich komplizierter als ‚Wenn ich mir nur genug Mühe gebe, wird schon alles glatt gehen'. Ich weiß, das ist eine völlig banale Feststellung. Aber glaub mir, ich hab das erst jetzt richtig begriffen. Dieser Virus war nicht meine Schuld! Das weiß ich jetzt, und ich denke, das habe ich der Superfrau auch unmissverständlich zu verstehen gegeben. Sie hat nicht mehr die Macht, mich runterzuputzen."

Sie schwiegen eine Weile. „Hmmm!", sagte Rolf schließlich. „Du führst ja ganz schön harte Dialoge mit dir selbst."

Mona nickte. „Was hast du von dem Traum gehalten?", fragte sie schließlich.

„Ach, um ehrlich zu sein, ich hab viel simpler gedacht. Ich dachte, diese Superfrau, das … na ja, das bist du selbst. Der Teil von dir, der eigentlich perfekt sein möchte und der dem realistischen Teil von dir immer mal wieder eins draufgeben muss."

Mona versuchte ein Schmunzeln zu unterdrücken und fragte: „Und was hat die Realistin der Perfektionistin gesagt?"

„Ach, so etwas wie: ‚Gib nicht so an. Du bist ich, und ich bin du, also pluster dich nicht so auf.'"

Mona lachte nun doch laut auf, und Rolf nutzte die Gelegenheit, sich noch ein Stückchen Aufschnitt abzuzupfen. „Von den Traumgefilden zurück auf den harten Boden der Tatsachen", sagte er ein paar Salamihäppchen später. „Ich … ich habe durch mein Schweigen eine ganze Menge Leute angelogen. Zuerst natürlich diesen Arzt damals, aber er arbeitet nicht mehr im Stadtkrankenhaus, ich wüsste gar nicht, wie ich ihn erreichen könnte, und im Übrigen ist es ihm wahrscheinlich völlig gleichgültig. Mit Katrin haben wir schon gesprochen, mit David sprechen wir heute Nachmittag. Und danach bleiben dann nur noch ein paar Hundert Leute aus unserer Familie und unserem Freundeskreis."

„Müssen wir uns durch die alle durcharbeiten?", fragte Mona seufzend.

„Wenn du nicht gerade eine Annonce in die Zeitung setzen willst ... und das bringe ich nun wieder nicht über mich. Aber die Wahrheit muss jetzt gesagt werden, auch wenn sie sieben Jahre zu spät kommt." Rolf überlegte einen kleinen Moment. „Ich schlage vor, morgen im Gottesdienst sagen wir es unserer Gemeinde und danach arbeiten wir uns systematisch durch den Rest unserer Bekannten hindurch."

„Ist es nicht toll, einen so systematischen Mann zu haben?", sagte Mona und betrachtete die angeknabberten Wurst- und Käsescheiben.

Der Brief kam ein paar Tage später. Als Absenderangabe stand ein Anwaltsbüro darauf, und Mona war sich sofort sicher, dass es etwas mit den vertauschten Kindern zu tun hatte. Sie beschloss, auf Rolf und Katrin zu warten, bevor sie ihn öffnete. Die Sache mit ihrem Sohn war eine Familienangelegenheit geworden, und sie war froh darüber. Sie hatte gar nicht gewusst, wie schwer das Geheimnis auf ihr gelastet hatte, bis sie anfing, es mit den anderen zu teilen. Manche Lasten, das hatte sie schon öfter festgestellt, spürte man erst, wenn sie einem abgenommen wurden.

Rolf sah den Brief auf dem Tisch liegen, als er hereinkam. „Hast du die Scheidung eingereicht?", fragte er, als er als Absender eine Anwaltskanzlei las.

Mona zog ihre Augenbrauen hoch. „Mach jetzt keine blöden Witze. Das ist bestimmt wegen David."

„Entschuldige bitte", meinte Rolf schuldbewusst. „Wieso hast du ihn nicht aufgemacht?"

„Ich wollte auf dich und Katrin warten."

Rolf kniff ein Auge zu, legte den Kopf zur Seite und betrachtete den Brief etwa zehn Sekunden lang mit dem anderen Auge. „Ich fürchte, so viel Geduld hab ich nicht. Wer weiß, wann Katrin kommt. Was dagegen, wenn ich ihn aufmache?"

„Dein Name steht drauf und dies ist ein freies Land."

Diesmal richtete Rolf sein halb zugekniffenes Auge auf seine Frau. „Das machst du mit Absicht, stimmt's?"

Statt einer Antwort nahm Mona die Hand ihres Mannes und legte sie auf ihre linke Brust. Ihr Herz raste wie wild. Sofort nahm Rolf sie in den Arm und hielt sie eine Weile schweigend fest.

„Ich tue nur so, als würde ich das Ganze auf die leichte Schulter nehmen", sagte er leise. „Im Grunde habe ich genau so viel Angst wie du."

„Ich weiß", antwortete Mona ebenso leise. „Und nachdem wir uns jetzt ausreichend lächerlich verhalten haben, sollten wir ihn wohl wirklich aufmachen."

Sie setzten sich nebeneinander auf das Sofa, Rolf öffnete den Briefumschlag mit dem Zeigefinger, entnahm ihm einen auf dem Computer getippten DIN-A4-Bogen und hielt ihn so, dass sie beide gleichzeitig lesen konnten.

Danach schwiegen sie eine ganze Weile.

Mona biss ihre Zähne aufeinander, um nicht zu weinen, Rolf atmete einige Male tief durch.

„Sie … sie haben natürlich recht", sagte er schließlich. „Es wäre ein viel zu großer Schock für ihn."

„Ich hätte ihn so gerne kennengelernt", flüsterte Mona, und nun konnte sie die Tränen doch nicht mehr aufhalten.

Rolf hielt seine Frau ganz fest. Es schien das Einzige zu sein, zu dem er in den letzten Tagen noch fähig war. „Ich auch, Schatz", flüsterte er zurück. „Ich auch."

Als Katrin etwa zwei Stunden später nach Hause kam, hatten sich die beiden einigermaßen gefasst. Katrin ließ sich auf einen Sessel fallen und betrachtete ihre Eltern kritisch. „Ihr seht so aus, als ob irgendwas los wäre", meinte sie.

„Wir haben einen Brief von, hmmm … den Eltern unseres Sohnes bekommen", eröffnete Rolf ihr. Mona hatte ein paar Kräcker bereitgestellt, Gläser mit Saft und drei Becher Joghurt.

„Können wir was feiern oder müssen wir uns stärken?", wollte Katrin wissen, aber Rolf reichte ihr schon den Brief. „Hier, entscheide selbst."

Katrin nahm sich viel Zeit zum Lesen, studierte einige Passagen immer wieder. „Merkwürdiger Stil", meinte sie schließlich. „Hört sich fast so an, als ob sie sauer wären."

Mona fand das zwar auch, aber sie widersprach: „Sie sind besorgt, und das ist ja wohl verständlich."

„Mam!", entgegnete Katrin heftig. „So schreibt man nicht, wenn man besorgt ist. ‚*Aus diesen Gründen würden wir es vorziehen, wenn Sie Abstand davon nähmen, uns zu kontaktieren.*' So redet doch kein normaler Mensch!"

„Die beiden sind auch nicht in einer normalen Situation", antwortete Rolf erstaunlich heftig. „Ihr Sohn hatte gerade einen schweren Unfall, sie machen sich Sorgen um seine Zukunft, und plötzlich erfahren sie, dass er gar nicht ihr leiblicher Sohn ist. Da reagiert man nicht normal."

Katrin schwieg betroffen. Der Brief klang gestelzt und künstlich, und sie war sich sicher, dass ihre Eltern das ebenso bemerkt hatten wie sie. Aber sie fühlten sich um sieben Jahre zurückversetzt. Hineinversetzt in eine Situation, die sie selbst schon durchgemacht und auch nicht gemeistert hatten. Etwas ging in ihnen vor, das Katrin vielleicht verstehen, aber jedenfalls nicht nachvollziehen konnte.

„Entschuldigung", sagte ihr Vater in dem Moment. „Ich denke nur …" Dann schwieg er, und Mona streichelte seine Hand. „Katrin weiß, was wir denken", versicherte sie ihm.

„Jeder weiß, und jeder weiß, dass jeder weiß", murmelte Rolf. „Was machen wir mit dem Brief?"

„Juristisch gesehen haben sie jedenfalls recht. Ich …", diesmal war es Katrin, die ein etwas peinlich berührtes Gesicht machte, „… na ja, ich hab mich mal ein bisschen schlau gemacht. Auf jeden Fall können beide Parteien das Krankenhaus verklagen. Und wenn jede Familie ihren Sohn behalten will – was ja offensichtlich so ist –, kann mit einer Adoption auf beiden Seiten im Grunde alles geregelt werden. Wahrscheinlich müssen die Jungs selbst befragt werden. Na ja, in Davids Fall wird das Gericht das wohl nicht verlangen. Solche Situationen müssen individuell geklärt werden, da gibt's kein 08/15-Schema. – Zunächst also mal die Frage: Wollt ihr das Krankenhaus verklagen?"

„Wozu?", fragten Mona und Rolf gleichzeitig. Daraufhin lachten alle drei.

„Wollt ihr David behalten?", fragte die angehende Juristin weiter.

„Blöde Frage!", antwortete Rolf.

„Wollt ihr den anderen Jungen kennenlernen?", fragte die Jungjuristin sehr vorsichtig. „Ihr wisst, dass ihr dieses Recht habt."

Sie schwiegen eine ganze Weile.

„Juristisch vielleicht", sagte Mona schließlich leise. „Moralisch wohl eher nicht."

Katrin räusperte sich, trank einen Schluck Saft, räusperte sich noch einmal und sagte schließlich: „Wir besprechen im Moment die juristische Seite."

„Das Problem ist, dass dem Gericht nicht der gesamte

Tatbestand vorliegt“, dozierte Rolf unglücklich. „Partei A bittet darum, einen jungen Mann kennenzulernen, wozu sie juristisch das Recht hat. Aber sie hätte diesen jungen Mann schon vor sieben Jahren kennenlernen können. Wenn sie den Mut dazu gehabt hätte. Sie hatte ihn nicht. Heute liegt dem Gericht ein anderer Antrag vor“, er hielt den Brief hoch, „in dem Partei B darum bittet, die Identität des jungen Mannes nicht preiszugeben. Partei A hat sich das Recht zu schweigen selbst herausgenommen. Aus Fairnessgründen muss Partei B dieses Recht nun ebenfalls eingeräumt werden.“

Das „hohe Gericht“ schwieg eine ganze Weile.

„Meinst du das ernst, Paps?“, fragte Katrin schließlich leise. „Ich … ich würde ihn eigentlich gern kennenlernen.“

„Komm mal her“, winkte Rolf seine Tochter zu sich heran. Sie setzte sich neben ihn, und Rolf legte seine Arme um Frau und Tochter. „Ja, ich meine das absolut ernst. Ich habe mir lange Gedanken darum gemacht. Ich … ich habe seit dem Besuch dieser Sozialarbeiterin vom St. Joseph über fast nichts anderes nachgedacht. Ich habe mich gefragt, wie die Eltern unseres Jungen wohl reagieren werden. Ich … ich hatte natürlich gehofft, dass sie uns kennenlernen wollen. Gott weiß, wie sehr ich das gehofft hatte.“

Er räusperte sich, schwieg einen Moment, und als er seine Stimme wieder unter Kontrolle hatte, fuhr er fort: „Aber ich ahne auch, was die beiden jetzt durchmachen. Wir haben kein Recht, es ihnen noch schwerer zu machen. Durch unser Schweigen damals haben wir uns jeder Konfrontation entzogen. Und ich meine, damit haben wir uns auch aller Rechte entzogen.“

Mona weinte leise, und Rolf drückte sie noch ein wenig fester an sich. Mein Gott, tat das weh, sie so leiden zu sehen. Aber sie mussten da durch. „Wir … haben damals eine

Entscheidung gefällt. Und … und jetzt müssen wir mit den Konsequenzen dieser Entscheidung leben. Das … ist im Leben einfach so."

Er schwieg. Was gab es denn auch noch zu sagen? Dass er hundertfach bereute, damals einfach geschwiegen zu haben? Dass er alles, was er hatte (außer seiner Frau und seinen Kindern), hergeben würde, um es wiedergutzumachen? Manchmal konnte man die Dinge einfach nicht wiedergutmachen, so sehr man es auch wollte.

Wenn ich nicht wüsste, dass Gott mir vergeben hat, würde ich jetzt durchdrehen, dachte er plötzlich. *Wie um alles in der Welt leben Menschen ohne Vergebung? Ich kann es so schon fast nicht aushalten.*

Mona wischte sich die Tränen von den Wangen und griff nach ihrem Joghurt. Gedankenverloren rührte sie darin herum und sagte schließlich: „Ich denke, wir sollten ihnen schreiben, dass wir sie gern kennenlernen würden. Dass wir aber ihre Wünsche respektieren und sie nur für den Fall, dass sie es sich anders überlegen, bitten, Kontakt mit uns aufzunehmen. Ich finde, wir sollten ihnen auch schreiben, dass wir für sie beten, besonders natürlich für den Jungen im Krankenhaus."

Sie schluckte und fügte dann hinzu: „Und dann sollten wir uns einen Anwalt suchen", dabei zog sie Katrin am Ohr, „aber einen, der nicht so emotional involviert ist."

„Vor allem einen, der sein Examen schon in der Tasche hat", fügte Katrin hinzu.

Als sie sich am nächsten Abend müde im Wohnzimmer einfand, hatten ihre Eltern bereits diverse Briefe an diverse Anwälte geschrieben. Die Juristin begutachtete das Schreiben an die Anwälte ihrer Eltern, die Tochter begutachtete das

Schreiben an die Anwälte der Eltern ihres Bruders. Sie genehmigte beide.

Wir können Ihre Sorge sehr gut verstehen und möchten selbstverständlich nichts tun, das den Interessen Ihres Sohnes widerspricht. Dennoch: Sollten Sie es sich anders überlegen und doch Kontakt zu uns aufnehmen wollen, würden wir uns sehr darüber freuen.

Katrin verglich diese Worte ihrer Eltern mit den Worten der anderen Eltern.

Die Tochter wollte sich am liebsten zu ihrer eigenen Familie gratulieren, aber die Juristin versuchte, neutral zu sein. Wer weiß, wie ein Brief geklungen hätte, den ihre Eltern vor sieben Jahren geschrieben hätten.

„Das Leben im Allgemeinen und Besonderen ist nicht so einfach gestrickt, wie wir es gerne hätten." Das war – wie so häufig – einer der Sprüche ihres Vaters. Er hatte – wie so häufig – recht.

Anfang September

„Es ist alles geregelt. Sie stimmen allem zu. Kontakte nur über unsere Anwälte. Keinen Prozess mit dem Krankenhaus. Stillschweigende Adoption auf beiden Seiten, wenn das rechtlich zu machen ist. Keinerlei weitere Kontakte. – Was sagst du jetzt? Der ganze Albtraum ist vorbei. Ich habe offensichtlich den richtigen Ton getroffen. Wahrscheinlich sind es ganz einfache Leute, die schon bei der Erwähnung von Anwälten Angst gekriegt haben. Egal. Braucht uns nicht zu kümmern. Gabi, *es ist vorbei!*"

„Was genau ist vorbei?", fragte Gabi, aber sie wusste bereits, dass ihr Mann sie nicht verstehen würde.

„Was? Hast du nicht zugehört? Alles, alles ist vorbei. Wir brauchen uns keine Gedanken mehr zu machen. Um nichts. Alles Weitere übernehmen die Anwälte. Wir brauchen nicht einmal ein Scheckbuch zu zücken. Der Verwaltungsleiter des Krankenhauses hätte dem Anwalt beinahe die Füße geküsst. Aber selbstverständlich übernehmen sie sämtliche Kosten. Ich wette, die Anwälte auf beiden Seiten werden die Kosten ordentlich in die Höhe treiben bei so einem dankbaren Kostenträger. Na, uns kann's egal sein. Mein Gott, das war eine Glanzleistung. Ich bin wirklich stolz auf mich selbst."

„Ich werde jetzt ins Krankenhaus fahren. Willst du mit?"

„Äh, nein, heute vielleicht besser nicht. Ich bin viel zu aufgedreht. Tim würde mir bestimmt etwas anmerken. Er ist so sensibel geworden, seit er den ganzen Tag still liegen muss. Na ja, das ist ja bald vorbei. Nächste Woche kann er nach Hause, wenn alles gut geht, hat die Oberschwester gesagt. Vorbildlicher Genesungsprozess, meinte sie. Ich hab ihr gesagt, mein Junge ist in allem vorbildlich. Na, das hat sie natürlich nicht verstanden. Macht nichts. Grüß den Jungen schön. Und lass dir vor allem nichts anmerken."

Gabi zuckte hilflos mit den Schultern. „Was denn auch? Es ist doch alles bestens geregelt."

Am Abend versuchte Gabi es doch noch einmal. „Hast du den Brief hier?"

Völlig verständnislos sah Gerd sie an. „Welchen Brief?"

„Den die Familie geschrieben hat. Die Antwort auf deinen Brief."

„Aber nein, natürlich nicht. Wozu denn? Ich sagte doch, sie stimmen allem zu. Der Brief ist beim Anwalt. Als Beweismaterial, falls sie es sich doch anders überlegen."

„Ich würde ihn gern lesen."

„Warum denn das?“

„Ich möchte es eben. Gerd, das ist doch einfach alles nicht in Ordnung. Du hast mir den Brief nicht gezeigt, den du geschrieben hast, und jetzt willst du mir den Brief nicht zeigen, den sie geschrieben haben. Was soll denn diese Geheimniskrämerei?“

Gerd seufzte und legte sein Messer beiseite. Warum musste diese Frau alles verkomplizieren? Gerade jetzt, wo doch alles bestens gelöst war.

„Es gibt keine Geheimniskrämerei, und ich bitte dich, nicht so zu reden, als würdest du mir misstrauen. Ich habe dir gesagt, was ich geschrieben habe, nämlich dass es eine zu große psychische Belastung für unseren Sohn wäre, und sicherlich auch für ihren, wenn sie jetzt mit diesen Problemen konfrontiert würden. Ich habe klare Vorschläge gemacht, wie das Ganze juristisch zu lösen ist, und sie haben zurückgeschrieben und allem zugestimmt. Fertig. Wo siehst du da Geheimniskrämerei?“

„Ich möchte einfach nur wissen, wie sie geschrieben haben. Zum Beispiel mit welcher Anrede.“

„Sie haben geschrieben: *Sehr geehrte Dame, sehr geehrter Herr*. Genauso, wie ich sie angeredet habe. Ich kenne ihren Namen nicht, und ich will ihn nicht kennen. Ich will mich dieser ganzen leidigen Sache nicht mehr widmen als unbedingt nötig. Das Thema ist für uns erledigt. Wir werden, wenn es so weit ist, einige Papiere unterzeichnen müssen, und damit ist die Sache vom Tisch.“

„Wenn sie geschrieben haben: *Sehr geehrte Dame*, dann haben sie mich damit gemeint, also habe ich ein Recht, den Brief auch zu lesen.“

„Zum Donnerwetter, jetzt reicht's aber!“, brüllte Gerd und sprang auf. „Würdest du mir, verdammt noch mal, ein bisschen mehr Respekt entgegenbringen? Ich habe die besten Anwälte konsultiert, die ich finden konnte. Ich habe ein Schreiben aufgesetzt, mit dem ich die Herren Anwälte und offensichtlich auch diese dämliche Familie überzeugt habe, uns in Ruhe zu lassen. Ich habe es dir und mir erspart, uns mit einem verkrüppelten, schwachsinnigen Jungen auseinandersetzen zu müssen. Ich habe dich aus allem herausgehalten, so gut ich es konnte, um dich zu schonen, damit du dich ganz auf deinen Jungen konzentrieren kannst. Auf unseren Jungen. Auf den einzigen Jungen, den wir je hatten und je haben werden. Ich habe es, verdammt noch mal, nicht verdient, dass du mir solches Misstrauen entgegenbringst." Erschöpft ließ er sich wieder auf seinen Stuhl sinken.

Gabi antwortete nicht. Automatisch begann sie den Tisch abzudecken. Auf die rechte Seite, was in die Spülmaschine gehört, auf die linke Seite, was in den Kühlschrank gehört. Routine. Wie oft hatte sie sich vor sich selbst beklagt, dass ihr Leben nur noch aus Routine bestand. Jetzt war sie dankbar für jede Routine. Es war das Einzige, was noch funktionierte, ohne ihr Kopfschmerzen zu bereiten.

Als der Tisch abgedeckt und abgewischt war, setzte sie sich wieder auf ihren Stuhl und stützte die Hände in den Kopf. Die Routine war vorbei. Sie musste wieder selbst handeln.

Gerd hatte nichts gesagt, während sie die Küchenarbeiten erledigt hatte. Es schien ihr, als hätte er sich nicht einmal bewegt. Eine ganze Weile saßen sie schweigend da, dann hob Gabi ihren Kopf.

„Es tut mir leid", sagte sie leise. „Ich bin sicher, dass du das Beste willst. Ich bin nicht sicher, ob es das Beste ist. Aber du hast recht: Misstrauen hast du wirklich nicht verdient. Ich werde dich nicht mehr nach den Briefen fragen. Gerd, wir können nicht so tun, als wäre nichts geschehen. Wir …"

„Wir müssen an unseren Sohn denken", unterbrach Gerd sie. „Alle sagen, mit guter Physiotherapie wird es keine bleibenden Schäden geben. Er wird wieder Klavier spielen. Er wird ein großartiger Künstler werden, glaub mir. Und wer hat ihn dazu gemacht? Wir, seine Eltern. Wir haben ihm seine Vergangenheit gegeben, wir sind seine Gegenwart, und wir werden ihm seine Zukunft aufbauen. Wir sind alles, was er hat. Wir sind alles, was er braucht. Und was er jetzt, gerade jetzt, ganz bestimmt *nicht* braucht, ist irgendeine Unsicherheit über seine Herkunft. Uns wurde ein Kind anvertraut, und wir haben das absolut Beste daraus gemacht, was Eltern machen können. Uns trifft keine Schuld, Gabi. Verstehst du das? Wir haben nichts falsch gemacht."

„Dann lass uns jetzt nicht anfangen, etwas falsch zu machen", flehte Gabi ihren Mann geradezu an. „Wir können ihm das doch nicht einfach verheimlichen. Er hat ein Recht, es zu wissen."

„Er hat ein Recht, in Ruhe und Sicherheit zu leben, zu studieren, seine Zukunft aufzubauen. Und wir haben die Pflicht, ihm all das zu ermöglichen. Ohne ihn zu verunsichern."

Gabi hatte ihren Kopf wieder in ihre Hände gestützt. Es klang so vernünftig, was Gerd sagte. Es klang so sicher. Es klang irgendwie erstrebenswert. Einfach alles vergessen, ein paar Unterschriften unter irgendwelche Papiere. Am besten die Papiere gar nicht erst lesen – und dann weiterleben wie bisher. Es klang wirklich so, als wäre es die beste Lösung. Aber irgendetwas war falsch daran. Sie konnte im Moment nicht definieren, was es war. Aber irgendetwas stimmte nicht.

Einige Tage später

Die Tür öffnete sich sehr langsam und Eeke schob seinen Kopf vorsichtig in den Raum.

„Mensch, komm rein, ich dachte schon, du besuchst mich überhaupt nicht."

Eeke kam ganz herein. „Tut mir leid, aber mein Alter hat mich nicht gehen lassen. Mann, hat der mich zusammengestaucht. Und das, obwohl ich wirklich schon genügend verstaucht bin." Eeke rieb sich seine immer noch schmerzenden Schultern und grinste verlegen. Er betrachtete Tim einen Moment. „Die sagen, das wird wieder. Mit deinem Gesicht und deinen Händen und allem."

„Ja. Scheint so, dass wir trotz allem noch ganz schönes Glück hatten."

„Mensch, Tim, mir tut das so leid. Das ist alles meine Schuld. Ich weiß echt nicht, was ich sagen soll."

„Wieso, du hattest doch gar nicht Schuld. Ich denke, den anderen Autofahrer hatten sie schon geblitzt, weil er viel zu schnell war."

„Schon. Aber wenn ich den Wagen gar nicht erst gefahren hätte …"

„Ja", unterbrach Tim ihn, „und wenn unsere Eltern uns gar nicht erst geboren hätten, wäre es auch nicht passiert. Also sind *die* schuld." Eeke sah Tim etwas zweifelnd an, daher lenkte der ein. „Okay, okay, du hättest überhaupt nicht fahren dürfen, der andere Typ hätte nicht zu schnell fahren dürfen, ich hätte nicht ohne Gurt neben dir sitzen dürfen. Verkettung ungünstiger Umstände nennt man das. Oder so ähnlich."

Eeke runzelte seine Stirn in noch tiefere Falten. „Verstehe

ich nicht. Wenn alle schuld sind, ist also plötzlich keiner mehr schuld?"

„Hm." Jetzt grinste Tim verlegen. „So formuliert hört sich's nicht ganz logisch an, gebe ich zu." Aber wie man es richtig formulieren müsste, war ihm auch nicht ganz klar. Er fand es allerdings peinlich, dass es Eeke offensichtlich so peinlich war. „Mensch, Alter, sagst du nicht immer: *ignorieren und weiterleben?*"

„Trifft vielleicht doch nicht aufs ganze Leben zu", murmelte Eeke. Aber dann war er doch froh, dass Tim das Ganze so locker nahm. „Na ja, vom unerlaubten Autofahren bin ich jedenfalls erst mal kuriert."

„Und ich werde künftig brav den Gurt anlegen, also haben wir alle was fürs Leben gelernt", spottete Tim. Wie tief auch bei ihm der Schreck über das saß, was passiert war, und das, was nicht passiert war, aber hätte passieren können, mochte er nicht einmal Eeke gegenüber zugeben.

Gabi sah noch einmal in alle Schränke, um sich zu vergewissern, dass sie nichts vergessen hatten. Tim saß auf dem Bettrand. „Gabi, ich muss dich noch was fragen, bevor wir nach Hause gehen."

Für einen Moment blieb Gabis Herz stehen, dann zwang sie sich, normal weiterzuatmen. „Ja?"

Tim druckste ein wenig herum. „Hier im Krankenhaus war ja irgendwie Schonzeit. Da gibt sich jeder die größte Mühe mit dem anderen. Aber wenn ich jetzt wieder nach Hause komme, fängt der Alltag wieder an." Er schwieg, und obwohl Gabi nicht genau wusste, worauf er hinauswollte, stellte sie keine Frage. „Was ich damals gleich nach meinem Unfall gesagt habe, dass Gerd sich nur um meine Hände und Augen sorgt, das … das habe ich nicht vergessen." Er stand auf und lief unruhig und unglücklich in dem kleinen Raum hin und her. „Das war jetzt schon das zweite Mal. Vor ein paar Wochen ist er völlig ausgerastet, weil ich kein Pianist werden will, und das Erste, was ihn nach meinem Unfall interessiert, sind meine Hände. Gabi, das ist doch irgendwie nicht in Ordnung."

Seine Mutter sah ihn schweigend an. *Da ist noch sehr viel mehr nicht in Ordnung, mein Junge. Ich dachte immer, ich lebe in einer netten, kleinen, glücklichen heilen Welt. Aber es ist eine ganze Menge nicht in Ordnung in dieser kleinen Welt. Nur, dass ich dir das leider nicht sagen kann. Ich habe ein Versprechen gegeben. Versprechen bricht man nicht, auch wenn man selbst dran zerbricht.* Sie atmete einmal tief durch. „Tim, ich weiß nicht, ob das irgendwas zu bedeuten hat. Ich weiß es wirklich nicht. Ich weiß, dass dein Vater dich liebt. Dass er furchtbare Angst hatte, dich zu verlieren. Dich, seinen Sohn. Nicht: dich, den Pianisten. *(O Gott, hoffentlich stimmte das!)* Er kann sich vielleicht nicht so gut ausdrücken. Wenn du mit ihm darüber reden willst, dann tu mir nur einen Gefallen: Überleg dir gut, wie du es sagst."

Tim seufzte. „Sicher, Muttern, sicher. Komm, lass uns runtergehen. Er wartet doch schon."

Ende September

„Eeke, wenn du eine tödliche Krankheit hättest, würdest du es dann wissen wollen?"

Sie waren auf dem Rückweg von der Schule, radelten nebeneinander auf dem viel zu schmalen Radweg und belästigten damit sämtliche Fußgänger.

„Weiß nicht genau", antwortete Eeke, überlegte einen Moment und sagte dann: „Na ja, ich glaub schon. Wieso, wer hat denn das Problem?"

„Ich vielleicht."

Das brachte selbst Eeke aus dem Konzept. Er haute in die Bremsen und griff gleichzeitig Tim in den Lenker. Im Radfahren war er ein absoluter Künstler.

„Was???"

Die Vorderräder verhakten sich dank Eekes Kunstfertigkeit nicht ineinander, aber Tim sprang reflexartig doch ab.

„Hey, was meinst du damit, du hast 'ne tödliche Krankheit?", wollte Eeke wissen und packte Tim hart am Arm.

„Aua! Ich sagte: vielleicht. Meine Eltern benehmen sich so komisch."

„Ach so", seufzte Eeke erleichtert auf und ließ Tim los. „Mensch, das hat doch nichts zu sagen. Meine Eltern benehmen sich andauernd komisch. Demnach müsste ich schon hundertmal auf'm Totenbett liegen."

„Nee, die verschweigen mir irgendwas. Etwas, das sie im Krankenhaus erfahren haben. Die Stimmung in den vier Wochen, die ich jetzt wieder zu Hause bin, ist irgendwie ganz seltsam. Ständig unter Hochspannung. Gestern Abend haben sie sich gestritten. Ich wollte gar nicht lauschen, ich wollte nur aufs Klo. Da höre ich plötzlich, wie mein Vater sagt: ‚Ich will nichts mehr davon hören. Ich hab genügend Ängste ausgestanden, dass die im Krankenhaus nicht den Mund halten. Hier in diesem Haus wird nicht mehr davon gesprochen, und das ist mein letztes Wort.' – Was hältst du davon?"

„Hört sich genauso an wie mein Alter", brummte Eeke. „Der versucht auch immer, das letzte Wort zu haben."

„Mensch, jetzt gib doch mal 'ne ernsthafte Antwort."

„Scheiße, ich weiß es doch nicht. Ich weiß nur, wenn ich 'ne schwere Krankheit hätte, würde ich es nicht von meinen

Eltern hören wollen, sondern von irgendwem Neutralem. Ich würde den Arzt fragen."

„Na, endlich mal ein vernünftiges Wort", murmelte Tim.

Anfang Oktober

Tim hatte den Augenblick genau geplant. Ein Sonntagmorgen. Er würde pünktlich sein – und er war pünktlich. Er würde ruhig sein – und er war ruhig. Er würde höflich sein – und er war höflich.

„Ich war vorgestern im Krankenhaus. Bei Dr. Bayer, dem Arzt, der mich dort behandelt hat", begann er das Gespräch. Wie erwartet sahen seine Eltern ihn überrascht an. „Ich hatte das Gefühl, dass ihr mir etwas verheimlicht, etwas, das bei den Untersuchungen herausgekommen ist und das ihr mir nicht sagen wolltet, um mich nicht zu ängstigen", fuhr er fort, ruhig, aber ohne seinen Eltern in diesem Moment die Chance zu geben, etwas einzuwenden.

„Der Arzt war sehr nett und sagte, es habe tatsächlich einen etwas überraschenden Untersuchungsbefund gegeben, und dass er mir natürlich Auskunft geben könnte, worum es sich handelt, aber dass ich doch lieber zuerst mit euch sprechen solle." Diese kleine Lüge schien Tim notwendig; der Arzt hatte nämlich gesagt, dass Tim sich über seinen Gesundheitszustand wirklich keine Sorgen zu machen brauche, dass es da allerdings einen unerwarteten Aspekt gäbe, den sie diskutiert hatten, aber dass er zunächst einmal eine Schweigepflicht gegenüber den Erziehungsberechtigten hatte; er wolle nicht in Schwierigkeiten geraten und sich daher erst genau erkundigen, ob er gegen den ausdrücklichen Wunsch der Eltern handeln könne, und im Übrigen würde er Tim raten, seine Eltern ganz konkret zu fragen. „Er hat mir aber seine Direktwahlnummer im Krankenhaus gegeben, damit ich mich jederzeit an ihn wenden kann."

Die Drohung war ausgesprochen, aber in nette Worte gefasst, und nun hatten seine Eltern eigentlich keine andere Wahl, als ihm endlich die Wahrheit zu sagen.

Noch bevor Gerd irgendetwas Wütendes antworten konnte, hatte Gabi schon das Wort ergriffen. „Du hast völlig recht, und es tut uns beiden leid, dass du dich erst um einen Termin im Krankenhaus bemühen musstest. Natürlich hätten wir gleich mit dir sprechen sollen. – Möchtest du es ihm sagen?", wandte sie sich dann an ihren Mann, „Oder ist es dir lieber, wenn ich das tue?"

So sehr Gerd den Gedanken hasste, über dieses Thema zu sprechen – er hatte sich doch sehr gut darauf vorbereitet, falls es einmal unabwendbar sein sollte. Und dieser Moment schien nun gekommen.

„Vielen Dank", sagte er, erhob sich und ging auf Tim zu, „aber das möchte ich meinem Sohn doch gern selbst mitteilen." Er fasste Tim an den Schultern und drehte ihn zu sich herum. „Entschuldige bitte, dass wir dir Sorgen bereitet haben. Vermutlich hast du befürchtet, eine schwere Krankheit zu haben, von der wir dir nichts sagen wollen. Das ist nicht der Fall."

Er spürte, wie sich Tims Schultern unter seinen Händen entspannten, und in diesem Moment tat es ihm wirklich leid, dass er ihm diese unnötige Bürde auferlegt hatte. „Es handelt sich um etwas völlig anderes, völlig Unerwartetes, und wir brauchten selbst Zeit, es zu verdauen. Es geht dabei um deine Blutgruppe. Sie haben festgestellt, dass deine Blutgruppe nicht mit unseren zusammenpasst. Zunächst glaubten sie, du wärest adoptiert. Als wir ihnen versicherten, dass das nicht der Fall ist, sagten sie, dann müsstest du als Baby vertauscht worden sein. Einige Nachforschungen in dem Krankenhaus, in dem du geboren wurdest, haben ergeben, dass das tatsächlich der Fall war. Ein anderer Junge wurde in der gleichen Nacht geboren wie du, und durch einen Fehler seitens der Schwestern wurdet ihr vertauscht. Aber du bist unser Sohn, wir haben nie einen anderen gekannt und wollen keinen anderen haben. Und so wichtig Blutsbande sicherlich sein mögen – das, was uns als Familie zusammenhält, ist eben doch stärker. Das haben deine Mutter und ich sofort empfunden, und deswegen haben wir zunächst nichts gesagt."

Sie schwiegen. Alle drei. Sie schwiegen lange. Zu lange. So lange, dass Gerd schon wünschte, Gabi mit ihrer ständigen Vermittlungsbereitschaft würde eingreifen und ein helfendes Wort sagen. Aber sie sagte nichts.

Es war schließlich Tim, der das Schweigen brach. „Egal, von welchen Banden wir sprechen, das hier ist etwas sehr Wichtiges. Und das wolltet ihr mir verschweigen?"

Auch auf diese Frage war Gerd vorbereitet. „Nur fürs Erste. Du stehst in deinem letzten Schuljahr vor dem Abi und solltest dir nicht den Kopf wegen unwichtiger Dinge zerbrechen."

Das letzte Schuljahr vor dem Abi. Irgendwie hatte die Zauberformel ihre Wirkung verloren. Irgendetwas war schiefgegangen. Hatte er nicht eben noch ganz gemütlich sein Leben und das der anderen beobachtet? Hatte er es nicht ordentlich in Abschnitte eingeteilt? Konnte das alles in einem einzigen Augenblick zusammenbrechen und nur ein unüberschaubares Chaos zurückbleiben?

Sein Vater riss ihn zurück in die Realität. „Wir wollten nicht", fuhr er fort, „dass du dich in dieser wichtigen Zeit deiner Prüfungen mit etwas herumquälst, das natürlich wichtig aussieht – aber im Letzten eben doch nichts Entscheidendes ändert. Du bist mein Sohn, Tim, ich bin dein Vater und Gabi ist deine Mutter. Das wird sich niemals ändern."

Tim hatte trotz der beschwichtigenden Worte des Arztes mit einer tödlichen Krankheit gerechnet, und natürlich war es eine Erleichterung, sich davor nicht mehr fürchten zu müssen. Aber mit ein wenig Verspätung trafen ihn Gerds Worte jetzt doch hammerhart und er starrte ihn an, ohne ihn wirklich zu sehen.

Als Baby vertauscht? Was soll das heißen: vertauscht? Ich bin gar nicht ich? –

Doch, natürlich bin ich ich. Aber ihr seid nicht ihr. – Nein, das ist ja auch Quatsch. Ihr seid natürlich ihr. – Aber irgendwer ist hier nicht, wer er sein sollte. Wir sind nicht wir. – Nein, so geht es auch nicht.

Er presste seine Lippen aufeinander, atmete tief ein und hielt den Atem an, ohne es zu merken. *Kurzschluss im Hirn*, nannten sie das nicht immer so? Blackout. Nichts geht mehr. Er hatte nie verstanden, was sie damit meinten. Es stellt sich bei Prüfungen ein, behaupteten sie. Bei ihm hatte sich so etwas noch nie eingestellt.

Es stellte sich gerade ein. Er atmete wieder aus. *Ist das hier eine Prüfung?* Er sah Gabi an. Gabi sah ihn auch an. Aber nicht prüfend. Müde. Und traurig. Und ein bisschen unsicher. Er musste irgendetwas sagen.

Gerds Hand lag noch immer auf seiner Schulter, und im Moment konnte er das nicht gut ertragen. Er schob sie weg. „Ist schon gut", murmelte er. „Setz dich, das ist bequemer."

Gerd gehorchte sogar, aber er und Gabi ließen Tim nicht aus den Augen. Sie erwarteten offensichtlich irgendetwas von ihm. Aber was?

„Na-natürlich hast du recht", brachte Tim endlich hervor.

„Ihr seid meine Eltern. Ich … ich will auch gar keine anderen haben. Aber es ist doch … das ist doch völlig verrückt, da … läuft irgendwo ein Junge rum, der eigentlich jetzt hier sitzen müsste. Und ich müsste bei ganz anderen Leuten sein. Wie … kann denn so was passieren? So was darf doch gar nicht … Ich … glaube, ich muss mal aufs Klo." Und damit sprang er auf und stürzte aus der Küche.

Gerd sah Gabi strafend an. *Das ist alles deine Schuld*, sagte sein Blick, und obwohl Gabi es nicht hätte erklären können, stimmte sie mit ihm überein.

Tim brauchte ziemlich lange auf der Toilette.

„Ich hab von Anfang an gesagt, dass er es gar nicht wissen sollte." Gerd hatte es nur geflüstert, aber Gabi verstand jetzt, wo ihre Schuld lag. Sie hatte es ihm von Anfang an sagen wollen, und jetzt sperrte er sich auf der Toilette ein. Wie um alles in der Welt sollte es nur weitergehen?

Aber Tim hatte sich nicht auf der Toilette eingesperrt. Er hatte sich auch nicht übergeben, obwohl er das im ersten Moment befürchtet hatte. Und auch das mit dem Blackout war wieder vorüber. Jetzt hatte er viel zu viele Gedanken. Sie rasten nur so durch seinen Kopf. Er konnte sie im Moment nicht ordnen, aber eines wollte er doch wissen.

Er ging zurück in die Küche, hielt irgendwie seinen Kopf mit den rasenden Gedanken einigermaßen gerade und setzte sich wieder hin. Ohne Gerd oder Gabi konkret anzuschauen, fragte er: „Kennt ihr diese andere Familie? Habt ihr Kontakt zu ihnen?"

Seine Eltern schüttelten gleichzeitig den Kopf, aber wieder war es sein Vater, der antwortete. „Nein. Wir dachten, das würde alles nur noch verkomplizieren, während du dich von deinen Verletzungen erholst."

Tim wusste nicht, ob er erleichtert oder enttäuscht darüber sein sollte.

„Das Krankenhaus hat natürlich Nachforschungen angestellt. Das war alles, während du noch selbst im Krankenhaus gelegen hast. Wir haben dann den Eltern unbekannterweise einen Brief zukommen lassen, ihnen deine schwierige Situation geschildert und gesagt, dass wir es für besser halten, vorerst keinen Kontakt zueinander aufzunehmen. Sie haben über das Krankenhaus antworten lassen, dass sie damit einverstanden sind. Sie sind sicher ebenso erschrocken wie wir und wollten auch keine weiteren Komplikationen für sich und ihren Sohn."

„Ob sie es ihm gesagt haben?"

Die beiden wechselten einen Blick, den Tim nicht deuten konnte, und sein Vater zuckte mit den Schultern. „Wahrscheinlich haben sie die gleichen inneren Kämpfe auszufechten wie wir. Schwer zu sagen, wie jemand anders in einem solchen Fall entscheidet."

Tim fiel auf, dass seine Mutter noch nicht ein einziges Wort gesagt hatte, und plötzlich hatte er das Bedürfnis, mit ihr allein zu reden. Aber nicht jetzt. „Ich muss das Ganze erst einmal verdauen", sagte er und stand auf. „Ich glaub', ich fahr mal 'ne Runde mit dem Fahrrad. Irgendwas dagegen?"

„Nein, natürlich nicht", sagte sein Vater. Und dann, als Tim außer Hörweite war: „Na, das hat er ja dann doch noch ganz gut aufgenommen."

„Ja", sagte Gabi nur. Sie kannte ihren Sohn und wusste, dass die eigentlichen Fragen erst kommen würden, wenn er sich die Überraschung von der Seele gestrampelt hatte.

Glücklicherweise war sein Vater im Garten beschäftigt, als Tim zurückkam. Er war die ersten Kilometer gerast, als gelte es, die Tour de France zu gewinnen, danach hatte er sich dann ruhiger durch die Vororte getreten.

Normalerweise wäre er gleich unter die Dusche gesprungen, als er schließlich nach drei Stunden wieder zu Hause ankam. Aber als er seinen Vater im Garten arbeiten sah, entschloss er sich, die Zeit lieber zu nutzen, um mit seiner Mutter zu sprechen. Er fand sie in der Küche, wo sie gerade einen Kuchen garnierte. Sie lächelte ihm etwas unsicher zu, und um sie zu beruhigen, gab er ihr einen Kuss auf die Wange.

„Hey, der sieht spitze aus. Gibt's noch irgendwas zum Ablecken?"

Lachend reichte sie ihm die Teigschüssel. Er bot ihr die Friedenspfeife an, und sie war dankbar dafür. Es war so wie immer. Wenigstens etwas war noch so wie immer.

Ein paar Minuten beobachtete er sie schweigend, während er Finger und Zunge abwechselnd in die Teigschüssel steckte. Dann sagte er: „Du hast es mir die ganze Zeit über sagen wollen, stimmt's?"

„Das ist für uns alle nicht so einfach", antwortete sie ausweichend.

„Nein, natürlich nicht. Trotzdem … ich meine, bist du nicht neugierig, wie der andere Junge aussieht? Er ist schließlich doch irgendwie dein Sohn, oder nicht? Der steht jetzt auch vor dem Abi, will wer weiß was studieren, hat wer weiß was für Macken und Vorlieben. Ich komme mir fast vor, als hätte ich plötzlich einen Zwillingsbruder. Ist das nicht normal, dass man da was voneinander wissen will? Was meinst du, ob seine Eltern, also in gewisser Weise sozusagen meine Eltern, ihm das alles erzählt haben? Mensch, stell dir mal vor: Wenn ich nicht diesen verrückten Unfall gehabt hätte, hätten wir das überhaupt nicht rausgefunden. Müsste man nicht eigentlich das Krankenhaus irgendwie belangen?"

Er merkte gar nicht, dass seine Mutter nicht eine einzige Antwort gab, und Gabi war froh darüber. Was ihr Sohn zu einem schwerbehinderten „Zwillingsbruder“ sagen würde, konnte sie sich beim besten Willen nicht vorstellen.

„Und du sagst, diese andere Familie will keinen Kontakt zu uns haben?“, fragte Tim weiter. „Finde ich komisch. Was sind denn das für Leute, die ihr eigenes Fleisch und Blut nicht kennenlernen wollen?“

„Timmi!“, wandte Gabi sich außergewöhnlich heftig an ihren Sohn. „Du bist *unser* Fleisch und Blut. Ich bin deine Mutter und der Mann dort draußen im Garten ist dein Vater. Das ist alles, was zählt.“

„Ach, Gabilein“, erwiderte Tim ganz erschrocken. „Natürlich bist du meine Mutter und Gerd ist mein Vater. Und das werdet ihr auch immer bleiben, egal unter welchen Umständen wir aneinandergeraten sind.“

Sie lachten beide über diese Formulierung, und die Spannung zwischen ihnen löste sich plötzlich auf. Gabi ließ ihren Kuchen Kuchen sein und setzte sich zu Tim an den Tisch. „Natürlich möchte ich ihn kennenlernen“, sagte sie leise. „Ist doch ganz normal. Und gleichzeitig hab ich Angst davor. Ist doch auch ganz normal, oder?“

Tim nickte. „Und Gerd möchte ihn auf keinen Fall kennenlernen, ist auch ganz normal. Er hat nichts übrig für Neuerungen, schon gar nicht in seiner Familie.“

Gabi sah ihren Sohn erstaunt an. Sie hatte nicht gedacht, dass er seinen Vater so gut kannte.

Möchte ich ihn kennenlernen?, fragte Tim sich. Er hatte sich das während der letzten 20 Kilometer gefragt, aber er hatte noch keine Antwort gefunden.

Mitte Oktober

Es war wieder ein Sonntagmorgen. Wieder hatte Tim beschlossen, ruhig und freundlich und höflich zu sein, und wieder war er fest entschlossen, seinen Willen durchzusetzen.

„Ich weiß, dass ihr es nicht sehr gerne sehen werdet", begann er, „aber ich möchte doch Kontakt zu der Familie aufnehmen, die irgendwie meine Familie ist. Bitte, bitte versteht mich nicht falsch!", fügte er sofort hinzu, als er die erschrockenen Gesichter seiner Eltern sah. „Es hat nichts damit zu tun, dass ich euch nicht als meine Familie ansehe. Natürlich tue ich das und werde es immer tun. Aber das Schicksal oder eine fahrige Krankenschwester oder wer auch immer hat uns nun einmal eine besondere Situation beschert, und ich habe nicht vor, meine Augen zu verschließen und das zu ignorieren. Ich … kann das einfach nicht. Irgendwo da draußen läuft ein Junge herum, mit dem ich mal die Plätze getauscht habe – sozusagen – und ich, ich will ihn einfach kennenlernen. Lebt er eigentlich hier in der Stadt?"

Sein Vater starrte nur wütend vor sich hin, seine Mutter nickte leicht.

„Ich meine, am Ende sind wir sogar in der gleichen Schule. So etwas … so etwas ignoriert man doch nicht so einfach."

Gabi und Gerd schwiegen, und das machte es für Tim noch schwieriger, die Unterhaltung fortzusetzen. Es wäre einfacher gewesen, wenn sie widersprochen hätten, argumentiert hätten, irgendwas. Aber er war entschlossen, sich durchzusetzen.

„Ihr habt gesagt, ihr hättet ihnen über das Krankenhaus eine Nachricht zukommen lassen. Über welches? Das Stadtkrankenhaus oder St. Joseph?"

Nun mussten sie reagieren, und sie taten es. Seine Mutter

öffnete den Mund, aber ihr Mann kam ihr zuvor. „Tim, was soll das? Was versprichst du dir davon? Sind wir dir nicht mehr gut genug?"

„Du weißt genau, dass das nicht der Fall ist", antwortete Tim gereizt. Aber sofort atmete er tief durch, denn er hatte sich fest vorgenommen, nicht die Ruhe zu verlieren. „Ich weiß nur nicht, wie ich mich deiner Meinung nach auf etwas so Wichtiges wie mein Abitur vorbereiten soll, wenn ich gleichzeitig ständig an einen Jungen denken muss, der irgendwo in dieser Stadt herumläuft und mit dem mich, na ja, etwas Besonderes verbindet."

„Überhaupt nichts verbindet dich mit dem!", herrschte sein Vater ihn an und bereute es sofort, denn auch er hatte sich vorgenommen, nicht die Nerven zu verlieren.

„Bitte, Tim, kannst du mich einen Moment mit deinem Vater allein lassen?", bat Gabi, und es schien, als ob Vater und Sohn gleichermaßen erleichtert darüber waren.

„Sicher", antwortete Tim, stand auf, nahm sich seine Kaffeetasse und verließ die Küche.

„Gerd, bitte", fing Gabi an, bevor ihr Mann etwas sagen konnte, „merkst du denn gar nicht, dass Tim immer nur über den Jungen spricht? Kein Wort von den Eltern. Seine Neugier oder sein Wissensdrang oder was immer das ist, richten sich doch nicht gegen uns. Begreif das doch endlich! Wenn du ihn ständig in die Defensive drängst, zwingst du ihn doch geradezu, sich gegen uns zu richten. Man kann doch Tatsachen nicht einfach ignorieren. Dazu haben wir unseren Sohn nie erzogen. Du würdest nichts anderes tun, wenn du an seiner Stelle wärst."

Gerd hatte sich eine Bemerkung besonders durch den Kopf gehen lassen. „Stimmt, du hast recht, er redet immer nur von dem Jungen. Wie wird er reagieren, wenn er auf einen Schwerbehinderten trifft, mit dem er sowieso keinen wirklichen Kontakt haben kann?" Er ließ sich diesen Gedanken noch ein wenig durch den Kopf gehen und kam schließlich zu einem recht befriedigenden Ergebnis. „Wahrscheinlich ist es das Beste, was uns passieren kann. Er wird begreifen, dass es das Schicksal besonders gut mit ihm gemeint hat. Aufgeregt stand er auf und ging in der kleinen Küche hin und her. Großartig, einfach großartig. Soll er sich meinetwegen diesen Krüppel ansehen. Umso glücklicher wird er sein, unser Sohn sein zu dürfen."

Gabi sah ihren Mann sprachlos und entgeistert an. Es konnte doch nicht wahr sein, dass er so von einem Jungen sprach, der, der … der verdammt noch mal *ihr Sohn* war. Den sie gemeinsam gezeugt hatten, der in ihr herangewachsen war. O Gott, sie liebte Tim, sie würde ihn nie, niemals hergeben. Aber dieser andere Junge, der war doch … der war doch … sie wusste nicht, was er war. Sie wusste nicht, was sie war. Sie wusste überhaupt nichts mehr.

Anfang November

Der Brief war an „Herrn Tim Bender" gerichtet, und es kostete Gabi alle Willenskraft, die sie aufbringen konnte, ihn nicht zu öffnen. Seit Tagen, genauer, seit dem Tag, an dem Tim sich mit dem Krankenhaus in Verbindung gesetzt hatte, fürchtete sie diesen Brief. Jeden Tag bekam sie leichte Magenkrämpfe, bevor die Post kam, dann eine kurze Entspannung, wenn nicht dabei war, was sie befürchtete, und dann neue Krämpfe, wenn sie an den nächsten Tag dachte.

Sie legte den Umschlag vor sich auf den Tisch und setzte sich dann fast ehrfürchtig auf die Eckbank. Der Brief lag da und rührte sich nicht. *Natürlich rührt er sich nicht*, dachte sie ärgerlich. Aber sie konnte nicht aufhören, ihn anzustarren, als wäre er ein gefährliches Tier, das jeden Moment hochspringen und nach ihr schnappen konnte.

Die Adresse war mit der Hand geschrieben. *Offensichtlich keine Computerfritzen*, dachte Gabi und war aus irgendeinem Grund erleichtert darüber. Die Handschrift war … na ja, irgendwie normal. Nicht besonders groß, nicht besonders klein. Überhaupt nichts Besonderes dran. Eben normal. Auf der Rückseite klebte ein Adressensticker. *Mona & Rolf Liegers*. Der Straßenname sagte ihr nichts, und sie widerstand der Versuchung, auf dem Stadtplan nachzusehen. Sie drehte den Brief in alle Richtungen und kam sich lächerlich dabei vor. Sie stellte ihn auf die Seitenkante, auf die Oberkante, auf die Unterkante. Er biss nicht nach ihr und schien sich auch sonst nichts daraus zu machen, derart geprüft zu werden. Eine Sondermarke klebte leicht verrutscht in der oberen rechten Ecke, irgendwelche abstrakte Kunst.Vielleicht sollte sie den Brief einfach in Tims Zimmer legen. Es wäre gut möglich, dass er ihn allein lesen wollte, und sie konnte den Gedanken nicht ertragen, dass er ihn in der Küche in Empfang nahm, aber dann in sein Zimmer trug. Da war es schon besser, er wäre von Anfang an in seinem Zimmer. Am besten wäre natürlich, wenn sie ihn in sein Zimmer legte und er dann damit in die Küche käme, um ihn dort zu lesen. Das allerdings würde davon abhängen, ob ihr Mann schon zu Hause wäre. War es wahrscheinlich, dass Gerd vor Tim kam? War es wahrscheinlich, dass Gerd den Brief öffnen würde?

War es wahrscheinlich, dass sie, Gabi, durchdrehte?

Wütend stand sie auf, drehte dem albernen Brief den Rücken zu und beschloss, ein wenig im Garten zu arbeiten. Irgendetwas gab es dort immer zu tun.

Ihre Arme waren bis zum Ellenbogen voller Erde, als Tim

nach Hause kam, und im Grunde war sie froh darüber. So hatte er Gelegenheit, den Brief allein zu lesen, ohne sich von irgendwem absondern zu müssen. Trotzdem beendete sie zügig ihre Arbeit, nachdem er das Haus betreten hatte, ließ sich allerdings genügend Zeit mit dem Waschen und Aufräumen. Er musste den Brief inzwischen gefunden und gelesen haben. Und sie war erleichtert zu sehen, dass er sich nicht in sein Zimmer zurückgezogen hatte. Das hieß doch wahrscheinlich, dass er bereit war, darüber zu reden. Oder? Mit klopfendem Herzen und leichten Magenkrämpfen betrat sie die Küche.

Er saß auf der Eckbank, in seiner Lieblingshaltung, das rechte Knie angewinkelt gegen die Rückenlehne der Fensterseite, den linken Arm ausgestreckt über die Rückenlehne der Wandseite. Das linke Bein legte er gerne auf den Tisch, wenn sein Vater nicht da war, und auch jetzt war das die Haltung, in der Gabi ihn vorfand. Auf dem Tisch lagen der aufgerissene Briefumschlag und ein DIN-A4-Blatt, voll beschrieben, auch wieder mit der Hand und nicht per Computer, zumindest auf der Seite, die nach oben lag.

Gabi ging an den Kühlschrank und holte eine Karaffe mit Saft heraus. Als sie den Hängeschrank öffnete, um sich ein Glas herauszuholen, fragte sie: „Möchtest du auch was trinken?"

„Mhmm", murmelte er. Gabi stellte die beiden Gläser auf den Tisch, schenkte ein, reichte eines der Gläser hinüber und setzte sich dann auf den Stuhl Tim gegenüber.

„Er ist behindert", sagte Tim und trank einen Schluck Saft. „Durch irgendeinen Virus, es hat nichts mit der Geburt zu tun. Und ich habe eine Schwester. Ich meine natürlich, er hat eine Schwester, aber genau genommen ist sie ja meine Schwester. – Komisch, ich hab nie über Geschwister nachgedacht, kannst du dir das vorstellen? Ich bin doch wirklich ein typisches Einzelkind. Willst du den Brief lesen?"

Er reichte ihn seiner Mutter, die erst einmal einen kräftigen Schluck Saft nahm (als müsste sie sich stärken, wie sie das im Fernsehen immer mit einem Whisky taten), bevor sie ihn las.

Lieber Tim,

wir haben uns sehr gefreut, dass Du Kontakt mit uns aufnehmen möchtest. (Es ist doch in Ordnung, dass ich ‚Du' sage?)

Hoffentlich hast Du Dich von Deinem Unfall gut erholt. Wir haben viel an Dich gedacht und für Dich gebetet in dieser Zeit.

Vielleicht sollte ich uns erst einmal vorstellen, damit Du weißt, wer ‚wir' überhaupt sind: Ich heiße Rolf, bin 46 Jahre alt, meine Frau heißt Mona, sie ist 43, wir haben eine 22-jährige Tochter Katrin und unseren Sohn David, der mit Dir am gleichen Tag im gleichen Krankenhaus geboren wurde. Ich bin Professor an der Uni und lehre Musikgeschichte. Mona ist Bibliothekarin, aber seit Katrins Geburt hat sie nicht mehr in ihrem Beruf gearbeitet. Katrin studiert im 3. Semester Jura. Sie hat zwischen Abi und Studium ein soziales Jahr in einem Altenheim in Spanien gemacht. David besucht seit September eine Tagesbildungsstätte. Vor den Sommerferien hat er einen Abschluss an einer Sonderschule gemacht. Er ist seit etwa 7 Jahren durch eine Virusinfektion und anschließende Hirnhautentzündung körperlich und geistig behindert.

Wir leben in einem netten kleinen Häuschen am Stadtrand, nicht allzu weit von der Uni entfernt, was natürlich für mich und jetzt auch für Katrin sehr praktisch ist. Wir haben als Familie einige gemeinsame Hobbys, z. B.

Musizieren, Spazierengehen, Lesen, Schwimmen. Leider haben wir, wie das ja meistens der Fall ist, nicht genügend Zeit, sie auch gemeinsam auszuführen.

Wir sind aktive Mitglieder in einer lutherischen Gemeinde. Mona ist dort im Kindergottesdienst-Komitee, ich bin einer der Jugendgruppenleiter, und Katrin und David „wuseln" mal hier und mal da mit. Bei Katrin ist es wohl eine Zeitfrage, ob sie zu irgendwelchen Treffen geht oder nicht, während David sich, glaube ich, nicht so ganz entscheiden kann, ob es ihm im Kindergottesdienst oder in der Jugendgruppe besser gefällt.

Tja, was gibt es sonst noch von uns zu berichten? Wir sind irgendwie alle recht häuslich, vielleicht kann man es auch spießig nennen, aber wir sitzen einfach gerne im Garten oder im Haus und machen uns nicht allzu viel aus Freizeitaktivitäten in Clubs oder Vereinen. (Mona sieht mir gerade über die Schulter und meint, wir wären in dem bisschen Freizeit, das wir haben, sogar zu müde, um noch spießig zu sein; ich fürchte, sie hat recht).

In den Sommerferien ziehen wir immer ein bis zwei Wochen lang einfach so durchs Land, von Jugendherberge zu Jugendherberge. David kann keine Fremdsprachen lernen, daher zieht es uns nicht allzu sehr ins Ausland.

Ich bin sicher, dass es noch eine ganze Menge zu erzählen gäbe, aber vielleicht reichen diese Informationen erst mal für eine erste Vorstellung aus. Hier ist unsere Adresse und die Telefonnummer. Wir würden uns sehr freuen, von Dir und Deiner Familie zu hören. Grüß sie bitte ganz herzlich von uns.

Unter dem Brief standen drei Namen in unterschiedlicher Handschrift: Rolf, Mona, Katrin, dann ein Farbtupfer, offensichtlich mit Wasserfarben und einer Fingerspitze fabriziert, und daneben in Druckbuchstaben geschrieben: „David".

Tim hatte Gabi beim Lesen beobachtet. Er wusste nicht genau, was er entdecken wollte, aber was immer es war, er wurde enttäuscht. Ihr Gesicht verriet absolut keinen ihrer Gedanken. Da Tim offensichtlich eine Reaktion erwartete, sagte sie: „Hört sich nett an, finde ich."

Tim fand das auch. „Hört sich außerdem nicht so an, als wollten sie keinen Kontakt", fügte er hinzu und wusste plötzlich, nach welcher Reaktion er gesucht hatte.

Gabi nickte. „Hm-hm, scheint mir auch so. Entweder haben sie inzwischen ihre Meinung geändert oder du hast so nett geschrieben, dass sie dich einfach kennenlernen müssen."

Das war nicht gespielt. Tim wusste, dass seine Mutter ihm niemals etwas vormachen würde. Er schämte sich, denn nach den freundlichen, eigentlich herzlichen Worten in dem Brief hatte er schon geargwöhnt, dass seine Eltern sich gar nicht mit den anderen Eltern in Verbindung gesetzt und somit einen Kontakt von Anfang an bewusst verhindert hätten.

„Kannst du mir einen Gefallen tun?", bat er. „Sag Gerd noch nichts von dem Brief, ja? Er wird mich gleich fragen, was ich nun zu tun gedenke, und das weiß ich selbst noch nicht."

Gabi nickte. „Klar, kein Problem."

Was natürlich gelogen war, denn es war ein Problem. Alles war plötzlich ein Problem, so schien es ihr.

Eine Woche später

Das Gebäude war L-förmig und aus rotem Backstein. Tim stand vor dem Haupteingang, der sich an der Innenseite des Längsbalkens befand, und beobachtete, was um ihn herum vor sich ging. Es herrschte ein ständiges Kommen und Gehen, wenn auch ohne Hektik. Manchmal sah er kleine Grüppchen das Gebäude betreten oder verlassen. Aber meistens waren es Einzelne, die, ihre Aktentaschen oder Laptops umgehängt, kamen oder gingen. *In einem Jahr*, ging es Tim durch den Kopf, *werde ich auch hier studieren. Zusammen mit meinem Vater und meiner Schwester.* Und zum ersten Mal empfand er Vorfreude, ja sogar fast so etwas wie Stolz darauf, seine Familie kennenzulernen. Denn sie waren seine Familie, egal, was sein Vater sagte.

Tja, entschied er schließlich, *ich kann natürlich noch ein halbes Jahr hier stehen bleiben und Leute beobachten, oder ich gehe endlich rein und frage mich zum Fachbereich Musik durch.*

Entschlossen betrat er das Gebäude, und erst jetzt fiel ihm ein, dass er schon einmal hier gewesen war. Irgendwann zu Beginn der 11. Klasse. „Orientierungs-irgendwas" hatte das Projekt geheißen, und sie waren drei Tage lang durch Fachhochschulen, Unis und andere Ausbildungsstätten geschleift worden.

„Na, jetzt hab ich wenigstens komplett die Orientierung verloren", war Eekes Kommentar gewesen, als das Projekt zu Ende war. Tim hatte die Vielzahl der Eindrücke eigentlich nicht verwirrend gefunden. Es hatte ihn eher fasziniert, wie viele Möglichkeiten ihm theoretisch offen standen, auch wenn er sie nie alle ausprobieren konnte.

Als er jetzt in der Eingangshalle der Uni stand, fiel ihm wieder die „Orientierungshilfe" ein, die in Form einer großen Tafel rechts neben dem Eingang hing. *Alle sind sie mächtig daran interessiert, uns zu „orientieren"*, dachte er einen Moment verärgert, *aber alles, was sie dafür anbieten, sind Tafeln und Handbücher und Projekte. Ich würde mich zur*

Abwechslung gern mal an einem richtigen, lebendigen Menschen orientieren.

Aber er war auf der Suche nach seinem zweiten Vater, oder besser gesagt: seinem ersten Vater, und hatte keine Zeit für philosophische Gedankengänge.

„3. Stock, Westflügel" orientierte ihn die Tafel auf seiner Suche nach dem Fachbereich Musik. Schon wieder „orientiert". *Man verwandelt sich sofort in einen Fachidioten mit Fachbegriffen, wenn man nur diese Fachanstalt betritt*, dachte er. Dann atmete er tief durch und setzte sich auf die Stufen. *Mist, warum bin ich eigentlich so sauer?*

Es war eine rhetorische Frage. Er wusste genau, warum er sauer war. Er war sauer auf seine Eltern, alle vier davon, weil sie ihn als Baby einfach vertauscht hatten. Und weil sie es jetzt ihm als Teenager überließen, alles wieder geradezubiegen. Es war unfair. Seine Eltern, seine ersten Eltern, müssten eigentlich kommen, sich vorstellen, sich entschuldigen, sich bemühen. Stattdessen hatte er sich auf den Weg gemacht, gegen den Willen seiner zweiten Eltern, um in so einer blöden Fachanstalt seinen eigentlich ersten Vater zu suchen. Und wenn er ihn fand? Wahrscheinlich würde der ihn wieder verwechseln, diesmal mit einem anderen Studenten. Musste er sich das eigentlich antun?

Ja, muss ich, entschied er schließlich. Er war hierhergekommen, um seinen Vater zu finden, und hatte sich schon viel zu lange davor gedrückt. Entschlossen machte er seinen ersten Schritt in Richtung „3. Stock, Westflügel".

„Da werden Sie wohl kein Glück haben. Professor Liegers ist schon gegangen, soweit ich weiß." Die Stimme gehörte zu einer jungen Dame, ob Studentin oder Angestellte oder vielleicht selbst eine junge Professorin, das konnte Tim nicht ausmachen. Sie hatte eine Akte unter dem Arm und war schon dabei, weiterzugehen, aber Tim hielt sie noch zurück. „Aber das hier ist sein Büro? Das Büro von Professor Liegers?“

Die junge Dame lächelte etwas spöttisch. „Steht doch ziemlich deutlich auf dem Schild, oder?“ Dann, als sie seinen enttäuschten Gesichtsausdruck sah: „Wenn Sie etwas ganz Wichtiges haben, können Sie ihn ja anrufen lassen. Im Sekretariat dort hinten, letzte Tür rechts. Wie gesagt, wenn es ganz wichtig ist.“

Wenn es ganz wichtig ist. Ich möchte ihn fragen, warum er mich vor 17 Jahren nicht mit nach Hause genommen hat. Warum er nicht erkannt hat, dass in seinem Arm ein falsches Baby liegt. Warum er in all den Jahren nicht gemerkt hat, dass irgendwas nicht stimmt. Meinen Sie, dass das wichtig genug ist?

Tim steuerte auf das Sekretariat am Ende des Ganges, letzte Tür rechts, zu und fragte: „Entschuldigung, wo ist denn der Fachbereich Jura?“

Vierter Stock, Nordflügel. Es wimmelte nur so von Studenten. Offensichtlich war gerade eine Vorlesung oder ein Seminar zu Ende.

„Entschuldigung, kennen Sie vielleicht Katrin Liegers? … Äh, Entschuldigung, Katrin Liegers … Kennen Sie vielleicht …?“

Nach dem ungefähr zehnten Mal ging er zum Du über. „Sag mal, hast du Katrin gesehen, Katrin Liegers?“

Und nach dem ungefähr dreißigsten Mal erhielt er eine positive Antwort: „Ja, die war hier. Ist wahrscheinlich schon in der Mensa.“

Also schön, lerne ich eben gleich die ganze Uni kennen. „Entschuldigung, wo geht's denn zur Mensa?“

Von den etwa 100 Tischen in der Mensa waren glücklicherweise nur etwa ein Dutzend besetzt. Am vierten hatte er

Glück. „Katrin Liegers? Die sitzt da drüben." Die junge Frau, die er angesprochen hatte, deutete auf einen Tisch fast am anderen Ende des Raumes, an dem vier Mädchen und zwei Jungen saßen.

Langsam ging Tim auf den Tisch zu. Eine der jungen Frauen lachte gerade etwas schrill. Sie war auch etwas schrill geschminkt, und Tim hoffte fast, dass es nicht Katrin Liegers, seine Schwester, war. Aber die anderen? Jede von ihnen hätte es sein können. Keine von ihnen sah Tim ähnlich. Zwei hatten braune, mittellange Haare, die dritte blondes kurzes Haar. Alle drei sahen, na ja, irgendwie normal aus. Leicht geschminkt, etwas mehr oder weniger füllig, etwas unterschiedlicher Kleidungsstil, eine trug eine Brille, zwei unterhielten sich miteinander, eine sprach mit einem der Studenten, alle hatten sie Aktentaschen neben sich stehen.

Tim setzte sich an einen leeren Tisch in einiger Entfernung und musterte sie genauer. Erst die Blonde. Dann die Braune mit dem dunklen Pullover. Dann die Braune mit der roten Bluse. Dann die Schrille. Kein Hinweis. Nichts. Er wusste nicht genau, was er erwartet hatte, aber was immer es war, es traf nicht ein. Kein mystischer Faden spann sich zwischen ihnen, kein geschwisterliches Gefühl sagte ihm: *Das ist die Richtige.*

Vier junge Frauen, alle sahen völlig unterschiedlich aus, und er konnte nicht ausmachen, welche – wenn überhaupt eine von ihnen – seine Schwester war. Plötzlich dachte er an die Szene, die sich vor 17 Jahren abgespielt hatte. Zwei Neugeborene, die sich wie alle Neugeborenen irgendwie ähnlich sahen, abgearbeitete Schwestern und Ärzte, erschöpfte Mütter, fertige Väter. Und dann merkte einfach keiner, dass er das falsche Baby im Arm hielt. Kein mystischer Faden.

Eine der Studentinnen, die Blonde, stand auf und verabschiedete sich mit einem kurzen Gruß. Tim stürzte auf sie zu. „Ent … Entschuldigung, ich suche Katrin Liegers."

Es war die Braune mit der roten Bluse, die ihm antwortete: „Das bin ich."

„Katrin Liegers?", fragte Tim atemlos und plötzlich raste sein Herz, als hätte er einen Hundert-Meter-Sprint hinter sich.

Die Braune nickte. „Ja. Kann ich was für dich tun?"

Tim schluckte. „Ich bin Tim Bender."

„Aha?", fragte Katrin erst wenig interessiert, aber dann strahlte sie plötzlich übers ganze Gesicht. „Ach, *Tim Bender!?!* Na, das ist ja eine Überraschung. – Entschuldigt mich, Leute", wandte sie sich an ihre Freunde, griff nach ihrer Tasche und war schon aufgestanden. „Komm", sagte sie zu Tim, „setzen wir uns an den Nebentisch."

Sie sahen sich einen Moment lang schweigend an, dann grinste Katrin. „Also, damit wir nicht irgendwelchen Missverständnissen zum Opfer fallen: du bist *der* Tim Bender, der uns vor Kurzem geschrieben hat?"

Tim nickte.

„Der vor siebzehn Jahren im Krankenhaus vertauscht wurde?"

Tim nickte wieder. Komisch, dass man das so locker sagen konnte.

Katrin lachte noch mal. „Ich hätte beinahe gesagt: der vor siebzehn Jahren mit meinem Bruder vertauscht wurde. Das wäre vielleicht ein juristischer Fauxpas gewesen." Dann wurde sie ernst, reichte Tim die Hand und sagte: „Tim Bender, ich freue mich wirklich riesig, dich kennenzulernen."

Am gleichen Tag

Mein Sohn macht sich auf die Suche nach seinen Eltern, mein Mann tut so, als ginge ihn das alles gar nichts an, und ich habe in dem Ganzen offensichtlich meine Identität verloren. Oder den Verstand.

Gabi bestellte sich einen Kaffee und sah sich erstaunt in dem kleinen Restaurant um, in dem sie sich plötzlich wiedergefunden hatte. Sie konnte sich nicht erinnern, seit ihrer Heirat jemals allein in einem Restaurant gesessen zu haben.

Sie hatte ihre Einkäufe erledigt – so wie üblich –, hatte sich noch einen Termin beim Friseur geben lassen – so wie üblich –, hatte noch einen kleinen Schaufensterbummel gemacht – so wie üblich – und war es plötzlich leid gewesen, so zu tun, als verliefe ihr Leben so wie üblich, während es in Wirklichkeit aus allen Nähten platzte.

Wie oft hatte sie sich geärgert, dass sie ständig als „Mutter von" oder als „Frau von" zu agieren hatte, obwohl sie gern mal nur sie selbst gewesen wäre. Jetzt fragte sie sich, wer „sie selbst" überhaupt war. Ihre Rollen als Ehefrau und Mutter hatten sie vielleicht eingeengt, aber ohne Vorgaben fiel sie ganz offensichtlich selbst aus der Rolle, setzte sich in ein Restaurant, ohne zu wissen, warum, bestellte sich Kaffee, obwohl sie sonst um diese Zeit niemals Kaffee trank, und stellte sich Fragen, auf die es keine Antwort gab.

Tim hat die Gabe, Sohn zu sein, fiel ihr ein. *Woher will ich das eigentlich wissen, wenn ich gar nicht seine Mutter bin? – Unsinn. Natürlich bin ich seine Mutter. – Nein, bist du nicht, dein Sohn ist ein Behinderter. – Dafür kann ich nichts, Tim ist begabt. – Dafür kann ich allerdings auch nichts. Sie wurden vertauscht. – Kann ich dafür etwas? – Bei Gott, ich weiß es nicht.*

Gabi hatte ihren Kopf in die Hände gestützt und erschrak, als plötzlich die Kellnerin ein Tablett neben sie stellte. „Oh, äh, vielen Dank." Die Kellnerin lächelte kurz, blieb aber stehen. Ach so, man bezahlte offensichtlich sofort.

„Wie viel macht das?"

Mit einem kurzen Kopfnicken deutete die Kellnerin auf einen kleinen Zettel, der neben der Tasse lag.

„Oh, Entschuldigung." Gabi nahm den Zettel. 2,50 Euro. Mein Gott, zahlte man wirklich 2,50 Euro für eine simple Tasse Kaffee? Sie nahm fünf Euro aus ihrer Tasche und reichte sie der Kellnerin. Im Nu hatte die junge Frau das Wechselgeld aus ihrer Tasche geholt, legte es auf das Tablett und ging weiter, ohne Gabi noch einmal anzusehen. *Hätte ich ihr vielleicht ein Trinkgeld geben sollen?*, dachte Gabi erschrocken. *Oder sehen Kellnerinnen einen immer so an? Oder nicht an?*

Erschüttert lehnte sie sich auf ihrem Stuhl zurück. *Als Ehefrau weiß ich, wie mein Mann seinen Kaffee am liebsten trinkt. Als Mutter weiß ich, wie ich meinen Sohn davon abhalte, zu viel Kaffee zu trinken. Aber als „ich selbst" weiß ich nicht, wie man in einem Restaurant eine Tasse Kaffee bestellt.*

Gabi Bender, wer um alles in der Welt bist du eigentlich?

Katrin und Tim musterten sich gegenseitig. Sie lächelten jetzt beide, aber keiner wusste so recht, was er sagen sollte.

„Ist schon irgendwie eine verrückte Sache", brach Katrin schließlich das Schweigen. „Was hast du gedacht, als du es zum ersten Mal gehört hast?"

Tim zuckte mit den Schultern. „Weiß ich nicht. Ich weiß ja immer noch nicht, was ich denken soll."

Katrin nickte. „Ich eigentlich auch nicht so richtig. Erzähl mal was von dir. Aber warte, ich brauche erst einmal was zu trinken. Was willst du? Kaffee, Tee oder lieber was Kaltes?"

Tim entschied sich für eine Cola, und Katrin stand auf, um von der Theke ein Tablett zu holen.

Ich habe eine Schwester. Die Studentin da drüben mit den braunen mittellangen Haaren ist meine Schwester. Diese junge Frau da mit der roten Bluse und der beigen Hose ist meine Schwester. Die mit dem Tablett und der Cola und der Kaffeetasse ist meine Schwester. Ich habe eine Schwester.

Katrin kam zurück. Sie stellte die Cola und ein Glas vor Tim und den Kaffee vor ihren eigenen Platz. Dann riss sie das Zuckertütchen auf und streute so etwa zehn bis zwölf Kristalle davon in ihren Kaffee.

„Zucker ist ungesund", sagte sie. „Also sollte man seinen Genuss reduzieren. Am besten natürlich ganz einstellen. Das Dumme ist: Ich mag einfach keinen ungesüßten Kaffee. Das sei alles eine Frage der Gewöhnung, behaupten die Leute immer." Sie trank einen Schluck und verzog das Gesicht. „Ich versteh' nicht, wie man sich an so etwas gewöhnen kann." Sie leerte den Inhalt des Zuckertütchens in ihre Tasse, rührte um und trank noch einen Schluck. „Ungesund, aber köstlich!", grinste sie. „Und was hast du für Macken?"

Jetzt musste auch Tim grinsen. „Meine größte Macke ist wahrscheinlich das Piano", meinte er. „Auf jeden Fall ist es meine größte Leidenschaft. Spielst du irgendein Instrument?"

„Querflöte, Gitarre und, mhm, das ist natürlich etwas peinlich, aber: Akkordeon."

„Wieso ist das peinlich?"

„Na ja, Liebhaber der klassischen Musik zählen es wahrscheinlich nicht gerade zu den feinen Künsten. Ich hab die Instrumente ehrlich gesagt aus ganz praktischen Gründen ausgewählt. Gitarre und Akkordeon, weil ich viel auf Freizeiten mitfahre. Mit der Gemeinde oder den Zentren, in denen

David ist. Die Querflöte ist mehr für mich selber, aber eben auch praktisch, weil klein und überallhin mitzunehmen. Ich bin in meinem ganzen Musikempfinden, glaube ich, viel zu praktisch. Ich liebe Musik, ehrlich, aber so eine richtige Leidenschaft dafür habe ich nicht."

„Ich bin genau das Gegenteil: viel zu leidenschaftlich. Mein Musiklehrer ist total glücklich, dass ich nicht Musik studieren will, kannst du dir das vorstellen? Nicht etwa, weil ich nicht gut genug bin, sondern weil er befürchtet, dass ich eines Tages als unerkanntes Genie – oder vielleicht auch als erkanntes Genie – dem Wahnsinn verfalle."

Sie lachten beide, und Tim wurde schlagartig klar, dass er schon lange nicht mehr gelacht hatte. Seit dem Unfall, seit der Sache mit seinem Vater, seit er wusste, dass seine Familie aus mehreren Vätern und Müttern bestand. Und nun saß er hier mit seiner „großen Schwester" und lachte.

„Was ist mit der Schule?", fragte Katrin. „Welche Fächer sind dir am liebsten?"

„Ach, ich bin so 'n furchtbarer Strebertyp, ich lerne einfach gern und irgendwie hab ich keine Lieblingsbereiche. Musik finde ich blöd, weil wir so einen ätzenden Lehrer haben, aber alles andere macht mir eigentlich Spaß. Ob du's glaubst oder nicht, heute ist das erste Mal in meinem Leben, dass ich die Schule schwänze. Wie war's bei dir?"

„Mathe und Physik waren nicht gerade meine Stärke, ansonsten hat mir eigentlich auch alles Spaß gemacht. Deutsch vielleicht noch am meisten. Geografie und Bio finde ich auch toll, aber das sind irgendwie so uferlose Bereiche. Ich meine, wenn man sich mal für eine Sache ein bisschen mehr interessiert, kommt man vom Hundertsten ins Tausendste. Und Schule geschwänzt habe ich … hm, sehr selten."

Sie redeten und redeten. Tim fühlte sich so entspannt wie

schon lange nicht mehr. Und auf einmal wurde ihm bewusst, dass sich hier eine Schwester und ein Bruder unterhielten. So etwas Simples. So etwas radikal Neues.

Wenn immer das Gespräch auf ihre Eltern oder auf den Bruder David kam, lenkte er ab. Damit wollte er sich im Moment nicht auseinandersetzen. All die Ängste der letzten Wochen fielen mit jedem Wort, das sie sprachen, weiter von ihm ab, und mehr wollte und brauchte er fürs Erste nicht.

Am Abend

„Also, nun spann uns nicht so auf die Folter. Rede, sonst lege ich dich übers Knie. Die juristischen Folgen nehme ich auf mich."

„Und ich besuche ihn im Gefängnis und schmuggele ihm eine Feile hinein", unterstützte Mona ihren Mann.

Katrin genoss die Situation. Sie hob ihr Glas, begutachtete es, wie man einen guten Wein eben begutachtet, schwenkte es vorsichtig, hielt ihre Nase daran, um das Aroma ganz in sich aufzunehmen, und nahm schließlich einen vorsichtigen Schluck.

Dann gab sie ihr Urteil ab. „Sieht aus wie Apfelsaft, riecht wie Apfelsaft, schmeckt wie Apfelsaft – ich glaube, das ist Apfelsaft."

Rolf hob drohend den schweren Bibelatlas. „Sieht nach Prügel aus, riecht nach Prügel, schreit nach Prügel – ich glaube, das gibt Prügel."

Lachend gab Katrin auf. „Also schön, hier ist das erste Geheimnis: Er ist ganz und gar der Enkel seines Großvaters."

Monas Augen weiteten sich vor Schreck, Rolf grinste ziemlich unverschämt und nahm seine Frau dann tröstend in die

Arme. „Manchem Schicksal entgeht man eben nicht. – Wie ist er sonst noch?"

Katrin erzählte in allen Einzelheiten von ihrer Begegnung. „Er wollte wohl eigentlich zu dir. Aber er hat Angst, euch zu begegnen, da bin ich mir ziemlich sicher. Eigentlich fand ich ihn ausgesprochen nett."

„Aber?"

„Weiß auch nicht. Ich glaube, irgendwas bedrückt ihn."

„O Katrin, natürlich bedrückt ihn was. Zum Beispiel die Kleinigkeit, dass seine Eltern nicht ganz seine Eltern sind. Und dass da irgendwo zwei Leute herumlaufen, die auch ein bisschen seine Eltern sind."

„Entschuldige, Mam, du hast ja recht. Jedenfalls hat er gefragt, ob er am Samstag herkommen kann. Ich hab zugesagt. Oder habt ihr schon was vor?"

„Nichts, das sich nicht verschieben ließe", sagte Mona sofort. Das Wochenende war voll gepackt mit Terminen und Besuchen, aber nichts würde sie davon abhalten, den Jungen zu sehen, für den sie schon seit sieben Jahren intensiv betete.

Am Wochenende

Mona bürstete sich noch einmal übers Haar. „Ich komme mir vor wie beim ersten Rendezvous", gestand sie.

Rolf lächelte. „Hast du dir bei unserem ersten Rendezvous auch sämtliche Haare ausgerissen?", wollte er wissen.

„Ein paar müssen noch drangeblieben sein, sonst hättest du dich nicht in mich verguckt. – Wie fühlst du dich?"

Diesmal seufzte Rolf. „Eher wie vor einem Untersuchungsausschuss. Und wenn du's genau wissen willst: Ich fühle mich restlos unvorbereitet."

Es klingelte, und Mona lächelte ihm aufmunternd zu. „Jetzt ist es zu spät, deine Prüfungsunterlagen durchzugehen. Komm, begleite mich lieber zu meinem Rendezvous."

Während sie über den Flur gingen, stand Mona noch einmal – wahrscheinlich zum Tausendsten Mal – der kurze Brief vor Augen, den sie erhalten hatten:

Sehr geehrte Frau Liegers, sehr geehrter Herr Liegers,

mein Name ist Tim Bender, ich habe erst kürzlich erfahren, dass Sie meine leiblichen Eltern sind. Wenn Sie nichts dagegen haben, denke ich, es wäre gut, wenn wir uns kennenlernten. Hier ist meine Adresse für den Fall, dass Sie mir schreiben wollen.

Mit freundlichem Gruß,
Tim Bender

Sie öffneten gemeinsam die Tür und standen vor einem jungen Mann, der sich redliche Mühe gab, selbstbewusst zu wirken.

Rolf streckte ihm die Hand entgegen. „Tim, ich freue mich so, dich kennenzulernen! Ich bin Rolf, und das hier ist Mona."

Man schüttelte sich gegenseitig die Hände, man ging ins Wohnzimmer, wo der Kaffeetisch schon gedeckt war, man setzte sich.

„Katrin ist mit David spazieren gegangen", erklärte Rolf, während Mona den Kaffee aus der Küche holte. „Und ich möchte dir so sehr danken, dass du gekommen bist. Irgendwie ist das alles nicht in Ordnung. Ich meine, dass du dich aufmachen musst, um deine Eltern zu suchen. Ich hab das Gefühl, wir Erwachsenen haben jämmerlich versagt in dieser ganzen Situation, und du bist der Einzige, der vernünftig gehandelt hat. Danke einfach dafür."

Rolf ahnte es nicht, aber es war das Beste, was er hätte sagen können. Tim hatte nach seiner Begegnung mit Katrin viel nachgedacht über seine diversen Eltern. Und er war zu dem gleichen Schluss gekommen wie Rolf: Sie waren Versager. Zugegeben, sie waren mit ziemlich erschütternden Neuigkeiten konfrontiert worden. Aber sie hatten einfach versucht, das Ganze zu ignorieren und so weiterzuleben wie bisher. Er hatte sich eigentlich vorgenommen, einen kurzen Blick auf seine Wie-auch-immer-Eltern zu werfen und dann wieder zu gehen. *Ich habe ein Erzeugerpaar und ich habe ein Erzieherpaar, aber ich habe keine Eltern*, hatte er sich überlegt. *Jedenfalls keine, die sich für mich verantwortlich fühlen. Und ich sehe überhaupt nicht ein, warum ich hinter ihnen herlaufen soll.*

„Wieso wolltet ihr mich nicht kennenlernen, als euch das Krankenhaus das alles mitgeteilt hat?", platzte er plötzlich heraus. Er hatte es nicht gleich als Erstes fragen wollen, aber es drängte zu sehr an die Oberfläche.

Wie kommst du denn darauf?? Wir hätten dich liebend gern kennengelernt, aber wir durften ja nicht, wir kannten noch nicht mal deinen Namen. Rolf wollte diese Antwort ebenso herausplatzen wie Tim seine Frage, aber eine innere Stimme hielt ihn zurück. „Wir waren wohl alle miteinander besorgt um dich. Wir haben überlegt, was deiner Genesung in dem Moment am besten dient", sagte er daher etwas ausweichend. „Eltern treffen, auch wenn sie das Beste für ihre Kinder wollen, durchaus nicht immer die richtigen Entscheidungen. Aber ich nehme an, das ist dir nicht neu."

Tim betrachtete ihn interessiert. „Es ist mir neu, dass Eltern es zugeben", sagte er. „Mein Vater behauptet, immer das

Richtige zu tun. Und dabei wollte er um alles in der Welt verhindern, dass ich die Wahrheit über meine Herkunft erfahre."

„Tim, du darfst ihm das nicht übel nehmen", sagte Rolf vorsichtig. „Das verkraftet niemand so einfach, auch Eltern nicht. Und dann ist es unglaublich kompliziert, seinem Kind so etwas zu sagen. Du kannst es mir glauben, ich hab's zweimal durchgemacht: einmal mit Katrin und einmal mit David. Ich bin beide Male fast gestorben."

Jetzt war Tims Interesse noch mehr geweckt. Er dankte Mona, die ihm Kaffee eingeschenkt hatte, und bediente sich mit Milch und Zucker. „Ihr habt es David gesagt?", fragte er ganz erstaunt.

„Ja, natürlich."

„Ich denke, er ist behindert."

„Na und? Deswegen muss er doch trotzdem wissen, wer seine Eltern sind."

„Und?", fragte Tim sehr gespannt. „Wie hat er reagiert?"

Rolf hatte gerade seine Kaffeetasse an den Lippen, und so war es Mona, die antwortete. „Um ganz ehrlich zu sein, ich habe das Gefühl, er hat kein allzu großes Interesse daran, dich oder deine, also, seine leiblichen Eltern kennenzulernen. Er meint wohl, wir und Katrin seien ihm genug."

Tim revidierte in Gedanken das Urteil, das er über diesen David schon gefällt hatte. *Wahrscheinlich ein Idiot und ein Krüppel*, hatte Gerd gemurmelt, als er ihm schließlich doch von dem Brief erzählt hatte. Und obwohl Tim fand, dass das mal wieder eines seiner vorschnellen Urteile war, hatte er es sich ganz unbewusst doch selbst zu eigen gemacht.

„Ist Katrin deswegen mit ihm rausgegangen?", fragte er.

Mona lachte. „Nein, das ist ganz normale Samstagsroutine. Wenn irgend möglich, gehen die beiden immer um diese Zeit spazieren."

Tim lehnte sich zurück und betrachtete diese beiden Menschen, die beinahe seine Eltern geworden wären. Die eigentlich seine Eltern hätten sein müssen. Die es aber nun einmal nicht waren. Und bei allem Ärger siegte doch schließlich seine Neugier.

Als etwa zwei Stunden später die Haustür aufging und Katrin und David zurückkamen, wussten Mona, Rolf und Tim bereits eine ganze Menge voneinander.

Tim warf nur einen einzigen Blick auf David und revidierte sein revidiertes Urteil sofort wieder. Gerd hatte recht gehabt: Er war ein Idiot und ein Krüppel! Und als David mit offenem Munde den fremden Besucher anstarrte, lief ihm tatsächlich auch noch Speichel aus dem Mundwinkel. Ein sabbernder Idiot.

„Wie war's?", fragte Gabi und versuchte dabei, einen möglichst neutralen Gesichtsausdruck zu machen. Ihr Herz raste und ihre Hände zitterten. *Ich will's gar nicht wissen!*, schrie sie innerlich.

„Sie sind nett", antwortete Tim betont gleichgültig. „Aber das hatten wir ihrem Brief ja schon entnommen. Wir haben uns lange und ausführlich unterhalten. Das heißt, nur die Eltern waren da. Katrin und David kamen erst später. Mit dem Jungen kann ich nichts anfangen. Gerd hat ganz recht gehabt: Er ist nichts als ein Idiot. Ein sabbernder Idiot außerdem noch. Aber irgendwie tun die drei so, als wäre gar nichts. Wirkt natürlich ziemlich komisch, zumal sie ansonsten ganz vernünftige Leute sind. Das musst du dir mal vorstellen …", und nun legte er die zur Schau gestellte Gleichgültigkeit ab und ließ sein Erstaunen über den Besuch und die ganze komische Situation deutlich werden. „… der kann weder richtig reden noch allein laufen. Noch nicht einmal essen kann er vernünftig, aber die reden mit ihm, als wäre er ganz normal. Er hat kein Interesse daran, mich oder euch kennenzulernen, meinen sie. Also wenn du mich fragst: der hat an gar nichts Interesse. Ich meine, der kapiert doch gar nicht, was um ihn herum vor sich geht."

Er beschrieb den ganzen Vormittag, den sie zusammen verbracht hatten, die Gespräche mit den Eltern – vernünftige, intelligente Leute –, dann das Erscheinen von Katrin und David. Katrin kannte er ja schon und hatte sie gleich bei ihrer ersten Begegnung gemocht. Aber dieser Behinderte! Wie er mit dem Kopf wackelte und wie ihm die Spucke aus dem Mund lief und wie er sich über den Fußboden robbte und mit beiden Händen ganz angestrengt das Glas festhalten musste und ihm trotzdem noch der Saft über den Pullover floss – und wie sie ihn verdammt noch mal alle einfach so liebten, wie er war. Diese letzte Beobachtung behielt Tim allerdings für sich. Er redete und redete.

Gabi unterbrach ihn nicht. Nur einmal sagte sie ganz vorsichtig: „Tim, er kann doch nichts dafür, dass er behindert ist. Sag doch nicht immer so abwertend *dieser sabbernde Idiot*."

Danach schwieg Tim erst mal. „Na ja", schloss er seinen Bericht ab. „So war es also. Aber warum Gerd so ein Staatsgeheimnis daraus machen musste, ist mir ein Rätsel. Ich glaub', ich fahr jetzt mal 'ne Runde mit dem Fahrrad. Oder brauchst du mich?"

Nein, Gabi brauchte ihn nicht. Sie sah ihm vom Küchenfenster nach, als er losfuhr. *Er hält sich tapfer. Aber ich glaube, es zerreißt ihn fast. Und ich glaube, er hat mir nicht alles erzählt.*

Tim hatte ihr tatsächlich nicht alles erzählt. Ein Gespräch, das er nur mit Rolf geführt hatte, ging ihm durch den Kopf, und er versuchte, sich alle Einzelheiten ins Gedächtnis zu rufen. Sie hatten schon etwa drei Stunden zusammengesessen und geredet; er hatte mit seinem Vater noch nie so lange so intensiv gesprochen. Sicherlich, man wollte sich kennenlernen. Man zeigte sich von seiner besten Seite. Schade, dass David nur ein sabbernder Idiot war. Sonst hätte er ihn gern mit nach Hause genommen und neben Gerd aufs Sofa gesetzt. Ob sich die beiden auch so intensiv unterhalten hätten?

Eines hätte er gern gewusst, und als Katrin und Mona gerade draußen waren, fragte er so ganz nebenbei: „Bei uns war es mein Vater, der auf keinen Fall wollte, dass ich die Wahrheit erfahre. Wie war es bei euch?"

Rolf hatte ziemlich peinlich berührt geschwiegen. „Wir hatten ehrlich gesagt alle das Bedürfnis, die Wahrheit zu sagen", meinte er schließlich etwas zögernd.

„Also habt ihr es David und Katrin gleich erzählt?"

„Ja, sicher."

„Und wieso wolltet ihr dann nicht mit mir reden?" Wieder schwieg Rolf verlegen, und Tim begriff. „Meine Eltern wollten es nicht, stimmt's?", fragte er.

„Sie meinten, es wäre im Moment zu viel für dich. Du hattest den Unfall, deine ganze Zukunft war unsicher. Na ja, sie wollten dir eben nicht noch mehr aufbürden", erklärte Rolf.

Aber Tim brauchte keine Entschuldigungen. „Sie wollten nichts mit euch zu tun haben. Das heißt, mein Vater wollte nicht, da bin ich mir sicher. Ich hab das schon an deinem Brief gemerkt, dass ihr nichts verheimlichen wolltet, aber dass ihr auch nicht gegen meine Eltern angehen wolltet. Ich hätte euch schon längst kennenlernen können, wenn Gerd nicht versucht hätte, alles zu vertuschen."

Und dann kam das, womit Tim sich nun tretend und schnaufend auseinandersetzte.

„Ich wünschte, es wäre so, Tim", hatte Rolf gesagt. „Das hört sich so edel an, und ich würde wirklich gern denken, dass ich mich edel verhalten habe. Unglücklicherweise habe ich das aber absolut nicht getan. Ich weiß, dass dir im Moment furchtbar vieles durch den Kopf geht, mit dem du nicht so eben fertigwirst. Leider hab ich dem noch etwas hinzuzufügen."

Und dann erzählte er ihm in seiner knappen Art, die nichts unnötig ausschmückte, aber auch nichts Wesentliches verschwieg, von Davids Krankheit, seinen eigenen Ängsten und Sorgen, der Blutuntersuchung, der Abrahamslüge, den folgenden sieben Jahren mit seinen Schuldgefühlen und seiner Hilflosigkeit. Er ließ nichts aus; er hätte es nicht ertragen können, noch einmal unter der Last von Geheimnissen und Halbwahrheiten fast erdrückt zu werden.

„Tim", beendete er schließlich seinen Bericht, „ich habe mich völlig verantwortungslos benommen. Ich habe sieben Jahre lang gewusst, dass du irgendwo da draußen rumläufst. Ich wusste weder, wie du heißt, noch, wie du aussiehst, aber ich wusste, dass es dich gibt. Ich war feige und hilflos und habe mich hinter meiner Arbeit und meinen vielen Aufgaben versteckt. Wenn du ... wenn du mich jetzt verachtest, dann hast du allen Grund dazu. Ich ... ich glaube, du kannst mich sogar gerichtlich verklagen. Trotzdem, Tim ..."

Rolfs Stimme war jetzt so leise geworden, dass Tim unwillkürlich etwas näher gerückt war, um ihn zu verstehen. „Trotzdem möchte ich dich bitten, mir zu vergeben. Ich weiß nicht, ob du das kannst. Vielleicht jetzt noch nicht, aber möglicherweise später einmal. Es tut mir leid, Tim, dass ich geschwiegen habe, es tut mir so unendlich leid. Bitte vergib mir."

Rolf saß vornübergebeugt, er hatte den Kopf in seine Hände gestützt und sah nicht Tim an, sondern den kleinen Fleck auf seinem linken Schuh.

Tim war froh, dass er ihn nicht ansah. Auch er blickte einfach nur geradeaus, und sein Blick fiel auf die gegenüberliegende Wand – ausgerechnet auf eine Kopie von Rembrandts „Moses".

„Wie verträgt sich dieses ganze Verheimlichen mit deinem Glauben?", wollte er wissen.

Rolf bewegte sich nicht, blieb vornübergebeugt sitzen. „Es verträgt sich überhaupt nicht", antwortete er leise. „Weder mit dem Glauben noch mit Verantwortung noch mit irgendwelchen anderen Werten, die ich ansonsten vertrete. Es ist so unverträglich, dass ich nicht verstehe, wieso ich nicht längst Magengeschwüre gekriegt habe."

Sie schwiegen sehr lange. Tims Antwort kam schließlich nur zögernd: „Ich bin nicht sehr geübt in Vergebung und so etwas. Es gehört irgendwie nicht zu unserem täglichen Vokabular. Ich muss mir das alles erst mal durch den Kopf gehen lassen."

„Unbedingt", hatte Rolf ihm zugestimmt.

Mitte November

„Du erwartest ja wohl nicht von mir, dass ich diese Menschen kennenlerne."

Tim hörte Gerds Stimme, als er von seiner Radtour zurückkam. Und gleich darauf Gabis Stimme: „Ich erwarte von dir, dass du dich für das interessierst, was deinem Sohn wichtig ist."

„Meinem Sohn! Ich freue mich, dass das noch Erwähnung findet, dass es sich hier um *meinen* Sohn handelt. Das ist nämlich das Einzige, was mich an dem Thema interessiert. Wir reden hier über meinen Sohn. Unseren Sohn, genau genommen, aber ich weiß nicht, ob du überhaupt noch Wert auf die Mutterschaft legst."

Das war eine Ohrfeige, und er wusste es. Er wollte sie strafen, weil sie sich nicht auf seine Seite stellte. „Ich möchte mit diesen Leuten nichts zu tun haben, merk dir das! Und dass du es Tim gestattest, hinter meinem Rücken Kontakt zu ihnen zu halten, das ist der Gipfel der Unverschämtheit!"

Tim hatte genug gehört. Er riss die Tür so heftig wie möglich auf, blieb dann aber im Türrahmen stehen und brüllte seinen Vater an: „Das trifft sich ja außerordentlich gut, dass du von Dingen redest, die man hinter dem Rücken anderer macht. Da hab ich nämlich auch ein paar Beispiele anzubieten. Hinter meinem Rücken zu beschließen, dass mich meine Herkunft nichts angeht – *das* ist der Gipfel der Unverschämtheit."

„Welchen Ton erlaubst du dir mir gegenüber? Ich bin immer noch dein Vater!"

„Das gibt dir noch lange nicht das Recht, so über mich zu bestimmen!"

„Das ist nicht nur mein Recht, sondern meine verdammte Pflicht. Du gehörst in dieses Haus, in diese Familie, in dieses Leben! Ich werde nicht zusehen, wie irgendwelche Leute dich uns stehlen."

„Gerd, bitte …", versuchte Gabi zu beschwichtigen. Aber ihre beiden Männer kamen gerade erst in Fahrt.

„Aber nein, natürlich nicht. Du kannst dir doch den großartigen Künstler nicht stehlen lassen! Mit wem solltest du denn dann vor den Herren Bankdirektoren angeben?"

„Ach, nun bin ich der Angeber? Nicht genug, dass ich jeden sauer verdienten Cent in die Musikleidenschaft meines Sohnes gesteckt habe, jetzt wird mir das auch noch zum Vorwurf gemacht."

„Dass du meine Musikleidenschaft benutzt, um selbst toll dazustehen – das mache ich dir zum Vorwurf!"

„Tim, bitte …"

„Ich will toll dastehen?!? Das ist ja die Höhe! Lass uns doch bitte bei den Tatsachen bleiben."

„Tatsache ist, dass Tim, dein Sohn, dir überhaupt nichts bedeutet. Nur Tim, der Pianist. Tim, das kleine Genie. Das ist alles, was dich an mir interessiert."

„Solchen Blödsinn muss ich mir nicht anhören!"

„Ach, und was ist mit dem, was du im Krankenhaus gesagt hast?"

„Keine Ahnung! Was hab ich im Krankenhaus gesagt?"

„*Ohne seine Hände und seine Augen ist er nichts.* Hast du das gesagt oder nicht?"

„Na, und wenn schon! Was zum Teufel hat das damit zu tun?"

„Gerd, bitte …"

„Alles hat es damit zu tun!", schrie Tim ihn an. „Alles! Das ist es, was du über mich denkst. Ich bin nur so wertvoll wie meine Hände und meine Augen. Und sonst nichts. Sonst kümmert es dich einen Dreck, was ich mache, solange ich nur ordentlich Piano spiele! Damit die Leute dich toll finden."

„Tim, bitte …"

„Damit die Leute *mich* toll finden? Wer hat sich denn immer wie einen Star feiern lassen? *Du* brauchst das Gefühl, ein toller Pianist zu sein, nicht ich."

„*Du* findest, dass ich ohne meine Hände und meine Augen nichts bin. *Du* hast das gesagt, nicht ich!"

„Also schön", brüllte Gerd jetzt in einer Lautstärke, über die er selbst erschrak. „Dann sag mir, was du ohne deine Augen und deine Hände bist. Sag es mir! Stell dir vor, du wärst blind und gelähmt. Was bist du dann noch? *Was???*"

Die plötzliche Stille war ebenso erschreckend, vielleicht sogar noch beängstigender als das vorhergehende Gebrüll.

Tim überlegte. Er überlegte wirklich. Was wäre er noch ohne seine Hände und seine Augen? Er stellte sich vor, wie er mit einem Blindenstock und steifen Händen in seinem Zimmer saß und … was tat? Was *konnte* er noch tun ohne seine Hände und seine Augen? Was war er noch?

„Ich weiß es nicht", sagte er schließlich leise. „Ich habe keine Ahnung, was ich ohne Augen und Hände noch wäre. Aber ich wäre immer noch ich. Ich denke, ich sollte versuchen, herauszufinden, wer ich eigentlich bin." Und damit schloss er leise die Wohnzimmertür hinter sich und ging in sein Zimmer.

Er setzte sich in den Sessel, von dem aus er sein ganzes Zimmer überblicken konnte. Sein Reich. Sein Piano, seine Bücher, sein Computer. Für all das brauchte er seine Hände und seine Augen. Wer war er noch, wenn man Augen und Hände abzog?

Plötzlich fiel ihm wieder die Zurechtweisung seiner Mutter ein: „Er kann doch nichts dafür, dass er behindert ist. Nenn ihn doch nicht so abwertend einen *sabbernden Idioten*."

Sie hatte ihn nicht verstanden. Er musste ihn einen sabbernden Idioten nennen, konnte sie das nicht begreifen? Denn was blieb denn, wenn er ihn nicht so nannte? Dann blieb nur eine Bezeichnung für ihn übrig: Er war … ein Geliebter. Ein geliebter Sohn, geliebter Bruder, kostbar, geachtet, gebraucht, eben geliebt. Ohne ein Genie zu sein. Ohne auch nur *normal* zu sein. Geachtet, geliebt, gebraucht. Alles das, was Tim Bender ohne Augen und ohne Hände wahrscheinlich nicht wäre. Und darum musste er ihn abwerten. Verstand sie das denn nicht?

Noch im November

„Also, irgendwie bist du nicht ganz du selbst, Alter. Willst du nicht mal Papa dein Herz ausschütten?"

Eekes Stimme klang so flapsig wie immer, aber Tim kannte ihn gut genug, um zu wissen, wann er sich Sorgen machte. Und im Moment machte er sich Sorgen. Um ihn. Um Tim Bender. Irgendwie war es ein tröstliches Gefühl. Wenigstens einer, der einfach nur an Tim dachte.

Nein, das stimmte nicht ganz. Seine Mutter dachte ebenfalls an ihn. Sie litt mit ihm. Tim wusste das aus langer Erfahrung.

Sein Vater dachte an all die Unannehmlichkeiten, die ihm drohten, wenn das Ganze herauskäme. Tim war sich sicher, dass er versuchen würde, es vor seinen Kollegen in der Bank zu verheimlichen. So eine Schande! Das Genie ist gar nicht sein eigen Fleisch und Blut. Was denn, und sein leiblicher Vater ist Musikprofessor? Na, dann weiß man ja endlich, wo die Begabung herkommt. Man hat sich schon gewundert. Der Kollege Bender ist doch so ein Durchschnittstyp. Wie sollte der denn so ein Genie produziert haben?

Fast tat es Tim leid, sich vorzustellen, welchen Tuscheleien und verstecktem Spott sein Vater ausgesetzt sein würde, wenn man es in der Bank erfuhr. Vielleicht gab es nun keine Einladungen mehr. Es würde Tim nicht stören. Sein Vater, da war er sich sicher, dachte in der ganzen Angelegenheit an sich selbst und seinen guten Ruf. Nicht an seinen Sohn.

Und Rolf und Mona? Tim war sich nicht ganz sicher. Sie waren ehrlich, das musste man ihnen zugestehen. Wahrscheinlich waren sie vor allem ehrlich froh, den dunklen Fleck auf ihrem Gewissen losgeworden zu sein. Bei ihrem religiösen

Fimmel musste sie das ja ganz schön belastet haben. Sie hatten es allen ihren Freunden erzählt. Mit allen belastenden Einzelheiten. Das wiederum fand Tim durchaus bemerkenswert. Aber auch sie dachten nicht wirklich an Tim, sondern nur an sich selbst. Und warum auch nicht? Sie waren sich selbst genug. Sie hatten einander und sie liebten einander. Tim beneidete sie darum. Er beneidete den sabbernden Idioten. Er beneidete ihn um eine Schwester wie Katrin. Irgendwie hatte er immer nur gehört, ältere Schwestern seien die reinste Pest. Er solle sich glücklich schätzen, ein Einzelkind zu sein. Eigentlich hatte er nie wirklich darüber nachgedacht. Aber jetzt wurde er plötzlich wütend. Wieso hatte er seine Kindheit nicht mit so einer Schwester verbringen dürfen, mit ihr herumtoben, sich streiten, sich vertragen?

Bei dem Gedanken fiel ihm plötzlich Eeke wieder ein. Eeke, der schweigend neben ihm her radelte. „Entschuldigung, was hast du gesagt?"

Eeke drehte sich übertrieben dramatisch suchend in alle Richtungen. „Wie, was, ich? Seine Hoheit geruhen mit mir zu sprechen?"

„Mensch, ich war in Gedanken. Jetzt mach du mir nicht auch noch Druck."

„Also, das ist ja wohl die Höhe!", brauste Eeke auf. „Ich bin in diesem ganzen Affentheater der Einzige, der keinen Druck ausübt, falls dir das noch nicht aufgefallen sein sollte. Stattdessen tappe ich neben dir her wie ein treuer Diener, bereit, deine Launen aufzufangen, dein finsteres Schweigen über mich ergehen zu lassen, oder was immer dich gerade sonst anfällt. Und dann muss ich mir so was anhören!"

Plötzlich musste Tim grinsen. Der treue Diener! Das war eigentlich absolut keine Rolle, die Eeke auf den Leib geschnitten war. „Weißt du was, du treuer Diener, was hältst du davon, deinem hohen Herrn mal eine Cola aus unserem Fresskorb rüberzureichen?"

Auch Eeke grinste. Er war nicht der Typ, der gern den Beleidigten spielte. Da er ohnehin die ganze Zeit freihändig fuhr, war es ihm ein Leichtes, hinter sich zu greifen, zwischen allen Fressalien eine kalte Dose herauszuangeln und sie Tim hinüberzuwerfen. Die zweite nahm er für sich selbst, öffnete sie und trank sie in einem Zug aus, indem er die Dose mindestens 30 Zentimeter über seinen Kopf hielt und doch zielgenau den gesamten Inhalt in seinem Mund landen ließ. Tim ließ ihm, wie schon so häufig, einen bewundernden Seitenblick zukommen.

Er brauchte mindestens eine Hand am Lenker, um über den Waldweg zu fahren, aber er vergaß jedenfalls für einen Moment seine verzwickte Familiensituation.

Erst als die beiden an der „Turmschenke" angekommen waren, fiel ihm wieder ein, was er schon seit längerer Zeit hatte sagen oder fragen wollen. Es war ungewöhnlich sonnig, sie hatten sich jeder ein Eis gekauft und saßen nun an den Tischen, die zum Nachmittag hin dicht bevölkert sein würden. Die Turmschenke war ein beliebtes Sonntagnachmittags-Ausflugsziel.

„Kein Turm in Sicht, und schenken tun sie einem ooch nix", beschwerte Eeke sich wie jedes Mal, wenn sie hier saßen. „Na ja, wie schon der alte Goethe sagte, oder war es gar Schiller? Namen sind Schall und Rauch."

„Sag mal, würdest du mit Chrissie so 'ne Radtour machen?", fragte Tim, die philosophischen Gedankengänge seines Freundes ignorierend.

„Bin doch nicht bescheuert."

„Wieso, ihr habt doch als Kinder bestimmt viel zusammen gespielt."

„Mensch, Tim, das ist doch Eeeeewigkeiten her."

„Ja, aber wieso? Ich könnte mir gut vorstellen, mit Katrin so was zu machen."

Eeke seufzte. Da hatte sein Freund gerade mal seit ein paar Wochen eine Schwester, und schon bildete er sich ein, Experte in Sachen Familienverhältnisse zu sein. „Ihr habt ja auch keine Geschichte miteinander. Ihr seid euch nicht jahrelang gegenseitig auf die Nerven gegangen. Katrin ist was Neues für dich, also findest du sie interessant. Verständlich. Aber glaub mir, so etwas nutzt sich ab. Wenn ihr miteinander aufgewachsen wärt, hättest du jetzt auch keine Lust, dich mit ihr zu zeigen. Das liegt in der Natur der Sache."

„Ich weiß nicht. Mit David geht sie auch jeden Samstag spazieren."

Mitleidig sah Eeke seinen Freund an. „Mensch, das kannst du doch nicht vergleichen. Wenn du 'n Krüppel wärst, würde sie dich wahrscheinlich auch ausfahren."

„Würdest du Chrissie ausfahren, wenn sie ein Krüppel wär? Oder sie dich?"

Eeke überlegte eine ganze Weile. „Keine Ahnung", gab er zu. „Über so etwas macht man sich normalerweise keine Gedanken."

Tim kickte einige Blätter, die heruntergesegelt waren, über den Tisch. „Na ja, du kannst dir das leisten, solche Fragen zu ignorieren. Ich muss mir in letzter Zeit dauernd Gedanken machen über Fragen, an die ich früher nicht mal im Traum gedacht hätte."

Eeke kickte die Blätter zurück. „Wieso eigentlich? Wer sagt, dass du dir über den ganzen Mist Gedanken machen musst? Dass du vertauscht wurdest, war nicht deine Schuld. Ist halt passiert. Wenn ich an deiner Stelle wäre, würde ich jetzt gar nicht so viel philosophieren, sondern das Ganze nehmen, wie es ist. Und das Beste rausholen. Meinetwegen mit Katrin Rad fahren. Und möglichst keinem sagen, dass sie deine Schwester ist. Was glaubste, wie dich die Jungs beneiden. Oder mit Rolf musizieren. Ihn über seine Uni-Erfahrungen ausquetschen. Kann dir doch alles nur dienlich sein. Und was deinen Alten betrifft: Ist doch logisch, dass der sich aufregt. Hättest du was anderes erwartet?"

„Erzähl mir nicht, dass du dir keine Gedanken machen würdest, wenn du an meiner Stelle wärst."

„Jedenfalls nicht annähernd so viel wie du. Ich würde echt sehen, was sich da so rausholen lässt."

„Ich denke, also bin ich", murmelte Tim.

„Ich denke nur halb so viel, bin aber doppelt so viel", antwortete Eeke gelassen, während er sich zurücklehnte und über seinen wohlgenährten Bauch strich.

Tim musste lachen. „Das erinnert mich daran, dass wir diese Radtour machen, damit du ein paar Pfunde abnimmst. Eisessen und Philosophieren sind da ja eigentlich nicht so dienlich." Er stand auf und streckte sich. „Hattest du nicht gesagt, es gibt nur Cola light und Möhren auf dieser Radtour?"

„Muss ich vergessen haben. Und belegte Brötchen vergammeln zu lassen, ist bestimmt eine Sünde."

Sie schlenderten zurück zu ihren Fahrrädern. Auf der Gartenterrasse der „Turmschenke" hatten sich inzwischen schon einige Ausflügler eingefunden. Ein Mädchen sah Katrin ähnlich, aber sie war es nicht, wie Tim enttäuscht feststellte. *Jetzt halte ich schon Ausschau nach ihr*, ärgerte er sich. *Als ob es überhaupt nichts anderes mehr gäbe.*

Es gab offensichtlich nichts anderes. Als Eeke ihm ein Brötchen reichte und sie sich wieder in ihre Sättel schwangen, fragte Tim: „Findest du es wirklich unnormal, dass ich mir so viele Gedanken mache? Das macht doch den Menschen aus, dass er sein Leben durchdenkt.“

„Ja, ich weiß, du denkst, also bist du.“ Sie radelten jetzt gemütlich nebeneinander her, nicht gerade das richtige Tempo zum Abnehmen, aber Eeke war es sowieso nie wirklich ernst damit.

„Ich hab mich gefragt, wie es wohl ist, geistig behindert zu sein. Dieser David denkt nicht annähernd so viel wie du, aber er ist auch. Oder vielleicht denkt er was ganz anderes. Auf jeden Fall ist er. Und sogar recht zufrieden, nach dem, was du so erzählst. Ob er sich Gedanken macht über seine Situation? Ob er sie verstanden hat? Weiß kein Mensch. Würdest du deswegen sagen, dass er nicht ist? Also, ich meine, dass er kein Mensch ist, dass er sich auf der Stufe eines Tieres befindet?“

Tim dachte darüber nach. „Na ja, ich kenne ihn natürlich nicht sehr gut. Wenn du seiner Familie glaubst, hat er ganz normale menschliche Empfindungen. Aber die sind natürlich voreingenommen. Andererseits: auf der Stufe eines Tieres? Nee, das kann man irgendwie auch nicht sagen.“

In dem Moment geschah etwas absolut Unerwartetes. Eeke, der Fahrradkünstler, fuhr freihändig in einem unglücklichen Winkel auf eine Wurzel, sein Vorderrad schlug zur Seite, das ganze Fahrrad rutschte unter Eeke weg, und er schlug erst mit der Schulter, dann mit dem Hinterkopf auf den steinigen Weg, genau auf eine der Baumwurzeln. Er stieß einen kurzen Schrei aus, dann zuckte sein Brustkorb unter abgehackten Atemzügen.

Tim hatte sein Fahrrad auf die Seite geworfen und sprang neben seinen Freund. „Mensch, Eeke, ist dir was passiert?“ Eeke antwortete nur mit einem Röcheln. Seine Augen waren fest zusammengepresst, und der ganze Körper machte einen ziemlich verkrampften Eindruck.

„Eeke, hör auf damit, mach doch keinen Mist", schimpfte Tim, der nicht wusste, ob er sich ärgern oder fürchten sollte. Aber Eekes Haltung änderte sich nicht. Verkrampft, Augen und Lippen zusammengekniffen und das normalerweise gutmütige Nilpferdgesicht in tausend Falten gezogen, atmete er nur stoßweise und fast wider Willen. Tim beugte sich zu ihm hinunter und wollte seinen Kopf anheben. Es gelang ihm nicht. Steif wie eine Marmorstatue lag sein Freund auf dem Boden, und nur das leise Zucken, das ständig durch seinen Körper lief, verriet, dass er noch am Leben war.

Jetzt geriet Tim in Panik. „Scheiße, Eeke, was soll ich denn jetzt machen?", rief er verzweifelt und bemühte sich noch einmal, Eekes Kopf zu heben. Da seine Bemühungen fruchtlos blieben, sagte er: „Hör zu, ich sause los und hole Hilfe." Und schon war er aufgestanden und wollte auf sein Fahrrad springen.

Für einen Moment entkrampfte sich Eekes Haltung. „Stell dir vor, ich hätte mir jetzt das Hirn angeschlagen", sagte er mit völlig normaler Stimme, „was würdest du machen?"

„Blödmann!", sagte Tim erleichtert, ließ das Fahrrad, das er schon aufgehoben hatte, wieder los und atmete tief durch.

„Nix Blödmann, ich will, dass du dir das jetzt vorstellst." Und schon verkrampfte sich sein Körper wieder. Tim sah einen Moment lang zweifelnd auf ihn herab, schaute sich etwas peinlich berührt um, ob sie auch niemand beobachtete, dann beschloss er, mitzuspielen. Er beugte sich wieder zu seinem Freund hinab. „Bist du okay?", fragte er ihn.

Natürlich kam keine Antwort außer einem kurzen Röcheln. Behutsam hob Tim Eekes Kopf an, und diesmal ließ Eeke es zu. Die bekloppte Wurzel tat nämlich ganz schön weh. Vorsichtig schob Tim seinen Oberschenkel unter Eekes Kopf.

„Besser so?", fragte er. Wieder erhielt er keine Antwort, aber diesmal öffnete Eeke seine Augen und murmelte etwas Unverständliches.

„Mach dir keine Sorgen“, tröstete Tim ihn und merkte dabei gar nicht, wie sehr er in der Rolle aufging. „Der Krankenwagen ist schon unterwegs. Die werden dich gut versorgen. Du wolltest doch immer schon mal mit Tatütata an der Penne vorbeirasen. Das kannst du heute haben.“

„Gabbibabib“, murmelte Eeke.

„Wird gemacht, alter Junge“, antwortete Tim. Eekes Hand zuckte über den steinigen Untergrund, und automatisch ergriff Tim sie, hielt sie einen Moment in seiner eigenen und legte sie dann behutsam auf Eekes Bauch.

„Wenn du nicht aufpasst, werden sie dich jetzt zu einer Diät zwingen. Weißt doch, wie die Ärzte sind.“

Eeke nickte zur Antwort heftig mit dem Kopf, so heftig, dass er hart auf Tims Oberschenkel aufschlug. Immer und immer wieder. Sofort nahm Tim seinen Kopf in seine Hände, machte die Bewegungen mit, aber dämpfte sie gleichzeitig ab.

„Keine Sorge, ich achte schon drauf, dass sie dich nicht verhungern lassen. Ich schmuggel dir was rein.“

„Der Beweis ist erbracht!“, rief Eeke und sprang mit einem Satz auf. Die Vorführung war offensichtlich zu Ende.

„Welcher Beweis?“, fragte Tim, der einen Moment brauchte, um sich wieder in die Wirklichkeit einzufinden.

„Der Beweis, dass sich alle völlig normal verhalten.“

„Mit Ausnahme von dir, du Idiot. Hast du das mit dem Sturz absichtlich gemacht?“

„Klar!“, verkündete Eeke stolz. „Tolle Leistung, was? Und total improvisiert. Ohne Übung, Netz und doppelten Boden. Musst du mir erst einmal nachmachen.“

„Nee, danke“, murmelte Tim nur. Aber er war tatsächlich beeindruckt.

„Was war es doch gleich, das wir soeben bewiesen haben?“, fragte er. Sein Fahrradlenker hatte sich in einem Gebüsch verfangen und er zerrte etwas ungeduldig, um ihn zu befreien. Eekes Fahrrad lag trotz des Sturzes ganz friedlich auf dem Weg, als hätte er es nur eben abgelegt, um ein paar Pilze zu suchen.

„Hast du nicht gemerkt, wie du dich verhalten hast?“, wollte Eeke wissen. „Normal. Total normal. Hast mit mir geredet, hast mir ein bisschen geholfen, wo du dachtest, dass ich vielleicht Hilfe brauche, hast blöde Witze gemacht über Zwangsdiät – ein wirklich absolut blöder Witz! –, und das alles, obwohl ich nur komische Geräusche und Bewegungen gemacht habe. Und genau so verhalten sich die Liegers mit David. Wahrscheinlich macht man das ganz einfach so. Und weil sie sich so normal mit ihm verhalten, verhält er sich auch so normal, wie er eben kann. Ist das nicht irgendwie logisch?“

Tim dachte noch über die Logik normalen Verhaltens nach, als Eeke schon einen neuen Gedankengang anfing. „Das Denken unterscheidet den Menschen vom Tier, das Planen unterscheidet den Menschen vom Tier, das Erfinden unterscheidet den Menschen vom Tier ... Ehrlich gesagt, ich glaube, das ist alles großer Quatsch. Weißt du, was den Menschen vom Tier unterscheidet?“

„Nee, erzähl mal.“

„Schlicht und einfach die Tatsache, dass er ein Mensch ist. Und fertig. Ich hab mal ’ne Dokumentation gesehen, in der sie die Evolutionstheorie belegen wollten oder die Intelligenz unserer Ur-ur-ur-ur-ahnen oder irgendwie so etwas. Da hatten sie einem Schimpansen alles Mögliche beigebracht. Und der hat auch brav alles ausgeführt. Und um nun den Beweis zu erbringen, dass ihre ganzen Theorien stimmen, haben sie dann einen geistig behinderten Jungen gebracht, der das auch alles machen sollte. Und der konnte dann vieles davon nicht so gut wie der Affe. Na ja, du kannst dir ja vorstellen, was sie damit dann alles bewiesen haben wollten. Aber ich hab mir den Affen und den Jungen so angeguckt und dachte einfach nur: *Der Junge ist mir trotzdem sympathischer, egal, wie viel er kann oder nicht kann. Der ist einer von meiner Sorte.* Irgendwie so etwas in der Art. Ich weiß es nicht mehr genau. Ich weiß nur noch, dass ich überhaupt nicht beeindruckt war von dem ganzen Affentraining, sondern einfach nur dachte: *Der Affe ist ein Affe, und der Junge ist ein Mensch.*"

Tim schwieg. Eine Erkenntnis traf ihn, traf ihn so hart, dass er Mühe hatte, sich auf seinem Fahrradsattel zu halten. Eeke, so erkannte er plötzlich, würde sich mit David gut verstehen. Er würde ihn weder verachten noch beneiden, er würde ihn einfach so nehmen, wie er war. Na ja, und mit Mona und Rolf würde er sich auch verstehen. Mit Katrin sowieso. Das Problem, was immer das Problem war, lag tatsächlich bei ihm, bei Tim Bender.

Noch eine Erkenntnis traf ihn, ebenso hart, weil ebenso unerwartet: Eeke war sein bester Freund, er schätzte und achtete ihn; aber irgendwie, irgendwie hatte er sich ihm immer überlegen gefühlt. Außer seinen Fahrradkünsten hatte Eeke keine sonderlichen Talente oder Leistungen vorzuweisen. Dass er ein treuer Freund war, hatte Tim immer als selbstverständlich hingenommen. Plötzlich erkannte er, dass diese Treue, diese Freundschaft mehr wert waren als alle Auszeichnungen und Anerkennung, die er selbst in den letzten Jahren angesammelt hatte. Da hatte er seine Schulzeit damit verbracht, Ehrungen für seine Leistungen anzuhäufen – und wohin hatte es ihn geführt? Dass er einen „übergewichtigen Schulversager" (Eeke selbst bezeichnete sich immer so) und einen sabbernden Idioten darum beneidete, dass sie Freunde sein könnten.

Tage später

„Rolf hat gesagt, David wäre aufgrund einer Viruserkrankung behindert. Wie kam das eigentlich genau?"

Tim saß mit Katrin in einem Eiscafé, die im Winter alle möglichen Sorten von heißem Pudding anboten, dachte an Eeke, der sich nie und nimmer mit seiner Schwester in ein solches Café setzen würde, dachte an seine Schulfreunde und hoffte, dass jemand vorbeikäme. Außer Eeke wusste niemand von dem ganzen Schlamassel, Eeke würde es auch nicht weitererzählen, und die Vorstellung, dass jemand aus der Schule ihn sah und Katrin vielleicht für seine Freundin hielt, gefiel Tim durchaus.

Katrin lutschte genüsslich an ihrem Zimt-Vanille-Pudding. „Durch eine Hirnhautentzündung. War eine ziemlich blöde Sache damals." Sie schüttelte etwas unwillig den Kopf, als könnte sie auch nach so vielen Jahren noch nicht recht verstehen, wie das passieren konnte.

„Es war in den Sommerferien. Wir waren in Österreich, sind da von Zeltplatz zu Zeltplatz gefahren und hatten eine super Zeit. In den letzten Tagen wurde David dann krank. Erst sah es aus wie eine ganz normale Grippe, na ja, vielleicht ein bisschen schlimmer als ganz normal, aber das Wetter war total umgeschlagen, und irgendwie waren wir alle verschnupft. Und nach einigen Tagen ging es ihm dann erst auch wieder besser. Aber dann fiel er plötzlich dauernd hin und hatte Sprachstörungen und wurde ständig wütend. Dann erst haben wir ihn genauer untersuchen lassen, und so verging einige Zeit, bis sie diesen Virus in seinem Blut entdeckt haben. Natürlich wollten sie genau herausfinden, wo er sich den geholt haben könnte. Aber meine Güte, wir waren drei Wochen lang durch zwei

Länder gereist und auf Campingplätzen und Spielplätzen, in Badeanstalten und auf Raststätten mit Tausenden von Leuten in Berührung gekommen. Da war einfach nichts mehr herauszufinden. Na ja, und bis sie das Ganze medizinisch im Griff hatten, waren eben schon eine Menge Hirnzellen bei David abgestorben."

„Ganz schöne Scheiße. Ich meine, man fährt los, um sich zu erholen und kommt todkrank wieder."

„Tja, so ist das Leben leider manchmal."

„Mensch, du gehst mir echt auf 'n Keks mit diesem Gerede!", herrschte Tim sie ganz unerwartet heftig an. „Du tust ja so, als wäre das ein kleines Missgeschick, wie eben mal den Bus verpasst oder so. Willst du mir beweisen, wie cool du bist? Oder wie sehr du auf deinen tollen Gott vertraust, dass dir nicht mal so 'ne Scheißbehinderung was ausmacht?"

Völlig verdattert sah Katrin ihn an. „Sorry, ich will dir überhaupt nichts beweisen. Aber – meine Güte, das Ganze ist jetzt sieben Jahre her oder so. Ich meine, es ist nun mal eben, wie's ist, das ist doch wirklich so. Und zu Anfang hab ich das überhaupt nicht cool und gelassen gesehen. Ich war total fertig. David und ich, wir haben uns eigentlich toll verstanden. Klar, wenn ich meine Schulfreundinnen zu Besuch hatte, hab ich die große Schwester rausgekehrt. Aber wenn wir allein waren – Mann, was haben wir für Blödsinn angestellt. Und dann wurde er so krank, und ich hatte eine Scheißangst, dass er sterben würde. Es war das Jahr vor dem Abi, und wir haben natürlich nicht mehr so viel zusammen gemacht wie früher. Ist ja ganz natürlich. Vor diesen Sommerferien hatte ich schon öfter keine Lust gehabt, mit ihm zu spielen. Und als er dann im Krankenhaus war, hab ich wochenlang zu Hause gesessen und immer nur gesagt: *Wenn er nicht stirbt, dann spiele ich alles mit ihm, was er will.* Na ja, und dann kam er nach Hause, aber eben total verändert, und ich wusste erst nicht so richtig was mit ihm anzufangen. Paps hat ihn reingetragen und im Wohnzimmer auf einen Sessel gesetzt, das weiß ich noch ganz genau. Und ich musste das erst mal alles so richtig kapieren. Weißt du, solange er noch im Krankenhaus gelegen hatte, war es mir noch gar nicht so richtig aufgefallen, wie er sich verändert hatte. Aber da in dem Wohnzimmersessel, auf dem wir tausendmal Purzelbaum und Handstand gemacht hatten … und jetzt konnte er sich gar nicht grade halten. ‚Das ist doch nicht der David, den wir kennen'", hab ich geflüstert. Und Paps meinte: ‚Doch, mein Schatz, das ist der David, den wir kennen. Inzwischen sind allerdings ein paar Millionen Hirnzellen bei ihm ausgefallen. Mal sehen, wie wir alle miteinander damit klarkommen.'"

Tim musste schmunzeln. Diese Formulierung war typisch für Rolf, dachte er. Sie war so brutal ehrlich, dass man sich schon wieder wohlfühlen konnte damit.

„Na ja", fuhr Katrin fort, die bei der Erinnerung auch geschmunzelt hatte, „Und dann ging unser Leben eben weiter und irgendwie … ich weiß auch nicht, irgendwie hab ich nach und nach gemerkt, dass er tatsächlich noch David war. Wie er manchmal lächelte oder wie er aussah, wenn er schlief, oder auch, wenn er wütend war. Es war alles eben David. Ganz vieles hat sich von da an um ihn gedreht. Aber eigentlich hat es mir gar nichts ausgemacht. Erst nach Monaten ist mir eingefallen, dass ich versprochen hatte, alles mit ihm zu spielen, wenn er nicht stirbt. Na ja, und dazu hatte ich ja massenhaft Gelegenheit."

Tim dachte einen Moment lang nach. „Und jetzt? Ich meine, macht es dir überhaupt nichts aus, dass er behindert ist? Ehrlich gesagt, ich kann das nicht glauben. Okay, es ist sieben Jahre her, und man gewöhnt sich natürlich an alles. Aber trotzdem. Denkst du nie, dass er jetzt im Abi stehen würde, dass er Studienpläne oder Berufspläne hätte oder eine Freundin oder ich weiß nicht, was?“

Katrin dachte sehr intensiv über diese Frage nach. Und die Antwort war ihr fast ein wenig peinlich. „Also, um ganz ehrlich zu sein: Ich mache mir eigentlich überhaupt keine Gedanken darüber, wie David wäre, wenn er nicht behindert wäre. Er ist einfach er, der Knirps, der früher herumlief und redete, der dann eine Hirnhautentzündung bekam, der jetzt im Rollstuhl sitzt, der auf seine besondere Art redet – das alles ist David. Das alles gehört zu ihm wie seine Haarfarbe und seine Augenfarbe. Ich wüsste gar nicht, wo ich anfangen sollte, wenn ich ihn mir nicht behindert vorstelle. Ich meine, alles, was uns im Leben begegnet, prägt uns irgendwie, und wenn uns was anderes begegnet wäre, würde es uns anders prägen. Paps hatte vor zwölf Jahren oder so mal ein Angebot, irgendwo in Süddeutschland an einer berühmten privaten Musikschule zu unterrichten. Er hat das Angebot abgelehnt. Bestimmt hätte sich unser Leben in vieler Hinsicht anders gestaltet, wenn wir dorthin umgezogen wären. Aber ich denke nicht darüber nach, was wohl gewesen wäre, wenn … Kann man doch auch gar nicht. Bei den tausend Weichenstellungen in unserem Leben kann man sich doch nicht dauernd Gedanken darüber machen, was wäre, wenn alles anders gekommen wäre.“

„Also, ich finde, ein Zwischenfall mit so schwerwiegenden Folgen ist doch etwas anderes als die tausend kleineren Weichenstellungen, die man täglich erlebt und gleich wieder vergisst.“

„Ja, sicher, aber das ist ja nicht mal was, was man selbst vorgenommen hat. Es ist eben passiert, wie Unfälle oder Missgeschicke halt passieren. Man kann sich noch nicht mal vorwerfen, eine falsche Entscheidung getroffen zu haben. Man kann meiner Meinung nach jetzt nur das Beste daraus machen. Sinnvolle ärztliche Maßnahmen, pädagogische Möglichkeiten und so."

Tim hätte in diesem Moment liebend gerne gefragt, ob man denn nicht wenigstens Gott vorwerfen könnte, eine falsche Entscheidung getroffen zu haben. Aber er begriff plötzlich, dass er Katrins Denkmuster verstanden hatte. *Du kannst nicht Gott in allem ignorieren, und plötzlich, wenn du einen Schuldigen suchst, ihn in den Mittelpunkt stellen. Entweder er ist der Mittelpunkt in deinem Leben, dann kannst du ihn nach allem Guten und Schlechten befragen. Oder du ignorierst ihn, dann musst du ihn konsequenterweise auch im Schlechten ignorieren.* So etwa würde ihre Antwort lauten, und er musste leider zugeben, dass sie logisch war. Also fragte er stattdessen: „Erinnert David sich eigentlich daran, dass er früher mal viel mehr gekonnt hat als jetzt?"

„Ich weiß es nicht. Aber falls er sich erinnert, scheint ihm der Verlust nicht allzu viel auszumachen."

„Oder er kapiert's halt nicht", konnte Tim sich nicht verkneifen zu sagen. Es war eine boshafte Bemerkung, aber Katrin wurde nicht sauer. Sie schien sich über das Thema ebenfalls Gedanken gemacht zu haben.

„Tja, das ist natürlich die einfachste Interpretation. Irgendwie neigen wir Nichtbehinderten immer dazu, jede Andersartigkeit der Behinderten als mangelndes Verständnis abzutun. Es ist nur so: Ich hab inzwischen ganz viele geistig behinderte Menschen kennengelernt, die ihr Leben so total anders gestalten als ich meins – und irgendwie ist es mir viel zu simpel zu sagen: Die verstehen es halt nicht besser. Sie setzen andere Schwerpunkte. David ist es völlig gleichgültig, wie jemand angezogen ist oder welche Ausbildung er hat. Aber er legt zum

Beispiel großen Wert darauf, dass man in Ruhe mit ihm redet. Leute, die ihn anbrüllen oder die andere anbrüllen, ignoriert er völlig. In seiner Gruppe ist eine Frau, die eigentlich sehr introvertiert ist. Es ist fast unmöglich, mit ihr zu kommunizieren, wenn sie nicht will. Aber sie mag kräftige Farben, und wenn ich etwas Buntes anhabe oder ein Bild in leuchtenden Farben mitbringe, taut sie so richtig auf, redet und lacht und beteiligt sich am Gruppengeschehen. Das ist offensichtlich etwas Wesentliches in ihrem Leben. Was ist daran schlechter als die Schwerpunkte, die andere setzen?"

„Das kann man doch nicht gleichsetzen. Stell dir bloß mal vor, alle Leute wären wie David oder diese Frau. Was würde dann aus unserer Welt? Von schönen Farben und ruhigen Gesprächen allein entwickelt sich doch nichts weiter."

„Stell dir vor, alle Leute wären wie Rembrandt oder Einstein. Was würde dann aus unserer Welt? Von höherer Mathematik und herrlichen Gemälden allein entwickelt sich in unserer Welt auch nichts weiter. – Verstehst du das denn nicht, Tim? Es gibt niemanden, der so ist, dass man sich wünschen würde, alle wären so wie er. Das macht doch gerade den Reichtum aus, dass es Menschen gibt wie Einstein und wie Rembrandt … und wie David."

Einstein und Rembrandt und David. Wie um alles in der Welt konnte man diese drei in einem Atemzug nennen? Katrin konnte es offenbar, und im Moment fiel Tim kein geeignetes Gegenargument ein.

„Einstein und Rembrandt haben immerhin das Leben unzähliger Menschen geprägt", meinte er deswegen nur.

„Das haben herausragende Persönlichkeiten so an sich. Trotzdem wünscht man sich doch nicht, dass alle so wären wie sie. Die allermeisten Menschen prägen nicht unzählige andere, sondern nur diejenigen in ihrer unmittelbaren Umgebung. So wie du und ich und David. Und keiner sagt doch: Ja, wenn nur alle so wären wie Tim! Oder wie Katrin. Oder wie Peter Schmidt oder August Schulz."

Katrin hatte ihren Zimt-Vanille-Pudding zu Ende genossen, Tim seinen Schokoladenpudding. Sie hatte recht. Natürlich wünschte man sich nicht, dass alle Leute so wären wie, na ja, wie wer auch immer. Aber ganz bestimmt wünschte sich keiner, so zu sein wie David.

„Darf ich dich mal was fragen, was sich vielleicht … na ja, okay, ein bisschen peinlich anhört. Aber ich würd's trotzdem gern wissen."

„Klar. Schieß los."

„Du müsstest doch eigentlich viel lieber mit mir zusammen sein als mit David. Ich meine, mit mir kannst du dich unterhalten, diskutieren, argumentieren. Das kannst du doch mit ihm alles gar nicht."

„Unterhalten, diskutieren, argumentieren kann ich mit vielen meiner Freunde. Aber mit keinem verbindet mich, was mich mit David verbindet. Ich meine, wir haben eine siebzehnjährige gemeinsame Geschichte. Mit ihm habe ich gelernt, mich zu streiten und mich zu vertragen, gegen unsere Eltern zu rebellieren und ihnen zu gehorchen, wir haben Streiche ausgeheckt, wir haben nächtelang geflüstert, wenn wir eigentlich schlafen sollten, wir haben Feste zusammen gefeiert, uns Überraschungen für unsere Eltern ausgedacht, ach, und tausend andere Sachen. Was mich mit ihm verbindet, verbindet mich mit keinem anderen. Entschuldige, das hört sich jetzt vielleicht für dich irgendwie blöd an, weil du Einzelkind bist und nicht solche Erfahrungen hast. Du hast dafür andere Erfahrungen, die du nur mit deinen Eltern teilst und sonst mit niemandem."

„Du würdest mich also nicht gegen David eintauschen?",

fragte Tim scherzhaft, und Katrin begriff nicht im Entferntesten, wie ernst es ihm mit dieser Frage war.

„David eintauschen?" Sie lachte laut. „Nicht gegen hundert Einsteins!"

„Und natürlich auch nicht gegen mich." Tims Stimme war immer noch leicht.

„Und natürlich auch nicht gegen dich." Auch Katrins Stimme war scherzhaft, und keiner von ihnen wusste, wie ernst der andere es meinte.

Anfang Dezember

Gabi hatte ein Problem, das sie mit niemandem teilen konnte. Sie hatte Sehnsucht. Sehnsucht nach dem Kind, das sie vor 17 Jahren getragen hatte. Sehnsucht nach dem Kind, das ihr irgendwelche Menschen genommen hatten. Sehnsucht nach dem Kind, das jetzt anderen gehörte. Wenn er normal wäre, käme sie ganz leicht an ihn heran. In welche Schule geht er? In welchem Fußballverein spielt er? In welcher Disco hängt er gerne herum? Das waren alles Dinge, die man herausfinden konnte. Die sie Tim ganz locker abhorchen konnte. Und dann könnte sie dorthin gehen und ihn sich ansehen. Oder sie könnte sagen: *Ach, bring ihn doch mal mit, ihr könnt ja auch hier zusammensitzen.* Tim verstand sich gut mit seiner Schwester und seinen, na ja, nun sagen wir es doch ehrlich: „echten" Eltern. Leiblichen Eltern meinetwegen. Und wenn es ihr auch immer wieder einen kleinen Stich gab, eigentlich war es so besser als andersherum. Wenn er sie ganz furchtbar fände, wenn es primitive Leute wären oder charakterschwache Menschen, dann würde er sich die ganze Zeit über selbst infrage stellen, da war sie sich sicher. *Was für eine Erbmasse schleppe ich denn da mit mir herum?*, würde er sich fragen. *Werde ich auch mal so wie die? Soll ich mich nicht lieber gleich in eine Anstalt einweisen lassen?* Sie kannte doch ihren Sohn. Er war noch ihr Sohn, das hatte sie nach langen inneren Kämpfen entschieden. Sie wollte nicht 17 Jahre gegen 9 Monate aufwiegen, das konnte man sicher nicht. Aber sie wollte auch die letzten 17 Jahre mit diesem Jungen nicht einfach streichen. Das konnte man erst recht nicht.

Gabi stand in ihrer Küche und hatte den Abwasch vor sich. Was man so Abwasch nennt, wenn man eine Spülmaschine hat. Plötzlich hatte sie das Bedürfnis, wieder einmal richtig mit heißem Wasser und den eigenen Händen alles sauber zu machen. Sie hatte die Spülmaschine schon aufgeklappt, nun schloss sie den Deckel wieder. Sie drehte den Wasserhahn auf, ließ das kalte Wasser ablaufen und schloss den Ablauf, um das heiße Wasser festzuhalten. Ein Spritzer Geschirrspülmittel, und dann sah sie fasziniert zu, wie das einströmende Wasser eine wachsende Schaumkrone produzierte. Früher hatte sie auch mit Tim zusammen abgewaschen. Das hätte sie mit dem anderen Jungen, David, genauso gemacht. Das hatte seine Mutter, Mona hieß sie, wahrscheinlich auch getan. Das taten alle Mütter. Tat sie es jetzt auch noch? Er war behindert. Gabi konnte sich nicht so recht etwas darunter vorstellen. Tims Angaben waren da immer etwas ungenau und sie wagte nicht nachzufragen. Sie wollte Tim nicht drängen, er schien nicht gerne über David zu sprechen. Schon gar nicht wagte sie, einen Besuch bei Davids Familie vorzuschlagen. Gerd würde ausflippen, wenn er wüsste, dass sie nur an so etwas dachte.

Gabi ließ die Gläser zuerst ins Spülbecken sinken, dann nahm sie den Schwamm und begann die Gläser zu bearbeiten. Sie genoss das heiße Wasser an ihren Händen. Nicht annähernd so heiß wie in der Spülmaschine, deswegen auch nicht so bakterienfrei gesäubert – aber es tat gut, die Hände darin spielen zu lassen.

War David wohl so groß wie Tim? Konnte er überhaupt stehen? Sie wusste nichts von ihm, und sie hatte Sehnsucht nach ihm. Aber es war einfach nicht vorstellbar, Gerd davon etwas zu sagen.

Während sie die Tassen in das Spülbecken legte, dachte sie plötzlich, dass sie auch mit vielen anderen Sehnsüchten nicht zu Gerd gehen konnte. Dem Wunsch danach, wieder einmal in einer Wiese zu liegen und Geschichten zu erzählen, die nur aus den Formen der Wolken ersponnen waren. Wieder einmal einen ganzen Abend nur in Tims Zimmer zu sitzen und ihm beim Spielen zuzuhören. Wieder einmal im Regen zu tanzen. Sie hatten das getan, vor vielen vielen Jahren. In einer anderen Zeit? In einer andern Welt? In einem anderen Leben?

Es schien Ewigkeiten her zu sein. Und doch. Wer sagte eigentlich, dass Gerd diese Sehnsüchte nicht mehr hatte? Sie hatten nie davon gesprochen, weder er noch sie. Das Besteck glitt ihr plötzlich schneller durch die Hand. Natürlich, dass sie daran nicht gedacht hatte! Sie hatten nicht ihre Sehnsüchte verlernt, sie hatten nur verlernt, sie vor dem anderen zuzugeben. Das konnte man ändern.

Sie würde Gerd heute abend nach seinen Sehnsüchten fragen. Sie würde ihm ihre erzählen. Und vielleicht, vielleicht würde sie dann auch den Mut haben, ihm von ihrer Sehnsucht nach „ihrem" Jungen zu erzählen.

Gerd hatte den Fernseher angestellt und warf Gabi einen kritischen Blick zu, als sie zwei Weingläser und eine Flasche Roten auf den Tisch stellte. *Hab ich irgendwas vergessen?*, war offensichtlich die Frage, die ihn einen Moment lang bewegte.

„Gibt's was Besonderes zu sehen?", fragte Gabi, nachdem die Nachrichten vorbei waren.

„Keine Ahnung, das Gleiche wie jeden Abend", murmelte Gerd.

„Lass uns doch einfach ein bisschen reden", schlug Gabi vor.

Gerd stöhnte, wenn auch nur innerlich. Wahrscheinlich war sie heute beim Friseur gewesen oder beim Zahnarzt und hatte in den Illustrierten geblättert. Das kam da drin ständig vor: dass man mehr miteinander reden müsse. Gerd hatte einen anstrengenden Tag hinter sich, er hatte für seinen Geschmack genug geredet und jetzt nur das Bedürfnis, sich berieseln zu lassen. Aber es half nichts. Ehemänner kamen in den Illustrierten nie gut weg. Weil sie nie das machten, was Frauen angeblich so dringend brauchten. Was die Ehe angeblich gesund und in Schwung hielt. Was Redakteure sich eben so von Psychologen und solchen, die es gerne wären, zusammenstückelten.

Gerd ließ sich nicht anmerken, dass es ihm schwerfiel, den Fernseher auszustellen.

„Wir machen das viel zu selten, einfach nur so zusammensitzen und reden, fällt dir das nicht auch auf?"

Jedenfalls nicht unangenehm, dachte Gerd, aber laut sagte er: „Na ja, jeder hat seine Arbeit und ist abends müde. Ich finde ein gemütliches Zusammensitzen ohne große Diskussionen auch ganz nett."

Gabi schenkte den Wein ein. „Es müssen doch nicht immer große Diskussionen sein. Einfach austauschen, wie der Tag war, was wichtig ist, das normale Leben eben."

„Fernsehen ist doch auch ein Teil des normalen Lebens", verteidigte sich Gerd, der sich angegriffen fühlte.

„Ja, nur immer das normale Leben anderer Menschen. Ist

dir schon einmal aufgefallen, dass all diese Geräte uns daran hindern, unser eigenes Leben zu führen?“

Oh nein, also doch Diskussionen über den Sinn des Lebens im Allgemeinen und Besonderen. „Gabi, das ist eine absolut platte Behauptung. Die meisten Geräte *vereinfachen* unser Leben und erlauben es uns überhaupt erst, es individuell zu leben.“

Völlig falsch angefangen, dachte Gabi und versuchte es noch einmal. „Ja, ich weiß, aber nicht jede Vereinfachung ist auch eine Verbesserung. Weißt du, was ich heute gemacht habe? Abgewaschen!“

„Ich dachte, das machst du jeden Tag.“

„Nein, ich öffne jeden Tag die Spülmaschine, stelle das schmutzige Geschirr hinein und schließe sie wieder.“

„Und?“

„Und heute habe ich heißes Wasser in die Spüle laufen lassen und alles mit der Hand abgewaschen.“

„Und das hat dich zu einem neuen, glücklichen Menschen gemacht?“ Gerd konnte sich diese ironische Bemerkung nicht verkneifen.

„Nein, aber es hat mir Zeit gegeben, über ganz viele Dinge nachzudenken. Zum Beispiel wie lange ich schon nicht mehr auf einer Wiese gelegen, mir die Wolken angeguckt und Geschichten darüber erfunden habe.“

„Was ist daran so erstrebenswert? Wir haben höchstens acht Grad da draußen. Du würdest dir Rheuma, einen Hexenschuss und sonst was holen.“

„Ach Gerd, jetzt sei nicht so penetrant pragmatisch. Du weißt genau, was ich meine. Wann haben wir beide zusammen oder auch jeder für sich alleine zum letzten Mal etwas gemacht, das einfach nur so einem Gefühl, einer Sehnsucht entspringt. Hast du keine Sehnsüchte mehr?“

Gerd spielte mit seinem Zeigefinger auf dem Glasrand. Mit dem Uhrzeigersinn, entgegen den Uhrzeigersinn, halbe Drehung, ganze Drehung. „Doch", sagte er schließlich, „ich habe durchaus eine Sehnsucht."

Interessiert und begeistert sah Gabi ihm in die Augen. Sie hatte ja gewusst, dass in ihm genauso viel Leben schlummerte wie in ihr und dass man das nur zu wecken brauchte.

„Ich sehne mich danach, dass es wieder so wird wie früher. Bevor sich diese verdammte Familie in unser Leben eingemischt hat. Hast du eine Ahnung, wo Tim steckt?"

„Ich … nein, ich weiß es nicht", stotterte Gabi verwirrt. Sie hatte bei Sehnsüchten an etwas völlig anderes gedacht und hatte jetzt Mühe, diese „verdammte Familie" und ihren Sohn da hineinzuordnen.

„Das solltest du aber. Dir scheint überhaupt nicht aufzufallen, dass Tim sich immer weiter von uns entfernt. Es ist Nacht, und du weißt nicht mal, wo er ist."

„Gerd, ich bitte dich, es ist noch keine halb neun, und ich weiß schon seit Langem nicht mehr genau, was er um diese Zeit macht, mit wem er sich trifft oder wo er ist. Er ist doch kein kleines Kind mehr."

„Nein, aber er ist unser Kind. Die Betonung liegt auf *unser*, begreifst du das? Dir scheint es völlig gleichgültig zu sein, dass Tim seine Zeit lieber mit diesen Leuten verbringt als mit uns. Wieso hast du keine Sehnsucht danach, dass wir alle zusammen hier unsere Abende verbringen?"

„Die hab ich durchaus, aber man kann einen 17-Jährigen nun mal nicht zu Hause anbinden. Im Übrigen ist doch gar nicht gesagt, dass er bei diesen … ich meine, in dieser Familie ist. Normalerweise ist er abends mit Eckhard unterwegs."

„Normalerweise! Und du hast den Eindruck, dass bei uns alles ganz normal läuft. Träumst du eigentlich? Lebst du nur noch in Fantasien und Sehnsüchten? Ich für meinen Teil möchte mir jetzt lieber irgendeine blöde Sendung im Fernsehen anschauen. Da weiß ich wenigstens, was Fantasien und Sehnsüchte sind und was die Wirklichkeit ist. Dir scheint der Sinn dafür ja abhandengekommen zu sein."

Wütend richtete Gerd die Fernbedienung auf den Fernseher und drückte ab.

Schade, dachte Tim, der schon vor etwa einer halben Stunde von einer Radtour mit Eeke zurückgekommen war und durch einen Spalt in der Wohnzimmertür alles mit angehört hatte, *wirklich schade, dass das kein Colt ist. Wäre doch viel effektvoller.*

Tage später

„Ich finde, du bist der perfekte Vater." Tim reichte Rolf einen 12er-Schraubenschlüssel und griff dann in die Speichen des Rollstuhls, um das Rad zu stabilisieren. Es war nur eine Kleinigkeit zu reparieren, und Tim fragte sich etwas wehmütig, wie lange es eigentlich her war, dass er und Gerd etwas gemeinsam repariert hatten. Dabei war es nicht einmal besonders idyllisch. Sie saßen in der geöffneten Garage; glücklicherweise schien die Sonne, aber es war trotzdem lausig kalt.

Rolf lachte. „Das bin ich ganz sicher nicht. Frag meine Kinder. Die werden dir nach langjähriger Erfahrung etwas anderes sagen."

Tim lachte jetzt auch. „Ich hab Katrin gefragt, und sie hat mir versichert, dass du nicht perfekt bist."

„Du kannst ihr glauben, sie ist ein schlaues Köpfchen."

„Wäre es dir nicht lieber, sie würde dich als perfekt bezeichnen?"

„Nein, warum denn? Es ist nicht mein Ziel, perfekt zu sein."

„Was ist denn dein Ziel?"

Rolf überlegte einen Moment. „Meinst du das absolute Ziel oder eher ein Alltagsziel?"

„Was wäre das absolute Ziel?"

„Mit Gott zu sein."

Tim hatte so eine Antwort befürchtet und legte sie als uninteressant beiseite. „Und das Alltagsziel?"

Rolf zuckte mit den Achseln. „Meine Familie lieben, meine Kinder gut erziehen, meinen Mitmenschen dienen, meine Arbeit vernünftig und verantwortungsbewusst erledigen. In keinem dieser Bereiche bin ich perfekt, also tue ich es halt mit all meinen Fähigkeiten und Unfähigkeiten."

„Mit deinem Endziel kann ich nicht viel anfangen, aber deine Zwischenziele gefallen mir eigentlich ganz gut. Ist die Reihenfolge, in der du sie aufgezählt hast, auch die Reihenfolge deiner Prioritäten?"

Rolf schmunzelte. „Zwischenziele ergeben nur Sinn, wenn sie einen zum Endziel führen. Aber darauf musst du irgendwann selbst kommen. Und was die Prioritäten betrifft, um ehrlich zu sein, ich hab vergessen, in welcher Reihenfolge ich meine Ziele aufgezählt habe. Weißt du es noch?"

„Lieben, erziehen, dienen, arbeiten."

„Lieben, erziehen, dienen, arbeiten? Hört sich gut an. Kann man gar nicht mehr verbessern. Hab ich das wirklich gesagt?"

Sie lachten beide. Dann wurde Tim ernst. Er hatte eine etwas peinliche Frage auf dem Herzen, aber er hätte einfach gern eine Antwort gehabt.

„Du sagtest eben, ich sollte deine Kinder fragen. Das ist natürlich etwas schwierig. Ich meine, Katrin kann ich fragen.

Aber David natürlich nicht. Aber – was sollte er schon weiter sagen, als dass du ein großartiger Vater bist?" *Er ist ein sabbernder Idiot, er kann doch nur froh sein, dass du ihn so ernst nimmst und liebst*, fügte er in Gedanken hinzu.

„Sei dir da nicht so sicher", lachte Rolf. „David und ich, wir haben so unsere Kämpfe gehabt. Wie wahrscheinlich alle Väter mit ihren Söhnen. Weißt du ..." Rolf legte den Schraubendreher zur Seite und wischte sich über die Stirn; er hinterließ dabei eine schwarze Spur, und Tim lächelte. Es sah aus, als hätte er Kriegsbemalung angelegt, und aus irgendeinem Grund dachte Tim, im Falle eines Krieges würde er gern an Rolfs Seite kämpfen. Aber Rolf fuhr schon in seinen Gedanken fort: „Wir Väter sind in unserer Liebe irgendwie anders als Mütter. Mütter lieben ihre Kinder, glaube ich, einfach nur dafür, dass sie da sind. Väter dagegen haben immer gleich Ziele und Vorstellungen, was aus ihren Kindern mal werden soll, und dann versuchen wir, sie da hinzulieben. Natürlich meinen wir das ganz positiv. Aber ich fürchte, wir können nicht so selbstlos und bedingungslos lieben wie die Frauen."

„Ist das nicht etwas pauschal ausgedrückt?"

„Ja, sicher, aber es ist was dran, glaub's mir. Beobachte mal Männer mit ihren Kindern oder sprich mit ihnen über sie. Das klingt ganz anders als bei Frauen."

„Woran liegt das deiner Meinung nach?"

Rolf zuckte mit den Achseln. „Ich bin mir nicht ganz sicher. Manchmal argwöhne ich, dass wir Männer irgendwo tief in unserem Innern fühlen, dass wir nicht so sind, wie wir sein sollten, und dass wir deswegen wenigstens unsere Kinder dahin bringen wollen. Aber wie gesagt – ich weiß es nicht genau."

Tim fragte nicht nach, inwiefern „wir nicht so sind, wie wir sein sollten". Vermutlich hatte es wieder irgendetwas mit

Gott zu tun, und solche Diskussionen brauchte er im Moment nicht. „Was für Kämpfe habt ihr denn ausgefochten, du und David?", fragte er stattdessen.

Rolf lachte. „Die üblichen Vater-Sohn-Kleinkriege: ‚Ich will nicht' – ‚Du musst aber; ich weiß besser, was gut für dich ist' – ‚Ich will aber nicht' – ‚Du wirst aber; ich bin schließlich dein Vater'. Das ist normal. Väter machen das so. Es ist unsere Art, unsere Liebe auszudrücken. Ich liebe David eben, verstehst du?"

Tim nickte, aber es war eine Lüge. Er verstand es nicht.

Rolf fuhr schon fort: „Glaub mir, Tim, wir Väter sind unverbesserlich. Wir wollen normalerweise das Beste für unsere Kinder, das muss man uns lassen. Aber wir kriegen einfach nicht mit, wann es Zeit ist, ihnen die Freiheit zu geben, über ihr ‚Bestes' selbst zu entscheiden. Ehrlich gesagt, manchmal wundert es mich, wie viele Väter und Söhne sich in späteren Jahren doch noch ganz gut verstehen. Ich meine, nach all dem, was sie miteinander durchgemacht haben. Man vergisst natürlich vieles und wird toleranter. Aber in den meisten Fällen dauert es doch um einiges über das Teenageralter hinaus, bis Vater und Sohn sich endlich wieder gut verstehen. Bei David und mir ging es ziemlich schnell. Ich glaube, er ist einfach früher erwachsen geworden als andere."

Tim lachte laut auf. „Erwachsen? David?" Sofort schämte er sich dieses Ausbruchs, weil er in einem unüberlegten Moment herausgeplatzt war mit dem, was er wirklich über David dachte. Aber Rolf schien es nicht zu bemerken. Er lächelte nur.

„Lass dich nicht von Äußerlichkeiten ablenken", meinte er. „Nur weil David mit Legos spielt, heißt das noch lange nicht, dass er nicht erwachsen ist. Was für ihn die Legos sind, ist für dich dein Piano, für die Mädchen ihre Kleidung oder was auch immer. Und in ein paar Jahren hantiert David mit Legos so wie ein Angestellter mit Akten, ein Manager mit der Börse oder ein Lehrer mit seinem Schulplan. Wir alle halten das, was wir selbst tun, für wichtig, egal wie viele andere wichtige Arbeiten es noch gibt. Und das ist auch gut so. Wenn jeder seinen Bereich, für den er verantwortlich ist, gut ausfüllt, dann hilft er damit den anderen. Ich kann einen Müllmann, der die Tonnen wirklich ordentlich leert, mehr achten als einen Direktor, der einen lausigen Job macht, nur weil ihn niemand zur Rechenschaft ziehen kann."

Tim hatte absolut keine Lust, eine solche Aussage widerspruchslos hinzunehmen. „Du willst doch wohl nicht sagen, dass ein Geistigbehinderter, der mit Legos spielt, für die Gesellschaft genauso viel wert ist wie, sagen wir mal, ein Direktor, der eine große Firma leitet."

„Mit welchem Maßstab misst du denn den Wert eines Menschen?", fragte Rolf zurück.

„Weiß ich nicht so genau", gab Tim etwas ungeduldig zu. „Da gibt's natürlich tausend verschiedene Ansichten."

„Was soll ich mit tausend verschiedenen Ansichten? Ich will wissen, wie *du* den Wert eines Menschen misst."

Sie hatten den Rollstuhl inzwischen repariert und saßen auf den Steinen. Es war in der Sonne gerade noch so auszuhalten. Temperaturen konnte man mit einem Thermometer messen. *Wie misst man den Wert eines Menschen? Wie sieht ein „Wertometer" aus?*

Tim sah Rolf nachdenklich an. „Es hat sicher irgendwas mit dem Stellenwert zu tun. Ich meine, nicht so billig wie: ein Präsident ist auf jeden Fall mehr wert als ein Müllmann. Aber man müsste doch fragen, welchen Nutzen ein anderer für die Gesellschaft hat. Oder, wenn schon nicht für die ganze Gesellschaft, dann doch zumindest für seine unmittelbare Umgebung."

Rolf war ebenso nachdenklich wie Tim, und es schien nicht so, als hätte er schon eine fertige Antwort parat. Gemeinsam überlegten sie, wie ein „Wertometer“ aussehen könnte.

„Das ist natürlich relativ“, meinte Rolf. „Ich meine, jede Umgebung braucht was anderes und setzt andere Werte an erste Stelle. Und außerdem ändert sich das auch noch mit der Zeit. Mit zwölf Jahren findet dich deine Umgebung wertvoll, wenn du Fußball spielen kannst, mit achtzehn, wenn du ein Auto hast, in der Schule, wenn du andere abschreiben lässt, zu Hause, wenn du dein Zimmer aufräumst und so weiter.“

„Fußball, Autofahren ... das sind doch keine echten Werte“, protestierte Tim.

„Rein theoretisch betrachtet vielleicht nicht“, bestätigte Rolf ihm, „aber in einer bestimmten Umgebung und in einer bestimmten Zeit sind sie es eben doch.“

Tim ließ sich das durch den Kopf gehen. „Mit anderen Worten: Zu seiner Zeit und an seinem Ort kann alles und jeder wertvoll sein. Aber es muss doch irgendwas Neutrales geben. Ich meine, was Allgemeines, was jedem Menschen einen bestimmten Wert gibt, egal wo und wann.“

Die beiden schwiegen eine Weile.

Menschen sind doch viel zu unterschiedlich, als dass man einen gemeinsamen Nenner für ihren Wert finden könnte, dachte Tim.

Jeder Mensch ist kostbar vor Gott, also macht das unseren gemeinsamen Wert aus, dachte Rolf. *Das kann allerdings nur ein Glaubender verstehen. Aber es muss doch irgendetwas geben, was wir alle verstehen.*

„Wir müssten einfach mal unser eigenes Leben durchgehen und das von den Menschen unserer Umgebung“, schlug Tim vor, „und dann müssten wir die ‚Wertvollen‘ heraussuchen und uns fragen, was sie gemeinsam haben.“

„Einverstanden", antwortete Rolf. „Aber was nimmst du als Kriterium für ‚wertvoll'."

„Also, ich halte es mit dem klassischen ‚Ich denke, also bin ich'. Aber wahrscheinlich lehnst du das als zu profan oder profitabel ab."

Rolf musste lachen. „Ganz im Gegenteil, ich glaube, unser Denken ist eines der entscheidenden Faktoren in unserem Leben und damit auch im Leben anderer. Ich glaube eher, dass dieser Spruch zu wenig aussagt. Er ist sozusagen an entscheidender Stelle abgehackt."

„Nämlich?"

„Meiner Meinung nach ist er nicht zu Ende gesagt. Es müsste heißen: ‚Ich denke, also bin ich *ich*'." Er ließ Tim einige Zeit, darüber nachzudenken, und fuhr dann fort: „Ich halte das Denken wie gesagt für etwas sehr Wichtiges. Es macht wirklich jeden zu dem, der er ist, denn keiner denkt genauso wie ein anderer. Egal ob Einstein oder David. Es macht uns zu dem, was wir sind, was wir ausdrücken, was wir darstellen. Aber es macht uns nicht eigentlich wichtig oder wertvoll."

Tim stöhnte auf. „Ich hatte diese Diskussion schon mit Katrin, und sie konnte mich auch nicht überzeugen, dass Davids Gedanken genauso wichtig und wertvoll sind wie die von Einstein."

„Ich kann mir fast nicht vorstellen, dass sie das probiert hat. Es geht nicht um die Wichtigkeit der Gedanken, sondern um die Wichtigkeit des Menschen, erinnerst du dich?"

Tim zuckte nur mit den Achseln. „Das ist doch das Gleiche."

„Durchaus nicht", protestierte Rolf. „Nehmen wir unseren lieben Einstein. Mal angenommen, er hätte nie über Relativität nachgedacht, sich nie zu Ethik und Deontologie geäußert, die Gefahren der Atomkraft nicht früher als andere gesehen. Dann wäre er ein Mensch gewesen wie du und ich, niemand würde sich heute noch an ihn erinnern, außer vielleicht seine Urenkel ab und zu mal. War er deswegen kein wertvoller Mensch? Und was ist mit seinen Erkenntnissen? Glaubst du, es wären nicht auch andere Menschen darauf gekommen, andere Wissenschaftler? Schön, vielleicht ein paar Jahre später, und nicht alles in einem Hirn vereint. Aber das ist doch letztendlich egal. Hauptsache, die Erkenntnisse kommen. Von wem, ist im Lauf der Geschichte irgendwann nicht mehr wichtig."

„Du spielst auf diese Diskussion an: ‚Wenn Bell nicht das Telefon erfunden hätte, hätte ein anderer es erfunden; es war reif dafür, erfunden zu werden'."

„Ganz genau. Es gibt da hochinteressante Studien. Manche bahnbrechenden Erfindungen – ich hab schon wieder vergessen, welche im Einzelnen – wurden fast zeitgleich in ganz unterschiedlichen Ländern oder Kulturbereichen gemacht. Wir kennen immer denjenigen, der sie zuerst veröffentlicht hat, aber das war oft eher Zufall oder Glück oder größeres Durchsetzungsvermögen. Verstehst du, was ich damit sagen will? Alle diese Erfindungen und Entdeckungen großer Denker sind natürlich ganz wichtig für die Menschheit. Aber ganz pragmatisch betrachtet muss man sagen: Die Denker sind austauschbar, die *Denkerfolge* sind das Wichtige. Ob wir die X-Rays heute Röntgen nennen oder Huber oder Johnston ist eigentlich völlig gleichgültig."

„Da stimme ich dir sogar zu", grinste Tim. „Wir haben zwar keinen Beweis, dass jede große Denkleistung auch von einem andern Denker hätte erbracht werden können, aber leider ist es tatsächlich nicht das Sein des Denkers, das für uns heute noch von Wichtigkeit ist, sondern nur seine Denkergebnisse. Ich denke, also bin ich *ich*. Da ist natürlich was dran.

Keiner denkt so wie Einstein, das macht ihn eben zu Einstein. Aber es denkt auch keiner so wie ich, das macht mich eben zu Tim."

Er wollte gerade fragen, ob David denn auch denken würde, aber die Frage erübrigte sich. Er hatte den sabbernden Idioten oft genug beobachtet. Was immer es war, das in seinen vermurksten Hirnwindungen vor sich ging, David *dachte*, das konnte man ihm manchmal deutlich am Gesichtsausdruck ablesen.

Rolf schien ähnliche Gedanken zu haben. „Manche Leute können ihre Gedanken gut mitteilen und sich dadurch verständlich machen. Andere können das weniger gut. Wir haben einen Professor in unserem Fachbereich, der ist eigentlich eine Katastrophe. Er hat ein Superwissen, aber kann es einfach nicht verständlich vermitteln. Und was David denkt, kann er auch nur ganz schlecht ausdrücken. Ist vielleicht kein Superwissen, aber ich gäb was drum, wenn ich wüsste, was da manchmal in seinem Hirn vor sich geht."

Tim ertappte sich bei dem Gedanken, dass David so gesehen interessanter war als manche großen Denker. Die konnte man nachlesen und sich so ihre Gedanken aneignen. David ließ das nicht zu. Man konnte sich seine Gedanken nicht so einfach zugänglich machen. Aber er unterdrückte diese Überlegung schnell. *So weit kommt es noch, dass ich den sabbernden Idioten jetzt auch schon auf eine Stufe stelle mit wirklichen Denkern.*

„Wir sind unserer Frage nicht wirklich näher gekommen. Ich denke, also bin ich *ich* – wir denken alle, also sind wir alle, was immer wir sind. Was aber macht uns *wichtig?*"

„Ich dachte gerade an besondere Leistungen, aber irgendwie fallen die in die gleiche Kategorie: Hätte Kolumbus nicht Amerika entdeckt, wäre eben jemand anders dort gelandet.

Wäre Usain Bolt nicht der schnellste Sprinter der Welt, wäre es eben jemand anders."

„Ja, das müsste man konsequenterweise so fortsetzen. Aber was heißt das nun? Sind wir alle austauschbar?"

„Nein, das ganz bestimmt nicht", entrüstete Rolf sich. „Das mit den Erfindungen und Entdeckungen und Leistungen ist, glaube ich, schon austauschbar. Jedenfalls bis zu einem gewissen Grad. Aber ansonsten? Also, wenn Bell nicht das Telefon erfunden hätte, hätte ein anderer es erfunden. Aber wenn Hitler nicht diesen furchtbaren Krieg begonnen hätte, heißt das noch nicht unbedingt, dass dann eben ein anderer ihn angefangen hätte. Unsere Handlungen und Taten sind schon sehr wichtig. Aber unsere Frage war ja, was gibt uns sozusagen unsere Daseinsberechtigung? Was macht unser Sein wichtig?"

„Komisch, dass das so schwierig ist. Warum um alles in der Welt bin ich wertvoll? Wer oder was macht mich wertvoll? Wen soll man da fragen?"

„Vielleicht haben wir an der falschen Stelle angesetzt. Ich meine, wir haben nach den Berühmtheiten gefragt, nach denen, die etwas Besonderes hervorgebracht haben. Da achtet man natürlich automatisch auf die Leistungen, nicht so sehr auf den Menschen selbst. Wahrscheinlich haben die Leute in seiner persönlichen Umgebung Einstein wegen seines Humors geschätzt und nicht wegen seiner weisen Erkenntnisse. Ich finde, wir sollten uns lieber um die normalen Menschen kümmern. Fangen wir mal mit uns selbst an. Für wen bist du wertvoll und warum?"

„Für meine Mutter", war die ganz spontane Antwort. „Und zwar einfach, weil sie mich liebt. Und was ist mit dir?"

„Für Mona, Katrin und David." Rolf schmunzelte. „Und zwar einfach, weil sie mich lieben."

Es schlug ein wie eine Bombe. Aber lautlos. Und unbemerkt.

Es durchdrang die Schallmauer ohne Knall. Es spaltete die Atome ohne Pilzwolkenbaum. Es traf Rolf übrigens genauso unvorbereitet wie Tim.

Wertvoll ist, wer geliebt wird. So einfach war das.

Rolf hatte schon Hunderte von Malen über den Wert des Menschen und über die Liebe gepredigt. Und hatte doch nie diesen einfachen Nenner gefunden. Wertvoll ist, wer geliebt wird. Es passte. Es passte alles. Mit Gott und Menschen und Liebe und Werten – alles passte.

Tim hatte keine Predigten zu durchdenken. Er hatte Wichtigeres zu durchdenken: sein Leben. Seine kostbaren 17 Jahre Erfahrung als Mensch. Er war ein schneller Denker. Weitaus schneller als Rolf. In wenigen Sekunden zogen sie alle vor seinem geistigen Auge an ihm vorbei: Mitschüler, Verwandte, Nachbarn, Bankdirektoren und ihre Gäste, Lehrer, Autofahrer, Radfahrer, Kinder, Erwachsene … er hatte sie immer alle nach ihrem Wert eingeschätzt: schlauer, schneller, reicher, nützlicher … und er hatte immer das Gefühl gehabt, da stimme irgendwas nicht. Aber er wusste nicht, was das irgendwas war. Und nun war es so einfach.

„Ist ja unglaublich", murmelte Tim.

„Finde ich auch", bestätigte Rolf, „aber ich glaub's trotzdem."

Tim fielen wieder seine endlosen Diskussionen mit Eeke ein. *Ich denke, also bin ich. Ich plane, also bin ich. Ich produziere, also bin ich.* Dabei war es ganz anders. Viel simpler. Und gleichzeitig viel tiefer. Es erschütterte ihn, dass eine so wichtige Wahrheit so einfach sein konnte.

„Ich bin geliebt, also bin ich", murmelte er. „Unglaublich."

Am folgenden Wochenende

Tim nahm sich vor, sich einmal den Samstagvormittagsspaziergängen anzuschließen. Schließlich gehörte er irgendwie dazu. Irgendwie eben. Und so spazierten sie nun also durch den Samstagvormittag. Katrin schob den Rollstuhl, Tim lief etwas unbeschäftigt nebenher. Hoffentlich begegneten sie keinem aus der Schule. Am besten würde er in diesem Fall durchblicken lassen, dass er ehrenamtlich in einem Behindertenheim arbeitete. Das gab dem Ganzen doch einen offiziellen Rahmen.

Katrin und David brauchten natürlich keinen offiziellen Rahmen. Sie plauderten, das heißt, Katrin plauderte, als wären sie ganz normale Geschwister. Es war zwar kalt, aber sonnig und dadurch durchaus angenehm. David hatte eine Wolldecke über seinen Knien, das klassische Erscheinungsbild eines Rollstuhlbenutzers, fand Tim. Aber als sie eine Weile im Stadtpark auf der Bank saßen, begriff er plötzlich, wie notwendig eine solche Decke war für jemanden, der sich nicht bewegte. Seine Oberschenkel wurden unangenehm kalt und beinahe wünschte er sich, zu David unter die Decke kriechen zu können. Natürlich nur beinahe.

Katrin hatte offensichtlich keine Schwierigkeiten, mit einem normal intelligenten Bruder über Politik und Soziales zu diskutieren und gleichzeitig mit einem sabbernden Idioten Banalitäten auszutauschen.

„Guck mal, hast du diesen Hund gesehen? Sieht genauso aus wie der von Onkel Werner, erinnerst du dich?“, konnte sie fragen, nachdem sie im Satz vorher die Wiedervereinigung Deutschlands und ihre wirtschaftlichen Konsequenzen diskutiert hatten.

Tim beschloss, auch mal einen Kommunikationsversuch zu wagen. „Du könntest ja eigentlich so etwas wie mein Bruder sein", meinte er, als sie nur so dasaßen und die Vorübergehenden beobachteten.

David sah ihn etwas stirnrunzelnd an. Es war das erste Mal, dass Tim sich überhaupt an ihn wandte, und offensichtlich konnte er nichts damit anfangen.

„Katka", sagte er schließlich nur. War ja klar. Der Idiot hatte kein Wort verstanden.

„Er meint, dass er schon mein Bruder ist, das reicht ihm offensichtlich", übersetzte Katrin und lachte.

Aber Tim war nicht nach Lachen zumute. „Woher willst du wissen, dass er das gemeint hat?", fragte er ärgerlich. Immer diese Interpretationen aus dem Nichts.

„Ich kenne ihn doch … sein Vokabular, aber vor allem sein Herz."

David lachte seine Schwester an, Katrin lachte zurück, und Tim war ausgeschlossen. *Wenn dieser Idiot mich nicht für wert hält, sein Bruder zu sein, warum sollte mein Vater mich dann für wert halten, sein Sohn zu sein?*, fragte er sich.

Er stand auf. „Es ist kalt geworden. Wir sind ja nicht alle so warm verpackt. Lass uns gehen."

Der schöne Samstagvormittag war ihm verleidet. Es hatte keinen Sinn, sich in ein Leben hineinzudrängen, das nun einmal nicht das Seine war.

Eine Woche später

Manchmal fragte Tim sich, wie lange er diesen Stress wohl noch aushalten würde. Zu Hause einen permanent wütenden Vater und eine verunsicherte Mutter, in der Schule die banalen

Probleme seiner Freunde, die ihn noch nie sonderlich berührt hatten, aber die ihn in den letzten Wochen nur noch nervten. (Manchmal allerdings beneidete er seine Freunde direkt darum, dass sie keine anderen Sorgen hatten als die ewigen unerfüllten Lovestorys und ab und zu mal Knatsch zu Hause oder in der Schule.) Bei Liegers fühlte er sich einerseits ganz wohl und gleichzeitig völlig überflüssig. Vor 17 Jahren von David verdrängt gab es einfach keinen Platz für ihn in dieser Familie.

Er kam sich vor wie ein illegitimes Kind, das keiner wirklich wollte. Oder wie ein Mischling, von keiner der beiden Rassen wirklich anerkannt. Ein Wechselbalg, versehentlich vor irgendjemandes Tür gelandet.

Rechtlos und schutzlos.

Rechtlos und schutzlos? Wieso eigentlich? Seine Finger, die völlig eigenständig über die Tasten gewandert waren (er konnte sich beim besten Willen nicht erinnern, was er gerade gespielt hatte), standen plötzlich steif über einer ausklingenden, abgebrochenen Melodie. Wieso eigentlich rechtlos und schutzlos? Es gab Menschenrechte. Er war ein Mensch. Also gab es Rechte für ihn. Hatte er nicht das Recht auf seine leiblichen Eltern? Er war noch nicht volljährig. Wer waren – nach neuesten Erkenntnissen – eigentlich seine Erziehungsberechtigten? Erziehungsberechtigt und sorgepflichtig. Wer hatte eigentlich Rechte und Pflichten an ihm?

Er sprang auf, ließ den Pianodeckel unbeabsichtigt hart herunterfallen und griff nach seinen Turnschuhen. Für solche Probleme war die Bibliothek zuständig. (Er konnte sich einfach nicht daran gewöhnen, das Internet für seine privaten Fragen zu benutzen. Internet hatte mit Studien und Referaten zu tun, nicht mit seinem Leben.)

„Ich drehe noch mal 'ne Runde mit dem Fahrrad!", rief er

in Richtung Küche, und: „Okay!" rief es aus der Küche zurück. Er lächelte kurz. Gabi versuchte, sich selbst und ihren beiden Männern den Anschein zu geben, als wäre alles völlig in Ordnung. Aber er kannte sie besser. Sie litt. Unter jedem Wort. Unter jedem Schweigen. Er sah nicht, was er dagegen tun konnte.

Der Weg zur Bibliothek führte ihn am Stadtkrankenhaus vorbei, und plötzlich kam ihm ein Gedanke. Dieser Doktor, wie hieß er doch gleich, der ihn behandelt und ihm später dann geraten hatte, seine Eltern zu fragen, was eigentlich das Problem war – der hatte ihn ernst genommen. Hatte ihn behandelt wie einen, der das Recht hatte zu wissen, was mit ihm los war. Er war natürlich kein Jurist, aber plötzlich schien Tim der Gedanke, mit einem echten Menschen zu reden, erheblich verlockender als der, sich Informationen aus trocknen toten Büchern zu holen.

Er bog in die Auffahrt zum Krankenhaus ein und sicherte sein Fahrrad an einem der Lichtmasten. Der Fahrradständer war so überladen, dass manche Räder schon fast übereinander lagen.

Wie hieß denn dieser Arzt noch mal? Tim fragte sich zur Plastischen Chirurgie durch und auf dem Weg dorthin erinnerte er sich wieder. Bayer hieß der Mensch. War Oberarzt. Wieso er Zeit haben sollte für einen Patienten, den er vor Wochen mal behandelt hatte, wieso er sich überhaupt an ihn erinnern sollte, war natürlich eine legitime Frage. Aber Tim fand, man könnte es ja immerhin mal versuchen.

„Dr. Bayer ist zwar im Haus, aber ohne Termin können Sie wirklich nicht mit ihm sprechen. Wenn ich Ihnen vielleicht für nächste Woche einen Termin vorschlagen kann, obwohl Sie doch jetzt eigentlich von Ihrem Hausarzt versorgt werden müssten … aber wenn es ganz dringend ist, könnten wir wohl eine Ausnahme machen … füllen Sie doch bitte dieses Formular aus …“

„Dr. Bayer, entschuldigen Sie bitte. Hätten Sie wohl einen Moment Zeit für mich?“

Der Oberarzt war gerade in diesem Moment aus seinem Büro getreten und erstaunlicherweise erinnerte er sich sofort an den jungen Mann. Er warf einen Blick auf die Uhr, mehr eine automatische Geste, und sagte: „Viel Zeit habe ich nicht, aber kommen Sie einen Moment herein.“

Die Sekretärin hielt das Formular noch in der Hand, als Tim an ihr vorbei in das Heiligtum des Oberarztes trat.

Ich erinnerte mich sofort an ihn, auch ohne Narben und Verbände. Dieser ausgetauschte junge Mann, von dem Doris prophezeit hatte, dass ich ihn wiedersehen würde. Ihn oder seine Eltern.

„Der Schock durch den Unfall vergeht“, hatte sie gesagt. „Aber der Schock, nicht der zu sein, für den man sich bislang gehalten hatte, sitzt tiefer. Und der braucht erheblich mehr als einfach nur Zeit, um zu heilen.“

„Möglich, aber warum sollten sie zu mir kommen? Vermutlich suchen sie irgendwann einen Psychologen auf.“

„Sie kommen zu dir, weil es bei dir angefangen hat. Weil die Narben in seinem Gesicht und an seinen Händen unter deiner Fürsorge gut geheilt sind – sie sind doch gut geheilt, oder hast du diesen Jungen etwa verpfuscht?“

„Ich pflege meine Patienten nicht zu verpfuschen.“

„Gut. Also gehen sie davon aus, dass du auch die Wunden an der Seele heilen kannst.“

„Kann ich aber nicht.“

„Schick sie zu mir.“

Ich freute mich über die gesunde Entwicklung im Gesicht

des Jungen. Es kommt viel zu selten vor, dass ich Patienten Monate nach der OP noch einmal wiedersehe, und wenn, dann eigentlich immer nur, weil sich die Dinge eben nicht gesund entwickeln.

„An Ihren Namen erinnere ich mich leider nicht", gab ich zu.

„Tim Bender", stellte der Junge sich vor. „Ich war vor etwa drei Monaten in Ihrer Behandlung."

Ich sagte ihm, dass ich mich erinnerte, sagte ihm aber nicht, wie gut ich mich an ihn erinnerte. An die falschen Blutwerte, an das winzig kleine Fragezeichen, das Doris mir immer noch vorhält. An die Kollegen im St. Joseph. An die dummen Sprüche, die wir ihretwegen schon gemacht haben. An die Erleichterung, die wir alle empfanden, als klar wurde, dass die Eltern nicht klagen würden.

Auch daran, dass der Junge zu mir gekommen war, weil er eine tödliche Krankheit befürchtete. Was mochten die Eltern ihm gesagt haben? Was würde ich ihm jetzt sagen können? Hoffentlich wusste er inzwischen die Wahrheit, denn ich hatte keine Lust, mich noch einmal in irgendwelche Nesseln zu setzen.

Er wusste die Wahrheit, aber ich war nur im ersten Augenblick erleichtert darüber. Er hatte nämlich eine höchst unangenehme Frage.

„Habe ich nicht das Recht, von meinen leiblichen Eltern ganz legal als ihr Kind angenommen zu werden? Mit ihnen zu leben? Teil ihrer Familie zu sein?" Das wollte er allen Ernstes von mir wissen. Woher um alles in der Welt sollte ich das wissen? Das ist keine medizinische Frage. Es ist eine … hm, ich weiß nicht genau, juristische Frage. Oder ethische? Wer beantwortet denn so eine Frage? Wer stellt denn so eine Frage? Das ist ja fast noch wichtiger.

Ich bin natürlich in der Juristerei nicht zu Hause, aber ich bin mir ziemlich sicher, dass er das Recht hat, von seinen leiblichen Eltern anerkannt zu werden. Da spielen doch bestimmt auch Fragen nach Erbrecht und so etwas mit hinein.

Wir sprachen ein wenig über diese Dinge und natürlich darüber, dass er sich da schon genauen fachlichen Rat einholen müsste. Aber mir brannten ganz andere Fragen auf der Seele. Wollte er mit seinen bisherigen Eltern nichts mehr zu tun haben? Wollte er „zurückgetauscht" werden? Wollte der andere Junge das auch?

Ich hatte den Eindruck, dass er das alles selbst nicht so genau wusste. Er wirkte aufgeweckt, aber gleichzeitig völlig verunsichert. Na ja, kein Wunder. Er schien seine leiblichen Eltern sehr zu mögen, und gleichzeitig war er offensichtlich wütend auf sie. Auch kein Wunder. Was mich aber gewundert hat, ist, dass er den Jungen, mit dem er vertauscht wurde, gar nicht erwähnte. Auf meine Frage, ob er sich mit ihm ausgesprochen hätte, ob sie sich verstehen würden, hatte er nur gleichgültig mit den Schultern gezuckt. Als ob das ohne Bedeutung wäre.

Und dann fiel's mir wieder ein: dieser andere Junge war doch krank oder behindert oder so etwas. Vielleicht war der ja in einer Institution, und er hat ihn überhaupt nicht gesehen. Vielleicht sind seine leiblichen Eltern froh, jetzt plötzlich einen nicht behinderten Sohn zu haben. Vielleicht fühlt er sich verpflichtet, ihnen nun auch ein wirklich guter Sohn zu sein. Vielleicht ist er bei seinen leiblichen Eltern das einzige Kind, während in seiner bisherigen Familie noch drei Geschwister rumlaufen, mit denen er sich elterliche Fürsorge teilen muss.

Vielleicht, vielleicht, vielleicht … dieser Tim Bender hatte ganz offensichtlich keine Lust, über den anderen Jungen und seine Gefühle ihm gegenüber zu reden.

Als ich später mit Doris darüber sprach, sagte sie: „Er ist zu dir gekommen, damit du ihm hilfst, seine eigenen Probleme zu lösen. Wenn ihr angefangen hättet, über den anderen Jungen zu reden, wäre es ihm wahrscheinlich so vorgekommen, als wolltet ihr jetzt dessen Probleme lösen. Aber das kann er nicht zulassen. Also muss er ihn ignorieren, und du musst dich auf ihn konzentrieren."

Ich habe mich auf ihn konzentriert. Ich habe ihn nicht gedrängt, wenn ich den Eindruck hatte, dass er über bestimmte Bereiche nicht reden wollte. Ich habe eine halbe Stunde mit ihm in meinem Büro gesessen, als hätte ich nichts anderes zu tun, und wir haben alle Fürs und Widers von allen Seiten erwogen.

Solange wir uns im Bereich des Medizinischen aufhielten, habe ich mich ja noch ganz sicher gefühlt. Ich erklärte ihm, dass bei der Entbindung (= ent-Bindung, also Aufhebung einer Bindung) zunächst mal ein sehr wichtiger Ablösungsprozess stattfindet. Lebenswichtig und überlebenswichtig. Und an der Durchtrennung der Nabelschnur deutlich erkennbar. Danach entstehen dann neue Bindungen, üblicherweise wieder an die Mutter, aber auch an Vater und Geschwister oder wer immer das Umfeld eines Menschen prägt. Auch diese Bindungen müssen später wieder gelöst werden, und auch dieser Prozess ist lebensnotwendig und überlebensnotwendig. Aber – und hier liegt nun der große Unterschied – diese Entbindung findet nicht durch einen einmaligen chirurgischen Eingriff statt, sondern ist ein langer Prozess, häufig unbemerkt von allen Beteiligten, manchmal schwierig, manchmal unverhältnismäßig schmerzhaft, manchmal sogar mit krankhaften Zügen bei einer oder mehreren der Beteiligten. Aber vor allem: Es ist immer ein Prozess. Es schien mir, so erklärte ich ihm sehr vorsichtig, dass er versuchen wollte, diesen Prozess abzukürzen auf einen kurzen, aber kräftigen Einschnitt. Ein paar Dokumente, die ihn schlagartig von der einen Familie lösten und in eine andere hineinkatapultierten. Wer um alles in der Welt konnte sich so etwas wünschen? Nun ja, so direkt habe ich ihn das nicht gefragt.

Mein Rat war, er solle nicht nur die juristische Seite genauestens untersuchen, sondern vor allem auch die seelischen Aspekte berücksichtigen. Meine Güte, jetzt redete ich schon wie meine Frau leitende Psychologin.

Zum Schluss sagte ich ihm noch, er könne sich jederzeit an mich wenden, wenn er nicht weiter wüsste. Und falls mir jemand erklären könnte, wieso ich ein solches Versprechen gegeben habe, wäre ich wirklich dankbar.

Tim wusste zwar auch nicht sehr viel mehr als vorher, als er das Krankenhaus wieder verließ, aber trotzdem fühlte er sich besser. Dieser Oberarzt hatte sich tatsächlich Zeit für ihn genommen. Er hatte zugestimmt, dass Tim sich mit einem wirklich schwierigen Problem herumzuschlagen hatte, aber ihn gleichzeitig gewarnt, dass es keine rechtlichen Schritte, Verträge, Dokumente gab, die ihm dieses Problem einfach abnahmen. Und während sie von Rechtslage hier und Konsequenzen dort sprachen, war ihm plötzlich eingefallen, dass er ja eine Schwester hatte, die Jura studierte.

Erheblich fröhlicher als noch vor einer Stunde schwang er sich wieder in den Sattel und radelte gemütlich nach Hause.

Gerds Auto stand schon vor der Tür, was ein wenig ungewöhnlich war für diese Zeit. *Mist*, schon als er das Fahrrad abstellte, hörte er seinen Vater brüllen. Was war denn nun schon wieder? Natürlich hatte es mit ihm zu tun, das war ja klar. Einen Moment lang spielte er mit dem Gedanken, gleich wieder umzudrehen, Eeke zu besuchen, Katrin anzurufen oder …

Aber es hatte ja doch keinen Sinn. Was immer es war, es musste durchgestanden werden. Statt die Tür selbst aufzuschließen, klingelte er. So hatten sie wenigstens die Gelegenheit, ein wenig abzukühlen.

Nun – „abgekühlt“ war jedenfalls der unpassendste Ausdruck, den man wählen konnte. Das Gesicht seines Vaters war knallrot, seine Mutter hatte geweint. Seine Mutter tat ihm leid, sein Vater erstaunte ihn. Es kam nicht häufig vor, dass Gerd die Fassung verlor. Wenn, dann allerdings gründlich.

„Welch außerordentliches Privileg!“, begrüßte ihn eine eiskalte höhnische Stimme. „Mein Herr Sohn gibt sich die Ehre seiner Anwesenheit. Womit haben wir denn das verdient? Ich dachte, ich müsste untertänigst bei Herrn Professor vorsprechen, ob es möglich wäre, den gnädigen Herrn auch einmal zu Gesicht zu bekommen.“

„Da hättest du aber Pech gehabt“, erwiderte Tim schärfer als beabsichtigt. „Der Herr Professor hat mich auch schon seit längerer Zeit nicht mehr zu Gesicht bekommen.“

„Jetzt lüg nicht auch noch so unverschämt. Ein Wunder, dass du nicht bei diesen Leuten schläfst. Aber damit du klar siehst, von nun an verbiete ich dir, noch einmal deren Haus zu betreten. Und an die gleiche Uni wirst du auch nicht gehen. Es reicht jetzt. Endgültig. Du streichst diese Menschen aus deinem Leben, hast du das verstanden?!“

Tim verstand eines, nämlich dass sein Vater glaubte, er hätte all die Zeit bei Liegers verbracht. All die Stunden, die er mit Eeke durch den Wald geradelt war, all die Stunden, die er allein verbracht hatte, grübelnd, hadernd, sich selbst und die Welt anklagend – all die Zeit in den letzten Wochen, die er sich von zu Hause ferngehalten hatte, weil sein Zuhause so sehr ins Wanken geraten war. Und Gerd dachte, er hätte alle diese Stunden bei seinem Widersacher, seinem Konkurrenten, seinem ärgsten Feind verbracht. Für einen Augenblick schoss echtes Mitleid mit seinem Vater in ihm hoch. Hätte Tim diesem Mitleid auch nur einen Moment lang nachgegeben, das Gespräch hätte eine andere Richtung genommen. Sein ganzes Leben hätte eine andere Richtung genommen.

Aber er gab nicht nach. „Nicht nachgeben – Zunder geben", dieser blödsinnige Spruch fiel ihm ausgerechnet in diesem Moment ein. „Du glaubst doch wohl nicht, dass ich mir das von dir verbieten lasse", sagte er deswegen nur betont ruhig, betont lässig, betont herablassend. Er wusste, dass diese Art genau der Zunder war, den Gerd brauchte.

Fassungslos starrte der ihn denn auch einen Moment lang an, und selbst seine Mutter glaubte ihren Ohren nicht zu trauen. Respektlosigkeit war sie einfach nicht gewohnt von ihrem Sohn.

Aber es sollte noch schlimmer kommen. „Ich wüsste nicht, mit welchem Recht du mir vorschreiben willst, mit wem ich spreche oder mit wem ich mich treffe. Oder wo ich studiere."

„Ich werde dein Studium bezahlen, falls ich dich daran erinnern darf."

„Darauf kann ich verzichten, vielen Dank. Ich wäre nicht der erste Student, der sein Studium selbst finanziert." Tim hatte diese Möglichkeit zwar noch nie in Erwägung gezogen, aber dies war nicht der Moment, irgendetwas in Erwägung zu ziehen. Jetzt galt es nur, sich zu behaupten.

„Ach nein! Wohl schon alles abgesprochen mit dem Herrn Professor, was? Hat er dir schon einen Studienplatz zugesagt dank seiner Beziehungen? Hat er seinen begabten Sohn schon herumgeführt an der Uni?"

„Es sind nicht alle so ruhmbesessen wie du", schleuderte Tim ihm entgegen.

„Hast du bei diesen Leuten nichts als Unverschämtheit

gelernt?“ Gerds Stimme überschlug sich, das ohnehin schon rote Gesicht verfärbte sich noch tiefer, und jeder Beobachter hätte den herannahenden Herzinfarkt sofort gespürt. Nicht so Tim. Er spürte überhaupt nichts mehr.

„Du willst mir also verbieten, *diese Menschen* wiederzusehen?“, fragte er mit einer Stimme, deren Kälte ihn selbst erschreckte. „Dann hör mir jetzt einmal gut zu: Ich werde diese Menschen noch sehr häufig sehen. *Diese Menschen* sind nämlich meine Eltern. Durch einen Fehler sind sie das im Moment nicht rechtskräftig. Aber das ist nur eine Kleinigkeit. Ich habe mir bereits juristischen Rat eingeholt.“ Dieses Mal kam ihm die Lüge problemlos über die Lippen. „Es ist wirklich nur eine Formalität. Nicht mehr lange, und ich werde nicht mehr Tim Bender heißen. Mein Name ist Tim Liegers.“

Die Bombe schlug ein, und sie erschlug Gabi, ohne dass einer der streitenden Männer es gemerkt hätte.

Für einen Moment war Gerd sprachlos. Aber nur für einen sehr kurzen Moment. „Du der legale Sohn dieser Menschen!?!“ Gerds Stimme überschlug sich jetzt vollends. „Du wirst nicht das legale Kind dieser Menschen“, brüllte er, „so wahr ich dein Vater bin. Das lasse ich nicht zu. Niemals. Nur über meine Leiche.“

Nur über meine Leiche? Entgeistert starrte Tim seinen Vater an. Das war alles, was ihm dazu einfiel? Ein bescheuerter Spruch aus einem bescheuerten Film? Sein Sohn will ihn verlassen und er hat nichts weiter als so eine blöde Phrase als Antwort? Kein „Aber Junge, das kannst du uns doch nicht antun“. Kein „Bitte, Tim, lass uns in Ruhe darüber reden“. Kein einziges Wort, das ihm zeigen würde, dass da vielleicht doch ein Vater mit seinem Sohn kommunizieren möchte. Tim wollte schon wütend kehrtmachen und einfach den Raum verlassen, als sein Blick auf Gabi fiel. Er hatte sie für einen Moment völlig vergessen. Sie stand reglos da und wirkte so … so verlassen.

„Tut mir leid, Gabi. Ich hab's nicht so gemeint." Das war das Einzige, was er noch herausbrachte. „Ich geh jetzt auf mein Zimmer. Wir reden später, okay?"

Gabi nickte nur traurig und Tim verließ die beiden und ging in sein Zimmer. Müde setzte er sich und sah sich in seinem kleinen Reich um. Ein besonders liebevoller und gleichzeitig unendlich trauriger Blick traf sein Piano. Das Bücherregal rechts neben dem Klavier sah wie immer so aus, als hätte es gerade einen Wettstreit mit dem Papierkorb gewonnen. Ein angebissener Apfel quetschte sich geschickt zwischen einen Michael-Crichton-Roman und irgendwas über den Zweiten Weltkrieg. Ein in seine Einzelteile zerlegter Füller war schon mit einer leichten Staubschicht bedeckt, was ihn allerdings auch nicht funktionstüchtiger machte. Der Schreibtisch links neben dem Klavier sah nicht so aus, als gehörte er in den gleichen Raum mit dem Bücherregal. Säuberlich aufgereihte CDs über dem Computer, säuberlich abgeheftete Akten unter dem Computer, säuberlich sortierte Papierstapel neben dem Computer. Tim beherrschte zwar die Kunst, sich blitzschnell Informationen aus dem Computer holen zu können, aber eigentlich las er viel lieber ein Buch, als durchs Internet zu surfen. Wieso das Bücherregal so vernachlässigt aussah, während sein Schreibtisch schon beinahe widernatürlich ordentlich war, konnte er sich selbst nicht erklären. Allenfalls die alte Story von guten Freunden, die man knuffen und ärgern kann, während man sich ansonsten höflicherer Umgangsformen bedient.

Tim hatte das alles schon Hunderte von Malen gesehen. Aber nun sah er es mit neuen Augen. Das alles gehörte zu seinem Leben. Nein, mehr noch, es *war* sein Leben. Nur dass das hier kein Leben mehr war. Es reichte doch nicht, zu wissen, was einem alles gehörte. Man musste doch vor allem wissen, wo man hingehörte. Aber genau das wusste er einfach nicht mehr.

In den nächsten Tagen

Tim hatte sich wirklich vorgenommen, mit Gabi zu reden. Nach und nach war ihm klar geworden, wie sehr er sie verletzt haben musste. Sie hatte während des ganzen Streites nichts gesagt. Nun gut, sie hatte ja auch gar keine Chance gehabt, etwas zu sagen.

Aber er konnte sich keine Gedanken darüber machen, was sie wohl gesagt hätte. Ständig hörte er wieder, was Gerd gesagt hatte: „Nur über meine Leiche." Tim konnte sich überhaupt nicht beruhigen über diese saumäßig blöde Antwort. *Ging es hier um einen billigen Film oder um ihr Leben? Er sollte Gerd vorschlagen, ein Buch zu schreiben. Titel: „Nur über meine Leiche". Untertitel: „Wie ich meinen talentierten Sohn davon überzeugt habe, mein Sohn zu bleiben".*

Was um alles in der Welt denkt Gerd, wenn er an seinen Sohn denkt? Tim hatte sich darüber noch nie Gedanken gemacht. Er hatte sich geärgert, dass sein musikalisches Talent für Gerd offensichtlich einen anderen Wert hatte als für ihn selbst. Aber er hatte sich noch nie gefragt, was er *selbst* denn wohl für einen Wert bei Gerd hatte. *Welcher Sohn fragt sich so was denn auch?*, rechtfertigte er sich vor sich selbst. *Wo kommen wir denn hin, wenn Kinder erst einmal klären müssen, was sie ihren Eltern wert sind?*

Nun, vielleicht brauchen normale Kinder mit normalen Eltern das nicht zu klären. Aber wenn man mehrere Eltern hat, gibt es offensichtlich mehr Klärungsbedarf. Nichts ist mehr selbstverständlich. Keiner weiß mehr so recht, wohin ich gehöre, für wen ich welchen Wert habe. Gerd will mich jedenfalls nicht teilen. Nur über seine Leiche. Als wäre ich ein Schmuckstück aus seinem Tresor, das er nicht hergeben will. Außer über seine Leiche.

Diese Phrase ließ Tim nicht mehr los. Nicht beim Fahrradfahren, nicht beim Klavierspielen, nicht einmal bei den Witzen, die er mit den anderen über Schule und Lehrer und über Gott und die Welt riss. Dabei war ihm gar nicht nach Witze reißen zumute. Er hatte ein Problem, ein echtes Problem, und alles, was Gerd ihm anzubieten hatte, war: „*Nur über meine Leiche.*"

Natürlich war diese ganze Überlegung mit der Adoption schwachsinnig. Das war ihm sehr schnell selbst klar geworden. Hatte er ernsthaft geglaubt, die Liegers würden ihn mit offenen Armen aufnehmen? Warum sollten sie das tun? Sie waren zufrieden und glücklich mit sich selbst. Sie brauchten keinen weiteren Sohn. Natürlich war es ganz nett, ihn ab und zu mal zu Besuch zu haben. Das schlechte Gewissen der letzten sieben Jahre war ausgeräumt, und zur Abwechslung mal intelligente Gespräche zu führen mit ihrem Sohn hatte wahrscheinlich auch was für sich. Aber dann durfte er wieder gehen. *Stör unser Leben bloß nicht zu sehr. Wir sind mit unserer tollen Tochter und unserem bekloppten Sohn ganz zufrieden.* Rolf würde schon die passenden Worte finden, ihm das deutlich zu machen. Ein bisschen Frömmigkeit, ein bisschen Logik, ein bisschen Witzeleien, so half er sich doch schon seit 40 Jahren durchs Leben. Warum sollte er das ändern?

Nein, da brauchte er sich gar nichts vorzumachen: Er gehörte nicht zu den Liegers. Aber gehörte er zu den Benders einfach deswegen, weil Gerd ihn nur über seine Leiche gehen lassen würde? Reichte das aus? Warum um alles in der Welt war seinem Vater keine andere, keine bessere Antwort eingefallen?

Und da ihm diese Frage nicht aus dem Kopf ging, fragte Tim sich allmählich, ob Gerd ihm hier vielleicht doch eine Lösung für sein Dilemma angeboten hatte. Hatte er endlich – wenn auch nur unbewusst – begriffen, dass sein Sohn so nicht weitermachen konnte? Dass dieses Leben, diese Familie (oder besser gesagt: diese Familien) dabei waren, ihn zu zerreißen? Dass alle Wege, die er in den letzten Wochen gegangen war, ihm vorkamen wie ein entsetzliches Labyrinth? Und Gerd hatte ihn nicht nur alleingelassen in diesem Labyrinth, sondern sich ihm ständig in den Weg gestellt, ihm geradezu verboten, einen Ausgang zu finden.

Tim war gerade mit einer Matheaufgabe beschäftigt, auf die er sich ohnehin nicht konzentrieren konnte, als er sich plötzlich fragte, ob Gerd ihm vielleicht doch einen Weg gezeigt hatte (natürlich unfreiwillig, aber das zählte im Moment nicht).

Nur über meine Leiche? War das doch mehr als eine Phrase? Oder konnte man mehr daraus machen? Es gab möglicherweise einen Ausweg, einen tödlichen zwar, aber vielleicht war es für ihn der Weg in die Freiheit.

So wie die Dinge standen, war er ein Verirrter, ein Suchender. Auf der Suche nach sich selbst, aber Gerd würde ihm niemals erlauben, sich zu finden. Immer würde er sich ihm in den Weg stellen. Es gab nicht eine einzige Richtung, in die er sich frei bewegen konnte. *Ein Gefesselter in einem Labyrinth und vor ihm ein unüberwindbares Hindernis,* so fühlte er sich. Konnte es Schlimmeres geben? Aber er konnte das Hindernis beseitigen. Er brauchte nur einen Menschen zu beseitigen (das mit der Leiche war Gerds Idee gewesen, nicht seine!), und dann war er diese Fesseln los. Er musste fliehen, natürlich, aber wenigstens konnte er die Richtung bestimmen, in die er fliehen würde. Er konnte wieder er selbst sein. Ohne überlegen zu müssen, wessen Sohn er war.

Hatten nicht die Orientalen diese Unart, einen immer nach dem Vater zu benennen? Ben sowieso – Sohn von sowieso. Schon vom Namen her erlaubten sie einem nicht, man selbst zu sein.

Ich bin kein Orientale, dachte Tim trotzig. Ich bin ich selbst, Tim Ben-Niemand, Sohn von niemandem. Ich brauche keinen Vater, schon gar nicht zwei von der Sorte.

Er starrte auf seine Matheaufgabe. Es kam ihm plötzlich völlig unwichtig vor, sie zu lösen. Er hatte gerade eine andere Lösung gefunden, eine viel wichtigere, nämlich einen Weg, wie er sein Leben zurückerobern konnte. Er musste eben ein Leben auslöschen, um sein eigenes wieder selbst leben zu können.

Wenn er später an diesen Moment zurückdachte, dann wunderte er sich selbst über die Ruhe, mit der er diese Möglichkeit in Erwägung zog. Er hätte nie damit gerechnet, zu einem solchen Ergebnis zu kommen. Aber je mehr er darüber nachdachte, umso einleuchtender erschien ihm dieser Weg. Das Ganze musste natürlich gut geplant werden. Das konnte er wahrscheinlich. Und es musste geheim bleiben. Er musste es für sich behalten. Und dafür würde er lügen und schauspielern und heucheln müssen. Das konnte er eigentlich nicht. Nun, dann würde er es lernen müssen.

In der dritten Adventswoche

Auf dem Tisch stand Pudding und Eierlikör, als Katrin den Kopf zur Tür hineinsteckte.

„Da hast du aber Glück gehabt“, meinte ihr Vater, „dass du

nicht ein paar Minuten später gekommen bist. Wir wollten gerade anfangen, und ausgehungert wie ich bin, weiß ich nicht, wie viel ich dir noch übrig gelassen hätte."

Katrin gab ihrem Vater wie gewohnt einen Kuss auf die Halbglatze. „Wieso bist du denn ausgehungert? Solange ich in der Uni war, hatte die Mensa geöffnet."

„Student müsste man sein!", klagte Rolf dramatisch. „Den ganzen Tag nichts weiter zu tun, als in der Mensa zu sitzen, zu tratschen, ungesundes Fastfood in sich reinzustopfen, über Professoren herzuziehen und dem anderen Geschlecht hinterherzuschielen."

„Ach, interessant, auf diese Weise hat man zu deiner Zeit seine Diplome gekriegt?", wollte Katrin wissen.

Rolf erlitt einen hervorragend gespielten Herzinfarkt, Mona drohte ihrer Tochter mit dem Puddinglöffel. „Dein armer geplagter Vater hatte eine außerordentliche Sitzung. Sie haben ihn in irgendeinen verantwortlichen Posten hineingewählt und er hatte weder den Mut noch die Demut abzulehnen. Hab also Erbarmen mit ihm."

„So viel Erbarmen wie ihr wollt, Hauptsache, ich kriege etwas von dem Pudding ab." Sie warf sich neben ihre Mutter aufs Sofa und zog die Puddingschüssel zu sich heran. „Das Verteilen werde ich mal lieber übernehmen. Weder extrem Gestresste noch extrem Mitleidige kennen da das rechte Maß", entschied sie.

Rolf erholte sich ausgesprochen schnell von seinem „Herzinfarkt". Eine ganze Zeit lang löffelten sie schweigsam und genießerisch.

„Wollen wir nicht mal die Eltern von Tim einladen? Das Ehepaar Bender, meine ich. Wäre es nicht interessant, sie mal kennenzulernen?", fragte Katrin schließlich zwischen zwei Löffeln Pudding.

Rolf und Mona wechselten schmunzelnd vielsagende Blicke. „Wir sind doch aus dem gleichen Holz. Genau darüber hatten wir auch schon gesprochen. Das Problem ist: Keiner von uns traut sich, sie anzurufen."

„Wir könnten doch einfach Tim bitten, sie mal mitzubringen. Er war sowieso schon ziemlich lange nicht mehr hier."

„Auf keinen Fall. Den Jungen haben wir schon genügend von der Suppe auslöffeln lassen, die wir uns selbst eingebrockt haben. Wenn du allerdings einen passenden juristischen Winkelzug im Ärmel hast, mit dem man so tun kann, als wären die letzten sieben Jahre nicht geschehen, lass es mich wissen."

„Paps, wir sind Rechtsvertreter, nicht Rechtsverdreher. Wie oft muss ich dir das noch sagen?"

„Ich kann's nicht oft genug hören. Es gibt mir die Hoffnung, dass aus meiner Tochter doch noch mal was Anständiges wird."

„Jetzt wird er auch noch selbstmitleidig!", stöhnte Katrin. „Paps, das hast du wirklich nicht nötig. Mam hat schon genügend Mitleid mit dir, und ich fange auch schon fast damit an."

Rolf nickte verständnisvoll und richtete sich betont gerade auf. „Also gut, dann werde ich eben meinen messerscharfen Verstand einsetzen. Sind Einladungen zum Kaffeetrinken nicht immer Frauensache?"

Katrin und Mona grinsten sich an. Mona tätschelte ihrem Mann die Wange. „Das also kommt dabei heraus, wenn du deinen messerscharfen Verstand einsetzt? Eigentlich wollte ich dich ja fragen, in was für ein Amt sie dich da heute gewählt haben. Aber ich möchte es jetzt doch lieber nicht wissen. Und morgen rufe ich Frau Bender an und lade sie nächstes Wochenende zu uns ein."

Rolf räkelte sich wieder gemütlich in seine Sofaecke und

schmunzelte zufrieden. „Mein Verstand ist messerschärfer als du denkst. Kein Jurist …", damit grinste er seine Tochter an „… hätte diesen Fall so schnell gelöst wie ich."

Aber es war nicht so simpel, wie Mona gedacht hatte. Intuitiv absichtlich unabsichtlich rief sie am Vormittag an. Vater Bender in der Bank, Sohn Bender in der Schule, nur Mutter Bender und Mona – das müsste doch zu machen sein. Sie suchte die Telefonnummer heraus, die Tim ihnen aufgeschrieben hatte. Und als sie die ersten Zahlen eintippte, begann ihr Herz zu pochen. Was genau wollte sie sagen? Was genau konnte sie sagen? Es war die … die Mutter ihres Sohnes. Sie war Davids Mutter. Irgendwie. Sie war auch Tims Mutter. Irgendwie. *Und ich bin Davids Mutter*, dachte Mona beinahe trotzig. *Irgendwie. Und ich bin auch Tims Mutter. Irgendwie. Was sagt man da? „Lassen Sie uns doch mal einen Kaffeeklatsch halten? Möchten Sie gern unsere Wohnung sehen? Ach ja, möchten Sie gern Ihren Sohn sehen?"*

Mona legte den Hörer, den sie schon in der Hand gehalten hatte, wieder auf. Wie mochte die Frau sich fühlen? *So wie ich mich fühle?* Vielleicht. Aber vielleicht auch nicht. Es gab da Unterschiede. Mona kannte Tim schon. Frau Bender kannte David noch nicht. Ob sie ihn kennenlernen wollte? Tim sprach nicht gern über seine Eltern. Er hatte Andeutungen gemacht, dass sein Vater keinen Kontakt wollte. Galt das auch für Frau Bender? Konnte es sein, dass sie David gar nicht begegnen wollte? Mona konnte es sich nicht vorstellen. Aber sie hatte schon lange gelernt, dass ihre Vorstellungen nicht immer mit denen anderer Leute übereinstimmten.

Sie nahm den Hörer wieder in die Hand. Tippte die erste Zahl, die zweite, die dritte. Und legte wieder auf. Was um alles in der Welt sollte sie sagen? *„Schönen guten Tag, hier spricht*

Frau Liegers. Ich bin die Mutter von …" Von wem? Mona schüttelte den Kopf. Hunderte Male hatte sie schon die Eltern von Katrins oder Davids Schulfreunden angerufen. Oder Lehrer, die sie noch nicht kannte. Und es war so einfach gewesen: *„Schönen guten Tag, ich bin die Mutter von David. Ich bin die Mutter von Katrin."* – *„Oh, ja, guten Tag, nett Sie kennenzulernen."* Und schon war man mittendrin. Es war eine ganz einfache Definition: *Ich bin die Mutter von …*

Sie hatte sich nicht verändert, seit sie Tim kannten. Aber sie konnte sich nicht mehr so leicht definieren. Jedenfalls nicht vor dieser Frau, die genauso die Mutter von Tim und David war.

Eben, beschloss Mona, griff nach dem Hörer und tippte nun endgültig die Nummer ein. *Der Frau geht's genauso wie mir, wir haben die gleiche Identitätskrise, oder besser gesagt: Identifizierungskrise. Da müssen wir jetzt durch.*

„Bender, guten Tag", meldete sich eine ruhige, nette, aber vielleicht auch etwas müde Stimme.

„Guten Tag, Frau Bender, hier ist Mona Liegers. Sie … wissen, wer ich bin?" *Feigling!*, schalt Mona sich.

Ein langes Durchatmen, dann: „Ja, Frau Liegers, ich weiß, wer Sie sind."

„Nun, ich, äh, ich dachte, vielleicht wäre es gut, wenn wir uns einmal kennenlernten."

„Es wäre … vielleicht gut", war die sehr vorsichtige Antwort.

Na, einfach macht sie es uns ja nun auch nicht gerade. „Ja, wir würden Sie gerne zum Kaffeetrinken einladen. Sie und Ihren Mann natürlich. Würde es Ihnen am nächsten Sonntag passen?"

Es würde der vierte Advent sein. Adventssonntage waren etwas Besonderes im Hause Liegers. Es gab Tannengrün im ganzen Wohnzimmer verteilt, und entweder Katrin oder Rolf, oder auch beide zusammen, „kokelten“ ständig an irgendeinem Zweig herum. Es roch herrlich, sah allerdings nicht ganz so herrlich aus. Am dritten Advent würden die braunen Stellen nicht mehr zu verdecken sein. Die Adventsnachmittage standen unter dem gleichen ungeschriebenen Gesetz wie Zeit nach 21:30 Uhr: Kein Stress, keine Arbeit, keine Termine. Gäste, gern; Diskussionen, nein danke. Wie um alles in der Welt sollten sie einen gemütlichen Nachmittag mit dem Ehepaar Bender verbringen? Das fiel Mona leider jetzt erst ein.

„Ich denke, das wird nicht möglich sein“, antwortete Frau Bender mit leiser Stimme. „Wir verbringen die Adventssonntage immer gemeinsam, und ich fürchte, dass mein Mann … nun ja, er ist nicht wirklich daran interessiert, Kontakt zu Ihnen zu haben.“

Sie schwieg, und Mona fiel auch nichts ein, was sie dazu sagen könnte.

„Ich dagegen“ fuhr die leise Stimme dann glücklicherweise fort, „würde mich sehr gern mit Ihnen treffen. Vielleicht könnten wir es nach den Feiertagen arrangieren. Mir wäre es an einem Vormittag recht, wenn mein Mann und auch Ihr Mann zur Arbeit sind.“

„Ja“, antwortete Mona etwas verwirrt, „ja, das können wir sicher machen.“ Rolf arbeitete zwischen den Feiertagen nicht. Das heißt, natürlich arbeitete er, er ging nur nicht regelmäßig in die Uni. Nun, das würde sich schon finden.

„Wäre es Ihnen am Dienstag nach Weihnachten genehm? Sagen wir, um elf Uhr vormittags bei Ihnen? Ich denke, ich werde den Weg finden.“

„Ja, natürlich. Selbstverständlich. Ich freue mich darauf.“ Mona war noch immer verwirrt. *„Könnten wir das arrangie-*

ren?" „Wäre es Ihnen genehm?" Mein Gott, ich muss an meiner Semantik arbeiten, oder wie immer das heißt.

„Dann wünsche ich Ihnen geruhsame Feiertage. Auf Wiederhören. Und vielen Dank für Ihren Anruf."

Mona legte den Hörer auf und starrte ihn etwas ungläubig an. Im Grunde ihres Herzens war sie erleichtert. Der Adventsnachmittag war gerettet. „Wenn du nicht willst, dass etwas passiert, aber du kannst gar nichts dagegen machen, und dann passiert es tatsächlich nicht …", in welchem Kinderbuch hatte sie das gerade erst gelesen?

Aber sie war auch etwas durcheinander. Das konnte ja ein schwieriges Zusammentreffen werden. Dass Frau Bender ihren Mann nicht dabeihaben wollte, war nach Lage der Dinge verständlich. *Aber warum will sie meinen Mann nicht dabei haben? Hat sie Angst, dass er sie nach ihrem Mann fragt? Hat sie Angst, allein gegen zwei zu stehen? Sieht sie uns als Gegner?*

Gabi hatte nicht annähernd so komplizierte Gedanken. *Ich werde meinen Jungen sehen*, dachte sie, als sie den Hörer aufgelegt hatte. Sie griff sich ans Herz, das so wild klopfte, als wollte es gleich rausspringen und in die Lessingstraße 27 sprinten. Sie würde den Weg schon finden, hatte sie ganz ruhig gesagt. Heuchlerin! Sie war ihn schon hundertmal in Gedanken gegangen. Einmal war sie sogar hingefahren. Sie hatte überlegt, ob sie vielleicht irgendwo stehen bleiben und warten könnte. Vielleicht würden sie ja zufällig rauskommen. Oder sie würde in der Nähe jemanden mit Rollstuhl sehen. Das konnte doch dann nur David sein.

Aber die Lessingstraße war ihrer eigenen Straße sehr ähnlich: Alles kleine Einfamilienhäuser mit kleinem Vorgarten, kleinem Zaun, kleinen Anpflanzungen. In so einer Straße stand man nicht einfach herum und wartete. Das würde irgendwem auffallen. Unangenehm auffallen. Deswegen war Gabi nur langsam vorbeigefahren an der Lessingstraße 27. Und hatte ihren Jungen nicht gesehen. Aber nun würde sie ihn sehen. Dienstag nach Weihnachten. Gerd würde nicht dabei sein. Er wollte seinen Jungen nicht sehen. Aber sie würde ihn sehen. Frau Liegers würde dabei sein, aber wenigstens ihr Mann nicht. Sie wollte keine Zuschauer dabeihaben. Sie hatte Angst vor diesem Sohn. Aber sie hatte auch Sehnsucht nach ihm. Ein bisschen mehr Sehnsucht als Angst. Nein, das stimmte nicht.

Viel mehr Sehnsucht als Angst.

Ein paar Tage später

„Hast du nicht mal ein paar Fotos von früher?", wollte Tim wissen, als er durch Katrins Bücherregal stöberte.

„Klar, guck mal in der unteren Schublade nach, da liegen die Fotoalben, glaube ich."

Tim fand sie und machte es sich in Katrins Schaukelstuhl bequem. *Will ich die wirklich sehen?*, fragte er sich. Zeugen einer fröhlichen Kindheit, die er nicht hatte teilen dürfen. Geburtstagsfeiern, Ferien, Ausflüge, die er nicht miterleben durfte, weil irgendeine idiotische Krankenschwester … aber gerade noch rechtzeitig stoppte er diese Gedanken und gab zu, dass er selbst ein Idiot war. Er hatte keine schlechte Kindheit gehabt. Okay, keine Schwester wie Katrin an seiner Seite, aber er hatte sie nicht vermisst, solange er nichts von ihr gewusst hatte. Und auch er hatte Geburtstagsfeiern und Ferien und Ausflüge erlebt und konnte sich heute dank seiner eigenen Fotoalben daran erinnern.

Er war nichts Besonderes. Ein kleines Baby wie tausend

andere auch, manchmal mit Schwester oder Mutter oder Vater, manchmal mit einem Hund, einem Spielzeug oder der unvermeidlichen Geburtstagstorte. Eine normale Kindheit. Die große Schultüte zum ersten Schultag, ein mickriges Kerlchen in Badehose auf dem Drei-Meter-Sprungbrett, ein stolzer Reiter auf einem Kirmespony.

Und dann plötzlich zwei Seiten Bilder aus einem Krankenhaus. Instrumente, Schwestern, Ärzte. Wer hebt schon solche Bilder auf? Wer macht überhaupt Fotos in einem Krankenhaus? Wer will sich denn an solche Lebensphasen erinnern?

Tim hielt das Album hoch und zeigte Katrin die aufgeschlagenen Seiten. „Als ihr das fotografiert habt, wusstet ihr da schon, dass er behindert sein würde?"

„Zeig mal her." Katrin nahm das Album und betrachtete sehr aufmerksam die Bilder. „Ich weiß nicht genau", sagte sie schließlich zögernd, „aber ich glaube schon. Die erste Zeit, bis wir endlich wussten, was Sache ist, war so stressig, dass Paps bestimmt keine Fotos gemacht hat."

Paps, natürlich; wer auch sonst macht Fotos am Krankenbett eines Behinderten? Tim fragte sich, ob Gerd wohl Fotos von ihm gemacht hätte, wenn er schwerbehindert im Krankenhaus gelegen hätte. Als er nach seinem Unfall im Krankenhaus war, hatte er jedenfalls keine Fotos gemacht. *Na ja, ich hätte auch nicht dran gedacht*, gab Tim vor sich selbst zu. Wahrscheinlich war es eine unsinnige Frage. Vieles war unsinnig. Welchen Sinn ergab es, dass ein Junge, der eben noch zitternd und stolz vom Drei-Meter-Brett gesprungen war, nun nicht mal mehr allein vom Stuhl auf den Boden kam?

Die nächsten Fotos zeigten David nur noch liegend oder sitzend. Oder in den Armen von irgendwem. Und meistens war irgendwo der Rollstuhl sichtbar. Ganz schöner Mist. Man blättert so nichtsahnend in seinem Leben, guckt gerade noch zurück und alles ist in Ordnung, und plötzlich, peng, wird man nur noch durchs Leben geschleppt.

„Und das Ganze soll irgendeinen Sinn haben?“, murmelte Tim.

„Was hast du gesagt?“

„Ich hab nichts gesagt, ich hab was gefragt“, gab Tim unerwartet gereizt zurück. „Ich will wissen, wo der Sinn in dem Ganzen liegt. Das ist doch alles …“, ärgerlich klappte er das Album zu, „… das ist doch irgendwie alles so sinnlos.“

Katrin setzte sich auf die Kante ihres Schreibtisches und dachte einen Moment lang nach. „Das mit dem Sinn des Lebens ist so eine Sache“, sagte sie schließlich. „Stell dir mal vor, du wirst aus einem reichen sinnerfüllten Leben, was wir eben so darunter verstehen, herausgerissen durch einen Unfall, der dich lähmt. Jetzt liegst du nur noch da, wirst gepflegt und gefüttert, aber ansonsten fragt keiner nach dir. Total sinnloses Leben, das du gern beenden würdest, aber natürlich hilft dir keiner dabei. Und dann kommt dich plötzlich jemand besuchen. Jeden Tag eine halbe Stunde lang. Kannst du dir vorstellen, dass dir das genügt? Jeden Tag eine halbe Stunde Freude und ansonsten nur Warten und Vorfreude auf den nächsten Tag und die nächste halbe Stunde? Macht das Sinn?“

„Weiß ich nicht“, antwortete Tim ungeduldig. „Ist mir auch viel zu theoretisch.“

„Ja, dir ist das zu theoretisch. Für andere Menschen ist es die Praxis ihres Lebens. Ich hab die Geschichte nicht erfunden. Ein gelähmter Mann hat sie mir erzählt. Er ist so Mitte dreißig. Uwe heißt er, er ist in der Schule, in der David bis zu den Sommerferien war. Die haben da eine Abteilung für Schwerstbehinderte. Ehrlich gesagt, er war mir nie aufgefallen. Als David entlassen wurde, hat er uns mit ihm bekannt gemacht. Er war vorher Architekt, begeisterter Fußballspieler,

Motorradfahrer und ich weiß nicht, was noch alles. Eines Tages ist er von einem Baugerüst gestürzt, oberster Halswirbel gebrochen, Totallähmung. Seine Familie und seine Freunde haben ihn schlagartig fallenlassen, haben gerade noch dafür gesorgt, dass er in dieses Heim kam, und dann hat er sie nie wieder gesehen. Seit vier Jahren ist er jetzt dort und kein einziger Besuch! Kann man sich gar nicht vorstellen, aber so brutal ist das Leben manchmal. Das Pflegepersonal da hat natürlich auch nicht furchtbar viel Zeit für ihn. Bei schönem Wetter haben sie sein Bett immer raus auf den Hof geschoben, den die Schüler auch als Schulhof benutzen. Und irgendwann ist David in der Pause mal auf ihn zugerollt, mit einem Bilderbuch in der Hand, und hat ihm eine Geschichte erzählt. Uwe hat kein Wort verstanden, aber seitdem ist David jeden Tag in der Pause zu ihm gerollt, hatte ein Bilderbuch oder ein Spielzeug dabei und hat sich eine halbe Stunde lang mit ihm … na ja, unterhalten."

Katrin sah Tim lächelnd an. „Wir hatten das, wie gesagt, gar nicht mitgekriegt, aber bei der Abschlussfeier hat David uns dann mit zu ihm genommen. Und was Uwe uns da erzählt hat, hat mich echt erschüttert. Er hatte nur ein paar Monate da gelegen, als er beschlossen hat, dieses sinnlose Leben zu beenden. Er konnte seinen linken Arm noch ein bisschen bewegen, und darauf haben sie natürlich die Physiotherapie konzentriert. Und Uwe hat sich darauf konzentriert, Medikamente zu sammeln mit diesem Arm. Er brauchte Ewigkeiten, um ihn nur ein paar Zentimeter zu bewegen, und er brauchte etwa dreieinhalb Jahre, um zwanzig Schlaftabletten zusammenzukriegen und zu verstecken. Aber schließlich war es so weit, und er hatte beschlossen, sich am Abend ein Glas Wasser ans Bett stellen zu lassen – das konnte er mit einem Spezialstrohhalm immer trinken –, in der Nacht so lange zu schuften, bis er die Tabletten darin aufgelöst hatte, und so dies sinnlose Dasein zu beenden."

Tim wurde es ungemütlich, aber Katrin merkte nichts und erzählte einfach weiter. „Als er an dem Vormittag auf den Hof geschoben wurde, kam ein komischer Typ in seinem Rollstuhl auf ihn zu, legte ein Bilderbuch auf seinen Bauch und brabbelte lauter Zeug, das er nicht verstehen konnte. Der wollte auch gar nicht wieder gehen, und erst als seine Lehrerin sagte: ‚Du kannst ihn ja morgen wieder besuchen', lachte er und winkte Uwe zu und ließ sich von seiner Lehrerin wegschieben. Uwe war neugierig geworden und dachte sich, einen Tag könnte er ja noch warten, er wollte doch sehen, ob dieser komische Typ wiederkäme. Der komische Typ kam wieder, legte wieder sein Bilderbuch auf Uwes Bauch und erzählte ihm irgendwas. In der Nacht hat Uwe es einfach nicht über sich gebracht, die Tabletten aufzulösen. Er war neugierig geworden, was es mit diesem Typen auf sich hat. In den folgenden Wochen hat er immer besser gelernt, Davids Aussprache zu verstehen, und irgendwann hat er überhaupt nicht mehr daran gedacht, sich umzubringen. Sein Leben hatte plötzlich einen Sinn bekommen. Wir waren natürlich total fertig, als er uns das erzählte. Es war ja Davids letzter Tag in der Schule, und Mam sagte: ‚Mein Gott, und jetzt nehmen wir Ihnen den Sinn, den Sie endlich gefunden hatten.'

Aber da hat er sofort abgewunken: ‚Nein, nein, verstehen Sie mich nicht falsch. David ist nicht der Sinn meines Lebens. Er hat mir nur gezeigt, dass das Leben Sinn *hat*. Welcher das genau ist, habe ich zwar noch nicht rausgefunden, aber ich habe beschlossen, danach zu suchen. Aber natürlich würde ich mich freuen, David wiederzusehen.'

Jetzt fährt Mam zweimal wöchentlich mit David zu ihm, ich besuche ihn manchmal montags nach den Vorlesungen, und auch Paps fährt ab und zu mal vorbei. Nicht oft, ein- bis zweimal im Monat, aber dann reden sie stundenlang." Katrin lächelte. „Natürlich meistens über Gott. Paps liebt das Thema, und Uwe hat mir mal gesagt: ‚Wenn ich schon nach dem Sinn des Lebens suche, ist Gott ja vielleicht nicht die schlechteste Adresse, um damit anzufangen.'"

„Dein Vater hat ihn also noch nicht bekehrt", stellte Tim fest und bereute diese Bemerkung sofort wieder.

„Paps ist kein Bekehrertyp, das müsstest du eigentlich schon bemerkt haben", antwortete Katrin auch gleich. „Er ist vielleicht manchmal ein bisschen hart. Er behauptet, das Leben sei nun mal hart, also gewöhnt man sich am besten möglichst früh daran. Ich glaube, seine Devise ist so etwa: ‚Wenn du nicht in dieser Schwierigkeit wärst, wärst du eben in einer anderen. So ist das Leben.' Ich meine, er hat vielleicht nicht viel Sentimentalität übrig für Leute, die in Schwierigkeiten sind. Aber wenn man richtige echte Hilfe und kein Mitleid will, kann man immer auf Paps zählen. – Na ja, und was ich damit eigentlich sagen wollte, ist: Das mit dem Sinn des Lebens ist nicht so einfach zu beantworten. Es gibt nicht einen Sinn oder viele Sinne. Ich weiß selbst nicht so genau. Aber es gibt ganz offensichtlich Sinn selbst da, wo man ihn auf Anhieb nicht entdeckt."

Ein Tag nach Weihnachten

Tim hatte Wichtiges zu durchdenken und er tat es mit der gleichen Gründlichkeit, mit der er auch jede schulische Aufgabe anging. Seit er beschlossen hatte, ein Leben auszulöschen (*„Also gut, sagen wir es doch so wie es ist: Ich habe beschlossen, einen Mord zu begehen"*), war ihm irgendwie leichter ums

Herz. Er fühlte sich nicht wohl bei dem Gedanken, er beglückwünschte sich nicht zu seinem Einfall. Es war eher wie die Entscheidung zu einer schwierigen Operation. Man fällte sie nicht leichten Herzens, man fällte sie nicht gern, aber wenn man sie einmal getroffen hatte, war man doch erleichtert.

In diesen vergangenen Wochen war er geschwommen. Und durchaus nicht wie der DLRG-Schwimmer, der er war. Eher wie ein Anfänger, der mit jedem Meter zu kämpfen hat, der sich hin und wieder am Rand festhält, ausruht und dann für einen kurzen Moment glaubt, alles im Griff zu haben. Aber sobald er sich wieder abstößt (oder auch vom unbarmherzigen Schwimmlehrer abgestoßen wird), geht der Kampf von vorne los.

Es reichte. Es war nicht fair, aber das Leben war nun mal nicht fair. Man musste sehen, wie man durchkam. Er wollte wieder Boden unter den Füßen, egal, wohin dieser Boden ihn trug. Tim atmete tief durch. Ihm war klar, dass er sich nicht in Selbstmitleid verrennen durfte, und er beschloss, sich lieber auf seine Aufgabe zu konzentrieren.

Natürlich hatte er schon genügend Krimis gesehen und gelesen. Aus all den gesammelten Informationen müsste er doch einen Mord zusammenbasteln können. Wie töten? Wie die Leiche beseitigen? Wie fliehen? Auf diese Fragen und ihre Unterfragen musste er sich konzentrieren.

Einen Moment lang überlegte er, ob er nicht am besten einen Unfall vortäuschen sollte. Es hatte eine Menge für sich, würde es vielleicht den Hinterbliebenen (er dachte natürlich an Gabi) etwas leichter machen. Aber schließlich entschied er sich doch dagegen. Es wäre wahrscheinlich ein Leichtes, es wie einen Unfall aussehen zu lassen. Aber Tim wollte keinen Unfall. Ein Unfall geschah einfach nur, niemand konnte etwas dafür, niemand hatte es gewollt. Ein Unfall hatte keine *Message*. Aber

Tim wollte eine *Message*. Dieser Mensch sollte nicht einfach nur so aus dem Leben stolpern. Er sollte aus dem Leben gerissen werden. Brutal. Und sie sollten nach einem Motiv suchen. Sie sollten sich fragen, warum dieser Mensch es nicht wert gewesen war, weiterzuleben. Welchen Grund es gab, ihm sein Leben zu nehmen? Ohne Motiv würde der Tod dieses Menschen sinnlos sein. Brutal aus dem Leben gerissen, die Suche nach Täter und Motiv geht weiter. Das wollte er in der Zeitung lesen, bevor er sich endgültig aus dem Staub machte.

Und Blut musste fließen; ohne Blut würde es nicht richtig real sein. Er wollte etwas an seinen Händen haben, etwas, das er sehen und fühlen und dann abwischen und vergessen konnte.

Damit war eigentlich auch schon die Mordwaffe vorgegeben. Ein Messer. Es musste ein Messer sein. Gift war nur was für Frauen. Erschlagen hatte etwas Primitives an sich. Eine Pistole zu erstehen war wahrscheinlich nicht so einfach und führte auch ziemlich schnell zum Täter. Außerdem war man dabei irgendwie zu weit entfernt. Es sollte persönlich zugehen. Erstechen, das hatte etwas Heroisches an sich. Es hörte sich nur noch nicht brutal genug an. Tim wollte einen brutalen Mord. Einen, bei dem es sich lohnte, von Mord zu sprechen. Aufschlitzen, das war das richtige Wort. Man sollte schon ein Gruseln verspüren, wenn man es nur in der Zeitung las. Ja, beschloss Tim, er würde den Menschen aufschlitzen.

Weihnachten war in einer Weise an ihm vorübergegangen, die er nie für möglich gehalten hatte. Das letzte Weihnachten vor dem Abi. Was um alles in der Welt war aus seiner Zauberformel geworden? Was um alles in der Welt war aus dem Zauber geworden, der sein Leben bislang ausgemacht hatte? Radtouren hatten ihn früher verzaubert und Konzerte,

Oprah-Talkshows und Kunstbände, Nachmittage in der Küche mit Gabi und als neueste Errungenschaft Gespräche mit Katrin. Einen Moment lang auch die Vorstellung, einen Menschen aufzuschlitzen. Aber dieser Zauber hatte nicht lange angehalten. Er hatte jeden anderen Zauber verschluckt, regelrecht verschlungen, und zurück blieb nichts als ein schwerer Kloß im Magen. Unbeweglich, unverdaulich, unabänderlich.

Weihnachten bei Benders hatte mit Geschenken zu tun und mit Weihnachtsfeiern in der Bank. Bei Liegers hatte es mit der Krippe zu tun und mit der Kirche. Sowohl das eine als auch das andere ödeten ihn an.

Bei Liegers musste er sich interessanterweise mehr bemühen, ein unauffällig-fröhliches Gesicht zu machen als in seinem eigenen Zuhause. Die drei Ls ließen ihn einerseits so sein, wie er war. Sie bedrängten ihn nicht, und doch hatte er in ihrer Gegenwart oft das ungemütliche Gefühl, irgendetwas Gigantisches lauere im Hintergrund, bereit, sich auf ihn zu stürzen, wenn auch nur ein einziger seiner heimlichen Gedanken an die Oberfläche dringen sollte.

Zu Hause war es leichter. Am einfachsten war es natürlich, Gerd zu täuschen. Er brauchte ihn genau genommen nicht mal zu täuschen. Völlig wahrheitsgemäß erzählte er ihm, wie er seine Tage verbrachte: „Bin ein bisschen durch die Innenstadt geradelt … Hab in der Bibliothek gesessen … denke durchaus ernsthaft über meine Zukunft nach …“ Es reichte aus, ihm eine heile Welt vorzugaukeln. Alles reichte aus, was weit weg von Liegers, weit weg von Studienplänen war.

Gabi war ein anderes Kapitel. Ein düsteres. Er hatte sie noch nie belogen, eigentlich auch nur selten mal etwas vor ihr geheim gehalten.

Es gab Zeiten, da gelang es Tim tatsächlich, sich einzureden, dass er wie jeder Teenager Pläne schmiedete für seine Zukunft, die er mit seinen Eltern eben nicht teilen wollte. Große Jungen machen das so. Völlig normal. Sie behalten für sich, was sie sich an Weihnachtsgeschenken ausgedacht haben, und sie behalten es für sich, wie sie ihren ersten Mord bewerkstelligen wollen.

Die Woche nach Weihnachten

Gabis Herz klopfte bis in die Haarwurzeln, als sie den Wagen aus der Garage fuhr. Sie würde ihren Sohn sehen. Den „sabbernden Idioten", wie Tim ihn nannte. Den „verdammten Krüppel", wie Gerd ihn nannte. Diesen Jungen, den sie neun Monate lang getragen hatte. Von dessen Existenz sie bis vor wenigen Monaten nicht einmal gewusst hatte.

Sie hatte ein bisschen Angst vor ihm. Sie hatte sich kein klares Bild von ihm machen können, obwohl sie unauffällig jede Information, die Tim von sich gab, aufgesaugt hatte wie ein Schwamm. Konnte man mit ihm reden? Würde er irgendetwas verstehen? Würde er sie überhaupt ansehen? Tim behauptete, man könne es nicht, aber die Liegers täten immer so als ob. Konnte man so tun als ob?

Und wie würde sie reagieren, wenn er sie nicht einmal ansah, wenn sie nicht mit ihm kommunizieren konnte? Würde sie die Mutter, die *andere* Mutter als Übersetzerin brauchen?

Gabi war eine vorsichtige, aber sichere Fahrerin. Sie setzte sich niemals ans Steuer, wenn Gerd dabei war. Den Fehler hatte sie nur ein einziges Mal begangen. Er hatte sie fast wahnsinnig gemacht mit seinem ständigen Einmischen. „*Nicht so schnell, nicht so langsam, mehr an den Rand, mehr zum Mittelstreifen, was hast du denn jetzt vor? Nimm den nächsten Gang, schalte einen runter, geh nicht so hart in die Bremsen, pass auf die*

Fußgänger auf, Achtung, die Ampel schaltet um …“ Sie hatte glücklicherweise genügend Verstand besessen, an den Straßenrand zu fahren *(„Was soll das denn jetzt?“)*, auszusteigen und auf die Beifahrerseite zu gehen.

„Rutsch bitte rüber, es schont unser beider Nerven, wenn du fährst“, hatte sie ganz ruhig gesagt. Sie war stolz auf sich gewesen, dass sie so reagiert hatte. Alles andere hätte zu einer Katastrophe geführt, welcher Art auch immer. Erst später, als sie allein gewesen war, hatte sie geheult, hatte den ganzen Druck und den Frust herausgeheult – und dann beschlossen, dass es nicht wichtig war. Sie musste nicht am Steuer sitzen, wenn Gerd dabei war. Sie würde Auto fahren, allein oder zusammen mit Tim. Aber Gerd zu verändern, das war ohnehin nicht möglich, also bedeutete es vergeudete Zeit und Nerven, es überhaupt zu probieren.

Sie hatte sich durchgesetzt, denn Gerd hatte zuerst darauf bestanden, dass sie gar nicht ohne ihn fuhr. Aber er hatte glücklicherweise auch die Vorteile gesehen: die Einkaufsfahrten, die er nicht machen musste, die Behördengänge, zu denen Gabi sich aufmachte, die Schulaktivitäten für Tim, die er nicht nach einem anstrengenden Arbeitstag noch auf sich nehmen musste.

Die Fahrt zu seinem behinderten Sohn.

Ob Gerd jemals daran gedacht hätte, dass Gabi sich das Auto nehmen und zu einer Fahrt benutzen würde, deren Ziel er strikt und kompromisslos ablehnte? Gabi lächelte, als sie sich diese Frage stellte, aber es war ein trauriges Lächeln. Sie selbst hätte niemals gedacht, dass es zu einer solchen Situation kommen könnte.

Vorsichtig näherte sie sich der Kreuzung, an der Tim und Eeke damals den Unfall gehabt hatten. Den Unfall, der ihrer aller Leben verändert hatte. Wie immer seitdem bremste sie leicht ab, obwohl die Ampel grün war. Wie immer seit dem Unfall warf sie einen Blick auf das Schaufenster von „*Gebhard & Söhne*". Neue Scheibe, neue Deko, neue Ausstellungsstücke. Nichts hier erinnerte mehr an diesen Unfall. Nur ihr Leben, ihr zerrissenes, verwundetes, infrage gestelltes Leben, das erinnerte sie jeden Tag, jede Minute daran.

Sie musste sich zusammennehmen. Sie musste sich vorbereiten auf die Begegnung mit David. Sie hatte alles geplant. „Cool sein ist cool", hatte Tim ihr schon seit Jahren immer wieder eingebläut. Gut, dass sie von ihm gelernt hatte. Sie würde cool sein. David gegenüber und seiner Mutter gegenüber. Denn auch vor ihr hatte sie Angst. Sie hatte am Telefon nett geklungen, aber was hieß das schon? *Ich habe bestimmt auch nett geklungen*, dachte sie, *und trotzdem hätte ich am liebsten geschrien, getreten oder geheult. Oder alles zusammen. Oder hintereinander. In jedweder Reihenfolge. In ungezählten Wiederholungen. Ich werde mich nicht lächerlich machen. Ich werde nicht geschockt sein, wenn da ein Schwerstbehinderter sitzt, mit dem ich nichts anzufangen weiß. Ich werde nicht eifersüchtig sein, wenn sie sich mit ihm versteht und ich nichts verstehe. Ich werde nicht wütend sein, nicht auf das Schicksal, nicht auf Gerd, nicht auf Tim, nicht auf „diese Leute", nicht auf Gott. Ich werde cool sein. Cool sein ist cool.*

Sie war inzwischen in einer Gegend, die sie nicht kannte. Aber den Weg kannte sie, er müsste schon im Stadtplan eingebrannt sein, so häufig hatte sie ihn in Gedanken abgefahren. Heute war sie ganz offiziell hier. Eingeladen zum Kaffeetrinken. Bei der Mutter ihres Sohnes.

Bei der Mutter meines Sohnes. Verdammt noch mal, wie konnte so etwas passieren? Dass es außer ihr noch eine Mutter ihres Sohnes gab?

Sie holte tief Luft. Es war passiert, und sie würde jetzt in dieses Haus gehen und sich so benehmen, wie man es von einem erwachsenen Menschen erwarten konnte.

Sie hatte die richtige Straße erreicht, die richtige Hausnummer. Sie parkte direkt vor der Haustür und stieg aus. Eine Rampe, die die vier Stufen zur Eingangstür überbrückte, verriet, dass hier ein Rollstuhlfahrer lebte.

Frau Liegers öffnete ihr die Tür, Frau Liegers begrüßte sie sehr freundlich, Frau Liegers ging vor ins Wohnzimmer, Frau Liegers deutete lächelnd auf einen Jungen, der auf dem Boden saß: „Das ist David."

Gabis Herz klopfte bis in die Haarwurzeln, aber sie hatte sich vorbereitet. Sie hatte sich vorbereitet auf einen Schwerstbehinderten. Sie hatte sich vorbereitet auf eine Frau, die ihr im Umgang mit diesem Schwerstbehinderten überlegen war. Sie hatte sich darauf vorbereitet, cool zu sein.

Sie hatte sich nicht darauf vorbereitet, ihrem Sohn zu begegnen.

David sah auf, als sie hereinkam, sein Mund öffnete sich ein wenig, Speichel lief ihm übers Kinn. Gabi sah nicht den Speichel. Sie sah den Mund. Gerds Mund. Das war Gerds Mund. Der Mund ihres Mannes. Der Mund, den sie so fantasievoll geküsst hatte, als die Liebe noch ein schönes Spiel gewesen war. Der Mund, den sie immer beobachtete, wenn Gerd seine Reden hielt. Der Mund, der so hart zusammengepresst war, wenn Gerd versuchte, seinen Ärger zu verbergen. Der Mund, der beim Schlafen immer ein wenig offen stand und doch nie einen Schnarchton von sich gab. Gerds Mund. Der Mund ihres Mannes. Der Mund ihres Sohnes.

Sie vergaß, dass cool sein cool war. Sie stürzte auf den Jungen zu, ließ sich neben ihm auf den Boden fallen, drückte ihn an sich, drückte ihm einen Kuss auf die Stirn, streichelte ihm übers Haar, flüsterte seinen Namen. Immer und immer wieder. „David! Ich hatte solche Sehnsucht nach dir.“ Sie strich ihm übers Haar, über die Stirn, über die Ohren – und erst als sie seinen Gesichtsausdruck sah, ließ sie ihn erschrocken los. Sie konnte ihn nicht deuten. „Oh, entschuldige bitte, ich wollte dich nicht erschrecken. … Das wollte ich wirklich nicht …“ Und als keine erkennbare Reaktion kam, drehte sie sich zur Tür. „Hab ich ihn erschreckt?“

Frau Liegers stand im Türrahmen und weinte. Schluchzte. Hielt sich die Hände vor den Mund. Zitterte und weinte.

Mein Gott, was hab ich getan? Ich wollte doch cool sein. Wie konnte ich das vergessen? Gabi stand hastig auf, unsicher, an wen sie sich jetzt wenden sollte. „Es … es tut mir so leid. Bitte entschuldigen Sie, ich weiß nicht … ich wollte nicht …“

Mona schniefte hörbar, suchte in ihrer Tasche nach einem Taschentuch, fand eines, putzte sich die Nase und kam endlich auch in den Raum. „Es ist okay … es ist nichts … es ist nur … ich beneide Sie“, schluchzte sie.

„Wie … wie meinen Sie das?“

Mona war jetzt bei ihnen angekommen, ließ sich in den Sessel fallen. Unsicher blickte sie zu Gabi hinauf, unsicher blickte Gabi auf sie hinunter.

„Vom ersten Moment an, als ich Tim gesehen habe, wollte ich ihn so gern in den Arm nehmen“, flüsterte Mona. „Aber ich hab mich nicht getraut.“

Gabi schwieg. Sie hatte sich auch nicht getraut. Es war einfach über sie gekommen. Sie schaute David an, der immer noch einen sehr seltsamen Gesichtsausdruck hatte. „Es tut mir leid, ich wollte nicht … Habe ich ihn erschreckt?“

Mona lächelte. „Vielleicht. Aber keine Sorge, Sie haben ihm nicht geschadet. Echte Gefühle haben David noch nie geschadet.“ Und dann raffte sie sich auf, um das zu sagen, was sie von Anfang an ganz cool hatte sagen wollen: „David, das ist deine

Mutter, die dich in ihrem Bauch getragen hat. Weißt du noch, ich habe dir das mal erklärt."

Es war nicht erkennbar, ob David sich daran erinnerte, ob er irgendetwas verstanden hatte. Er sah Gabi lange an, oder jedenfalls erschien es ihr sehr lange. Dann nahm er Monas Hand zwischen seine beiden Hände, ließ aber Gabi noch immer nicht aus den Augen.

„Mama", sagte er, indem er Monas Hand mit seinen Händen und Gabis Augen mit seinen Augen festhielt.

Er hat es verstanden, durchfuhr es Gabi. Sie würde nie begreifen, wie, und er würde es wohl nie erklären können, aber er hatte es verstanden. Irgendetwas hatte er verstanden.

Eine ganze Zeit lang saßen sie schweigend da. Bis Mona mit einem kleinen Grinsen sagte: „Ich glaube, jetzt können wir den Kaffee vertragen, zu dem ich Sie eigentlich eingeladen hatte …"

Sie saßen zwei Stunden zusammen. Gabi hörte mit Erstaunen von dem Österreichurlaub, von Davids Erkrankung, von der Abrahamslüge, von den Wochen im Krankenhaus, von den Behindertenzentren. Mona hörte mit Erstaunen von Tims Talent, den Schulerfolgen, den Konzerten, dem eigenen Piano, den Norwegenurlauben, dem Unfall. Jede hörte mit Erstaunen einer liebenden Mutter zu. Warum denn eigentlich mit Erstaunen? Was ist so erstaunlich daran, dass eine Mutter ihr Kind liebt?

Es war nicht die Liebe der Mutter zu ihrem Kind, die sie in Erstaunen versetzte. Es war die Liebe der Mütter zu ihren Kindern. Mona hatte Angst vor Gabi gehabt. Gabi hatte Angst vor Mona gehabt. Und nun stellte sich heraus, dass einfach nur jede der beiden liebte. Ihr Kind. Welches Kind? Egal, ihr Kind. Und schon wieder fragte Mona sich: *Wieso habe ich Angst vor der Liebe gehabt? Liebe nimmt niemals. Liebe gibt. Liebe macht niemals ärmer. Liebe macht immer reicher.*

Gabi versuchte zu erklären, warum Gerd David auf keinen Fall kennenlernen wollte. Es gelang ihr nicht wirklich, aber Mona verstand trotzdem.

Mona versuchte zu erklären, warum sie es nicht wagte, Tim in den Arm zu nehmen. Es gelang ihr nicht wirklich, aber Gabi verstand trotzdem.

Mona dankte Gott in einem stillen Gebet: „*Wenn es schon sein musste, dass unsere Kinder vertauscht wurden, dann bin ich froh, dass es gerade diese Frau war.*"

Gabi kannte keinen Gott, dem sie danken konnte, aber ihre Gedanken gingen in eine ähnliche Richtung.

Jede Frau erzählte von ihrem Sohn. Tims Begabung spielte dabei keine Rolle; für eine Mutter ja sowieso nicht. Davids Behinderung spielte keine Rolle; für eine Mutter ja sowieso nicht. Jede Mutter berichtete von ihrem Sohn und fühlte, wie reich sie mit ihm beschenkt war. Jede fühlte sich etwas reicher mit jedem Wort, das sie von dem anderen Sohn hörte. Dem zweiten, der ja eigentlich der erste war.

Kein Mensch weiß, was David dachte, der danebensaß und alles mit anhörte. Er lächelte manchmal. Er war schon reich. Er wollte gar nicht reicher werden.

Erst am späten Abend fand Mona Gelegenheit, Rolf von dem Besuch am Vormittag zu erzählen. Er schwieg, unterbrach nicht, stellte keine Fragen. Nur manchmal runzelte er ein wenig die Stirn. Nachdem sie geendet hatte, überlegte er einen Moment lang, seufzte und sagte: „Soll ich dir mal ganz ehrlich etwas sagen?"

„Ehrlichkeit ist unbedingt erwünscht."

„Ich glaube, ich könnte das nicht. So fröhlich und vertraulich mit Herrn Bender zusammenzusitzen. Dem Irgendwie-Vater von David. Dem Irgendwie-Vater von Tim. Ich beneide dich. Wie macht ihr das bloß? Ich meine, ich würde mich selbstverständlich ganz höflich und interessiert mit ihm unterhalten, wenn wir uns jemals träfen. Ich würde ihn nach seinem Beruf fragen und nach seinen Hobbys, nach Tims Kindheit und nach all den Dingen, über die sich zivilisierte Menschen eben so unterhalten. Aber weißt du, was tief unter dieser angepassten Fassade steht, irgendwo tief in meinen Gehirnwindungen verborgen, wenn ich an Herrn Bender denke? *Rivale*. Ist das nicht völlig verrückt? Manchmal frage ich mich, ob wir Männer jemals über das Stadium des keulenschwingenden Steinzeitjägers hinausgekommen sind."

Mona lächelte und fragte: „Darf ich jetzt mal ganz ehrlich etwas sagen?"

Rolf grinste. „Ehrlichkeit ist erwünschter denn je."

„Ich hatte so einen unglaublichen Bammel vor dieser Begegnung, das kannst du dir gar nicht vorstellen. Ich wollte Tims Mutter gar nicht treffen. Nicht wirklich. Ich wollte ein bisschen was von Tim haben, aber ich wollte David nicht mit ihr teilen. Ich war irgendwie innerlich darauf eingestellt, ihn gegen sie zu verteidigen. Als ob da jemals die Gefahr eines Angriffs bestanden hätte. Verstehst du, was ich meine?"

Rolf seufzte. „Leider nur zu gut."

„Und ich bin mir ziemlich sicher, dass sie auch so etwas Ähnliches empfunden hat, als sie vor unserer Tür stand. Es gibt nicht nur männliche Keulenschwinger. Dass wir uns so gut verstanden haben und so ehrlich miteinander reden konnten – ich glaube, das war die reinste Gnade Gottes."

„Na, dann haben wir Steinzeitjäger ja auch noch eine Chance."

Anfang Januar

Zwanzig Minuten sind nicht viel Zeit, und wenn man sie nutzen kann, um eine Klassenarbeit noch einmal auf mögliche Fehler durchzulesen, sollte man sie dazu nutzen. Zumal, wenn die Arbeit die Abizensur beeinflussen wird. Aber Tim nutzte seine zwanzig Minuten nicht dafür. Er hatte die geforderte Gedichtinterpretation zügig und ohne die einzelnen Gedanken zu reflektieren aufgeschrieben. Wie so häufig war er lange vor dem Zeitlimit fertig, aber diesmal dachte er nicht ans Korrekturlesen. Er dachte an David und an diesen Uwe. Das war eine Geschichte ‚aus dem Leben gegriffen'. Wieso schrieben sie nicht mal über so etwas?

„David hat einem Menschen das Leben gerettet", schrieb er auf den nächsten Bogen Papier, „ich dagegen habe beschlossen, einen Menschen zu töten. David hatte das übrigens gar nicht beabsichtigt. Er wusste nicht einmal, dass er gerade einem Menschen das Leben rettet, als er da in seinem Rollstuhl zu diesem Typen hinrollte. Und wenn man es ihm jetzt sagen würde, würde er es wahrscheinlich nicht verstehen. Das ist der Unterschied zwischen ihm und mir. Ich beabsichtige durchaus, einen Menschen aufzuschlitzen, ich weiß, was ich hier tue, und niemand braucht es mir zu erklären. Das ist eben der Unterschied zwischen einem sabbernden Idioten und mir."

Es gelang Tim im Moment nicht, stolz zu sein auf diesen Unterschied, aber er nahm an, das läge einfach nur am Stress.

„Ich habe beschlossen, einen Menschen aufzuschlitzen", fuhr er mit seinem zweiten Aufsatz fort. „Das kann ich tun, und ich werde es tun. Wovon mich niemand abhalten kann, das kann ich tun. So viel Macht hat der Mensch. Hat er auch so viel Recht? Man möchte es im ersten Moment verneinen. Man möchte warnend den Zeigefinger heben: Gebt auf keinem Fall jedem, der die Macht hat, auch das Recht! Aber andererseits: Wozu hat man denn Macht, wenn man nicht das Recht hat, sie auszunutzen? Über andere auszunutzen. Macht muss man über andere Menschen haben, sonst nützt sie einem nichts. Napoleon war ein mächtiger Mann. Aber wie viel Macht hatte er, als er in Moskau stand? Was nützte ihm seine Macht über Straßen und Gebäude und Reichtümer? Er hatte keine Macht über Menschen, also hatte er keine wirkliche Macht. Wenn sie noch da gewesen wären, all die erfolglos kämpfenden Menschen, hätte er Macht gehabt. Hätte er auch das Recht gehabt, nach Belieben mit ihnen zu verfahren? Ja, tausendmal ja. Er war der Stärkere, er hatte sich das Recht erkämpft. Wer die Macht hat, hat auch das Recht. Vielleicht ist das nicht moralisch, aber was hat Macht mit Moral zu tun? Vielleicht …"

Das schrille Kreischen der Klingel über der Tür unterbrach ihn, und erschrocken riss Tim die Seite an sich, die er eben beschrieben hatte. *Mein Gott, wenn das jemand liest!* Er knüllte das Papier zusammen und steckte es in seine Hosentasche. Hastig schrieb er seinen Namen und das Datum auf seine Arbeit und warf noch einen schnellen schuldbewussten Blick darauf. Er hatte nicht Korrektur gelesen. Er konnte sich nicht einmal daran erinnern, was er geschrieben hatte. Oder was um alles in der Welt das Thema gewesen war.

Drei Wochen später würde der Deutschlehrer den Kursteilnehmern auf seine umständliche Art erklären, warum er diese Arbeit als „sehr gut" bewertet hatte. Woran er Tims tiefe Einsicht in die Problematik erkannt hatte. Warum es manchmal sehr viel größere Aussagekraft hatte, wenn man Fragen formulierte. Was der Unterschied zwischen dummen und intelligenten Fragen war. Wie das Vortäuschen von Nichtverstehen oft ein tiefes Verständnis offenbarte.

Drei Wochen später würde Tim sich noch immer nicht erinnern, was um alles in der Welt das Thema gewesen war. Er würde sich nur daran erinnern, dass er mit klopfendem Herzen zur Toilette gegangen war, sich eingeschlossen hatte, das Papierknäuel aus seiner Hosentasche gezogen, in kleine Fetzen gerissen und die Toilette heruntergespült hatte. Und dass er sich geschworen hatte, nie wieder ein einziges Wort seines Planes schriftlich festzuhalten.

Mitte Januar

Katrin und Tim spazierten durch den Stadtpark. Es war Samstagvormittag, und David war nicht bei ihnen. Das hatte Tim sich ausgebeten.

„Du nimmst dir den Samstagvormittag frei, um mit deinem Bruder zusammenzusein“, hatte er argumentiert. „Sehr lobenswert. Ich bin auch dein Bruder. Ihr könnt mich nicht erst aus der Versenkung ausgraben und dann als Anhängsel betrachten, das man noch nebenbei mit bedient.“

Er hatte „lästiges Anhängsel“ sagen wollen, aber das klang ihm dann doch zu scharf. Er wollte Katrin nicht unter Druck setzen. Aber er wollte sie testen. Empfand sie irgendetwas Schwesterliches für ihn? Hatte er eigentlich etwas davon, plötzlich eine Schwester zu haben? Schon lange dachte er nicht mehr an Adoption. Wozu? Sich in eine Familie hineindrängen, die ihn nicht haben wollte? Ben-Niemand, Sohn von Niemandem, so wollte er heißen. Es gab nur zwei Möglichkeiten; der letzte Streit mit Gerd hatte ihm das klargemacht:

Er konnte der brave Sohn sein, dem ganz egal ist, wer sich für ihn verantwortlich und zuständig fühlt. Dann würden wahrscheinlich alle zufrieden sein. Oder er konnte versuchen herauszufinden, wer er nach Kenntnis aller Fakten eigentlich war. Und einer würde ihm bei dieser Suche ständig im Weg sein, würde ihn immer hindern, egal, wie er es anpackte. Also musste er ihn beseitigen. Das war folgerichtig. Das war ganz simpel. Danach müsste er ein neues Leben anfangen, auch das war ihm klar. Das gehörte zum Deal. Also wollte er von dem alten Leben noch mitnehmen, was erreichbar war.

Dazu gehörte ein Samstagvormittag mit Katrin. Aber wollte sie das überhaupt auch? Interessierte sie sich für diesen zweiten Bruder, der eigentlich ihr erster war? Das wollte er erproben.

Sie hatte die Probe bestanden. Sie spazierten durch den Stadtpark, an der Pommesbude hatten sie sich jeder eine Tüte gekauft, mehr um Hände und Magen zu wärmen als aus Hunger. Sie unterhielten sich, wie Geschwister es halt taten. Eeke behauptete zwar, so etwas käme nur in Märchen vor, aber dann hatte Tim sein Märchen eben wahr gemacht.

Gleichheit vor dem Recht, das war ihr Diskussionsthema. Katrin konnte aus ihrem reichen Erfahrungsschatz schöpfen und Tim beweisen, dass es in unserem ach so demokratischen Deutschland durchaus nicht gleich zuging. Eine schreiende Ungerechtigkeit nach der anderen. Die Würde des Menschen, die Einzigartigkeit des Menschen, all das wurde mit Füßen getreten. Und das würde sich auch erst ändern, wenn Katrin Liegers Anwältin, später Richterin und noch später Bundesrichterin war. Erst dann hatte die deutsche Nation eine Chance, zu Gleichheit, Würde, Anerkennung der Einzigartigkeit eines jeden Menschen zurückzufinden.

Tim schwieg dazu. Er konnte nicht beurteilen, ob es gerecht

zuging vor Gericht. Und so ganz bei der Sache war er eigentlich auch nicht.

Nach einer ganzen Weile fragte sie: „Warum widersprichst du mir nicht?"

„Warum sollte ich das tun?", fragte er erstaunt zurück.

„Weil ich völligen Schwachsinn rede. Das muss doch jeder merken."

„Und warum redest du dann völligen Schwachsinn?"

„Um dich rauszulocken. Ich weiß nicht, wo du gedanklich bist, aber jedenfalls nicht hier."

Das war peinlich. So offensichtlich war es? Tim wollte mit Katrin zusammen sein, er hatte es sich gewünscht, nicht nur als Test, sondern weil er wirklich gern mit ihr zusammen war. Aber es war doch nicht so einfach, mit einem netten Mädchen zu diskutieren und gleichzeitig Mordpläne zu schmieden. Was sollte er sagen? *Ach, entschuldige, ich war ganz in Gedanken. Ich plane doch diesen Mord, und vielleicht könntest du mir da bei einer Sache helfen. Ich überlege gerade, wo man das Messer am besten ansetzt …?*

„Okay. Ich kann da vielleicht nicht so mitreden. Aber warum ist es schwachsinnig, sich für Recht und Gerechtigkeit einzusetzen?"

„Nicht der Teil ist der schwachsinnige. Aber diese Annahme: *Ich* werde alles ändern. Mit *mir* kommt die Gerechtigkeit in dieses Land. Du wirst es nicht glauben, aber ich habe eine Menge Kommilitonen, die das wirklich von sich denken. Man muss doch nicht erst Grisham lesen, um zu wissen, dass die Rechtsprechung nicht annähernd so edel ist, wie wir das gerne hätten. *Wie viele Helden bringt ein Jahrhundert hervor?* Ich weiß nicht mehr, wer das gefragt hat, aber ich versichere dir: Sämtliche Helden dieses Jahrhunderts sitzen in meinen Seminaren."

Tim lachte. Er lachte tatsächlich. Er wusste gar nicht, wie lange er schon nicht mehr gelacht hatte. Warum konnte es nicht so weitergehen? Warum konnte er nicht mit Katrin spazieren gehen und diskutieren und lachen?

Weil er sich für einen anderen Weg entschieden hatte, darum. Und weil man seinen Weg gehen musste. Würde und Einzigartigkeit – hier lag doch im Grunde der Schwachsinn. Was war denn so besonders an einem Menschen? Tag für Tag starben Tausende, und das Leben ging seinen gewohnten Gang. Er würde einen Menschen aufschlitzen und das Leben würde auch danach seinen gewohnten Gang gehen.

Du willst meine Gedanken dazu wissen? Also gut, hier sind sie. „Ich bin nicht mal so sicher, ob das mit der Einzigartigkeit so stimmt. Manchmal glaube ich, wir Menschen nehmen uns da einfach zu wichtig."

„Komisch, ich denke genau das Gegenteil. Ich glaube, wir Menschen nehmen uns gegenseitig nicht wichtig genug. Tut mir leid, dass ich schon wieder davon anfange, aber das gefällt mir so an Gott. Er nimmt wirklich jeden Einzelnen total wichtig."

Na klar, Gott. Sie hatten ja lange genug nicht von ihm geredet. Marx hatte wahrscheinlich recht: Religion ist eine Droge. *Wenn sie Gott nicht ins Spiel bringen können, kriegen sie Entzugserscheinungen.* „Dass Gott überhaupt existiert und dass der Einzelne irgendeine Wichtigkeit bei ihm hat, kannst du leider mit nichts belegen. Ich würde sagen, die moderne Forschung beweist eher das Gegenteil." Er überlegte einen Moment lang, dann fiel ihm ein gutes Argument ein. „Was ist zum Beispiel mit dem Klonen?", fragte er. „Du kannst sicher sein, dass sie schon in allen Laboratorien in Amerika und Russland ihre Versuche machen, Menschen zu klonen. Unabhängig von dem ganzen Gerede über moralische und ethische Grenzen und Einzigartigkeit des Menschen. Beweist die Tatsache, dass wir selbst Menschen herstellen können, nicht, dass Gott gar nicht existiert?“

„Du meinst, abgesehen von der Tatsache, dass Gott immerhin so freundlich war, über Tausende von Jahren hin erst einmal Menschen zu erschaffen, bis wir so weit waren, aus diesem Material dann selbst Menschen nachbilden zu können?“

Tim grinste. „Ja. Sehen wir mal einen Moment von dieser – wenn du's denn so nennen willst – *Tatsache* ab.“

Katrin zuckte mit den Schultern. „Ich könnte mit entsprechendem Zugang zum Museum ein Bild von Rembrandt nehmen, es auf einen Farbkopierer legen und fotokopieren. Habe ich damit bewiesen, dass Rembrandt nie gelebt hat?“

„Nein, natürlich nicht. Aber das kann man doch nicht vergleichen.“

„Wieso nicht? Das Prinzip wäre doch das Gleiche. Rembrandt war ein Künstler, der mithilfe seiner Fähigkeiten und seiner Fantasie etwas geschaffen hat. Nach ihm sind eine Menge Leute gekommen, die andere Fähigkeiten hatten – angefangen vielleicht bei Edison über viele, viele Erfinder bis hin zur Herstellung eines Farbkopierers. Und nun komme ich, bediene mich all der Fähigkeiten und Erfindungen dieser Leute und stelle etwas her, was dem von Rembrandt zumindest sehr ähnelt.“

„Na schön, wenn du es so nennen willst, haben wir immerhin bewiesen, dass Rembrandt nicht so einzigartig war, wie er vielleicht geglaubt hat. Man kann – wenn auch mit anderen Techniken – dasselbe Ergebnis erreichen wie er. Also kann ich auch sagen: Wenn Gott meint, er wäre der Einzige, der Menschen schaffen kann, haben wir auch ihm das Gegenteil bewiesen.“

„Wer sagt denn, dass er das meint?“

„Wie bitte? Gott hält sich nicht für den einzigen Schöpfer? Das ist mir neu.“

„Die Information ist so etwa fünftausend Jahre alt, aber sag's nicht weiter.“

„Und die ist wo zu finden?“

Katrin lachte. „Na, wo wohl? In der Bibel natürlich, im sogenannten Alten Testament. Ich konnte Paps' Vorliebe für das alte Ding ja nie so ganz nachvollziehen, aber langsam bin ich mir nicht mehr so sicher. Steht 'ne Menge Interessantes drin. Kennst du die Geschichte vom Turmbau zu Babel?“

„Ja, so ungefähr. Wollten sie nicht damals einen Turm bauen, der bis in den Himmel reicht?“

Katrin nickte. „Nur, dass es ihnen offensichtlich nicht geglückt ist, denn es heißt, Gott konnte ihn vom Himmel aus nicht einmal sehen. Er musste auf die Erde herunterkommen, um ihn zu betrachten. Und dabei sagte er: ‚Das ist nur der Anfang. Von jetzt ab wird ihnen nichts unmöglich sein, das sie sich vornehmen.‘ Daraus kannst du schließen, dass Gott vor fünftausend Jahren schon wusste, dass wir einmal in der Lage sein werden, sehr vieles zu tun. Zum Beispiel auch Menschen zu klonen.“

Tim runzelte die Stirn. Er war es nicht gewohnt, sich über Gott Gedanken zu machen. Aber er beschloss, es um der Diskussion willen zu versuchen.

Also dachte er wirklich ernsthaft über Katrins Worte nach. Und kam zu dem Schluss: Genau genommen war es in sich logisch. Wenn einer von sich behauptet, allmächtig und allwissend zu sein, konnte man durchaus erwarten, dass er wusste, was nach Tausenden von Jahren geschehen würde. Er ließ es also durchgehen.

„Also gut, er wusste es. Aber das ändert doch nichts an der Tatsache, dass wir es tatsächlich geschafft haben. Wir können etwas, von dem Menschen lange Zeit glaubten, nur Gott könne es."

„Stimmt schon", entgegnete Katrin, „Gott hat uns eben sehr viele Möglichkeiten gegeben. Wir wissen ja spätestens seit Einstein, dass unser Hirn noch längst nicht auf vollen Touren läuft, sozusagen. Und wir sind dabei, immer mehr Möglichkeiten zu entdecken und zu nutzen. Nur leider nicht immer zum Wohle und zum Besten der Menschheit. Und ich fürchte, hier liegt unser eigentliches Problem: Alles können heißt noch lange nicht alles dürfen. Aber das ist ja nichts Neues."

„Neu ist für mich schon, dass unser Wissen und Können angeblich mit Gottes Einverständnis oder sogar durch ihn überhaupt erst möglich sein soll. Bist du sicher, dass das nicht nur deine ganz persönliche Auffassung ist?"

Katrin musste lachen. „Na ja, Gottes Privatsekretärin bin ich natürlich nicht. Ich könnte nicht behaupten, dass ich das irgendwo in seinen Geheimunterlagen gefunden hätte. Aber es deckt sich mit dem, was wir aus seinen ganz öffentlichen Unterlagen wissen. Zum Beispiel heißt es in der Bibel, dass Gott allmächtig ist und dass er sich trotzdem begrenzt hat. Und dass wir nach seinem Bild geschaffen sind. Also sind wir, wenn auch nicht allmächtig, so doch aber mit sehr großem Potenzial ausgestattet. Und eben auch mit der Fähigkeit, uns zu begrenzen. Und ich nehme an, Gott erwartet von uns, dass wir diese Fähigkeit auch anwenden. Zum Beispiel beim Klonen."

„Moment mal. Verstehe ich das richtig – du meinst, Gott selbst hätte uns die Fähigkeit zum Klonen gegeben, aber er erwartet, dass wir es nicht tun?"

„Ja. Absolut präzise formuliert. Ich glaube, dass Gott uns grundsätzlich mit sehr vielen Fähigkeiten ausgestattet hat.

Und eben auch mit der Fähigkeit, nicht alles zu tun, was wir theoretisch tun können. Nenn es Moral, Ethik, Verantwortungsbewusstsein, Gehorsam oder was auch immer."

„Na, sehr erfolgreich war er mit der Vergabe letzterer Fähigkeit ja nun nicht gerade, wenn du mich fragst. Mit dem Begriff Gehorsam kann ich nicht viel anfangen. Mit Moral und Verantwortungsbewusstsein sehr wohl, aber ich glaube, die gehen in unserer technisierten Welt immer mehr den Bach runter. Nehmen wir mal an, er hätte wirklich selbst die Menschen dazu befähigt zu klonen. Keine Ahnung, ob das stimmt. Aber eins weiß ich: Sie werden es tun, sobald sie es können. Sie werden auf die Fähigkeit pfeifen, sich zu begrenzen. Was meinst du? Wird er das zulassen? Wird er nichts dagegen unternehmen? Ich meine, das wäre doch jetzt *die* Gelegenheit, einzugreifen."

Katrin seufzte und schüttelte gleichzeitig übertrieben dramatisch den Kopf. „Ich weiß wirklich nicht, warum sich die Leute immer so sehr wünschen, dass Gott doch endlich mal eingreifen sollte. Wann immer er das in der Geschichte der Menschheit getan hat, hatte es ganz schön drastische Folgen. Und die sind den Leuten dann meist gar nicht so lieb."

„Schon möglich, aber was könnte Gott deiner Meinung nach tun? Selbst wenn es drastisch wäre. Eine neue Sintflut oder so etwas? Ein Tsunami meinetwegen! Würde er nicht verhindern wollen, dass wir uns so in seine Schöpfungsfähigkeiten einmischen? Und würde er es überhaupt verhindern *können*?"

„Keine Ahnung. Ich vermute allerdings nicht, dass er deswegen die Welt zerstören wird. Obwohl man es sich fast wünschen möchte. Die Vorstellung, dass in einigen Generationen nur noch Kopien von Kopien herumlaufen, ist doch nun wirklich ätzend."

„Also schön, was könnte sonst passieren? Du hast dir über Gott mehr Gedanken gemacht als ich. Streng dich mal an, es interessiert mich wirklich."

Katrin sah Tim etwas zweifelnd an. „Tim, ich weiß es doch nicht. Gott hat tausend Möglichkeiten, auf die ich noch nicht mal im Traum kommen würde. Aber okay, lass mich mal überlegen, was mir so einfällt. Also, stellen wir uns mal vor, der erste geklonte Mensch wird präsentiert. In den Medien wird stolz verkündet, dass nun endgültig das finstere Zeitalter eines längst überholten Gottesglaubens vorbei ist. Gott ist nun endlich und erwiesenermaßen überflüssig." Als sie das sagte, überzog plötzlich ein Grinsen ihr Gesicht. „Weißt du, was ich witzig fände? Wenn Gott daraufhin sagen würde: ‚Na schön, dann halte ich mich eben aus dem Ganzen heraus.' Er schafft also keine neuen Menschen mehr, da man ihn ja nicht mehr benötigt.

Nach ein paar Monaten gibt es neue Schlagzeilen in den Medien: eine weltweite völlig unerklärliche Unfruchtbarkeitswelle hat den ganzen Erdkreis befallen. Panik, Ängste, wie sie noch nie da gewesen sind. Es gibt nirgendwo, auf keinem Kontinent, auch nur eine einzige schwangere Frau. Wenn das so weitergeht, ist diese Generation die letzte Generation. Menschen müssen geklont werden, und zwar schnell."

Katrin hatte sich so richtig in ihre Geschichte hineinversetzt und fabulierte munter weiter. „Eine völlig neue Mafia entsteht, Klonterrorismus, Entführung der maßgeblichen Wissenschaftler, Bestechungen in Milliardenhöhe, denn natürlich will jeder, der es sich leisten kann, noch schnell geklont werden, bevor die normale Geschlechterfolge von der Erde verschwindet. Die armen Kloner waren auf so etwas natürlich nicht vorbereitet und sind völlig überfordert. Wen um alles in der Welt soll man denn noch schnell klonen, bevor das

Menschengeschlecht vergeht? Bill Gates? Den letzten Friedensnobelpreisträger oder besser den für Chemie? Den derzeitigen Papst oder lieber den derzeitigen Dalai Lama? Ich sehe die Wissenschaftler schon alle in die Kirchen rennen: ‚He, Gott, könntest du bitte noch ein paar Jahre lang weitermachen? Wir kommen noch nicht so ganz nach. Wir sagen dir Bescheid, wenn wir so weit sind, dass wir dich endgültig für nicht existent erklären!'"

Tim lachte. „Hört sich spannend an. Ich gebe zu, dass es so etwa aussehen könnte, wenn man davon ausgeht, dass es Gott wirklich gibt. Aber da ich davon ausgehe, dass er gar nicht existiert, brauche ich eben doch nur zu sagen, dass wir – wenn auch zugegebenermaßen nach sehr langer Zeit – nun endlich in der Lage sind, mit unseren eigenen technischen Möglichkeiten das nachzubilden, was lange Zeit als unnachahmlich, Mysterium, einzigartige Schöpfung galt."

„Nur dass du noch immer vor dem gleichen Dilemma stehst wie mit der Behauptung, Rembrandt habe es nie gegeben. Da stehe ich nun mit meiner großartigen Farbkopie von seiner *Nachtwache*, Ergebnis jahrzehntelanger technischer Zusammenarbeit vieler schlauer Köpfe. Der Künstler scheint überflüssig zu sein angesichts einer so genialen Kopie. Aber wenn Rembrandt gar nicht gelebt hat, wer um alles in der Welt hat dann vor dreihundert Jahren den Pinsel geführt, um das *Original* zu malen?"

Tim überlegte einen kleinen Moment, ob das Argument irgendwie stichhaltig war. Er entschied sich dagegen. „Schon mal was von Evolution der Arten gehört?", wollte er daher nur wissen.

„Also, wenn wir mal bei unserem Vergleich bleiben ..." Sie gingen noch immer entlang der Fischerstraße, die mit Fischern nichts zu tun hatte, sondern stark befahren war und entsprechend nach Abgasen roch, und Katrin steuerte Tim durch leichten Schulterdruck zu einer kleinen Nebenstraße.

„Komm, lass uns mal hier links rübergehen in den Park; da stinkt's etwas weniger nach all unseren technischen Errungenschaften … also, wenn wir bei unserem Vergleich mit Rembrandts Originalbild und meiner Kopie bleiben, dann würde ich sagen, Rembrandt hat mit seinen Bildern etwas Originales geschaffen, meine Kopie dagegen ist durch eine Art Evolution entstanden. Sozusagen. Wir haben uns im Laufe der letzten drei Jahrhunderte eine Menge Fähigkeiten angeeignet und nun konnte ich aus dem Geschaffenen etwas weiterentwickeln."

Katrin hatte ihre Pommes inzwischen aufgegessen, warf die zusammengeknüllte Tüte in den nächsten Papierkorb und steckte ihre Hände tief in die Manteltaschen. Sie hatte nicht gedacht, dass sie sich über Klonen und Evolutionstheorien unterhalten würden. Natürlich hatte sie nicht geplant, worüber sie sich unterhalten würden, aber sie hatte sich gefreut, als Tim sie zu einem Spaziergang eingeladen hatte. Na ja, eigentlich hatte er den Spaziergang ja sozusagen eingefordert, aber sie hatte dem gerne nachgegeben. Sie konnte kaum erahnen, was in seiner Seele vor sich ging. Gleich nach der Enthüllung dieser ganzen vermurksten Vertauschgeschichte hatte sie sich gefragt, wie sie an seiner Stelle wohl reagieren würde. Sie liebte ihre Eltern, würde sie niemals eintauschen wollen, aber sie würde in jedem Fall ihre leiblichen Eltern kennenlernen wollen. Und ihre leiblichen Geschwister. Genau wie Tim. Aber wie es dann weitergehen würde, konnte sie sich nicht so richtig vorstellen. Nicht so sehr vom juristischen Standpunkt aus betrachtet; das ließ sich klären. Aber gefühlsmäßig. Wie kam man damit klar, hier Eltern zu haben und dort auch?

In den ersten Wochen hatte sie noch gedacht, sie würde Tim helfen können. Wie, das war ihr selbst nicht so klar. Aber in letzter Zeit erschien er ihr eher fremder als vertrauter. Dabei mochte sie ihn ausgesprochen gern. Aber sie wollte sich nicht über Theorien mit ihm unterhalten, sondern über ihr Leben. Sein Leben. Ihr gemeinsames Leben als … nun ja, als Geschwister.

Sie konnte nicht ahnen, dass das so ziemlich das letzte Thema war, über das Tim sich mit ihr unterhalten wollte. Im Gegenteil: je objektiver und theoretischer, umso besser.

„Ich hab das alles natürlich nicht studiert", meinte er, als sie um den leicht zugefrorenen Teich herumschlenderten. „Ich hab Evolutionstheorie in der Schule gelernt und seitdem ein paar Bücher und Artikel zum Thema gelesen. So wie wahrscheinlich die meisten Menschen. Aber all dem entnehme ich, dass Gott sozusagen out ist und Darwin in."

Katrin musste lachen; ihr neuer kleiner Bruder war wohl nicht von dem Thema abzubringen. „Ich hab das genauso viel oder wenig studiert wie du. Aber wenn du meine völlig unmaßgebliche Meinung wissen willst: Darwin hat hochinteressante und wichtige Beobachtungen gemacht. Und er beziehungsweise andere mit ihm und nach ihm haben daraus eine Theorie entwickelt. So was ist im Laufe der Jahrhunderte ständig vorgekommen. Aber danach kommen üblicherweise dann weitere Beobachtungen und Erkenntnisse. Und dann lässt sich manche Theorie eben nicht mehr halten, auch wenn die Beobachtungen völlig richtig waren. Nun ja, und seit Darwins Erkenntnissen sind eben eine ganze Menge anderer, tieferer Erkenntnisse hinzugekommen. Nimm nur mal die Entdeckung der Steuerungsgene. Habt ihr das durchgenommen?"

Tim schüttelte den Kopf. „In der Schule nicht, aber ich hab

darüber was gelesen. Sie haben festgestellt, dass Menschen und Tiere, besonders natürlich Säugetiere, unglaublich viele gemeinsame Gene haben, und dass es so ein paar Steuerungsgene gibt, die bestimmen, ob sich aus der ‚Grundmasse Lebewesen' Flossen entwickeln oder ein Schwanz, eine Nase oder ein Rüssel, zwei Beine oder vier Beine, wie groß das alles werden soll und so weiter. Fliegen oder solches Kleingetier haben, glaube ich, nur eine Handvoll von diesen Steuerungsgenen, Menschen und Säugetiere so zwanzig bis dreißig, wenn ich das richtig in Erinnerung habe. Na, jedenfalls so in der Art."

„Genau das meine ich. Diese Steuerungsgene brauchen so ungefähr eine Woche, bis sie alles aktiviert haben. Aus den gleichen oder doch zumindest sehr ähnlichen Grundbausteinen entwickelt sich also innerhalb einer Woche so ziemlich jede Art von Lebewesen. Ich weiß noch, dass ich total fasziniert war, als ich darüber mal einen Bericht im Fernsehen gesehen habe. Ich dachte mir, dass doch daraus folgen muss, dass diese Lebewesen alle zur gleichen Zeit auftauchen konnten. Und damit die Theorie von der jahrtausendelangen Entwicklung von niederen zu höheren Lebewesen so nicht mehr zu halten ist."

Tim runzelte die Stirn, sah Katrin ziemlich skeptisch an. „Ich kann mich nicht erinnern, dass sie diesen Schluss gezogen haben."

„Nein", grinste Katrin, „das haben sie natürlich nicht. Ich war wirklich gespannt, ob sie dazu etwas sagen würden. Ich hab's allerdings nicht wirklich erwartet. Aber du musst zugeben, dass es logisch ist. Es sei denn, diese Gene haben vor Tausenden oder meinetwegen auch vor Zehntausenden von Jahren anders gearbeitet als heute. Aber nach herrschender Theorie gibt es keinen Grund, warum sie mutiert sein sollten.

Ich meine, laut Evolutionstheorie verändern sich nur die Gene, die nicht zum Überleben beitragen, richtig? Aber diese Steuerungsgene tragen nicht nur bei, sie sind absolut *notwendig* fürs Überleben. Kein Grund also zu mutieren."

Auch Tim hatte inzwischen seine Pommes verzehrt, seine Tüte entsorgt und seine Hände in den Taschen vergraben. Er hatte diesen Bericht gelesen, hatte ihn sehr interessant gefunden, aber nicht eine Sekunde lang überlegt, ob das an der Evolutionstheorie rüttelte.

Katrin fuhr fort: „Übrigens kam dann zum Ende der Sendung tatsächlich ein Kommentar dazu. Und der lautete so ungefähr: ‚Wir haben zwar noch keine Hinweise darauf gefunden, dass diese Gene vor Zehntausenden von Jahren anders gearbeitet haben als heute, aber es muss so sein, denn wir haben ja bewiesen' … na ja, und dann diese ganzen wissenschaftlichen Ausdrücke, die ich nicht mehr in Erinnerung habe. Ja, ja, ich weiß, was du sagen willst: Das ist alles viel zu simpel ausgedrückt. Und außerdem arbeiten und forschen sie noch daran herum. Aber dass sich der Mensch aus etwas ganz Niedrigem über die Affen hin zu dem entwickelt hat, was er heute ist, ist noch viel simpler ausgedrückt, und doch nimmt es jeder nicht nur als Theorie, sondern als unverrückbare Wahrheit an."

Tim schüttelte den Kopf. „Meinst du nicht, dass die Wissenschaftler – also diejenigen", dabei musste er grinsen, „die *wirklich* etwas von der Materie verstehen, es erwähnen würden, wenn sich so bahnbrechende Veränderungen der bisherigen Theorien aus diesen neuen Erkenntissen ergeben hätten?"

Katrin zuckte nur mit den Achseln. „Da bin ich mir nicht so sicher. Du musst zugeben, es ist doch schon irgendwie seltsam, dass jede überholte Theorie früher oder später abgelöst wird, nur an der Theorie, dass auf keinen Fall ein Gott diese

Welt geschaffen hat, wird um jeden Preis festgehalten. Weil nicht sein kann, was nicht sein darf?"

Damit war Tim nun allerdings auch überfragt. Sie gingen schweigend weiter. Es war kein peinliches Schweigen. Aber Katrin wusste jetzt nicht recht, wie sie zu persönlicheren Themen übergehen sollte. Im Grunde war sie ärgerlich auf sich selbst. Schließlich hatte sie selbst die Unterhaltung in solch theoretische Bahnen gelenkt, anstatt gleich von Anfang an über das zu reden, was in ihr vorging.

Was sie nicht ahnen konnte: Tim hatte immerhin während dieser ganzen Unterhaltung nicht ein einziges Mal an seinen Mordplänen weitergefeilt. Katrin hatte es geschafft, ihn für einige Zeit mit anderen Gedanken zu beschäftigen. Nicht, dass es wirklich einen Unterschied gemacht hätte. Er war Ben-Niemand, Sohn von niemandem und auch Bruder von niemandem. Das musste er sich immer wieder vor Augen halten, sonst konnte er seine Pläne nicht durchführen.

Auch Katrin war ein wenig traurig, als sie sich trennten. Es hätte irgendwie … na ja, irgendwie anders laufen können. *Macht nichts*, tröstete sie sich schließlich. *Das war ja sicher nicht unser letzter gemeinsamer Spaziergang. Wir haben noch eine Menge Zeit, uns über anderes zu unterhalten.*

Wie konnte sie ahnen, dass das ein großer Irrtum war?

An demselben Abend

„*Liebe Frau Liegers*", schrieb Gabi, überlegte dann einen Moment und strich das Geschriebene wieder durch. „*Sehr geehrte Frau Liegers*", schrieb sie stattdessen, strich auch das wieder durch und dachte ärgerlich: *Das hier fällt unter die Rubrik „Briefe, die nie abgeschickt wurden". Es ist also völlig gleichgültig, welche Anrede ich wähle.* Aber sie wollte ehrlich sein in diesem Brief, den sie niemals abschicken würde, und darum schrieb sie dann doch wieder:

Liebe Frau Liegers,

ich möchte Ihnen noch einmal danken, dass Sie mich in Ihr Haus eingeladen haben. Ich wollte Sie und natürlich auch David schon lange kennenlernen. Aber ich hatte nicht den Mut, weil mein Mann so sehr dagegen war. Nein, das stimmt nicht, ich hatte einfach nur keinen Mut. Ich will nicht alles auf Gerd schieben. Er ist ein guter Ehemann und ein guter Vater. Diese Vertauschung unserer Kinder hat ihn einfach völlig aus der Bahn geworfen. Genauso wie mich, und zwar so sehr, dass ich nicht mehr den Mut habe, das zu tun, was ich eigentlich für richtig halte. Noch jetzt denke ich manchmal, dass alles vielleicht ein böser Traum ist, aus dem ich nur erwachen muss. Aber es gibt kein Erwachen.

Es ist so furchtbar, was da vor siebzehn Jahren passiert ist. Es war vielleicht nur eine kleine Unachtsamkeit einer Krankenschwester, aber die hat jetzt unser ganzes Leben infrage gestellt. Wir haben keine gemütlichen Abende mehr, wir sitzen kaum noch als Familie zusammen. Wir wissen nicht einmal, ob wir überhaupt noch eine Familie sind. Alles ist zerrissen. Ich selbst bin zerrissen, Tim ist zerrissen, Gerd versucht, uns noch irgendwie zusammenzuhalten, aber wie er das tut, ist nicht wirklich hilfreich.

Oft sitze ich nur da und denke, wie furchtbar das alles ist! Aber stellen Sie sich vor, manchmal sitze ich auch da und frage mich: Was ist denn eigentlich so furchtbar? Unsere Kinder sind durch diese Vertauschung nicht zu Schaden gekommen. Der Junge, den ich neun Monate lang getragen habe, ist in einer ganz liebevollen Familie gelandet. Und ich versichere Ihnen, der Junge, den Sie getragen haben, ist das auch. Die beiden haben keinerlei Mangel erlitten, sie wurden nicht misshandelt, sie haben beide ein gutes Leben gelebt. Nur eben nicht in der Familie, für die sie vorgesehen waren. Aber da kommt eben die große Frage: Wer ist denn warum für welche Familie vorgesehen? Ich habe Tim immer aus tiefstem Herzen als meinen Sohn geliebt, also kann er doch nicht in der „falschen" Familie sein. Und ich bin sicher, Ihnen geht es genauso. Es ist furchtbar, was passiert ist, aber Tim hat kein furchtbares Leben mit uns gehabt. Ja, wenn wir ihn geschlagen hätten oder wenn wir Alkoholiker wären … Aber es gibt auch Kinder, die in solche Familien hineingeboren werden. Sind die alle in der falschen Familie gelandet? Dann müssten ja Tausende von Kindern in der falschen Familie sein.

Je mehr ich über richtige und falsche Familien nachdenke, umso verwirrter werde ich. Und ich glaube, das ist das eigentlich Furchtbare: dass alles so verwirrend geworden ist. Wir hatten doch unser Leben im Griff. Wir hatten so unsere Schwierigkeiten, aber wir konnten damit umgehen. Gerd hat es wohl noch härter getroffen als mich. Bei ihm muss alles seine Ordnung haben. Und dass Tim nicht unser leiblicher Sohn ist, passt in keine Rechnung, da kann er nichts am Abend als erledigt abheften. Wenn Tim bei seinem Unfall im letzten Jahr ernsthaft zu Schaden gekommen wäre, dann bin ich sicher, dass Gerd Wege gefunden hätte, damit umzugehen. Er hätte Therapien oder Schulen oder Ärzte gefunden, je nachdem, was gebraucht würde. Solange man noch Wege und Möglichkeiten sieht, die Dinge in die Hand zu nehmen, ist alles noch nicht so schlimm. Aber uns ist alles entglitten. Wir können nicht ändern, was vor siebzehn

Jahren geschehen ist. Und wie wir damit heute umgehen sollen, wissen wir auch nicht.

Darf ich Ihnen mal etwas gestehen? Ich hatte schon lange nicht mehr so einen inneren Frieden wie in den zwei Stunden, die ich bei Ihnen verbracht habe. Ich weiß nicht, woran es lag. Daran, dass ich David endlich kennengelernt habe? Daran, dass ich mich mit Ihnen so gut verstanden habe? Daran, dass wir so viel Schönes über unsere Kinder zu erzählen hatten? Ich weiß es einfach nicht. Ich hatte in Ihrem Haus plötzlich nicht mehr das Gefühl, dass alles nur furchtbar ist. Dabei haben Sie doch die Situation auch nicht besser im Griff als wir.

Bislang hatte Gabi ohne Unterbrechung geschrieben, aber an diesem Punkt stoppte sie. Frau Liegers hatte irgendetwas gesagt, das so ähnlich klang, und Gabi versuchte, sich daran zu erinnern. Es hatte nichts mit den vertauschten Kindern zu tun, sondern mit Davids Krankenhausaufenthalt. *Ach ja, das war's.* Sie hatte gesagt: „Als ich so hilflos tage- und nächtelang an Davids Bett gesessen habe und es einfach nicht in meiner Hand lag, ihm zu helfen, da war ich nur noch froh, dass wir alle zusammen wenigstens in Gottes Hand sind."

Sie hat die Situation auch nicht besser im Griff als wir, aber sie denkt, dass Gott alles im Griff hat. Gabi seufzte. *Falls es einen Gott gibt und der tatsächlich alles im Griff hat, dann habe ich eher das Gefühl, dass er mich im Griff hat wie eine Hundemutter ihr Junges und dass er mich ordentlich durchschüttelt.*

Sie zerriss den Brief langsam in kleine Stücke.

Im Februar

Tim verbrachte noch immer einen großen Teil seiner Freizeit auf dem Fahrrad.

Aber statt wie früher gemütlich durch die Vororte zu radeln, hatte er jetzt ein klares Ziel vor Augen. Viele klare Ziele, genau genommen. Alle Ziele, auf denen in Großbuchstaben INTERNET zu lesen war.

Diese bescheuerten Krimis, wo sie einen Täter deswegen erwischten, weil sie seine Spuren über das Internet zurückverfolgten, waren doch lächerlich. Wer eine Tat via Internet plante, wusste auch, wie leicht man jede angeklickte Spur lesen konnte.

Wenn man allerdings immer wieder verschiedene Computer benutzte, so überlegte Tim, und immer wieder andere Usernamen eingab, dann sah die Sache schon anders aus. So einem konnte man nicht so leicht auf die Spur kommen. Also musste er möglichst viele verschiedene Computer in seiner Stadt finden. Konnte ja nicht allzu schwer sein.

Getreu seinem Vorhaben, keinen seiner geplanten Schritte schriftlich festzuhalten, musste er sich jetzt merken, in welchen Straßen Internetcafés zu finden waren. Das störte ihn nicht. Es war eine Herausforderung für seinen Geist, und das hatte er ja schon immer geliebt. So radelte er also durch verstopfte und stinkende Straßen der Innenstadt statt über seine geliebten Feldwege und Landstraßen. Opfer mussten gebracht werden, selbst von Tätern, das sah er ein.

Ein Internetladen in der Weberstraße, einer am Druckerplatz, zwei im Nelkenweg, drei sogar rund um den Moltkeplatz. Dann eine ganze Weile keiner mehr, aber da hinten an der Ecke „Unter den Linden“, da war auch einer. Im Brucknerweg einer und einer am Spielmannsplatz. Schade, keiner in der Straße „Zum Pfennigsammler". Die hätte er sich in jedem Fall gemerkt. Witziger Name. Wie sind die Stadtväter nur auf die Idee gekommen, eine Straße so zu benennen? Wie sind die Stadtväter überhaupt auf die Ideen gekommen, wie sie Straßen benannten? Das wäre doch mal eine Aufgabe: sich einen Stadtteil oder meinetwegen auch eine ganze Stadt vorzuknöpfen und auf ihre Straßennamen zu untersuchen. Wie sind die entstanden? Was ist da vorgefallen?

Es musste gegen Anfang des 16. Jahrhunderts gewesen sein. 1530, vielleicht ein wenig später oder früher. Die Chroniken waren sich da nicht so ganz einig. Aber die Geschichte, die man berichtete, war doch immer die Gleiche: Winter war es gewesen, die zweite Dezemberwoche und bitterkalt. Aber noch immer lag kein Schnee, und die Kinder sehnten ihn doch so herbei. Da geschah eines Nachmittags etwas, das mindestens eben so spannend war: Ein Fuhrwerk rumpelte die Straße entlang, das von Süden, von der langen Verbindungsstraße nach Nürnberg gekommen sein musste. Nun war es ja durchaus nichts Seltsames, ortsfremde Fuhrwerke zu sehen. In den langen Sommermonaten machten sich viele Reisende auf den Weg von Nord nach Süd oder umgekehrt. Aber es war eben Winter. Da war es seltsam.

Das ganze Fuhrwerk war seltsam. Ein Maultier trottete mit gesenktem Kopf, aber wie ein aufgezogenes Uhrwerk voran. Der Alte auf dem Kutschbock schien zu schlafen, und das Tier schien seine Führung auch nicht zu brauchen. Ohne sichtbare Lenkung trottete es unbeirrt die Straße entlang. Seltsam war auch die Fracht: Sechs alte Männer, eingehüllt in Decken und bekleidet in schwere Mäntel und dicke Fellmützen. Sie saßen an den Seitenwänden, jeweils drei einander gegenüber. Auch sie schienen zu schlafen. Aber sie saßen aufrecht und ruhig, wogten nicht, wie das ja sonst bei Schlafenden der Fall ist, im Rhythmus des schaukelnden Fuhrwerks mit.

Am seltsamsten aber war der gekrümmte Alte, der hinter dem Fuhrwerk herlief. Warum er das tat, blieb zunächst ein Rätsel. Auf dem Fuhrwerk wäre noch Platz für ihn gewesen. Nicht dass er sich sonderlich anstrengen musste. Das Maultier trottete in gemächlichem Schritt, und nur die kurzen krummen Beine des Alten erweckten den Eindruck, dass er laufen müsste. Es war eher ein Trippeln. Seine rechte Hand steckte in der Tasche seines weiten Mantels, an der linken Hand trug er einen Handschuh, der allerdings sehr schmutzig wirkte. Und sehr bald wurde auch ersichtlich, woher. Als nämlich das Maultier für einen kurzen Moment aus dem Tritt kam, den Schweif hob und ein paar Äpfel fallen ließ, war der Alte gleich zur Stelle, sammelte die dampfende, aber doch trockene Masse geschickt mit einem Griff vom Boden auf und ließ sie in einem Beutel verschwinden, den man erst jetzt an seiner rechten Seite baumeln sah.

War das eine Gaudi für die Kinder: Sie umringten den Wagen, an jeder Straßenecke wurden es mehr, sie schienen aus allen Häusern zu strömen. „Scheißesammler! Scheißesammler!", hörte man sie rufen, oder auch „Linkischer! Linkischer!" Es mochten die Kinder sein, die selbst mit der linken Hand zu schreiben begonnen hatten, bis der Herr Lehrer sie mit Stock und Schimpfworten davon abzubringen begann, die diese Worte am lautesten brüllten. Endlich konnten sie den Spott einmal weitergeben, den sie jahrelang hatten erdulden müssen.

Die Alten kümmerten sich nicht um die Kinder. Und allmählich wurde es denen doch langweilig. Plötzlich aber hielt der Karren an. Konnte das Tier gewusst haben, dass sich hier die Amtsstube befand? Unwahrscheinlich, zumal sich jetzt der Alte auf dem Kutschbock regte. Erstaunlich flink hüpfte er vom Bock und steuerte auf die Amtsstube zu.

Es dauerte eine Weile, dann erschien er wieder in der Tür, gefolgt vom Amtsrat, der sich allerdings nicht die Mühe machte, die seltsamen Gäste genauer in Augenschein zu nehmen. Er betrachtete das Gefährt einen Moment lang, so als würde er sich zu einer Entscheidung durchringen müssen, dann machte er kehrt und verschwand wieder in seiner Stube. Der Alte folgte ihm, kam aber bald darauf zurück, sprang auch jetzt wieder mit unerwarteter Leichtigkeit auf den Bock, und das seltsame Gespann setzte seinen Weg fort.

Es fing schon an zu dämmern, und die meisten der Kinder zerstreuten sich langsam wieder auf die umliegenden Häuser. Die wenigen, die dem Wagen noch folgten, kamen auch nicht weiter als bis zu dem Platz unter den drei großen Linden. Dort hielt das Maultier, und es kam Bewegung in den Haufen alter Decken und alter Männer. Einer nach dem anderen sprangen sie vom Wagen, griffen in Säcke, die an den Außenwänden ihres Fuhrwerks hingen und hatten im Nu aus dürren Zweigen und getrockneten Maultieräpfeln ein kleines Feuer entfacht. Jeder arbeitete wie ein Uhrwerk und schon bald saßen sie um das lodernde Feuer, ein Kessel stand darauf und jeder der Männer hatte einen blechernen Becher in der einen und ein Stück Brot in der anderen Hand.

Einige der Kinder wagten sich ein wenig näher heran, aber die Alten unterhielten sich in einer fremd klingenden Sprache. Unheimlich klang sie und angsteinflößend. Die Kinder hielten es nicht lange aus. Mochte es die Kälte oder der gruselige Eindruck sein, den diese alten Männer machten, jedes Kind wickelte sich ein wenig fester in seinen Umhang und schlich dann, immer mal wieder über die Schulter schauend, langsam aus dem Schein des flackernden Feuers davon.

Neugierige Augen hinter dicken Vorhängen in den umliegenden Häusern beobachteten aber weiter, was dort unter den

Linden geschah. Und so mancher atmete erleichtert auf, als er die schweren Schritte der Nachtwache vernahm. Das war der Köhler Dietrich, der seine Runden drehte. Er würde für Ordnung sorgen. Und so sahen denn gespannt alle Nachbarn, wie der Nachtwächter auf die Gruppe zuging. Es war der Kutscher, der sich erhob, nach kurzem Wortwechsel ein Stück Papier aus der Tasche zog und dem Nachtwächter überreichte. Der bemühte sich, es im Schein seiner Laterne zu lesen, beugte sich dann hinunter zum Feuer, um auch von dort Licht zu erhalten, und reichte es schließlich dem Alten zurück. Als er nach einigen weiteren Worten seine Runde fortsetzte, atmete man überall erleichtert auf. Alles schien seine Richtigkeit zu haben, die Behörden waren informiert, man würde die Gäste dort lagern lassen, aber ein wachsames Auge auf sie haben. Die Bürger konnten beruhigt wieder in ihre Stuben und an ihre Herde zurückgehen.

Wer zufällig ein wenig später aus dem Fenster sah, konnte beobachten, wie die Männer sorgfältig das Feuer austraten, wieder in die Säcke verstauten, was zu verstauen war, und einer nach dem anderen auf das Fuhrwerk kletterten. Alle acht waren nun dort, sie breiteten die Decken über sich und bald sah man keine Bewegung mehr. Wer noch ein wenig später aus dem Fenster sah, konnte nichts weiter entdecken als einen unförmigen Haufen Decken, unter dem sich ebensogut Kartoffeln oder Kohlesäcke hätten befinden können.

Genau zum Sonnenaufgang kam Bewegung in den Haufen Decken. Die Männer schälten sich darunter hervor, einer nach dem anderen, ein Krug Wasser machte die Runde, aus dem sich die Männer wenige Schritte vom Fuhrwerk entfernt Hände und Gesicht benetzten. Dann wurde, wie schon am Abend zuvor, zügig, aber in aller Ruhe ein Feuer bereitet, die Männer nahmen wieder ein heißes Getränk und einen Kanten Brot zu sich und verstauten danach alles an seinem Platz. Auch das Feuer wurde wieder sorgfältig ausgetreten und man konnte meinen, sie würden sich nun wieder unter ihre Decken verkriechen und weiterziehen.

Aber sie taten etwas ganz anderes. Wohl kletterten sechs von ihnen wieder auf den Karren, der Kutscher stieg wieder auf seinen Bock und der Alte nahm wieder Stellung hinter dem Karren, bekleidet mit seinem groben Handschuh an der linken, einem viel feineren dagegen an der rechten Hand. Die Männer auf dem Karren jedoch holten, anstatt sich unter ihre Decken zu verkriechen, etwas darunter hervor. Große unförmige Geräte, tonnenartig oder röhrenförmig, man konnte es auf die Entfernung hin nicht so deutlich erkennen. Und dann hörte man plötzlich seltsame Töne, blechern zuerst, tief und beängstigend. Aber dann immer melodischer, wärmer, sanfter.

Musiker waren es, Musiker, die ihre Instrumente stimmten! Blasinstrumente. Mitten im Winter. Mitten in ihrem Ort. Die Bürger hielt es nicht mehr hinter ihren Gardinen. Langsam, fast scheu traten sie aus ihren Türen. Die Alten schienen bereit. Wieder saßen sie sich je drei und drei gegenüber, aber nun lagen die Decken nur auf ihren Knien ausgebreitet, die Oberkörper blieben frei, eingehüllt zwar in dickes Tuch, aber doch frei genug, um die Blasinstrumente an den Mund zu setzen und zu spielen.

Und wie sie spielten! Klänge so hell und rein, dass man den düsteren Morgen vergaß. Töne jubilierten wie Vögel im Frühling, tanzten über den kahlen Ästen der Linden und verliehen ihnen ein Blütenkleid wie im Mai. Hatten nicht eben noch schwere Wolken über den Dächern gehangen? Jubelnde Klänge schwebten jetzt dort, man konnte sie sehen, ja man konnte sie riechen, sie erfüllten den schweren Dezembermorgen mit einer Leichtigkeit, dass man meinte, den Himmel offen zu sehen.

Wären jetzt Engel dort auf- und abgestiegen, niemanden hätte es verwundert.

Fast unmerklich hatte sich das Fuhrwerk in Bewegung gesetzt, der Kutscher saß jetzt gerade und aufrecht wie die Musiker und hatte doch immer noch nichts zu tun; das Maultier schien seinen Weg allein zu finden, durch den ganzen Ort trottete es, aber nun mochte man es nicht mehr Trotten nennen, ein Schreiten war es eher, als wäre sich auch das Tier der Heiligkeit des Augenblicks bewusst. Selbst der bucklige Alte wirkte nicht mehr gekrümmt. Beinahe majestätisch schritt er hinter dem Fuhrwerk einher, und das Aufsammeln der Äpfel glich der eleganten Verbeugung eines Ritters vor seiner Angebeteten.

Einer Prozession gleich, obwohl es doch nur ein einziges Gefährt war, zogen sie so durch den Ort. Überall öffneten sich Türen und Fenster. Vergessen war die Kälte, niemand achtete auf die Feuerstellen, die doch sonst vor jedem falschen Luftzug geschützt wurden. Hausfrauen und Kaufleute, Angestellte und Freie, ja selbst Alte und Kranke, die schon lange keinen Schritt mehr vor die Tür gesetzt hatten, drängten sich auf den Bürgersteigen.

Und die Töne und Klänge jubelten in den Himmel hinein, strömten durch Fenster und Türen und in jedes hungrige Herz.

Der Alte hinter dem Karren hielt einen geöffneten Hut in der rechten Hand, und manches Kind und mancher Lehrling wurde losgeschickt, einen Pfennig oder auch mehrere dort hineinzuwerfen. Wurde in einer oberen Etage ein Fenster geöffnet und Geld hinausgeworfen, hob der Alte es mit so viel Würde auf, dass man sich glücklich pries, dass er es angenommen hatte.

Wie bunte Bänder wehten und tanzten die Klänge um die Häuser, aber so anziehend und betörend sie auch waren, niemand wagte es, dem Fuhrwerk hinterherzulaufen, wie es bei Artisten und fahrendem Volk sonst üblich war. Beinahe andächtig blieben die Menschen vor ihren Häusern stehen, und war der letzte Hauch der Klänge verhallt, zogen sie sich still wieder zurück in ihre Stuben oder an ihre Arbeit. Kein Meister schalt den Lehrling, keine Hausfrau die Magd wegen liegen gebliebener Arbeit. Einen Moment noch sahen sie sich in die Augen, als teilten sie ein Geheimnis, dann machte sich jeder wieder an seine Aufgaben, so hingebungsvoll, wie die alten Männer ihre Instrumente geblasen hatten.

Mehrere Tage ging das so. Niemals wusste man, welchen Weg die Alten nehmen würden. Immer begannen sie ihre morgendliche Routine bei Sonnenaufgang und kehrten zum Sonnenuntergang unter die Linden zurück. Zur Mittagszeit sah man sie an verschiedenen Orten rasten. Immer unterhielten sie sich leise in einer fremden Sprache. Nur der Kutscher war des Deutschen mächtig. Mit einem fremdartigen Akzent zwar, aber bedächtig und korrekt machte er beim Krämer und beim Bäcker seine Besorgungen.

Voller Spannung wartete man jeden Morgen in jedem Haus, jedem Büro und jedem Laden auf die ersten Töne. Selbst der Lehrer, ein gestrenger Mann, der seine Buben mit harter Zucht kontrollierte, ließ zu, dass sie bei den Klängen und Farben, die die Luft mit dem Herannahen des Fuhrwerks erfüllten, an die Fenster eilten und sich herauslehnten, gefährlich weit mitunter, aber so gespannt und hingegeben, wie er sie in all seinen Unterrichtsstunden nie erlebt hatte.

Selbst hartgesottene Kaufleute und Buchhalter verließen ihre Zahlen und Listen, ließen sich in das Meer von Klängen und Blüten mit hineinziehen, öffneten ihre Geldkatzen weiter, als sie es sonst zu tun pflegten, und – was noch seltsamer war – bereuten auch später keinen Pfennig, den sie in den Hut des Alten werfen ließen.

Bürgermeister und Pastor fassten einen Entschluss: zur

Christmesse sollten die Alten spielen. Nicht lange war es mehr bis zu den Feiertagen. Vielleicht sollte man ihnen auch eine Scheune öffnen. So mussten sie doch nicht in bitterster Kälte draußen übernachten. Natürlich waren sie schmutzig und vielleicht sogar verlaust. Wer wusste das schon? Schließlich war niemand jemals nahe an sie herangekommen. Aber es war doch Christenpflicht, solch begnadete Künstler nicht allzusehr darben zu lassen. Und irgendeine Scheune, weit genug von jedem Wohnhaus natürlich, würde sich doch finden lassen im Ort. Morgen, am Sonntag, würde der Pastor in der Messe darauf hinweisen, dass der Besitzer einer solchen Scheune nun Gelegenheit hatte, seine Christengesinnung zum Wohle der Künstler und der Gemeinde unter Beweis zu stellen.

Am Sonntag staunten die braven Bürger jedoch nicht schlecht, als sie nach der Messe aus der bitterkalten Kirche in den Sonnenschein strömten, der Gott sei Dank auf sie wartete. Die alten Männer waren schon dort mit ihrem Fuhrwerk, aber ihre Instrumente waren verborgen unter den Decken. Stattdessen waren sie dabei, ein seltsames Gestänge unter ihrem Fuhrwerk hervorzuziehen. Eine Mischung aus Ehrfurcht und Angst ließ die Bürger und selbst die ärgsten Lausbuben in gebührendem Abstand stehen bleiben. Die alten Männer waren in ihrer bedächtigen, aber sehr zielgerichteten Art dabei, ein Gerät aufzubauen … einen Kasten, eine Maschine? Man rätselte und flüsterte, aber niemand wagte es, die Alten zu unterbrechen und zu fragen.

Nach und nach wurde es still. Alle Mutmaßungen waren geäußert, keiner war dem Rätsel nähergekommen, keiner würde sich von der Stelle rühren, bis es nicht gelöst war. Als sie einen schweren zylinderförmigen Gegenstand einfügten, ging plötzlich ein Raunen durch die Menge der Wartenden. „Eine Walze!", rief jemand, und: „Eine Presse!", hörte man eine andere Stimme, und dann den Pastor: „Oh, eine Druckmaschine!"

Nun gab es kein Halten mehr, alles drängte nach vorn, jeder wollte mit eigenen Augen sehen, wie sie bedient wurde. Natürlich hatte man schon von Gutenbergs Erfindung gehört, ja, man hatte sogar schon im Bürgermeisteramt ein gedrucktes Buch gesehen. Der Lehrer besaß zwei, und die besten Schüler hatten schon einmal darin blättern dürfen. Im Sommer kamen immer mal wieder Durchreisende vorbei, die Flugblätter besaßen. Verteilt hatte man hier in ihrem Orte noch keine, dafür war er wohl zu unwichtig, aber fast jeder Erwachsene und so manches Kind hatte schon einmal etwas Gedrucktes in der Hand gehabt. Und nun sollten sie dabeisein und mit eigenen Augen sehen, wie es entstand?

Die Alten hatten ihre Vorbereitungen offensichtlich beendet, und ehrfürchtig rückte man wieder ein wenig weiter ab, damit sie sich bewegen konnten. So ganz verstand keiner, was sie da eigentlich machten. Aus einer großen flachen Kiste zog einer von ihnen mehrere große Bögen dunkelgelben Papiers. Es wurde an einer Stelle an die Maschine angelegt; eine große Platte, von der die Gebildeten sofort wussten, dass darauf die Buchstaben angebracht waren, wurde befestigt, dann drehte der bucklige Alte an einer Kurbel, das Papier wurde auf geheimnisvolle Weise mitgezogen, danach wurde die schwere Platte, von der man annehmen konnte, dass es die Druckerplatte mit den Buchstaben war, auf das Papier heruntergelassen, langsam, beinahe ehrfürchtig rollte die schwere Walze darüber, ein geheimnisvoller Mechanismus hob die Druckerplatte wieder an und ruhige wartende Hände nahmen das Papier in Empfang.

Der Vorgang wiederholte sich mehrere Male. Jedes Mal wurde das fertige Papier weitergereicht, jeder der Alten las und begutachtete es ausführlich – sorgfältig darauf bedacht, die noch frische Tinte nicht zu verschmieren – und gab es erst dann an den nächsten weiter.

Der letzte von ihnen, es war der Kutscher, hatte ein scharfes Messer in der Hand. Er las den Text nicht mehr, offenbar waren sechs Prüfungen ausreichend. Vorsichtig, beinahe liebevoll legte er jedes Blatt auf eine saubere Holzunterlage, und mit sicherer Hand schnitt er es schnurgerade in Hälften, dann Viertel, dann Achtel. Die entstandenen Blätter stapelte er aufeinander, und es war offensichtlich, dass sie alle genau gleich groß geraten waren.

Als fünf oder sechs solcher großen Bögen bedruckt, geschnitten und aufeinandergestapelt waren, hüllte der Kutscher sie sorgfältig in ein Tuch. Dann nahmen die Männer sich ihre Druckmaschine wieder vor, zogen hier an Stiften, drehten dort an Bolzen, und bald war die Maschine zerlegt und die Einzelteile an verschiedenen Plätzen in und unter dem Fuhrwerk verstaut.

Die Musiker nahmen ihre Plätze ein, ebenso der Kutscher. Der bucklige Alte ergriff das Tuch, in das die bedruckten Blätter eingeschlagen waren. Er trug diesmal keine Handschuhe, keinen Hut in der Hand, und auch den Beutel für die Maultieräpfel hatte er nicht umgeschnallt. Ohne dass der Kutscher ein erkennbares Startzeichen gegeben hätte, setzte sich das Maultier langsam in Bewegung.

Der Alte schlug das Tuch auf, warf einen prüfenden Blick auf die Wartenden und begann dann, die Blätter zu verteilen. Manch anerkannter Bürger in feinem Tuch bekam eines, aber auch manche Magd und mancher Geselle. Dem Bürgermeister drückte er eines in die Hand, aber nicht dem Pastor. Der wurde nur freundlich angelächelt, das Blatt jedoch reichte der Alte einer biederen Hausfrau, die neben ihm stand.

Als er alle Blätter verteilt hatte, war das Fuhrwerk gerade vom Kirchplatz heruntergerollt. Der Alte machte eine angedeutete Verbeugung in Richtung Pastor und Bürgermeister, dann schwang er sich so unerwartet behände, wie das auch schon beim Kutscher aufgefallen war, zu den Musikern auf den Karren, das Maultier verfiel sofort in einen leichten Trab, und die gesamte Kirchengemeinde starrte dem davonfahrenden alten Karren mit acht alten Männern nach.

Wer sich zuerst aus der Erstarrung lösen konnte und auch des Lesens mächtig war, hielt sich nun das Blatt vor Augen.

„Qui enim fecerit voluntatem Dei hic frater meus et soror mea et mater est. Evangelium nach Markus: Denn wer Gottes Willen tut, der ist mein Bruder und meine Schwester und meine Mutter", las der eine halblaut vor.

„Non ita erit inter vos sed quicumque voluerit inter vos maior fieri sit vester minister. Evangelium nach Matthäus: So soll es nicht sein unter euch. Sondern, so jemand will unter euch gewaltig sein, der sei euer Diener", las ein anderer, dann hielten sie inne.

Gedrucktes hatten sie in den Händen, die heiligen Worte des heiligen Buches, geschrieben in der heiligen Sprache – und außerdem für jeden verständlich ins Deutsche übersetzt.

„Ut autem sciatis quia Filius hominis potestatem habet in terra dimittere peccata ait paralytico tibi dico surge tolle lectum tuum et vade in domum tuam. Evangelium nach Lukas: Auf dass ihr aber wisset, dass des Menschen Sohn Macht hat, auf Erden Sünden zu vergeben (sprach er zu dem Gichtbrüchigen): Ich sage dir, stehe auf und hebe dein Bettlein auf und gehe heim!", las der Pastor mit ungläubigem Erstaunen, indem er sich zu dem kleinen Schusterjungen herunterbeugte, dem der seltsame Alte ein Blatt in die Hand gedrückt hatte.

„Sic enim dilexit Deus mundum ut Filium suum unigenitum daret ut omnis qui credit in eum non pereat sed habeat vitam aeternam. Evangelium nach Johannes: Also hat Gott die Welt geliebt, dass er seinen eingeborenen Sohn gab, auf dass alle, die an ihn glauben, nicht verloren werden, sondern das ewige Leben

haben", tönte die Stimme der alten Witwe Häberlein laut und vernehmlich über den Kirchplatz.

Dann hörte man nur noch Gemurmel und Getuschel.

Natürlich hatten sie auch von diesem Mann Luther gehört, von seiner Übersetzung der Heiligen Schriften, von seinem Zerwürfnis mit der Mutter Kirche. Von Unruhen in den großen Städten. Was davon zu halten war, wusste man vielleicht nicht, aber dieses Blatt, dieses Wort, das würde keiner von ihnen wieder hergeben, egal ob er des Lesens kundig war oder nicht …

Und nun, liebe Kinder, wisst ihr, woher die Straßennamen „Unter den Linden", „Druckerplatz" und „Zum Pfennigsammler" kommen.

Tim hatte sich so intensiv in seine Geschichte hineingedacht, dass er Mühe hatte, sich mit einer roten Ampel, dreckigen Schneehaufen, Motorenlärm und dem Klingeln der Straßenbahn abzufinden. Die Geschichte war ihm einfach so gekommen, er hatte sie weitergesponnen, und jetzt tat es ihm fast leid, dass sie zu Ende war. Natürlich müsste er noch ein wenig daran feilen, vor allem an dem Latein. Sie hatten diese Worte im letzten Jahr auswendig gelernt. Ob er sie noch richtig in Erinnerung hatte?

Schriftsteller, dachte er interessiert, *warum bin ich darauf noch nicht gekommen? Müsste doch auch ein interessanter Beruf sein.*

Aber in seinem Leben ging es nicht mehr um Berufswahl. Er hatte eine andere Mission, und die musste er erfüllen.

Das mit dem Messer als Tatwaffe hatte er ja bereits beschlossen. Als Nächstes musste er sich für einen Tatort entscheiden. Ganz sicher würde er es nicht zu Hause machen. Viel zu wenig Gestaltungsmöglichkeiten. Ja, er fand, man könne hier durchaus von einem kreativen Vorgang und also auch von Gestaltungsmöglichkeiten sprechen. Sicherlich, wenn man „kreativ" mit „schöpferisch" übersetzte, musste man sich wohl fragen, ob ein Schöpfungsakt mit dem Tod enden durfte. War das nicht schon per definitionem kontraproduktiv? Andererseits endete schließlich jeder Schöpfungsakt irgendwann mit dem Tod. Er würde das eben vorziehen. Seine Schöpfung würde sozusagen gleichzeitig der Tod sein.

Also, wo begeht man am besten einen Mord? Und wohin mit der Leiche, das war doch immer das Hauptproblem. Er brauchte einen Friedhof, den außer ihm niemand als solchen erkannte. Zu dem er, wenn auch nur in Gedanken, gehen konnte, falls ihm jemals Zweifel daran kamen, ob er richtig gehandelt hatte. Wo konnte er einen privaten Friedhof einrichten, den er und nur er allein kennen würde? Vielleicht an einer Baustelle, am besten so, dass die Leiche gleich in Beton gegossen wurde? Er hatte so etwas schon öfter in Krimis gelesen oder gesehen.

Aus diesem Grund führten Tims nächste Radtouren ihn an die Baustellen der Stadt. Mit großem Bedauern stellte er fest, dass er das letzte Mal als 10- oder 11-Jähriger viele Stunden damit verbracht hatte, durch Lücken und Löcher in Bauzäunen zu lugen. Es hatte ihn fasziniert, das Treiben und Gewusel. Man konnte im Moment oftmals den Sinn einzelner Arbeiten nicht ausmachen. Aber wenn man ein paar Tage später wieder vorbeikam, war tatsächlich Neues entstanden. Da waren Männer, die lange Hölzer schleppten, ruhig und bedächtig, als hätten sie nur gerade nichts Besseres vor. Aber wenn man nach einer halben Stunde wieder hinsah, war da eine Verschalung entstanden, die einmal eine Wand werden sollte. Völlig vergessen konnte man die Zeit, wenn man die Arbeit der Riesenkräne beobachtete. In Zeitlupe schienen sie sich zu bewegen, wie riesige Spinnen, die nur mit ihren „Fingerspitzen" graziös aufgriffen, was vor ihnen lag, es in einem Kreis, Halbkreis, Viertelkreis bewegten und elegant wieder absetzten. *Baustellenballett*, jetzt fiel es Tim wieder ein, so hatte er als Zehnjähriger die Arbeiten der Kräne bezeichnet. Stundenlang hatte er damals seine Nase an Bretterzäune gedrückt,und auch jetzt beobachtete er die Bauarbeiter und beneidete sie beinahe um ihre Zielstrebigkeit. Die wussten doch, was sie getan hatten, wenn sie am Abend ihre Helme absetzten.

Schließlich gab er widerwillig seine aktuellen Beobachtungen auf. Es hatte keinen Sinn. Auf diesen Baustellen wuselte es nur so von Leuten. Da, wo keiner war, war auch nichts los. Und völlig unmöglich war es, unbemerkt eine Leiche in Beton zu versenken. Er wusste nicht mehr, wie das in den Krimis logistisch gelöst worden war. Billige Tricks von Drehbuchautoren wahrscheinlich. Im wirklichen Leben (und Sterben) funktionierte das nicht.

Welche Möglichkeiten blieben? Im Wald ein Loch buddeln und die Leiche verscharren? Nein. Kein Platz war geeignet, um eine Leiche unauffindbar zu vergraben. Spaziergänger, Radfahrer, Jogger, Inlineskater ... nicht ein Quadratmeter dieses Landes war vor ihnen sicher. Tim vergaß für einen Augenblick, dass er zeitweise ebenfalls zu jeder dieser Kategorien gehörte. Keinen Schatz konnte man so sicher vergraben, dass er nicht von einem von ihnen (oder auch ihren Kindern oder ihren Hunden) aufgestöbert wurde.

Doch die Leiche musste unauffindbar verschwinden. Sicher, er würde fliehen und wahrscheinlich niemals zurückkehren. Aber auch aus weiter Entfernung musste er sicher sein, dass niemals jemand seinen ausgewählten Friedhof aufstöberte.

Das wiederum brachte ihn zu der Frage nach den Fluchtplänen. Und dem Fluchtzeitpunkt. Und damit dem Tatzeitpunkt. Er konnte es erst nach seinem 18. Geburtstag tun. Sollte seine Tat aufgedeckt werden, wäre es natürlich praktischer, noch nicht volljährig zu sein. Wegen des Strafmaßes. Aber für eine gelungene Flucht, und davon ging er natürlich aus, musste er eigentlich volljährig sein. Wie sonst sollte er ein neues Leben beginnen? Ach ja, und *wo* wollte er überhaupt ein neues Leben beginnen?

Wohin würde er fliehen? Auch das war eine Frage, die bis ins Detail vorab geklärt werden musste. Er würde nichts dem Zufall überlassen. Oder dem Augenblick. Dem noch am allerwenigsten. Denn darüber war er sich im Klaren: So wohlüberlegt, wie er jetzt alles anging, würde es im entscheidenden Augenblick vielleicht nicht ablaufen. Vielleicht würde ihn plötzlich doch die Panik überkommen. Die Reue. Die Angst vor einer ungewissen Zukunft. Er gab es nicht gern vor sich selbst zu, aber es konnte durchaus sein, dass er nach erfolgter Tat die Nerven verlieren und sich in Mutterns Arme retten würde. Nicht, dass es dort wirklich Rettung für ihn geben würde, das war ja klar. Aber dann wäre es vorbei mit seiner Zukunft, seiner Freiheit, seinem neuen Leben. *Du hast nur diese eine Chance*, sagte er sich immer wieder. *Wenn du die nicht nutzt, dann …*

Ja, was dann?

Dann war er es eben nicht wert, entschied er. Dann hatte er auch kein neues Leben in Freiheit verdient. Und um sich selbst zu beweisen, dass er es wert war, brauchte er einen guten Plan. Ein guter Plan ersetzt augenblicksweise den Verstand. Nicht auf Dauer. Aber für Katastrophen werden Pläne geschmiedet, um mit ihnen fertigzuwerden.

Im Moment kam er nicht recht weiter mit der Entscheidung für einen Tatort. *Also, dann fangen wir eben mal von einer ganz anderen Seite an zu planen. Eine weitere wichtige Frage in unserem Plan: wohin nach dem Mord?* Er sprach fließend Englisch und Französisch und besser Spanisch als alle anderen in seinem Kurs. Ganz sicher gut genug, um in einem solchen Land erst einmal durchzukommen. Tim musste grinsen. Damit stand ihm die halbe Welt offen: England, Amerika, Australien. Frankreich, Kanada, Nordafrika, Spanien, Südamerika.

Die Ironie des Ganzen entging ihm nicht. Tim, dem Mörder, stand die halbe Welt offen. Tim, der brave Bürger, konnte noch nicht einmal entscheiden, in welcher Familie in dieser verdammten Stadt er leben wollte. Ironie des Schicksals nannte man so etwas, oder?

Schicksal, Schicksal, immer wieder Schicksal. Es schien eine weitaus größere Rolle im Leben der Menschen zu spielen, als er bislang gedacht hatte. Man konnte das Schicksal nicht überlisten, man musste sich mit ihm arrangieren.

Eher geistesabwesend ließ Tim seine Finger über den Globus spazieren. Wo ging man hin, wenn man nicht gefunden werden wollte? Früher wanderte man üblicherweise nach Amerika aus. War das heute noch sinnvoll? Besonders Abenteuerlustige machten sich auf den Weg nach Australien. Aber wo lag da schon heutzutage das Abenteuer? Man kaufte das Ticket nach Australien genauso wie eines in die Staaten oder nach Berlin. Alles eine Frage des Geldes.

Ach ja, Geld. Das brauchte man ja auch. Er musste unbedingt nachsehen, wie viel genau auf seinem Sparbuch war. Und dann schon mal anfangen, abzuheben. Ein-, zweimal im Monat. Normale Summen, wie junge Menschen sie eben benötigen. Wo würde er das Geld verstecken? Er sah sich in seinem Zimmer um. Niemand stöberte darin herum. Gabi ging nur durch, wenn sie schmutzige Wäsche einsammelte oder saubere Stapel zurückbrachte.

Gabi. Tim seufzte. Er würde sie vermissen. Er tat ihr das auch nicht gern an, aber manchmal hatte man eben keine Wahl.

Zurück zum Wesentlichen. Er konnte sich nicht wirklich für Amerika oder Australien entscheiden. Spanien? Wollte er sich schon wie ein deutscher Rentner fühlen? Nicht wirklich.

Ein Satz fiel ihm ein, den er mal irgendwo abgeschrieben hatte, weil er ihm gefiel: „Wenn du etwas verstecken willst, musst du es auf den Tisch legen."

England, dachte er plötzlich. Der ideale Ort, um sich zu verstecken. Viel zu dicht dran, als dass jemand auf die Idee käme, ihn dort zu suchen. Fast auf dem Präsentierteller. Und außerdem nicht allzu teuer. Jedenfalls der Weg dorthin. Das Leben dort, so hatte er gelesen, war dagegen kostspielig. Was würde er dort machen? Erst einmal ein, zwei Jahre als Hilfsarbeiter irgendwo ganz unauffällig unterkommen. Vielleicht mit vielen anderen Ausländern in kleine Unterkünfte gedrängt. Auch das schien ihm eine angemessene Form der Bestrafung. Denn das war ja klar – bestraft werden musste er.

Tatort, Tatzeit, Leichenaufbewahrungsort, Fluchtmöglichkeiten, Vorbereitungen, Pläne … noch war alles ein großes Chaos in seinen Gedanken. Aber er würde es ordnen. Darin war er gut. Das wusste er.

Ende Februar

Es kam nicht häufig vor, dass er mit Mona allein war. Und es war beiden aufgefallen, ohne dass sie es jemals erwähnten. Mona wusste sehr genau, warum sie es nicht erwähnte, nicht einmal ihrem Mann gegenüber. Rolf, der Konsequente, hatte im Lauf von einigen Wochen sämtlichen Freunden und Bekannten von Tim und David erzählt. Und irgendwie war es damit für ihn erledigt. Er mochte unter seiner Schuld während der sieben Schweigejahre mehr gelitten haben als sie, aber er hatte alle falschen und echten Schuldgefühle danach dann auch klarer abstreifen können. Beneidenswert.

Mona konnte das nicht. Sie dachte an diesen Jungen, den sie im Stich gelassen hatte. Jedenfalls empfand sie es so. Sie fühlte sich nicht schuldig daran, dass er vertauscht worden war. Aber dass sie ihn dann in ihren Gedanken durch die Stadt streifen sehen hatte, ohne sich darum zu kümmern, wie er hieß, wo er wohnte und wie es ihm ging … das machte ihr erst jetzt so richtig zu schaffen. Er war gut untergebracht gewesen all die Jahre, das war sicher. Tim war gut erzogen, ausgeglichen, hatte Humor und Verstand – das zeugte von einem guten Elternhaus. *So viele gute Gene*, dachte Mona, *können wir ihm gar nicht mitgegeben haben, daran hatten die Benders ganz eindeutig ihren Anteil.*

Etwas in ihr drängte sie immer dazu, ihn um Vergebung zu bitten dafür, dass sie sich in all den Jahren nicht um ihn gekümmert hatte. Aber es ergab sich nie die Gelegenheit. *Ach, Unsinn, faule Ausrede.* Wenn sie gewollt hätte, hätte sie die Gelegenheit dazu schaffen können. Aber sie hatte nicht gewollt. Doch, sie hatte gewollt, aber sie traute sich nicht.

Tim hatte ganz eigene Gründe, die Nähe zu Mona nicht explizit zu suchen. Er wich ihr nie aus, aber er suchte auch keine Gelegenheit, allein mit ihr zu sein. Es kam ihm unloyal vor Gabi gegenüber. Sie war genau die Mutter, die er liebte, achtete, wollte. Er wagte nicht wirklich, sich Mona gegenüber zu öffnen. Als fürchtete er, eine Konkurrentin zuzulassen. Diese Probleme hatte er bezüglich Rolf und Gerd durchaus nicht. Gerd war selbst schuld, dass Tim sich so gern mit Rolf unterhielt. Seine lächerliche Eifersucht und seine ständigen Nörgeleien verstärkten das nur.

„Ach, Tim, das ist aber schön, dass du mal wieder vorbeikommst. Wir haben dich ja lange nicht gesehen.“ Wie immer unterdrückte Mona den Impuls, den Jungen in die Arme zu schließen, und lächelte ihn nur strahlend an. „Komm rein, ist ja wieder lausig kalt heute.“

Sie führte ihn ins Wohnzimmer. Auf dem Tisch stand eine Nähmaschine mit ein paar Stoffbahnen daneben. „Rolf hat noch ein paar Sachen in der Uni zu erledigen und Katki ist mitgefahren. Was magst du trinken, Tee oder Kakao?“

„Äh, vielleicht lieber einen Kakao.“

„Genau meine Wahl. Heißer Kakao und kalte Stürme, ich liebe diese Mischung. Mach's dir bequem, es dauert nicht lange. Am besten im Sessel, da stört dich der Nähkram nicht. Bin aber eh fast fertig.“

Sie verschwand in der Küche. Durch die offene Tür hörte er sie mit Geschirr hantieren. David saß auf dem Fußboden und hatte vor sich eine Menge Bauernhoftiere aufgebaut. Einige hatte er schon in Reihen aufgestellt: drei Schweine, fünf, nein, sechs Schafe, vier Pferde. Mit den Küken hatte er offensichtlich seine Mühe. Ein ganzer Haufen von ihnen lag nebeneinander, aber nur zwei von ihnen standen auf den Beinen. So, wie David sie mühsam zwischen Daumen und Zeigefinger klemmte und dann versuchte, sie hinzustellen, sah es wirklich kompliziert aus. Er hatte Tim zur Begrüßung kurz zugenickt und sich dann wieder seiner Beschäftigung gewidmet.

Eine Zeit lang beobachtete Tim ihn schweigend und hatte plötzlich den verrückten Gedanken, dass es zwischen David und ihm eine Gemeinsamkeit gab: beide schienen das, was sie gerade machten, immer gern zu tun. Viele seiner Schulfreunde fühlten sich dauernd angeödet, abgefuckt, ausgelutscht. Nur selten schienen sie das zu genießen, was sie gerade taten. Ihm selbst ging es nie so. Und offensichtlich auch David nicht, stellte er nun fest.

Aber meine Güte, das konnte man doch nicht vergleichen! Wenn ein intelligenter, begabter Teenager seine Tätigkeiten genießen konnte, war das eine Sache. Ein behinderter, schwachsinniger Teenager genoss wahrscheinlich sowieso alles, weil er sich gar nichts anderes vorstellen konnte.

Das mit dem Kakao dauerte doch länger als gedacht. Oder die Zeit zog sich länger hin als gewünscht. Tim wurde es überdrüssig, David wie ein Zootier anzustarren.

„Darf ich mich dazusetzen?“, fragte er und rutschte, ohne eine Antwort abzuwarten, ebenfalls auf den Teppich. Da er nicht wusste, wie er weiter mit David kommunizieren sollte, nahm er sich die Küken vor, stellte sie erst in einer Reihe auf, fand das dann zu spießig und ordnete sie lieber in einer lockeren kleinen Gruppe an. Er suchte die Henne, fand sie und stellte sie in die Gruppe ihrer Kinder. Dann sah er sich nach dem Hahn um. Er lag unter einem Zaun begraben, und Tim beugte sich vor, zog ihn heraus und betrachtete die kleine plastikgefiederte Truppe, um zu entscheiden, wo der Hahn stehen sollte. Am besten natürlich auf einem Misthaufen. Aber er fand nichts Derartiges. Ein paar Schritte entfernt? Oder direkt neben der Henne? Mitten unter den Küken wahrscheinlich nicht. Hähne waren stolze Typen, die begaben sich nicht unter das Fußvolk. Er hätte doch gern einen Misthaufen oder etwas Ähnliches gehabt. Vielleicht diese Hölzer. Man konnte einen Brennholzstapel daraus machen. Auf so etwas setzten Hähne sich bestimmt auch gern. Hauptsache höher.

Er sammelte ein paar von den kleinen Hölzern ein, machte einen ordentlich-unordentlichen Stapel daraus, schnappte sich den Hahn und bemühte sich, ihm auf dem wackligen

Stapel einen festen Halt zu geben. Sein Blick streifte David, der ihn offensichtlich die ganze Zeit so interessiert beobachtet hatte wie er vorher ihn – und Tim ließ den Hahn fallen wie ein heißes Eisen. Mein Gott, jetzt begab er sich schon auf die Stufe dieses sabbernden Idioten und ging auch noch richtig auf in dem albernen Spiel. Als hätte man ihn bei einer Untat erwischt, schnellte er vom Boden hoch und setzte sich wieder in den Sessel.

Mona rettete ihn, indem sie gerade in dem Moment zur Tür hereinkam, ein Tablett mit drei Tassen vor sich her tragend. Tim warf noch einen kurzen Blick auf David. Er hätte schwören können, dass der mit einem verständnisvollen, ja fast schon verschwörerischem Lächeln zu sagen schien: *Keine Sorge, ich verpetze dich nicht.*

Verpetze was nicht? Dass ich mit dir gespielt habe? Oder dass es mir Spaß gemacht hat? Oder dass ich mich jetzt dafür schäme?

Tim schüttelte ärgerlich den Kopf und befreite sich von dem Fluch, der offensichtlich auf dieser Familie lag. *Mich bringt ihr nicht dazu, einen sabbernden Idioten ernst zu nehmen.*

„Genau genommen hast du mich gerettet“, sagte Mona, als sie das Tablett auf dem Tisch abstellte. „Ich verzweifle fast an diesem dünnen Stoff.“

Sie reichte Tim eine Tasse, aus der es dampfte und köstlich roch. Die zweite stellte sie auf die andere Seite des Tisches. Die Tasse, die für David bestimmt war, roch genauso köstlich, dampfte allerdings nicht. Sorgfältig balancierte sie um die Tiere herum und ging vor David in die Hocke.

„Hier, mein Schatz, aber nimm bitte dieses Handtuch. Kakaoflecken gehen so schlecht raus.“ Sie stopfte ihm den Zipfel eines Handtuchs in den Ausschnitt und breitete das Handtuch dann sorgfältig über den gesamten Oberkörper. Mit dem rechten Arm half sie ihm in eine senkrechte Sitzposition, mit der Linken reichte sie hinüber zum Tisch und angelte sich die Kakaotasse. Die war nur halb voll und deswegen problemlos zu befördern. Das Ganze machte einen sehr routinierten Eindruck. Sollte es wohl, nach sieben Jahren.

Sie blieb in der Hocke, lehnte sich an den Bauernhoftieren vorbei gegen den Schrank und angelte diesmal mit ihrer rechten Hand nach ihrer eigenen Tasse. Vorsichtig nahm sie sie zwischen beide Hände und ließ sich am Schrank hinuntergleiten, bis auch sie auf dem Fußboden saß. Mit einem kleinen zufriedenen Seufzer streckte sie ihre Beine gekonnt zwischen die Tiere, ohne auch nur eines umzuwerfen, und begann an ihrem Kakao zu nippen.

David, der sabbernde Idiot, machte dieser Bezeichnung volle Ehre. Seine Tasse war ja ohnehin nur halb voll, aber die Hälfte von dieser Hälfte tröpfelte beim Trinken so nach und nach auf das Handtuch. Mona störte sich nicht an dem Geschlabber, aber Tim fand es eklig. Wie hielten die es nur aus, sich das jeden Tag anzusehen? Konnte man sich an so etwas tatsächlich gewöhnen? Bevor er noch die mentale Zensur einschalten konnte, fragte er: „Wieso musste das gerade euch passieren?"

„Was?", fragte Mona erstaunt.

In dem Moment hätte Tim noch abbremsen können, sein Zensor funktionierte wieder und warnte ihn eindringlich vor solchen Fragen. Aber nun wollte er es wissen. „Dass ihr einen behinderten Sohn habt, verdammt noch mal", brauste er auf. „Ihr tut immer so, als würde euch das gar nichts ausmachen. Ich glaub' das einfach nicht. An so etwas gewöhnt man sich doch nicht. So 'ne Scheißbehinderung nimmt man doch nicht so einfach hin und tut, als ob es ganz normal wäre. Hast du dich nie gefragt: ‚Warum gerade ich? Warum musste mir so etwas passieren?'"

Mona sah beinahe verwirrt aus, sie überlegte nur ein paar Sekunden und schüttelte dann den Kopf. „Nein, Tim, diese Frage hab' ich ganz bestimmt niemals gestellt. Ehrlich gesagt, ich verstehe die Frage nicht mal. Was soll denn das heißen: ‚Warum gerade ich?' Wäre es besser, wenn es jemand anderen getroffen hätte? Hört sich an wie: ‚Warum gerade ich? Sollen doch lieber meine Nachbarn ein behindertes Kind haben.' Und wenn schon: ‚Warum gerade ich?', dann muss man das doch bitte auch bei allem anderen fragen: ‚Warum habe gerade ich so eine schöne Kindheit gehabt? Warum habe gerade ich so einen liebevollen Mann und eine wunderbare Tochter? Warum bin gerade ich so gesund? Warum lebe gerade ich in einem Sozialstaat und nicht irgendwo unter einem Diktator? Warum gibt es gerade in meinem Land keine Hungersnot?' Verstehst du, Tim?"

Tim verstand. Komischerweise war ihm das noch nie aufgegangen. Es war doch eine völlig normale Frage: „Warum gerade ich?" Jeder fragte das bei jeder Art von Schwierigkeit. Und, ja, irgendwie war es schon fies, das so zu fragen. Er hatte noch nie darüber nachgedacht, aber es trug schon eine gehörige Portion Egoismus in sich. Wenn es einen anderen trifft, ist es also ganz okay?! Und auch damit hatte Mona recht … wer fragte schon: „Warum geht es ausgerechnet mir so gut?" Intellektuell gesehen verstand er sie. Aber irgendwie … na ja, irgendwie löst man so etwas eben nicht rein intellektuell.

Er gab keine Antwort und Mona wartete nicht auf eine.

„Nein, Tim", wiederholte sie noch einmal, „ich habe diese Frage nie gestellt. Aber ich hab mich selbst tausendmal infrage gestellt. Ich hab mir solche Vorwürfe gemacht. Wegen David. Und deinetwegen." So, jetzt war es raus.

„Meinetwegen?", fragte Tim erstaunt. „Aber du kanntest mich doch gar nicht."

„Ja, durch meine eigene Schuld. Ich hätte dich ja kennenlernen können. Wir wussten schließlich, dass es dich irgendwo gibt. Ich glaube nicht, dass in den letzten sieben Jahren ein Tag vergangen ist, an dem ich nicht an dich gedacht habe."

Sie schwieg, und Tim erinnerte sich an das Gespräch am ersten Tag ihrer Begegnung. Als Rolf ihm unter inneren Qualen erzählt hatte, dass sie sich schon früher so ihre Gedanken gemacht hatten. Tim war damals geschockt gewesen, aber er hatte auch Rolfs Mut bewundert. Der hätte ihm das ja gar nicht erzählen müssen.

Er hielt seine Tasse mit beiden Händen umklammert und starrte hinein. Ein kurzer Seitenblick auf Mona zeigte ihm, dass sie das Gleiche tat. *Was würden wir jetzt machen, wenn wir keinen Kakao hätten?*, fragte er sich. *Was würden wir mit den Händen machen, was würden wir mit den Augen machen, wenn wir die Tassen nicht hätten? Diese Tassen hatte wahrscheinlich gar nichts mit Gastfreundschaft zu tun, sondern mit Politik, Diplomatie ...*

„Ich kann das nicht erklären", sagte Mona leise. „Weder dir noch mir selbst." Sie starrte immer noch in ihre Tasse, aber Tim vergaß alles, was er über Diplomatie hatte philosophieren wollen.

Nur ganz nebenbei fiel ihm auf, dass David nicht auf seine Tasse starrte, sondern sehr interessiert von Mona zu Tim und wieder zurück zu seiner Mutter sah. *Na ja, der hat eben keine Kultur*, dachte er. *Oder keine Diplomatie.*

„Ich hab David so sehr geliebt, aber ich wusste, dass ich auch den anderen Jungen lieben würde. Und wahrscheinlich hatte ich Angst, dass ich mich hin und her gerissen fühlen könnte. Ich weiß nicht, ob du die Erklärung verstehst. Ich weiß nicht einmal, ob sie stimmt."

Sie stimmt. Ich hab das gleiche Problem. Ich liebe Gabi. Dich könnte ich auch lieben. Dich will ich aber nicht lieben, weil ich nicht weiß, was dann aus meiner Liebe zu Gabi wird. Er sagte es nicht, er dachte es nur. „Hast du diese Angst immer noch?", fragte er dann aber nach einer ganzen Weile.

Da ging ein Strahlen über Monas Gesicht, dass es ihn fast umhaute. „Nein, Tim, nicht im Geringsten. Im Gegenteil, ich verstehe gar nicht, wie ich solche Angst vor der Liebe haben konnte, als ob sie weniger würde, wenn man sie auf mehr Leute verteilt. Dabei ist das Gegenteil der Fall. Ich liebe David noch immer so wie an jedem Tag seines Lebens. Und dich liebe ich auch. Mein Gott, Tim, du weißt gar nicht, was du mir bedeutest."

Das haute ihn dann wirklich um. Es traf ihn völlig unvorbereitet. Es machte beinahe alle seine Pläne zunichte. Er wusste überhaupt nicht, wie er auf dieses Bekenntnis, oder was immer es war, reagieren sollte. Daher öffnete er den Mund und schloss ihn wieder. Er holte tief Luft. Er trank einen Schluck Kakao und mahnte sich zur Ordnung. Jetzt wäre er doch beinahe aufgesprungen und dieser Frau um den Hals gefallen. Das hätte er mal Gabi erklären sollen. Oder Gerd. Oder auch nur sich selbst.

Er zwang sich zu einem Lächeln. Dann warf er einen Blick auf David und beneidete ihn schon wieder, den sabbernden Idioten. Der saß da mit seinem kakaoverschmierten Mund und strahlte. Klar, ein Idiot müsste man sein, dann brauchte man seine Gesichtszüge nicht ständig unter Kontrolle zu halten.

„Na, ist ja schön, dass sich dieses Problem für dich gelöst hat", murmelte er nur. „Aber wieso hattest du Schuldgefühle wegen David? Du tust doch nun wirklich alles für ihn, was man nur tun kann." *Und noch mehr, aber lassen wir das.*

„Ich hab mich schuldig gefühlt, dass er überhaupt krank

geworden ist. Ich weiß, ich weiß, wissenschaftlich gesehen trifft mich keine Schuld an einer Virusinfektion. Aber mach das mal einem liebenden Mutterherzen klar. Wir fühlen uns immer schuldig an allem, was unseren Kindern passiert. Als Katrin ihren ersten Liebeskummer hatte, hab ich mich schuldig gefühlt, dass ich ihr das nicht ersparen konnte, obwohl ich genau weiß, dass jeder Mensch da durch muss. Mütter sind so. Kann man nicht erklären, muss man hinnehmen."

Tim antwortete nicht, er dachte an Gabi, die beste aller Mütter, und wie oft sie sich wohl schon schuldig gefühlt haben mochte. Wie schuldig würde sie sich erst fühlen, wenn … wenn der Mord geschehen war? Würde Mona sich dann auch schuldig fühlen? War er Sohn genug, dass sie sich seinetwegen schuldig fühlen würde? Er wollte nie eine andere Mutter als Gabi haben, auch jetzt nicht, auch wenn er Mona mochte, vielleicht sogar lieben könnte. Nein, eine andere Mutter wollte er nicht. Aber Sohn sein, Sohn dieser Frau, die ihn niemals gegen den sabbernden Idioten eintauschen würde … Hatte er nicht ein Recht darauf, ihr Sohn zu sein?

Ben-Niemand, Sohn von niemandem, rief er sich zur Ordnung. Nein, er würde nicht anfangen, um Mutterliebe zu betteln. Er brauchte sie nicht, er war gerade dabei, sie von sich zu schütteln.

Mona bemerkte einen Stimmungsumschwung, ohne erklären zu können, woran er sich bemerkbar machte. Sie war glücklich gewesen, Tim einmal für sich allein zu haben. Sie hatte ein paar ihrer Gedanken und Gefühle ausdrücken können – und plötzlich war es, als wäre eine Tür zugeknallt. *Ich hab's verpatzt,* dachte sie, auch wenn sie nicht wusste, womit.

Tim hätte zufrieden sein können. Er war ganz offensichtlich Sohn genug, dass sie sich seinetwegen schuldig fühlte. Aber das hatte er nicht bemerkt.

Mona beschloss, die Situation zu retten, indem sie zu einem neuen Gesprächsthema griff. „Hat Rolf dir eigentlich jemals von seinem Vater erzählt?“, fragte sie.

„Nicht, dass ich wüsste.“

Mona schmunzelte, verlagerte ihr Gewicht etwas und streckte die Beine nun zwischen anderen Bauernhoftieren aus, immer noch ohne irgendetwas umzuwerfen.

„Das war das Erste, was Katrin von dir gesagt hat. Du seist ein echter Enkel deines Großvaters. Bei näherer Betrachtung würde ich dem zwar nicht so ganz zustimmen, aber ich weiß, was sie meinte. Rolfs Vater war ein echtes Unikum. Total musikbesessen. Ich glaube, der wusste gar nicht, dass es außer Musik auch noch was anderes gibt im Leben. Rolf und ich kannten uns schon ein paar Monate, bevor er mich seinen Eltern vorgestellt hatte. Ohne mich vorzuwarnen. Er meinte hinterher, sein Vater sei so unmöglich, auf den könne man sich sowieso nicht vorbereiten. Na, jedenfalls, er schiebt mich also nach vorne, damit ich seine Eltern begrüße, ich schüttele auch artig seiner Mutter die Hand, dann will ich den Vater begrüßen, aber der herrscht mich nur an: ‚Welche Instrumente beherrschst du?‘ Ich: ‚Tischtennisschläger und Kochlöffel.‘ Ich fand das sehr schlagfertig von mir, aber Rolfs Vater hatte bezüglich der Musik keinen Humor. Oder jedenfalls einen anderen als ich. Er würdigte mich keines weiteren Blickes, sondern brüllte nur seinen Sohn an: ‚Das Mädchen kommt mir nicht ins Haus.‘ ‚Keine Sorge, Vater‘, antwortete Rolf ganz gelassen, ‚wenn wir heiraten, nehmen wir uns ja eine eigene Wohnung.‘ Ich dachte, einer der beiden alten Leutchen kriegt jetzt einen Herzinfarkt. Aber Rolfs Mutter bat mich an den Kaffeetisch, als sei gar nichts gewesen. Sein Vater setzte sich murrend und knurrend dazu, und ich dachte, nur der leckere Duft des Apfelkuchens hätte ihn zum Waffenstillstand bewogen. Später hab ich begriffen, dass er immer so war. Nur wenn es um Musik ging, lebte er auf, erzählte, lachte, hatte einen wirklich herrlichen Humor. Alles andere ging irgendwie an ihm vorüber. Seine Frau hatte sich so an diese Launen gewöhnt, dass sie jeden anderen Menschen mit Leichtigkeit ertragen konnte. Sie hatte ein ganz weites Herz und ließ jeden einfach so sein, wie er war. Ich hab meine Schwiegermutter wirklich sehr geliebt und ganz hoch geschätzt. Sogar den Schwiegervater habe ich lieben gelernt. Allerdings hatte ich bis zu seinem Lebensende auch immer ein bisschen Angst vor ihm."

„Wie hat er sich denn seinen Enkeln gegenüber verhalten?"

„Das hätte ich auch gern gewusst, aber leider hat er nicht lange genug gelebt. Katrin war drei Jahre alt, als er starb, und da war er schon recht alt und hat sich nicht viel Zeit für sie genommen. Er mochte es aber, wenn sie ihm über die kratzige Wange streichelte. Ich glaube, er hätte sie geliebt. Auf seine Weise natürlich. Er hat Katki manchmal so nachdenklich angesehen. Rolf meinte, er überlegte jetzt wahrscheinlich, an welches Musikstück sie ihn erinnert. Wahrscheinlich stimmte das sogar. Aber als er älter wurde und zittriger – immerhin war er zweiundneunzig, als er starb –, da wurde er innerlich gelassener. Er konnte seine Musikinstrumente nicht mehr halten, und ich hätte gedacht, dass ihn das immer wütender machen würde. Aber das Gegenteil war der Fall. Er wurde verträglicher. Ich glaube, zum Schluss hat er mir sogar verziehen, dass ich so wenig musikalisch bin."

Mona hatte nichts Besonderes aussagen wollen mit dieser Erinnerung. Nur ein wenig plaudern. Aber für Tim hatte es eine tiefe Bedeutung. Das waren seine Vorfahren, von denen hier die Rede war. Seine Ahnen sozusagen. Ein kleines Fenster wurde geöffnet und zeigte ihm einen Schimmer von dem, was ihn geprägt hatte: ein musikalischer Großvater, der mit dem Alter weiser und verträglicher wurde. Ob er selbst auch weiser werden würde? Verträglich war er ja eigentlich. Wenn man von so kleinen Dingen wie Mordgedanken und geplanter Familienzerstörung einmal absah.

Anfang März

Tim hatte sich entschieden. Und wie so häufig nach einer gefällten Entscheidung fragte er sich, wieso er auf diese simpelste und vernünftigste aller Lösungen nicht von Anfang an gekommen war. Man brauchte ein Problem nur von allen Seiten gleichzeitig zu betrachten und schon fiel einem die Lösung in den Schoß. Mehr oder weniger jedenfalls.

Er hatte überlegt, wie man eine Leiche verschwinden lassen könnte. Baustellen kamen nicht infrage; verbuddeln konnte man in diesem überfüllten Land nicht einmal die kleinsten Schätze; an so alberne Dinge wie Verbrennen oder in Säuren auflösen dachte er gar nicht erst. Es nutzte auch nicht viel, eine Leiche in einem Fluss oder See zu versenken. Mit dem Bergungsgerät, das der Polizei zur Verfügung stand, konnten sie wahrscheinlich selbst eine Playmobilfigur ausfindig machen.

Man müsste eine Kreuzfahrt machen und dann die Leiche über Bord werfen, dachte er. *Im Ozean würde sie ja wohl in Ruhe gelassen werden.* Das war natürlich nur ein Witz, aber der Gedanke brachte ihn immerhin auf Norwegen.

Natürlich, Norwegen. Der Sommerurlaub würde wie immer dorthin gehen. Irgendein kleines Dorf oder ein kleiner Campingplatz oder eine einsame kleine Ferienhütte an einem Fjord. Es war jedes Jahr etwas anderes, aber es war immer Norwegen. Norwegen war am Wasser gelegen. Man fuhr ja überhaupt nur deswegen dorthin. Das viele, viele Wasser. Dort konnte man unter Garantie eine Leiche loswerden. Und es passte auch mit der erforderlichen Tatzeit zusammen. Nach seinem 18. Geburtstag, nach dem Abi. Es würde seine erste Tat nach dem Abi werden.

Mein Gott, wie viele Gedanken hatte er sich darum gemacht. Was er alles das letzte Mal vor dem Abi tun wollte. Und was er dann als Erstes nach dem Abi tun würde. Er hatte nicht an eine Riesenfete oder einen Superurlaub gedacht wie die meisten seiner Freunde. Er hatte immer überlegt, etwas Besonderes zu machen. Nun, das konnte er jetzt als erledigt abhaken. Etwas Außergewöhnlicheres als das würde ihm nicht einfallen. Etwas Würdigeres auch nicht. Die erste Tat nach dem Abi: einen Menschen auslöschen, um einen anderen leben zu lassen. Das war eine angemessene erste Tat.

Der Plan war gefasst und musste jetzt im Detail ausgearbeitet werden. Das Gespräch musste auf den Urlaub gebracht werden. Der Ort musste ausgewählt werden. Tim würde sich gut vorbereiten und dann die Führung übernehmen, ohne dass es irgendjemandem auffiel. So etwas konnte er.

Zunächst musste er überlegen, welchen Ort er für günstig hielt. Er erinnerte sich, dass sie das allererste Mal „am Schlauch" Urlaub gemacht hatten. So jedenfalls hatte der kleine „Timmi" ihren Urlaubsort bezeichnet, nachdem sie ihn sich auf der Karte angesehen hatten. Sein Vater hatte ihn belehrt, dass diese Schläuche, die das Land durchzogen, Fjorde hießen. Aber seitdem hatten sie immer von ihrem „Urlaub am Schlauch" gesprochen. Und Tim erinnerte sich noch sehr gut, dass ihre Vermieterin sie schon damals gewarnt hatte: „Passen Sie ein bisschen auf. Ich weiß, Sie kommen wegen der Ruhe und der Einsamkeit. Aber leider kommen auch andere. Ich sage es nur ungern", es war ihr sichtlich peinlich gewesen, das von ihrer Wohngegend sagen zu müssen, „aber in den letzten Jahren ist es immer mal wieder zu Diebstählen gekommen. Lassen Sie besser die Tür nicht offen, wenn niemand im Haus ist. Und lassen Sie nichts Wertvolles herumliegen. Ein Täter kann hier mit dem Boot ganz schnell unbemerkt entkommen ..." An diese Worte erinnerte er sich jetzt.

Nun, wenn das nicht ideale Voraussetzungen für seine Pläne waren! Ein Ort, den niemand einsehen konnte, ein Ort, von dem Täter mit einem Boot unbemerkt verschwinden konnten, ein Ort, der alle Möglichkeiten bot, die er gesucht hatte.

Nach dem Tatort kommt die Tatzeit. Am besten erst gegen Ende der Ferien. Ein bisschen wollte er noch vom Urlaub, von seinen Eltern, vom normalen Leben haben, bevor er auf die Flucht ging. Sie hatten feste Gewohnheiten in ihrem Urlaub. Sie nannten es „Freiheit" und irgendwie war es auch so, aber selbst diese Freiheit war schon zur Routine geworden. Jeder konnte machen, was er wollte. Nicht immer gingen sie alle zusammen zum Wasser und verbrachten dort den Tag. Manchmal blieb Tim zurück, las, sah fern oder wanderte ein wenig ins Landesinnere. Was Gerd und Gabi dann am Strand machten, wusste er eigentlich gar nicht.

Manchmal gingen sie alle zusammen. Dann wurde ein Riesenfresskorb gepackt. Den ganzen Tag verbrachte man damit, sich irgendwas in den Mund zu stopfen und ab und zu zu schwimmen.

Manchmal ging er nur mit Gerd. An diesen Tagen spielte Essen keine Rolle. Sie angelten. Stundenlang. Schwiegen. Genossen es.

Manchmal ging er nur mit Gabi. Auch an diesen Tagen spielte Essen keine Rolle. Sie schwammen die meiste Zeit. Gabi war eine ausdauernde Schwimmerin, was man mangels

Training oder irgendwelcher sportlicher Aktivitäten im Alltag gar nicht von ihr erwartet hätte. Zeitweise legten sie brustschwimmend richtig Strecken zurück, zeitweise ließen sie sich auf dem Rücken liegend einfach nur treiben und redeten dabei über Gott und die Welt. Nein, das stimmte nicht ganz. Gott kam eigentlich nicht vor. So häufig wie in den letzten Monaten hatte er sowieso noch nie über Gott geredet. Also, sie redeten dort nur über die Welt im Allgemeinen und Benders Welt im Besonderen.

Manchmal ging Tim allein zum Strand. Auch dann spielte Essen keine Rolle. Aber er machte alles andere. Ein bisschen angeln, ein bisschen schwimmen, ein bisschen sich treiben lassen, ein bisschen Steine werfen, ein bisschen mit sich selbst über Gott, ach nein, nur über die Welt reden.

Es waren durchweg schöne Erinnerungen, die er mit den Norwegenurlauben verband. Musste er die jetzt durch einen Mord vermiesen? Ja, er musste. Die Einsamkeit am Wasser war ideal und musste ausgenutzt werden. Manche Dinge ließen sich nun einmal nicht verhindern. Und diese Norwegenurlaube wären ja ohnehin nicht mehr lange so weitergegangen. Also bitte keine Sentimentalitäten.

Natürlich konnte es nur in einer Konstellation funktionieren: Er musste mit seinem Opfer allein sein, um es zu beseitigen. Dass das geschehen würde, dafür gab es eine Wahrscheinlichkeit von 25 Prozent.

Das gehörte übrigens zu den wenigen Dingen, die er nicht mit Gabi geteilt hatte. Als Kind hatte er ein paar Jahre lang Tagebuch geführt. Es gab Memoiren oder Lebensbilder von großen Musikern. Die hatte er gelesen, seit er lesen konnte. Und um es sich selbst oder der Nachwelt zu erleichtern, einmal etwas über ihn zu schreiben, hatte er eines Tages beschlossen, Tagebuch zu führen. Mit 11 hatte er es wieder aufgegeben.

Es war doch zu öde, was er so festzuhalten hatte an tagtäglichen Erlebnissen. Aber eines hatte ihn fasziniert: Als er später in seinen Aufzeichnungen aus Norwegen las, stellte er fest, dass von den 20 Tagen, die sie routinemäßig in ihrem Ferienhäuschen verbrachten, immer genau sechs Mama und Tim, genau weitere sechs Papa und Tim und die verbliebenen sechs Mama, Papa und Tim gemeinsam am Wasser verbrachten. Anreise- und Abreisetage nicht eingerechnet ergab das jedes Mal eine ganz gerechte Verteilung.

Der 11-Jährige hatte dann zwar nicht mehr Tagebuch geführt, aber Statistiken aufgestellt. Heimlich, ohne Mama und Papa etwas davon zu sagen. Er wollte sie nicht beeinflussen. Und es blieb so gerecht verteilt.

Der 13-Jährige bestand darauf, dass er auch mal einen Tag allein verbringen konnte. Eine neue Form war hinzugekommen: Tim ohne Mama und Papa. Und siehe da, wieder ergab sich eine gerechte Verteilung. Jedes Mal war es so, dass jede Konstellation vier Mal vorkam, erster und letzter Tag diesmal nicht mit eingerechnet.

Es blieb Tims Geheimstatistik. Fünf Jahre lang. Es war völlig unvorhersehbar, wer wann Lust hatte, zum Wasser zu gehen oder in der Hütte zu bleiben. Aber immer stellte Tim am Ende der Ferien fest, dass sie ungewollt und ungeplant eine gleichgewichtete Verteilung vorgenommen hatten. Er hatte immer gedacht, dass er irgendwann einmal dieses Phänomen genauer studieren wollte. Nun würde es nicht dazu kommen.

Aber er würde von seinen Statistiken profitieren können. Er würde ja nur in einer Konstellation den Mord begehen können. Und diese Konstellation würde aller Wahrscheinlichkeit nach genau vier Mal vorkommen. „Seine“ Konstellation. Der Gedanke gefiel ihm.

Er beschloss, dem Schicksal noch einmal eine Chance zu

geben. Er würde einen Tag auswählen, an dem er mit seinem Opfer allein war, erst zum Ende der Ferien. Sollte doch jeder noch ein paar Tage Norwegen genießen. Einen Tag in der letzten Woche. Oder nein, zwei. Dann war die Chance genau 50:50, dass seine Konstellation drankäme. Er würde zwei Tage von vornherein bestimmen. Und er würde das Schicksal wählen lassen. Er würde nichts manipulieren. Vielleicht würde er an einem dieser Tage mit Gabi ans Wasser gehen, vielleicht gingen sie alle zusammen, vielleicht er allein, vielleicht nur Gerd und er. Aber wenn ihm das Schicksal „seine" Konstellation servierte, dann würde er zuschlagen. *Zustechen*, genauer gesagt.

Es war ein genialer Einfall. Das Schicksal hatte vor 18 Jahren bestimmt, dass er ein falsches Leben begann. Nun ließ er es noch einmal bestimmen. Damals hatte das Schicksal ihn überlistet. Diesmal würde er es überlisten. Wenn „seine" Konstellation kam, dann würde er zum Mörder werden. Wenn nicht, dann nicht. Das Schicksal würde bestimmen, nicht er.

„Bislang hast du dich deiner Verantwortung entzogen", raunte er dem Schicksal grimmig zu. „Aber jetzt ziehe ich dich zur Verantwortung. Wollen mal sehen, was du noch aus mir machst. Einen Wechselbalg das letzte Mal. Einen Mörder diesmal?"

Es war ein angenehmer Gedanke. Das Schicksal würde die Entscheidung treffen, er, Tim Bender, war nur ausführendes Organ.

Mitte März

Trotzdem blieb da noch etwas, das Tim wissen wollte. So sehr er auch vorgab, sich mit dem Schicksal geeinigt zu haben, es wollte ihm doch nicht in den Kopf, dass so etwas Unfassbares wie „das Schicksal" so konkrete Entscheidungen fällen konnte. Oder doch jedenfalls Weichen stellen. Fast war er gewillt, sich lieber mit einem Gott auseinanderzusetzen. Den konnte man doch wenigstens ansprechen. An*brüllen* sogar. Wieso nicht? Falls es wirklich einen Gott gab, war er jedenfalls ein Gegenüber, nicht so etwas Unkonkretes wie das Schicksal.

Als er das nächste Mal mit Rolf allein war (David war dabei, aber der zählte ja nicht), sagte er so ganz beiläufig: „Wenn ich in eurer Familie aufgewachsen wäre, würde ich jetzt wohl gläubig sein und wahrscheinlich den Jugendchor leiten oder so etwas." *Jedenfalls keine Mordpläne schmieden*, dachte er dabei.

„Woher willst du wissen, dass es so gekommen wäre?", wollte Rolf ehrlich erstaunt wissen.

„Na, meine musikalische Begabung wäre doch schließlich nicht unentdeckt und ungenutzt geblieben, oder?"

„Ich meine, wie kommst du darauf, dass du gläubig wärst?"

Tim sah ihn erstaunt an. „Wird man das in eurer Familie nicht automatisch?"

Rolf lachte. Und nicht nur er. Auch David vor ihnen in seinem Rollstuhl schüttelte sich vor Lachen, und Tim stellte ärgerlich fest, dass er niemals herausfinden würde, ob David ihn verstanden hatte oder ob er einfach nur mit seinem Vater mitlachte.

„Glaub mir, Tim, kein Mensch wird ‚automatisch' gläubig",

erklärte Rolf. „Man kann automatisch ein Mitläufer werden oder ein Heuchler. Aber nicht ein Glaubender. Und ehrlich gesagt, du machst mir nicht den Eindruck, als wärst du ein Mitläufer oder ein Heuchler."

„Na schön, aber welche Wahl hätte ich denn in einer Familie, wo jeder glaubt?"

„Die gleiche Wahl wie jeder von uns. Du wärst wahrscheinlich als Kind brav mit in die Kirche gegangen, weil man eben das tut, was die Eltern tun. Und irgendwann tut man halt nicht mehr brav das, was die Eltern tun, sondern das, was man selbst tun will. Und dann hättest du dich entschieden. Für Gott. Oder gegen Gott. Oder dafür, die Entscheidung noch aufzuschieben. So läuft es üblicherweise, und ich sehe nicht, warum es bei dir anders hätte laufen sollen."

„Was hättet ihr gemacht, wenn ich mich gegen Gott entschieden hätte? Oder Katrin? – Oder David?", fügte er noch schnell hinzu.

„Gebetet", war Rolfs kurze Antwort. „Sehr viel mehr kann man da wirklich nicht machen."

„Ach komm", drängte Tim ihn. „Sei ehrlich. Du würdest doch bestimmt dauernd versuchen, mich umzustimmen." Er verkniff sich das Wort „bekehren".

„Ich kann nur hoffen, dass ich das nicht tun würde. Ich hab viel zu viele üble Szenen miterlebt, wo Leute versuchten, ihre nicht gläubigen Partner oder Kinder zu bekehren." Rolf hatte offensichtlich keine Schwierigkeiten mit dem Begriff. „Ich kann nur hoffen, dass ich mir das als Lehre genommen hätte. Katrin hatte so ein paar Jahre, in der ihr das ganze Frommsein zum Hals raushing. Natürlich hatten wir damals unsere Gespräche über den Glauben. Du musst sie mal fragen, ob sie das als nervig und bekehrend empfunden hat."

„Werd ich bestimmt tun." Sie schwiegen eine Weile, dann

sagte Tim: „Eins muss ich zugeben. Du redest zwar dauernd vom Glauben, aber komischerweise hab ich nicht das Gefühl, du wolltest mich bekehren. Wieso eigentlich nicht?"

„Weil das gar nicht funktioniert, aber sag's nicht weiter. Es ist nämlich ein Geheimnis, das ich nicht allen verrate."

Er grinste, als er das sagte, rückte David in seinem Rollstuhl zurecht und überprüfte irgendwas an den Achsen. Sie waren mal wieder dabei, den Rollstuhl zu reparieren. Tim wunderte sich nicht darüber. Die wenigen Spaziergänge mit Katrin hatten ihm gezeigt, dass seine große Schwester den Rollstuhl in die verrücktesten Kurven, Positionen und Winkel kippte.

„Nein, aber mal ernsthaft", fuhr Rolf fort, „Tatsache ist, dass Glauben etwas sehr Aktives ist. Man kann nicht passiv ‚bekehrt werden', man muss aktiv selbst eine Kehrtwende in seinem Leben machen."

„Aber die macht man natürlich sehr viel eher, wenn man dauernd von anderen Gläubigen umgeben ist."

Rolf lachte kurz auf. „Ich wünschte, es wäre so einfach. Es ist aber genauso gut möglich, dass genau das Gegenteil passiert, nämlich dass man sich von all den Gläubigen total genervt fühlt. Ich weiß nicht genau, ob es Statistiken darüber gibt, aber es würde mich wirklich interessieren. Wir sind mal mit ein paar Freunden unseren gesamten Familien- und Bekanntenkreis durchgegangen. War natürlich nur ein sehr begrenzter Personenkreis, vielleicht so neunzig bis hundert Leute. Aber wir haben interessanterweise durch alle Generationen alles gefunden: entschiedene Gläubige, entschiedene Nichtgläubige, Mitläufer in jedwede Richtung. Ich fürchte, Christsein ist im Letzten weder genetisch noch erzieherisch abzusichern. Du findest Ungläubige in den frömmsten Familien und Gläubige aus völlig atheistischen Familien."

„Na gut, da kann ich vielleicht nicht mitreden. Ich kenne

außer euch keine gläubigen Leute. Obwohl – so ganz stimmt das nicht. In unserer Klasse sind zwei, im Musikunterricht war eine, ich glaube, eine Freundin von Gabi redet auch ‚mehr über Gott als über die Welt', sozusagen. Aber das sind keine Leute, mit denen ich engeren Kontakt habe. Bei uns zu Hause jedenfalls war das nie ein Thema. Weihnachten und Ostern sind wir in die Kirche gegangen, aber nicht wegen Gott, sondern wegen der Tradition. – Aber es bestärkt meine Theorie. Denn was ist bei mir dabei herausgekommen? Dass ich mit Gott nichts am Hut habe. Was ist bei eurer Erziehung herausgekommen? Dass Katrin und auch David irgendwie eine Beziehung haben zu Gott und Kirche. Ich glaube, dass es doch sehr am Umfeld liegt."

„Na ja, sicher liegt viel von unserem Verhalten in unserer Erziehung begründet. Mir gefällt der Begriff ‚Verhaltens*muster*'. Wir geben in unserer Erziehung immer Vorbilder, Muster, Leitlinien. Bewusst oder unbewusst. Positive oder negative. Und Kinder folgen solchen Mustern. Was sollen sie sonst auch machen? Aber Kinder wachsen heran. Sie fangen an, sich eigene Meinungen zu bilden. Und die weichen dann oft von dem ab, was sie von ihren Eltern als Muster und Leitlinie gesehen und erfahren haben. Und hier kommt nun meiner Meinung nach wieder Gott ins Spiel. Er hat uns nämlich mit etwas sehr Wichtigem ausgestattet."

Rolf machte eine Pause und erwartete offensichtlich, dass Tim sich nun auf eine große Offenbarung vorbereitete. Tim tat ihm den Gefallen und fragte: „Und das wäre?"

„Entscheidungsfreiheit. Die hat jeder Mensch. In jeder Situation. Ganz egal, wie und wozu er erzogen wurde. Oder welche Muster ihm gezeigt wurden. Irgendwann, sofern die Entwicklung einigermaßen normal verläuft, machen Kinder nicht mehr brav das, was ihre Eltern von ihnen erwarten, sondern treffen eigene Entscheidungen. Vielleicht aus Trotz und Auflehnung, vielleicht, weil sie einfach andere Vorstellungen haben vom Leben. Das ist völlig normal. Du hast bislang vielleicht keinen Gedanken an Gott und Glauben verschwendet. Du sagst, das kam bei euch nicht vor. Möglich. Aber deswegen kannst du doch jederzeit anfangen, dich dafür zu interessieren, eigene Entscheidungen zu treffen. Deine Erziehung hat dir bestimmte Muster und Leitlinien gegeben. Aber das ist ja noch nicht das ganze Leben. Du hast die Möglichkeit, immer wieder eigene Wege einzuschlagen. Wir sind nicht wie Computer, die nur das wiedergeben können, was ihnen einprogrammiert wurde. Du kannst dich umhören und umsehen, kannst manche Dinge übernehmen und andere ablehnen. Oder ganz andere Wege gehen. Diese Entscheidungsfreiheit hat Gott dem Menschen ganz grundsätzlich gegeben. Was natürlich auch bedeutet, sich gegen oder für ihn zu entscheiden."

Tim war sich nicht so sicher, ob er nach seiner Erziehung, die er eigentlich ganz in Ordnung fand, überhaupt noch gewillt war, nach Gott zu fragen. Er war lange genug ohne ihn ausgekommen, Gabi und Gerd brauchten ihn auch nicht, und außerdem beschäftigte ihn jetzt eine ganz andere Frage. Die allerdings wollte er lieber nicht mit Rolf besprechen.

Ich habe mich dazu entschieden, einen Mord zu begehen. Würde dieses ganze Zeug von Vergebung, Gehorsam, Vertrauen, von dem die Liegers ständig sprechen, mir die Freiheit geben, keinen Mord zu begehen? Und ist die eine Freiheit besser als die andere? Tim war sich nicht sicher, ob er eine Antwort auf diese Fragen überhaupt wollte. Was, wenn es diesen Gott gäbe und der Tim eines Tages fragte, welche Entscheidungen er dank seiner Freiheit getroffen hatte? Es war doch durchaus fragwürdig, was dabei herauskommen würde. Es war nicht absehbar, planbar, kalkulierbar – und deswegen nichts für Tim Bender.

Aber das würde er nicht mit Rolf diskutieren. Also fasste er lieber am Rollstuhl mit an und half bei der Reparatur.

„Du meinst also, wenn ich mich nun nach allem, was ich bei euch so gesehen habe, nicht dafür entschieden hätte, mit Gott zu leben, wäre das ganz in Ordnung?“, wollte er wissen, während er den Rollstuhl so gekippt hielt, das Rolf problemlos daran arbeiten konnte. Davids Kopf lehnte durch diese Kipphaltung plötzlich an Tims Brust, und er konnte sich nicht entscheiden, ob ihm das unangenehm war oder nicht.

Rolf musste grinsen. „Na ja, pädagogisch betrachtet könnte man das wahrscheinlich so sagen. Ich meine, ich würde meinem Kind, glaube ich, keinen Glauben aufzwingen wollen. Andererseits: Gott hier und jetzt schon kennenzulernen und nicht erst nach dem Tod, wenn wir ihm sowieso begegnen, ist meiner Meinung nach das Beste, was einem passieren kann. Und wenn das nun ausgerechnet an meinem eigenen Kind vorbeigehen würde – also ich fürchte, so ganz cool und gelassen würde ich das wohl nicht betrachten.“ Er hielt einen Moment inne und kratzte sich mit dem Schraubenschlüssel an der Schläfe. „Also, ganz ehrlich, ich hab mir darüber noch nie so richtig Gedanken gemacht. Katrin hatte nur eine relativ kurze Phase, in der sie alles Fromme ablehnte. Sagte ich vorhin, du solltest sie mal fragen, wie sie das empfunden hat?“

„Ja, das sagtest du.“

„Das nehme ich zurück. Ich glaube eher, *ich* sollte sie mal fragen, ob sie mich als bekehrungswütig empfunden hat.“ Damit stand er auf und tippte David auf die Nasenspitze. „So, junger Mann, die nächste Rallye kann gefahren werden.“ Die beiden strahlten sich an.

Natürlich, dachte Tim. *Er weiß genau, dass Katrin diese Karre immer wieder zu Bruch fährt. Und es stört ihn nicht, sie immer wieder zu reparieren. Er tut alles für seinen Sohn und seine Tochter. Und ich? Ich gehöre einfach nicht rein in dieses Bild.*

Ende März

Die Sache mit dem Norwegenurlaub löste er ziemlich geschickt. Es war ein Sonntag, und noch galt die Regel, dass die Benders sonntagmorgens zusammen am Frühstückstisch saßen. Früher hatte ihn das manchmal genervt, jetzt beschloss er, es zu genießen. Es würde ohnehin nicht mehr lange so gehen. Auch das Sonntagsmorgenfrühstück würde sterben. (So viel Macht hatte er. Unglaublich.)

„Der-noch-nicht-ganz-aber-irgendwann-dann-doch-Abiturient lernt gerade über Fischfangquoten, bedrohte Meereslebewesen und Ähnliches", begann er ganz locker. „Gibst du mir mal eben die Marmelade, Gerd? Danke. Und dabei kommt natürlich auch Norwegen ins Gespräch. Und das erinnert mich natürlich an unseren Norwegenurlaub. Interessiert es euch, wo noch die meisten Fische zu finden sind, wo das Wasser also am saubersten ist?"

Und schon hatte er sie, sozusagen wortwörtlich, in genau die Gewässer gelockt, in denen er sie haben wollte. Bislang hatten sie immer gemeinsam ausgesucht, wo es hingehen sollte. Jeder hatte tausend Vorschläge. Aber diesmal wollte Tim die einsamste Gegend. Die aber doch nahe genug an öffentlichen Verkehrswegen lag. Er war sich darüber im Klaren, dass er lange würde wandern müssen. Nach getaner Tat konnte er sich nicht einfach in den nächsten Bus setzen und nach England durchfahren. Im Gegenteil, er würde viele verschiedene öffentliche Verkehrsmittel benutzen müssen, kreuz und quer durchs Land fahren, bevor er in Richtung England startete. Er hatte bei den bisherigen Verbindungen, die er herausgesucht hatte, ungefähr zwei Tage einkalkuliert, bevor er die Grenze erreichte. Europa rückte immer näher zusammen. Er konnte wahrscheinlich ohne Passkontrolle bis nach London kommen. Aber sicher war natürlich auch das nicht. Nun, es gab eine Grenze für das, was man planen konnte und was man in der Hand hatte.

Im Moment kam es darauf an, so unauffällig wie möglich das Familienurlaubsruder in der Hand zu behalten. Zu steuern, wohin es gehen sollte, ohne dass das irgendjemandem auffiel.

Und auch hier stellte Tim wieder fest, wie erschreckend einfach es ist, seine Umgebung zu täuschen. Wahrscheinlich waren Gabi und Gerd so glücklich darüber, dass Tim ganz selbstverständlich ihren Familienurlaub plante, dass sie ihm völlig freie Hand ließen.

Eigentlich war es egal, wohin sie fuhren. Aber diesmal wollte er nichts dem Zufall überlassen. Das Schicksal sollte einmal eine Chance bekommen. Oder besser gesagt: zweimal. Aber alles andere wollte Tim Bender in der Hand halten. Und so steuerte er Gabi und Gerd genau in die Gegend, die er sich als geeignet ausgesucht hatte. Sie folgten ihm willig. Und da er schon dabei war, brachte er auch gleich einen anderen Teil seines Plans mit an. „Übrigens möchte ich mal was ganz Verrücktes machen. Ich will mal so richtig Tourist sein. Komplett mit buntem Hemd und gemusterten Shorts. So richtig albern wie die Amis. Hättet ihr was dagegen? Ich meine, würdet ihr euch genieren?“

Es war die einzige Tarnung, für die er sich entschieden hatte. Er würde dort bekannt werden als der verrückte Deutsche mit den knallbunten Klamotten. Wenn er sich dann auf die Flucht machte, würde vielleicht niemand auf einen konservativ gekleideten jungen Mann achten.

Gabi und Gerd hatten nichts einzuwenden. Sie schienen mit allem einverstanden, was er vorschlug. Solche Harmonie hatten sie schon seit Langem nicht mehr erlebt.

Nur einmal blieb sein Herz beinahe stehen. Als Gabi sagte: „Ist ja schließlich der letzte Urlaub, den wir gemeinsam als Familie verbringen."

Ahnte sie etwas? Auf sein erstauntes „Wieso?" antwortete sie ganz gelassen: „Na, ich kann mir nicht vorstellen, dass du als Student deine Semesterferien noch mit deinen Eltern verbringen wirst. Da gibt's wahrscheinlich Jobs oder Praktika oder Sommerkurse oder was weiß ich, was."

Ach so, das meinte sie. Tim lächelte sie dankbar an. „Ja, wahrscheinlich."

Auch Gabi lächelte dankbar. Sie planten gemeinsam ihren Norwegenurlaub. So, als wäre gar nichts gewesen. So, als hätte Tim nie gesagt, er würde diese Familie verlassen wollen. So, als wäre das Leben ganz in Ordnung. Vielleicht *war* es ja in Ordnung. Oder würde langsam wieder in Ordnung kommen.

Selbst Gerd lächelte. Vielleicht nicht dankbar, aber doch jedenfalls zufrieden. Alles war beim Alten. Die Wogen waren vorübergegangen, jetzt kehrte wieder Ruhe ein. Er hatte das Ruder wieder in der Hand, den Kahn unter Kontrolle.

Armer betrogener Kapitän.

Auch eine angemessene Strafe war Tim eingefallen. Wieder so ein Beispiel, dass man nur alle Faktoren bedenken muss und dann zu den besten Ergebnissen kommt.

Seine erste Überlegung, irgendwo als Hilfsarbeiter unter

einfachsten Bedingungen zu leben, hatte weiteren Überlegungen nicht standgehalten. Seine Hände waren nicht geeignet für harte Arbeit. Ganz abgesehen davon, dass er sie nicht ruinieren wollte. Irgendwann in einem späteren Leben könnte er ja mal wieder Klavier spielen wollen. Auf den Baustellen, die er sich als Straflager ausgedacht hatte, würde man ihn auslachen und gleich am ersten Tag wieder rausschmeißen.

Alle anderen Gelegenheitsarbeiten, die seinen Fähigkeiten und Möglichkeiten entsprachen, würden keine Strafe für ihn bedeuten. Alle bis auf eine. Das Internet würde ihm weitere Hilfestellungen leisten müssen. Es konnte nicht allzu schwierig sein. Wahrscheinlich würde man ihn sogar willkommen heißen. Es würde nach außen hin auch noch wie eine gute Tat aussehen. Aber das würde sein Strafempfinden nur noch vergrößern.

Der Plan war simpel, aber beinahe genial: Er würde ein freiwilliges Jahr in einem Behindertenzentrum machen. Irgendwo in einem kleinen Ort in England. Er würde Krüppel und Idioten pflegen. Er würde den ganzen Tag ihr Gesabber mit ansehen und ihr Gebrabbel mit anhören. Das würde die perfekte Strafe für ihn sein. Er würde nichts verdienen, er würde nur ein kleines Zimmerchen kriegen, für sich allein oder besser noch ein Vierbettzimmer, dazu Essen und Trinken. Mehr nicht. Mehr ist ja auch nicht angemessen für Strafgefangene.

Anfang April

Tim hatte beschlossen, Rolf einmal in der Uni zu besuchen. Das gehörte zu den Dingen, die er gern noch erleben wollte, bevor er sich von seinem alten Dasein verabschiedete und ein Leben auf der Flucht begann. Und Rolf hatte ihn gern mitgenommen, hatte ihm die Hörsäle und Seminarräume gezeigt und wusste zu allem und jedem eine kleine Story zu erzählen. Tim betrachtete sich selbst von außen, während sein Vater (sozusagen) ihm seinen Arbeitsbereich vorstellte.

Genauso hatte er sich das früher immer ausgemalt: dass er seinen Vater an seine Arbeitsstelle begleitete, lernte, was er dort den ganzen Tag machte, ihm abends Fragen stellen oder sich nach seinen Kollegen erkundigen konnte. Es war anders gekommen. Gerd hatte sich absolut geweigert, seinen Sohn mit in die Bank zu nehmen, aber durch die Konzerte hatte Tim mehr Arbeitskollegen kennengelernt und mehr Arbeitsatmosphäre geschnuppert, als wenn er Papi mal ins Büro begleitet hätte. Wahrscheinlich hatte Gerd ihm so gesehen sogar einen Gefallen getan.

Trotzdem genoss er, beinahe wider Willen, diesen Gang mit Rolf durch die Uni. „In dieser Bibliothek wirst du wahrscheinlich eine Menge Zeit verbringen. Da hat sich unsere Verwaltung echt mal Mühe gegeben. Die Auswahl an Titeln ist wirklich sehenswert, die Stühle sind bequem, die Lichtverhältnisse hervorragend, die Computer funktionieren, die Kopierer ebenfalls. Und sogar der Kaffeeautomat."

Armer Rolf. Er dachte noch immer, dass er eines Tages mit Tochter Katrin und Quasi-Sohn Tim ein ganz normales Professorenleben an dieser Uni führen würde. Na ja, würde er ja wahrscheinlich auch, nur eben ohne Quasi-Sohn. Wahrscheinlich würden sie nach seinem Verschwinden ihr Leben einfach wieder da aufnehmen, wo sie es vor ein paar Monaten eben mal unterbrochen hatten. Welchen Unterschied würde das für sie schon machen?

Rolf lud Tim auf einen Kaffee in die Mensa ein, er war bekannt und, wie es schien, auch beliebt, wurde häufig gegrüßt und hatte einige Smalltalks zu halten, bevor sie endlich ungestört an einem der Tische sitzen und ihren heißen Kaffee genießen konnten.

Tim hatte noch etwas auf dem Herzen. „Ich hab mal einen Artikel gelesen, der war überschrieben: *Handicap is beautiful*", eröffnete er möglichst harmlos das Gespräch. Er verschwieg, dass er diesen Artikel gerade erst gestern im Internet gefunden hatte. Niemand brauchte zu wissen, dass er sich über Behinderung informierte. Und über Behindertenzentren. Er wollte sich auch auf keinen Fall zu informiert zeigen. Rolf mit seinem „Immer-positiv-Denken" würde diese Idee sicher kennen und selbst vertreten.

Aber interessanterweise schien er eher kritisch. „Hmm, hab ich auch schon mal gehört. So ganz verstanden habe ich es allerdings nicht. Sie hatten zum Beispiel einen Katalog für Kinderkleidung, in dem die Models beiderlei Geschlechts alle Behinderte waren. Süße kleine Downies in süßen kleinen Gewändchen – na ja, mein Geschmack war's nicht, aber wie gesagt: Vielleicht habe ich die ganze Idee einfach nur nicht verstanden."

„Was sind denn Downies?", wollte Tim wissen.

„Ach so, entschuldige bitte, das ist ein Fachidiotenausdruck. Steht für Down Syndrom.Wurde früher auch Mongolismus genannt, weil die Gesichtsform und besonders die Augenstellung an das Aussehen von Bewohnern der Mongolei erinnert. Irgendwann hat mal ein Mensch namens Down sämtliche Symptome für diese Behinderung zusammengestellt, und dann hat man den Namen eben in Down Syndrom abgeändert. Wahrscheinlich auch, um keine Rassendiskriminierung vorzunehmen. Na ja, und Kinder mit Down Syndrom sehen eigentlich richtig niedlich aus, sind meist auch recht pfiffig und wurden wohl deswegen für diesen Katalog ausgesucht."

Tim wusste, was das Down Syndrom war, allerdings war

ihm der Ausdruck „Downies“ nicht bekannt gewesen. Er fand ihn ganz witzig. Hörte sich an wie Brownies, dieses Schokoladenzeug. Aber er wollte auf etwas anderes hinaus. „Na gut, einen Katalog mit den süßen Kleinen zu machen, ist vielleicht wirklich eine Geschmacksfrage. Aber was hältst du von diesem Gedanken, Behinderung sei etwas Schönes, etwas, das die Harmonie im Menschen wieder hervorbringt? Oder so ähnlich. Vielleicht habe ich das ja auch nicht so ganz verstanden.“

„Ich glaube, der Gedanke ist so etwa der, dass Behinderte, unberührt von dem schnöden Streben der nicht behinderten Bevölkerung, das wahre Menschliche noch verkörpern und vermitteln. Und dass damit die Umgebung –was ja schön wäre – zurückgeführt wird zu eben diesem wahren Menschlichen. So etwas in der Art jedenfalls.“

„Und? Stimmst du dem nicht zu?“

„Auf keinen Fall.“ Rolfs schroffe Reaktion erstaunte Tim nun allerdings doch. Kam jetzt wohl der wahre Kern des Rolf Liegers zum Vorschein? Das maskenlose Geständnis, dass er die Behinderung seines Sohnes doch zutiefst ablehnte? Dass er sich gestraft, ungerecht behandelt, betrogen fühlte von seinem Gott?

„Weißt du, es gibt Behinderungen, die wirklich alles andere als *beautiful* sind“, fuhr Rolf fort. „Ich kenne Eltern, die jahrelang sämtliche Nächte am Bett ihres behinderten Kindes verbringen, die sich die Hacken ablaufen nach Medikamenten, Ärzten, neuen Behandlungsmöglichkeiten. In den verschiedenen Klassen, in denen ich David schon besucht habe, hat es auch immer Schüler gegeben, von denen ich dachte: *Der Himmel vergebe mir, bin ich froh, dass wir solche Probleme mit David nicht haben!* Wenn man’s genau betrachtet, hatten wir mit ihm ja eigentlich nur eine relativ kurze Stresszeit, die paar Monate bis zu dem Zeitpunkt, als er aus dem Krankenhaus entlassen wurde und wir so ungefähr wussten, woran wir sind. Seitdem geht's uns ja doch ziemlich normal. Natürlich mache ich mir Gedanken um seine Zukunft, aber sieh dir unsere Gegenwart an. Sie ist vielleicht nicht die Norm, aber eben doch recht problemlos. Aber es gibt wirklich Eltern, die mit ihren behinderten Kindern in Permanent-Stress leben. Schön, sagen wir mal, fünfzig Prozent davon sind selbst gemachter Stress, weil sie bestimmte Tatsachen einfach nicht akzeptieren wollen. Aber dann bleiben immer noch brutale fünfzig Prozent Stress, die einem das Leben ganz schön schwer machen können. Wenn jemand von sich aus dann sagt: ‚Ich fühle mich gerade durch diese Schwierigkeit gesegnet' oder: ‚Ich habe gerade durch diese Schwierigkeiten ganz andere Wertigkeiten im Leben entdeckt', dann ist es ja in Ordnung. Das deckt sich auch mit meinen Erfahrungen. Man kann durchaus das Leben trotz – oder gerade wegen – eines behinderten Kindes als schön erleben. Aber einfach so von außen in diese Situation zu sagen: ‚Ach, das ist alles gar nicht so schlimm, *handicap is beautiful*', – das finde ich schon ganz schön platt."

Tim hatte es so noch nicht betrachtet. Vor allem hatte er nicht gedacht, dass Davids Behinderung als relativ harmlos eingestuft werden konnte. Er versuchte sich vorzustellen, wie andere Behinderte aussehen mochten, deren Betreuung zum Dauerstress für ihre Familien wurde. Es gelang ihm nicht. Aber er würde sie schon kennenlernen. In seinem selbst gewählten Straflager.

Eine andere Frage drängte sich aber natürlich in dem Zusammenhang auf.

„Also gut, ihr erlebt das Leben trotz oder gerade wegen dieser Behinderung von David als gut. Meinetwegen trifft das auch noch auf andere Menschen zu. Schön für euch. Aber ich wette, die meisten Menschen finden es eher furchtbar … oder doch jedenfalls schwierig", verbesserte er sich noch schnell. „Ich finde es schon etwas unfair von einem Gott, erst diese Behinderungen zu erfinden und dann den Leuten abzuverlangen, dass sie das Leben immer noch toll finden."

Rolf schnupperte gerade genüsslich an seiner Tasse. Er war ein begeisterter Kaffeetrinker. Er genoss es, die Tasse zwischen den Händen hin und her zu drehen, ab und zu ein wenig daran zu nippen, manchmal nur das Aroma einzuatmen, nach jedem Schluck den kleinen Temperaturunterschied wahrzunehmen – und wenn er dann auch noch einen interessanten Gesprächspartner hatte, den er über den Rand der Tasse hinweg betrachten konnte, war der Genuss für ihn vollkommen. Tim war ein interessanter Gesprächspartner. Rolf konnte gar nicht genug darüber staunen, dass dieser junge Mann sein Sohn war. Er konnte keine großen äußerlichen Ähnlichkeiten feststellen. Aber so vieles in Tims Wesen erinnerte ihn an sich selbst als Teenager. Dass er – wenn auch auf völlig unterschiedliche Art und Weise – zwei so wunderbare Söhne wie David und Tim zustandegebracht hatte, konnte er manchmal fast nicht glauben.

Tims Frage fand er verständlich, auch wenn er eine ganz andere Ansicht darüber hatte. „Weißt du, Tim", antwortete er, während er genüsslich den Kaffeeduft einsog, „Gott schafft keine Behinderungen, er schafft *Menschen*. Und auf eine Weise, die ich dir nicht erklären kann – macht aber nichts, das kann auch sonst niemand erklären –, hat er uns in diesen Erschaffungsprozess mit hineingenommen. Na ja, und da geht eben öfter mal was schief."

Tim musste grinsen. War ja klar, Gott war mal wieder völlig unschuldig. „Du würdest niemals zugeben, dass dein Gott irgendwas vermurkst hat, stimmt's? Immer sind die Menschen schuld."

Jetzt musste auch Rolf grinsen. Er hatte weder von Schuld gesprochen noch an Schuld gedacht. *Aber schön, reden wir darüber.* „Also, ich würde sagen, ganz grundsätzlich muss man da von Ursache und Wirkung sprechen. Aber ich finde schon, dass es auch Schuld gibt. Ein Arzt, der einen ‚Kunstfehler' bei der Entbindung macht, ist durchaus schuld, wenn durch den Sauerstoffmangel eine Behinderung bei dem Kind entsteht. Eltern, die sich mit Drogen und Alkohol zuknallen, sind meiner Meinung nach sehr wohl schuld, wenn daraus eine Behinderung bei dem Kind entsteht, das sie zeugen. Firmenbosse, die ihre Angestellten wissentlich schädlichen Strahlungen aussetzen, sind durchaus schuld, wenn deren Kinder dann Behinderungen aufweisen. Und wahrscheinlich könnte man da noch manches andere aufzählen. Aber in den meisten Fällen kann man bei Behinderungen eigentlich nicht sagen, wer daran Schuld hat."

Tim gab ihm recht. „Klar, Schuld ist ja eine Frage von Moral, die muss man wahrscheinlich anderswo diskutieren. Ich meinte auch eher Ursache und Wirkung. Aber es kommt doch aufs Gleiche heraus. Ich rede jetzt von Menschen, die einfach so, ohne erkennbaren Grund, behindert auf die Welt kommen. Ob Gott nun eine Behinderung verursacht oder verschuldet, fies finde ich es trotzdem."

„Nur frage ich mich eben, ob es wirklich Gott ist, der das verursacht oder verschuldet. Bei vielen Behinderungen können unsere schlauen Wissenschaftler dir durchaus Ursache und Wirkung erklären. Zum Beispiel die Auswirkung von Strahlen auf die Hirnzellenaktivitäten. Vor hundert Jahren wusste man das noch nicht und hätte Gott die Schuld gegeben. Aber in den meisten Fällen weiß niemand den genauen Grund für eine Behinderung. Und wenn ich mir überlege, dass wir Menschen schon seit Tausenden von Jahren auf diese Welt einwirken … ich meine, da weiß doch kein Wissenschaftler, was wir schon alles verursacht haben, das sich jetzt eben bei manchen Menschen als Behinderung auswirkt."

Tim schlürfte an seinem Kaffee. Er hatte sich selbst schon gefragt, was diese künstliche Welt, die wir in Nahrung und Kleidung, Baustoffen und all dem Zeug um uns herum aufrichten, wohl für Auswirkungen haben könnte. Und was war mit diesen Experimenten, die sie dauernd machen? Angeblich in der Wüste, weit weg von der Bevölkerung. Wahrscheinlich hatte Rolf auch recht damit, dass selbst die Wissenschaftler keine Ahnung hatten von all den möglichen Auswirkungen. Nur – wenn man keine Ahnung hatte, was alles möglich ist, dann hatte man natürlich eine kleine Ahnung, dass alles Mögliche möglich sein konnte. Eine Hirnhautentzündung mit ihren Auswirkungen aufs Gehirn und damit auf das ganze Leben konnte man heutzutage nachweisen. Rolf mochte recht haben. Wer wusste denn, was man in einigen Jahrzehnten nachweisen konnte, das man bislang Gott in die Schuhe geschoben hatte?

Trug Gott überhaupt Schuhe?

Komplizierte Welt. Er konnte sich jetzt nicht damit befassen. Er hatte seine eigenen Komplikationen zu bewältigen. Daher ließ er das Thema fallen, und glücklicherweise wurde Rolf in dem Moment auch gerade von einem Kollegen angesprochen.

Zum Schluss mussten sie noch einmal in Rolfs Büro. Während Rolf einige Papiere prüfte, die offensichtlich auf seinem Schreibtisch gelandet waren, nachdem er das letzte Mal dort gewesen war, schaute Tim sich um. Nett sah das Ganze aus, schlicht und – er musste grinsen – natürlich gab es auch hier was Frommes: Rembrandts Moses. Allerdings wusste Tim nicht genau, ob er über sich selbst oder über Rolf grinsen musste. Tim mochte dieses Bild, wie auch fast alle anderen von Rembrandt, aber er hatte es früher nie mit frommen Gedanken assoziiert. Immer mit künstlerischen.

Als Rolf sein Telefongespräch beendet hatte, fragte Tim ihn: „Gefällt dir Rembrandt generell gut oder gerade dieses Bild von Moses mit den Gesetzestafeln?"

Rolf überlegte einen Moment. „Mir gefällt die Aussage des Bildes."

Tim zuckte etwas gelangweilt mit den Schultern. „Was sagt es denn schon Großartiges aus? Ein müder alter Mann zerdeppert ein paar Steintafeln. Ich meine, die Atmosphäre um ihn herum ist total stark getroffen. Man möchte irgendwie den Ton anschalten, weil man das Brausen des Sturmes fast fühlen kann." Tim führte seinen Finger langsam über den Rahmen. „Mich fasziniert ganz besonders dieses Graublau hier auf der linken Seite. Ich möchte am liebsten den Rahmen wegreißen, um zu sehen, wie es dort weitergeht. Wenn ich Rembrandt nicht so bewundern würde, wäre ich direkt sauer auf ihn, weil er uns nicht zeigt, was da links außerhalb des Bildes geschieht. So als ob er am spannendsten Punkt ‚Fortsetzung folgt' geschrieben hätte, und dann stirbt er einfach weg, und wir kriegen die Fortsetzung nie zu sehen."

Tim stand vor dem Bild, und Rolf betrachtete die faszinierenden Augen und Gesten dieses Jungen, der sein Sohn war und der sich offensichtlich nicht zum ersten Mal Gedanken über dieses Bild machte.

„Kennst du die Geschichte dieser Tafeln und dieses alten Mannes?", fragte er.

Tim zuckte wieder die Achseln. Er interessierte sich zwar

nicht für Gott, aber er hatte immerhin mal einen Kurs über die Thora besucht. „Er war oben auf dem Berg und hat mit Gott gesprochen. Als er runterkam und sah, dass seine Leute inzwischen dieses goldene Vieh gemacht hatten und es anbeteten, war er sauer. Verständlicherweise. Falls er wirklich mit Gott gesprochen haben sollte, was ich natürlich nicht glaube, dann muss er irre wütend gewesen sein. Fände ich jedenfalls logisch. Was ist daran so faszinierend?"

„Das, was oben auf dem Berg geschah. Gott hatte ihm nämlich schon gesagt, dass die Leute unten ein goldenes Tier machten und es anbeteten. Und er hatte Mose gesagt, dass er sie dafür strafen müsse. Aber Mose ist für sie eingetreten: ‚Ach nein, tu das doch nicht, sie sind doch dein Volk, du hast sie doch so lange und weite Wege geführt und was sollen denn die anderen Völker dann denken' und so weiter. Und Gott sagte, er wolle ihnen vergeben. Und nun kommt Moses nach unten, sieht mit eigenen Augen, was seine Leute gemacht haben und dreht durch. Er zerschmettert die Tafeln, die Gott höchstpersönlich beschrieben hat. Ich meine, ich hätte verstanden, wenn er die Tafeln vorsichtig beiseitegestellt und dann sämtliche verfügbaren Felsbrocken auf die Leute runtergeschmissen hätte. Aber diese Tafeln! Dieses kostbare Geschenk Gottes! Diese absolut einmaligen Stücke! Beschrieben von Gott selbst. Das ist doch unglaublich. Oben auf dem Berg, als er noch nicht gesehen hatte, was Sache war, wollte er noch Gnade für das Volk. Aber als er es dann selbst gesehen hat, war's vorbei. – Und jetzt sieh dir mal an, wie ganz anders Gott ist. Er hatte die ganze Zeit über genau gewusst, was da los war. Und er hatte schon beschlossen zu vergeben. Das ist es, was mich an der Geschichte so fasziniert. Ich bin nämlich leider auch so ein Typ und raste leicht aus, wenn ich verkehrtes Handeln sehe, bei mir selbst oder bei anderen. Aber dieses Bild erinnert mich immer wieder daran: Gott hat es immer schon längst gewusst. Und er hat bereits beschlossen zu vergeben."

Tim sah ihn an mit dem Blick eines Lehrers, der einem hoffnungslosen Schüler noch eine letzte Chance geben will. „An solche Kleinigkeiten wie Hell-Dunkel-Effekte, Licht-Schatten-Kontraste, Barockstil oder Ähnliches hast du dabei wohl nicht gedacht?"

Rolf betrachtete das Bild noch einmal sehr aufmerksam. „Nö", antwortete er schließlich.

Anfang Mai

Äußerlich konzentrierte Tim sich auf sein Abi. Jeder erwartete das von ihm, jeder dachte das von ihm. Jeder verstand, dass er mit Lernen beschäftigt war.

Eeke lernte nicht so viel, obwohl er es nötig gehabt hätte. Aber er verstand, dass Tim lernen wollte. Das heißt, eigentlich verstand er es nicht. Tim war doch sowieso Klassenbester. Aber Eeke nahm Tim immer so, wie er war.

Gabi und Gerd verstanden, dass er gern draußen lernte, mit dem Fahrrad in die Felder, auf ein Handtuch gelegt und dann das Buch vor die Nase. Mona und Rolf verstanden, dass er wenig Zeit hatte, sie zu besuchen, dass er sich aufs Lernen konzentrieren musste. Tim verstand, dass man Menschen unglaublich leicht etwas vormachen konnte. Er brauchte nicht einmal zu lügen. Lügen war ihm verhasst, er stellte fest, dass es weder in seiner ersten noch in seiner zweiten Familie vorkam. Es war also nicht auszumachen, ob das Vererbung, Erziehung oder eigene Entscheidung war.

Er brauchte nur bestimmte Dinge zu tun. Ein Buch in die Hand zu nehmen und zu sagen: „Ich fahr ein bisschen mit dem Fahrrad." Und schon dachte Gabi, er würde in den Feldern lernen. Oder zu sagen: „Ich häng' die meiste Zeit vor dem Computer." Und schon dachten Mona und Rolf, er lernte fürs Abi. Oder zu sagen: „Eigentlich müsste ich mir ja keine Gedanken um meine Zukunft machen, aber ich will doch lieber nichts dem Zufall überlassen." Und schon dachte Eeke, der Streber würde wieder pauken.

Der Streber paukte nicht. Er fuhr von Internetladen zu Internetladen. Das brauchte gar nicht viel Zeit, denn er wusste ja genau, wo welcher zu finden war. Er hatte gute Vorarbeit geleistet.

Tim suchte Informationen über Norwegens Fjorde (einsam gelegene Fjorde, wo man unbemerkt jemanden aufschlitzen konnte, wo man unbemerkt eine Leiche verschwinden lassen konnte), über Englands Behindertenzentren (kleine Zentren, weitab gelegen von dem Blick der Öffentlichkeit), über Busse und Züge und Fährverbindungen zwischen der Insel und dem Festland (Fluchtwege, Wege in ein neues selbstbestimmtes Leben).

Manchmal fragte er sich: *Mache ich das hier wirklich? Plane ich wirklich, ein Leben auszulöschen? Plane ich wirklich, den Rest meines Lebens auf der Flucht zu sein?* Manchmal bildete er sich ein, es ginge wirklich nur um ein Projekt. Und dann machten ihm die Recherchen sogar richtig Spaß. Aber wenn er dann zu Hause war, das ewig mürrische Gesicht seines Vaters sah oder die verzweifelten Anstrengungen seiner Mutter, so zu tun, als wäre alles in Ordnung, dann wusste er wieder, dass es hier nicht um ein Projekt ging.

Es ging um sein Leben. Um das Leben seiner Familie. Und natürlich um das Sterben. Das Sterben genau dieser Familie. Denn darauf lief es hinaus: Eine ganze Familie würde sterben. Plötzlich wurde ihm klar, dass der Tod nie nur einen

Menschen betraf. Es waren immer andere mit betroffen. Es starben immer andere mit. Seltsam, was der Tod für eine Macht hatte. Welche Kreise er zog. Er hatte vor, einen Menschen auszulöschen, aber im Grunde löschte er eine ganze Familie aus. Vielleicht sogar zwei. Was würde sich bei Liegers ändern? Würden sie auch ein wenig mit sterben? Es kam ihm wahrscheinlich vor, aber er wollte sich jetzt nicht damit auseinandersetzen. Ein schlechtes Gewissen war das Letzte, was er jetzt gebrauchen konnte.

Ach ja, und außerdem musste er sich auf sein Abi vorbereiten.

Mitte Mai

Die Suche nach einem geeigneten Behindertenzentrum fand Tim am frustrierendsten. Meine Güte, lauter solche Typen wie David. Hingen da in ihren Rollstühlen herum, wurden fotografiert, wie sie an Tischen saßen und alberne Spiele spielten, in irgendwelchen Geräten hingen mit Therapeuten an jeder Seite oder auf Ponys geklemmt wurden. Und immer behaupteten ihre Betreuer, sie wären glücklich.

Interessant fand Tim immerhin die Wortwahl. Im Englischen konnte man sie *disabled* nennen oder auch *handicapped*. Ein ganz anderer Ausdruck war *challenged* oder auch *special needs*. Diese beiden Begriffe gefielen Tim direkt. *Mentally challenged, physically challenged* – konnte man David so bezeichnen? Wer war denn mental oder körperlich herausgefordert? David selbst oder seine Umgebung?

Und auch das mit den *special needs* regte einen direkt zum Weiterdenken an. Welche besonderen Bedürfnisse hatte David, welche hatten Mona und Rolf und Katrin durch ihn?

Welche hatte er selbst möglicherweise? Und wie unterschieden die sich von den *normal needs*?

Aber es blieb frustrierend. Mit solchen Leuten würde er die nächste Zeit verbringen müssen. Die erste Zeit nach dem Abi. Nach seiner ersten Tat nach dem Abi. Für wie lange?

Er hatte überlegt, sich zunächst für ein Jahr als Volontär zu bewerben. Nein, für ein halbes, das musste reichen. *Nein, Tim, du musst deine Strafe absitzen wie jeder andere Verbrecher. Besser gesagt: abarbeiten.*

Er hatte lange mit sich selbst debattiert. Er hatte sogar überlegt, das deutsche Rechtssystem auf sich anzuwenden. Aber das sah für einen so sorgfältig geplanten Mord lebenslänglich vor. Natürlich gab es kein wirkliches lebenslänglich. Das deutsche Strafrecht sah von Anfang an auch Gnade vor. Kein Verbrecher musste wirklich sein Leben lang im Knast sitzen, wenn er Reue und Besserung zeigte.

Interessant, dachte Tim. *Unser Rechtssystem beruht auf den Prinzipien der Religion.* Gnade vor Recht, das hatte er begriffen, war ein biblisches System. Trotzdem konnte er sich nicht entscheiden, sich selbst lebenslänglich zu geben. Immerhin würde er ja sozusagen in einem Arbeitslager sein, nicht gemütlich in der Zelle sitzen. Er beschloss, es sich selbst so schwer wie möglich zu machen, aber dafür nicht allzu lange.

Übrigens entsprach das seinen Überlegungen, noch bevor Mordpläne darin vorkamen. Vor etwa einem Jahr hatten sie im Kurs „Werte und Normen" über das deutsche Strafsystem gesprochen. Tim hatte damals einen ziemlich ausführlichen Vortrag darüber gehalten, dass Strafen nicht länger, sondern härter sein müssten. Er hatte dafür plädiert, besonders straffällige Jugendliche ganz anders anzupacken. Eine Gefängnisstrafe, wenn es denn unbedingt sein musste, sollte nicht zu lang, dafür aber knallhart sein. Arbeit bis zum Umfallen.

Nicht gesundheitsschädigend, aber doch so, dass die Inhaftierten abends ins Bett fielen und gar nicht mehr die Kraft hatten, irgendwelchen Blödsinn zu machen. Entzug von Privilegien, sobald auch nur die kleinsten Schwierigkeiten auftraten. Sie sollten sich jede Stunde des Tages wünschen, hier endlich rauszukommen. Und nie mehr reinzukommen. Aber dieser Wunsch durfte nicht in allzu weiter Ferne liegen. „Überschaubar hart", so hatte er sein Strafsystem damals genannt. Und das wollte er auch auf sich selbst anwenden. Hart sollte es sein. Wer so vielen Menschen so viel Leid zufügt (ihm wurde immer deutlicher, wie vielen Menschen er Leid zufügen würde), der musste auch hart bestraft werden. Er würde sich um all diese sabbernden Idioten kümmern. Er würde sie waschen und füttern und ihnen den Hintern abwischen. Er würde jede freie Minute des Tages mit ihnen verbringen. Er würde sich jede freie Minute des Tages wünschen, seine Strafe sei endlich vorbei. Und das musste überschaubar sein.

Er einigte sich schließlich mit sich selbst auf zwei Jahre. Zwei harte Jahre.

Ende Mai

Genau eine Woche vor den ersten Abiprüfungen hatte er sein Straflager gefunden. Ein relativ kleines Behindertenzentrum, schätzungsweise ein bis anderthalb Autostunden von London entfernt, keine Bahnstation. Er wollte nicht eben mal einen Ausflug nach London unternehmen können. Er würde überhaupt nicht aus seinem selbst gewählten Straflager herauskommen in den gesamten zwei Jahren. So viel Disziplin musste sein. Das Zentrum finanzierte sich angeblich „partly by donations". Wahrscheinlich behaupteten sie das alle. Aber das würde bedeuten, dass sie für Volontäre dankbar waren. Hoffentlich.

Tim überschlief seine Entscheidung noch einmal, aber schließlich schrieb er eine Mail und bot sich als Volontär an.

„I am not asking for salary, only for accomodation", schrieb er. Er wollte auf keinen Fall eine Bezahlung, aber Kost und Logis brauchte er natürlich. Insgeheim hoffte er, dass ein kleines Taschengeld drin sein würde, aber auch danach würde er nicht fragen. Seine Begründung fand er selbst etwas fragwürdig, aber eine bessere (oder schlechtere) Lüge war ihm nicht eingefallen: „I am hoping to get deeper insight in life by starting it with helping people in need." Dass er „tiefere Einsichten" ins Leben bekommen wollte, indem er Bedürftigen half, hörte sich ganz gut an, befand er.

Was hätte er sonst auch schreiben sollen? *I want to help others in life after taking one?* Dass er anderen Menschen in ihrem Leben helfen wollte, nachdem er gerade eines ausgelöscht hatte, hörte sich nicht wirklich überzeugend an.

Sein ganzes Leben war zu einer Farce geworden, da kam es nun auch nicht mehr darauf an, womit er seinen Sinneswandel begründete.

Vier Tage vor den Abiprüfungen, und er hatte einen relativ klar umrissenen Mordplan und einen ebenso klaren Fluchtplan. Nicht schlecht. Hoffentlich akzeptierten sie ihn.

Mitte Juni

Die Abiprüfungen gingen an Tim ähnlich vorbei wie Weihnachten vorbeigegangen war: beinahe unbemerkt. Der Zauber war endgültig verflogen: letztes Mathepauken vor dem Abi, letztes Deutschpauken vor dem Abi, letztes Weihnachten vor dem Abi, letztes Ostern vor dem Abi. Ohne jegliche Bedeutung.

Tim konnte sich an kaum eine der Prüfungen erinnern. Weder die schriftlichen noch die mündlichen. Nach der letzten Prüfung (es war mündlich Deutsch, oder?) waren alle um ihn herum in Feierlaune. Es wurde gesoffen und gequalmt, Bücher wurden verbrannt, Akten und Referate.

Eeke war einer der wenigen, die nicht ausflippten. Für ihn war es ohnehin gleichgültig, ob er bestand oder nicht.

„Sieh bloß zu, dass du einen Studienplatz hier in der Nähe kriegst", warnte er Tim. „Papa Chef hat zwar behauptet, er würde mich hart rannehmen in meiner kaufmännischen Ausbildung, aber das kündigt er mir schon seit meiner frühestens Kindheit an. Sollte uns nicht dran hindern, mit den Rädern durch die Wälder zu kurven. Kannst ja deine Bücher mitbringen und unterwegs lernen. Vielleicht fällt noch ein bisschen Bildung für mich mit ab." Und als Tim nicht reagierte: „Oder radelt ein Student nicht mehr?"

Ein Student schon, ein flüchtiger Verbrecher wohl eher nicht. Würdest du noch mit mir radeln wollen, wenn du wüsstest, was ich vorhabe? In diesem Moment hatte Tim zum ersten Mal das Bedürfnis, über seine Pläne zu sprechen. Wenn überhaupt, dann mit Eeke. Natürlich würde Eeke versuchen, ihn davon abzubringen. Aber er würde ihm zuhören. Eeke, der noch nicht mal sicher durchs Abi kommen würde. Eeke, der übergewichtige Schulversager. Eeke, sein bester Freund.

„Eeke, mit dir würde ich alles machen, vor dem Abi oder nach dem Abi." *Sogar nach meiner ersten Tat nach dem Abi. Aber ich kann leider nicht, Eeke. Ich muss mich dann verkrümeln. Die aus England von diesem Behindertenzentrum haben sich noch nicht gemeldet. Das ist schlecht. Aber noch ist ja Zeit. In vier Wochen wollen wir nach Norwegen, Eeke, und danach werde ich nicht wiederkommen. Wir werden uns nicht wiedersehen. Ich kann nicht wieder zurück. Das verstehst du ja sicher. Wir werden nie mehr durch unsere Wälder radeln. Es sei denn …*

„Los, Eeke, wir fahren. Ich hab keine Lust, mich zu besaufen, und an der großen Bücherverbrennung nehme ich auch nicht teil. Wir sind doch nicht im Mittelalter. Hast du was zu futtern dabei?"

„Hast du schon jemals erlebt, dass ich nichts dabeihabe?"

Meine erste Tat nach dem Abi: eine Radtour mit Eeke durch unsere Wälder. Perfekt. Warum nur habe ich mir immer etwas anderes, Größeres vorgenommen? Ich muss das andere jetzt durchziehen, verstehst du das, Eeke? Meine erste wirkliche Tat nach dem Abi wird ein Mord sein. Das kann ich nun nicht mehr ändern. Das kann allenfalls noch das Schicksal ändern. Aber meine erste kleine Tat nach dem Abi ist diese Radtour mit dir, Eeke. Das werd ich dir nie vergessen. Danke, Eeke, dass du noch immer denkst, ich sei ein ganz normaler netter Mensch, der mit seinem Freund durch den Wald radelt.

„Hast du dich eigentlich jetzt für ein Studienfach entschieden?", wollte Eeke wissen, als sie über den holprigen Waldweg fuhren. Eeke natürlich wieder freihändig, manchmal zupfte er unterwegs ein paar Himbeeren ab – ohne abzusteigen oder umzukippen.

„Mach ich alles nach Norwegen." *Im Moment habe ich andere Entscheidungen zu treffen. Ich muss zum Beispiel überlegen, ob ich das Messer hier oder in Norwegen kaufe. Einfacher ist es natürlich hier. Irgendso ein Made-in-China-Teil, das man nicht zurückverfolgen kann zum Käufer. Aber vielleicht kann man's nach Deutschland zurückverfolgen. Wenn ich es stattdessen in Norwegen kaufe – auch da gibt's schließlich Massenware made in Fernsonstwo –, könnte sich jemand daran erinnern.*

Andererseits, es gab dort doch auch große Warenhäuser, in denen man sich an keinen Käufer erinnern kann. Nur, wie sollte er seinen Eltern erklären, wofür er ein Messer brauchte? Würde er Gelegenheit haben, allein einkaufen zu gehen? Das musste alles gut geplant werden.

Verstehst du, Eeke, deswegen kann ich mich jetzt nicht darum kümmern, was ich irgendwann mal studieren werde. Wenn überhaupt. Mist, ich versaue mir meine ganze Zukunft. Ist es das wert?

Aber Tim hatte sich schon viel zu sehr in den Gedanken verrannt, dass er nur leben konnte, wenn er einen anderen sterben ließ. Er musste das jetzt durchziehen.

Und im Übrigen hatte er eine Lösung für die Sache mit der Tatwaffe. Er würde in jedem Fall hier in Deutschland ein passendes Messer kaufen. Und dann sehen, ob sich in Norwegen eine Gelegenheit bieten würde, dort eine Waffe zu erstehen. Ein simples Haushaltsmesser. Das würde doch wohl genügen, oder? Damit konnte man doch einen Menschen aufschlitzen, oder? Und dann in den Fluten verschwinden lassen. Auf Nimmerwiedersehen.

Für einen gesegneten Augenblick stand ihm die Ungeheuerlichkeit seines Planes vor Augen. Als er sich vorstellte, wie seine Mutter in Norwegen am Ufer eines Fjords stand und darauf wartete, dass ein aufgedunsener Körper geborgen wurde. Aber der Segen des Augenblicks ging ungenutzt vorüber. Seine Mutter, das wusste er, verdiente all die Schmerzen nicht, die er für sie vorbereitete. Aber sein Vater, der nicht sein Vater war, verdiente sie tausend Mal, und deswegen musste er seinen Plan ausführen. Er musste es einfach.

Katrin freute sich für Tim, dass nun alles vorbei war. Schließlich lag ihre eigene Abizeit noch nicht allzu lange hinter ihr.

„Ist schon ein tolles Gefühl, erst einmal keine Prüfungen mehr vor sich zu haben. Allerdings – kaum beginnt das Studium, ist man in der Mühle schon wieder drin. Ich glaube, deswegen habe ich damals das soziale Jahr gemacht. Ich fürchte, ich war gar nicht so sozial. Ich wollte einfach mal was anderes sehen und mal keine Prüfungen vor mir haben. Ich weiß ja nicht, ob das die richtige Motivation ist, aber Spaß gemacht hat's mir trotzdem. Und gelernt habe ich auch eine Menge."

Sie fragte ihn bewusst nicht nach seinen Studienplänen, weil sie aus Erfahrung wusste, dass das die erste (und für lange Zeit einzige) Frage ist, die die Leute stellen, kaum dass man das Abi in der Tasche hat.

Dass eine Diskussion über ein soziales Jahr noch schlimmer sein konnte, ahnte sie nicht. *Ach, du hattest nicht die richtige Motivation für das soziale Jahr? Soll ich dir mal meine Motivation sagen? Ich will mich für ein Verbrechen bestrafen, das ich erst noch begehen werde. Und glaube ja nicht, dass dieses soziale Jahr mir Spaß machen wird. Vielleicht werde ich eine Menge lernen. Kann schon sein. Wie man sabbernde Idiotenmünder und -hintern abwischt, zum Beispiel. Aber leider werde ich meine Erfahrungen nie mit dir teilen können. Weil wir uns nicht wiedersehen. Nicht an der Uni, nicht in diesem Leben. Und an ein Leben nach dem Tod glaube ich ja nun nicht.*

Er musste das Thema wechseln. Oder er würde jetzt anfangen, seine Pläne zu verraten. Er merkte, dass diese Geheimnisse anfingen, an ihm zu fressen. An seiner Seele, seinem Gemüt, seinem Gewissen, oder wie immer man dieses Ding nannte, das sich da so unbequem breitmachte. Das zu einem gehörte und doch irgendwie ein Eigenleben hatte. Mit dem er eins war und doch oft nicht einig. Er musste das Thema wechseln. Irgendwas Unverfängliches.

„Ich bin gestern mit meinem Freund durch den Wald

gefahren. Zur Feier des überstandenen Abis. Und obwohl wir sämtliche Gedanken an die Schule verdrängen wollten, verfolgte sie uns sozusagen. Wir saßen da so gemütlich unter den Bäumen und die Ameisen krabbelten um uns herum. Da haben wir uns natürlich gefragt, durch welche genetischen Klettertricks wir uns von Amöbe über Ameise zu Mensch entwickelt haben. Schuld ist der Biounterricht, Evolutionstheorie und so etwas. Man sollte weniger Bildung haben, dann kann man das Leben besser genießen."

David hatte sich bestimmt noch nie Gedanken über Evolution gemacht. Aber halt, Katrin glaubte ja an dieses Märchen von „Gott schuf die Welt in sieben Tagen".

„Oh, ich vergaß, du glaubst ja an die Schöpfungsnummer", sagte er deswegen und hatte ganz vergessen, dass er ein unverfängliches Thema hatte anschneiden wollen.

„Na ja, wie du schon so recht sagtest, das mit der Evolution ist eine Theorie. Mit vielen offenen Fragen. An die Theorie von der Schöpfung werden auch eine Menge Fragen gestellt, aber so weit ich weiß, gibt es da genauso viel Erklärtes und Unerklärtes wie in der Evolutionstheorie. Jedenfalls steht da durchaus nicht, wie immer behauptet wird, Wissenschaft gegen Glaube, sondern Theorie gegen Theorie."

„Also, dass du an so etwas wie Schöpfung überhaupt denken kannst!", fuhr Tim sie an. „Schon allein diese bescheuerte Aussage, wir seien aus Erde geformt und dann wurde uns Geist eingehaucht. So beschreibt ein angeblich göttliches Buch die Entstehung des Menschen?"

Katrin war etwas erstaunt über die Heftigkeit, mit der Tim diese Frage hervorbrachte. „Na ja, mal abgesehen davon, dass die Bibel nicht beansprucht, wissenschaftliche Abhandlungen zu verfassen – so weit entfernt von den Tatsachen sind wir mit dieser Aussage nicht."

„Ach, Katrin, ich bitte dich", stöhnte Tim. „Das mit dem Geist kann man ja meinetwegen noch diskutieren, aber die chemische Zusammensetzung des menschlichen Körpers ist bekannt – und es ist nicht Erde."

Katrin grinste. „Hast du die *Feuerzangenbowle* gelesen?"

„Na klar."

„Wat is de Mensch?", versuchte Katrin einen ihr nicht bekannten Dialekt zu imitieren. „Also da stelle ma uns janz dumm und da sage ma so: De Mensch is erstemal een winzig kleenes Dingele von een winzig kleenes Ei und een winzig kleenes Samekörnche. – Und wie kommt es nu, dass dat winzig kleene Ding nach zwanzig Jahre so seine achtzig Kilo wiegt? – Na, es wird halt jrößer, weil es immerzu Milch trinkt. Und später Brot isst. Und Fleisch. Und Käse. Und so weiter. – Und wo kommt dat alles her? – Da sage mer halt: von de Kuh. – Und wo hat die dat her? – Na, weil se halt immerzu leckeres jrünes Jras frisst. – Und wo kommt dat her? – Na, dat war auch so'n kleines Samekörnche. – Und wie isses denn jroß und jrün jeworden? – Na, wie die Sonne schien und der Rejen fiel, da holte sich det Samenkörnche alles, was es braucht – Von wo? Na eben, von de Erde!"

Die beiden schwiegen einen Moment, dann fügte Katrin hinzu: „Ich weiß, die chemische Zusammensetzung des Körpers ist nicht die von Erde. Aber die Bibel vermittelt eben oft tiefere Wahrheiten, die hinter der Wirklichkeit verborgen liegen. Und du kannst es drehen und wenden, wie du willst: menschliche Körper entwickeln sich und wachsen durch Ernährung – und damit letztendlich von allem, was aus der Erde wächst."

Tim brauchte ziemlich lange, um das zu verdauen. Gleichgültig, wo man anfing: Pflanze, Tier oder Mensch – wenn man alle Wachstumsprozesse zurückverfolgte, alle Metamorphose, alle chemischen Prozesse, kam man immer wieder zu dem gleichen Ausgangsprodukt: ein kleiner Same, genährt aus der Erde. Allenfalls Fisch machte da eine Ausnahme, aber selbst damit war er sich nicht so ganz sicher.

„Glaubst du, dass ich darüber noch nie nachgedacht habe?", fragte er, mehr sich selbst als Katrin.

„Glaubst du, dass ich das auch nie getan habe, bis David mich darauf brachte?", fragte Katrin zurück. „Wir haben im Garten gesessen und ich hab ihm aus der Kinderbibel vorgelesen. Als es da hieß, dass Gott den Menschen aus Erde machte, nahm David eine Handvoll Erde auf und betrachtete sie sehr interessiert. Er saß da mit gerunzelter Stirn, so als ob er wirklich darüber nachdachte, was die Erde und der Mensch wohl gemeinsam hätten. Und ich wollte das alles für ihn verständlich erklären: Das Gemüse wächst aus der Erde, der Mensch isst das Gemüse, das Vieh isst das Gemüse, der Mensch isst das Vieh … und während ich ihm das so erklärte, hab ich es selbst zum ersten Mal kapiert."

Tim wusste im Moment nichts darauf zu erwidern. Er war sich sicher, dass es eine ganz logische Entgegnung gab. Chemisch, biologisch, wissenschaftlich logisch. Selbst Mona und Rolf suchten noch nach einer solchen Erklärung. Warum sonst lasen sie Bücher, um etwas über Schöpfung und Evolution zu erfahren (er hatte solche Bücher in Rolfs Büro gesehen), wenn der sabbernde Idiot in ihrem Wohnzimmer ihnen schon alles erklärt hatte?

Als Tim sich an diesem Abend von Katrin verabschiedete, fragte er sich, ob das wohl ihr letztes Gespräch über den Glauben gewesen war. Es wunderte ihn selbst, aber er fand es gar nicht mehr nervig, dass sie ständig darüber diskutierten. Nicht, dass er ein Wort von dem glaubte, was sie ihm da zu erklären versuchte. Diese ganze Sache mit Gott war ihm nach allen Gesprächen noch genauso fremd wie beim ersten Mal. Aber es war intellektuell betrachtet jedes Mal wieder eine Herausforderung. Über die meisten anderen Themen hatte er schon mit seinen Freunden diskutiert, mit Gabi, manchmal auch mit Gerd. Glaube als Gesprächsthema dagegen kam selten vor in seinem Freundeskreis. Ob das mit dem Alter anders wurde? Aber er konnte sich nicht erinnern, dass Gerd oder seine Bankkollegen jemals über Gott gesprochen hatten. Meist war es um die Wirtschaft gegangen oder Politik oder manchmal auch Kultur. Wer interessierte sich schon für Glauben? Oder jedenfalls: Wer diskutierte ihn öffentlich mit anderen Leuten? Natürlich, solche Typen wie Rolf und Mona und Katrin. Aber davon gab's ja wohl nicht allzu viele.

Ende Juni

Und schließlich kam der Tag, den er noch vor einem Jahr so sehr herbeigesehnt hatte. Sein 18. Geburtstag. Es hätte ein Tag der großen Freiheit sein sollen. Endlich volljährig. Führerschein. Uni. Eigene Entscheidungen. Auch eigene Verantwortung. Nun gut.

Aber Tim hatte zu viel erlebt in diesem letzten Jahr. Endlich volljährig? Er fühlte sich manchmal eher überjährig. War er wirklich nur ein einziges Jahr älter geworden seit seinem letzten Geburtstag? Es kam ihm seltsam vor. Ein Jahr wie ein Leben. Er hatte mal in der Bibliothek ein Buch mit diesem Titel gesehen. Es war ihm ziemlich albern vorgekommen. Jetzt bedauerte er, dass er es damals nicht ausgeliehen und gelesen hatte. Es war nichts Albernes daran, wenn das Leben plötzlich dichter und dichter wurde, und er hätte jetzt gerne gewusst, wie andere ein so gefülltes Jahr erlebten. Und überlebten.

Er hatte vorher zum Beispiel nicht bedacht, dass auch Jungen wie David 18 Jahre alt wurden. Volljährig wurden. Wie empfand David das? Empfand er überhaupt etwas, wenn sie seinen Geburtstag feierten? Die Volljährigkeit machte ihn nicht freier als vorher, aber Tim wusste nicht, ob er nie frei werden würde, oder ob er sowieso schon frei war. Wie sollte er frei werden von lauter Zwängen, die er gar nicht erst gehabt hatte? Welche Entscheidungen würde er jetzt treffen können, die er vorher nicht hatte treffen können? Welche Verantwortung hatte er jetzt, die er vorher nicht hatte?

Ohne sich wirklich Gedanken darüber zu machen hatte Tim bisher dieses einschneidende Erlebnis „Volljährigkeit“ als ein naturgegebenes Ereignis betrachtet. So unaufhaltsam und folgerichtig wie die Schneeschmelze im Frühling oder die Laubfärbung im Herbst. Jetzt argwöhnte er zum ersten Mal, dass es einfach nur eine von vielen politischen Entscheidungen war, die in den Gesamtrahmen passen musste, die dem Gesamtrahmen diente, die mit dazu verhalf, dass nicht alles andere aus dem Rahmen fiel. Es war natürlich sinnvoll. Eine so große Gemeinschaft wie ein Staat brauchte einen Rahmen. Aber sobald einer aus dem Rahmen fiel – ein sabbernder Idiot fiel doch aus dem Rahmen, oder nicht? –, entstand plötzlich ein ganz neues Bild. Völlig neue Farben und Farbkombinationen. Völlig ungewohnte Hell-Dunkel-Kontraste. Er hatte gedacht, dass er sich damit auskannte. Er hatte es ja nicht nur in der Schule durchgenommen, sondern sich wirklich dafür interessiert. Aber nun musste er feststellen, dass das Leben sogar interessantere Bilder malte als sein geliebter Rembrandt. Und dass ihm die Interpretation deutlich schwerer fiel.

Seine Geburtstagsfete fiel genauso aus, wie er es sich immer vorgenommen hatte. Das war er seinen Freunden schuldig, seinem Image, seinem bestandenen Abi. Und überhaupt.

Gabi, die beste aller Mütter, hatte alle verwertbaren Ideen für kalte Büfetts, die sie in den vergangenen Jahren gesammelt hatte, in die Tat umgesetzt, und ihrem Sohn einen wirklich passenden Rahmen für seine Fete geliefert. Tim tat so, als freue er sich riesig. In Wirklichkeit war es ihm riesig peinlich, wenn er bedachte, welche Schmerzen er gleichzeitig für sie vorbereitete. Liegers waren glücklicherweise nicht da. Sie hatten beschlossen, ein paar Tage in irgendso eine neu eröffnete behindertengerechte Jugendherberge zu fahren und dort Davids 18. zu feiern. Sie ahnten nicht, welchen Gefallen sie Tim damit taten.

Er beobachtete seine Freunde beim Tanzen und Trinken und Futtern und Knutschen und nahm innerlich Abschied von ihnen. Nur bei Eeke fiel es ihm wirklich schwer. Den anderen würde es wahrscheinlich gar nicht groß auffallen, wenn er dieses Mal aus den Ferien nicht zurückkehrte.

Als er am nächsten Vormittag zusammen mit Gabi ans Aufräumen ging, wurde ihm bewusst, dass sich die letzten Male bald ihrem Ende näherten. Er musste jetzt, wie in jedem Endspurt, alle noch verfügbaren Kräfte zusammennehmen. Das war völlig normal, redete er sich ein. Das machte jeder, der ein großes Ziel vor Augen hatte. Er durfte jetzt nicht schlappmachen. Nicht sentimental werden.

Vier Tage, bevor sie sich nach Norwegen aufmachten, kam endlich Antwort auf seine Mail von diesem kleinen Behindertenzentrum in England. Sie wären daran interessiert, ihn als Volontär aufzunehmen, ob er zu einem Gespräch kommen könnte?

Nein, meine Lieben, das kann ich nicht. Ihr müsst mich schon so nehmen.

Sie wollten alle möglichen Papiere und Informationen. *Meine Güte, kann man noch nicht einmal sabbernden Idioten helfen, ohne durch sämtliche Raster und Register geschleift zu werden?*

Wie viel Medieninteresse würde sein Mord hervorrufen, fragte Tim sich immer wieder. Würde es durch englische Nachrichten gehen, was einem deutschen Urlauber in Norwegen geschehen war? Würde man Namen nennen? Würde der Leiter eines kleinen Behindertenzentrums in England diese Meldung lesen und mit seinem Volontär in Verbindung bringen? Und wie lange würde so etwas durch die Presse gehen? Konnte er darauf hoffen, dass bei seiner Ankunft in dem Zentrum seine Story schon wieder aus den Medien verschwunden war?

Er musste darauf hoffen. Etwas anderes blieb ihm nicht übrig.

Er beschloss, dem Zentrum zu schreiben, dass er leider in den nächsten Wochen nicht erreichbar sei, ihnen aber ab – na, sagen wir mal, der ersten Septemberwoche zur Verfügung stehen könnte. Seine Papiere würde er dann alle dabeihaben. Wenn er erst einmal dort war, mit Pass und freundlichem Gesicht, würden sie doch wahrscheinlich nicht noch alles Mögliche andere von ihm erfragen. Er musste es darauf ankommen lassen.

Gabi packte schon die Koffer. Tim packte langsam die Panik. Würde er das wirklich durchziehen? Er musste es, das wusste er. Aber würde er?

Er beschloss, noch ein letztes Mal die Liegers zu besuchen. Aber er traf nur Katrin an. Und David natürlich. Seltsam, hier mit Katrin zusammen fiel es ihm leicht, ihn David zu nennen, aber in der richtigen Welt war er ein sabbernder Idiot und musste auch als solcher bezeichnet werden.

Tim lachte sich selbst aus. *In der richtigen Welt. Als ob ich noch wüsste, was eigentlich die richtige Welt ist. Ausgerechnet ich.*

„Ich wollte mich noch mal melden, bevor wir nach Norwegen abhauen."

„Super, komm rein." Katrin hatte die Hände voller Mehl, als sie ihm mithilfe des Ellbogens die Tür öffnete. Er schloss die Eingangstür hinter sich und folgte Katrin durch das Wohnzimmer in die Küche.

„Mam und Paps sind nicht da. Irgendein Treffen in der Gemeinde. Ich hab die Gelegenheit genutzt, ein bisschen Chaos zu verbreiten."

Das war offensichtlich, auch ohne dass sie es verkündete. Tüten und Dosen standen überall herum, auf dem Küchentisch war ein großer Fladen Teig ausgerollt, auf dem David mit einer Ausstechform herumklopfte.

Gut, dass er nicht mehr da sein würde, um probieren zu müssen, was immer da fabriziert wurde. Schade, dass er nicht mehr da sein würde, um sich von Mona und Rolf zu verabschieden. Aber noch einmal würde er nicht den Mut aufbringen, hierherzukommen. Im Grunde bereute er es jetzt schon. Dieses Durcheinander von Zutaten und Haushaltsartikeln mit dem sabbernden Idioten mittendrin erinnerte ihn an Normalität und Familie und Behinderte und Leben und Tod … und alles.

Er wollte keinen netten Abend mit Katrin verbringen. Er wollte sich mit ihr streiten und dann abhauen. Aber er hatte sich noch nie mit ihr gestritten. Er wusste gar nicht, wie er das anfangen sollte. Am besten über Religion reden. Da stritten sie sich zwar nicht, aber einig wurden sie sich auch nie.

„Hattest du keine Lust mitzugehen in die Gemeinde?", fragte er. „Ist wohl nichts Interessantes für dich?"

„Ich weiß gar nicht, was das Thema ist. Ich war einfach nur zu faul, noch mal rauszugehen. Und dann hatte ich plötzlich Lust, mit David Kekse zu backen."

„Und glaubst du nicht, dass Gott dich bestrafen wird, weil du so nach dem Lustprinzip lebst?", fragte Tim betont zynisch, um die anderen, unangenehmen Gedanken zu verdrängen.

Katrin lachte. „Was hast du bloß für eine verquere Vorstellung von Gott?"

„Eigentlich hab ich überhaupt keine Vorstellung von Gott. Ich glaube jedenfalls nicht an ein Wesen, ein Gegenüber, einen, mit dem man reden kann."

„Sondern?"

Tim zuckte die Achseln. Er hatte sich einen Küchenstuhl bis in die Nähe der Tür gezogen und war jetzt einigermaßen sicher vor den Mehlspuren, die Katrin und David überall hinterließen. „Weiß ich nicht so genau. Ich hab mir noch nicht allzu viel Gedanken über Gott gemacht. Ich denke eher an eine allgemeine Kraft hinter dem Ganzen. Diese neue Idee, dass in gewisser Weise jeder Gott ist, weil Gott in allem drinsteckt, finde ich vielleicht noch am passendsten."

„Die Idee ist doch nicht neu."

„Nicht?"

„Nee, knochenalt." Katrin hatte sich inzwischen daran beteiligt, Kekse auszustechen. Eine ganze Menge Monde und Herzen tummelten sich zwischen den Mehlresten. Und eine ganze Menge undefinierbare Formen, die von David stammten. Katrin konnte mühelos Formen ausstechen, das Backblech damit belegen, David mal eben wieder auf dem Stuhl zurechtrücken und mit Tim diskutieren. Gabi hatte mal behauptet,

Mütter könnten etwa 20 Dinge gleichzeitig tun. Katrin kam dem Ziel erstaunlich nah.

„Ich glaube sogar, es ist die älteste Idee überhaupt, dass Menschen lieber selbst Gott sein wollen", fuhr sie fort. „Die einen haben es ehrlich zugegeben und sich um Gott nicht weiter geschert, sondern sich eben selbst zum Maßstab gemacht. Und die anderen haben es fein fromm verpackt, haben zwar dauernd von Gott und seinen Geboten gesprochen, aber immer sehr genau unterschieden, welche der Gebote sie für wie wichtig hielten. Mit anderen Worten: Sie haben sich genauso selbst zum Maßstab gemacht. Und damit eben zu Gott. Weißt du, was durch die Kreuzigung passiert ist?"

„Da wurde einer aufgehängt, der sich zu vielen Illusionen hingegeben hatte."

Katrin lachte. „Nee, ich glaube eher, das war das Ende aller Illusion. Da wurden die Religiösen entlarvt, die, die immer behauptet hatten, sie hätten sich der Sache Gottes verschrieben. Plötzlich wurde klar, dass sie nur ihre eigene Sache vertreten haben. Und dass sie sich das auch nicht nehmen lassen wollten. Dass ihnen da keiner reinfunken durfte. Auch nicht Gott."

Sie schwieg einen Moment, dann fuhr sie fort: „Weißt du, was ich persönlich denke? Ich denke, mit der Kreuzigung hat die Menschheit sozusagen schriftlich festgehalten, dass sie Gott ablehnt. Ich meine, die meisten waren ja schon immer dagegen, dass da ein Gott über ihnen ist. Aber man konnte es halt nie so direkt zum Ausdruck bringen. Man konnte ihn natürlich verbal ablehnen, aber er war eben nicht greifbar, nicht angreifbar sozusagen. Aber mit diesem Jesus, der von sich behauptete, selbst von Gott zu kommen, ja sogar eins zu sein mit Gott, hatte man jetzt endlich etwas Fassbares, gegen das man vorgehen konnte. Die Ungläubigen wollten ihn umbringen, damit sie endlich wieder in Ruhe gottlos sein konnten. Die Gläubigen wollten ihn umbringen, damit sie wieder in aller Ruhe ihre Frömmigkeit selbst bestimmen konnten. Alle zusammen wollten ihn im Grunde genommen umbringen, damit sie wieder in aller Ruhe selbst Gott sein konnten. – Du siehst, die Idee ist uralt."

Tim antwortete nicht, aber aus Gründen, die er Katrin nicht hätte sagen können. Er begriff nämlich sehr gut, was sie da erklärte. Man konnte jemanden noch so sehr hassen – aber erst, wenn man ihn umbrachte, hatte man es klar genug zum Ausdruck gebracht. Sie mussten damals einen Menschen umbringen, um wieder sein zu können, was sie wollten? Das konnte er absolut nachvollziehen. Er musste auch einen Menschen umbringen, um wieder sein zu können, wer er wollte. Aber was kam eigentlich danach?

„Du sagst, sie haben es Gott quasi schriftlich gegeben, dass sie ihn nicht wollen. Haben sie damit nicht ein Eigentor geschossen? Denn damit hat er natürlich auch was Konkretes gegen sie in der Hand. Nicht mehr nur ablehnende Gefühle und Gedanken, sondern eine klare Anklageschrift gegen alle Beteiligten sozusagen."

„Stimmt genau. Weißt du, was Gott damit gemacht hat?"

Das interessierte Tim nun wirklich. „Nee. Erzähl!"

„Paulus sagt, Gott hat die Anklageschrift gegen die Menschheit ans Kreuz geheftet."

„An das gleiche Kreuz, an das die Menschheit Jesus geheftet hat?"

„Ja."

Tim dachte eine ganze Weile darüber nach, schließlich gab er auf. „Das verstehe ich nicht. Wozu soll das gut sein?"

„Ich kann's dir geschichtlich erklären: Sie haben damals den Anklagegrund doch immer an das Kreuz geheftet, damit jeder sehen konnte, weswegen einer verurteilt war. Bei Jesus hatten die Römer geschrieben: ‚Er hängt hier, weil er der König der Juden ist.' Die Juden beschwerten sich und sagten: ‚Nein, es müsste heißen: Er hängt hier, weil er von sich *behauptet* hat, der König der Juden zu sein.' Und Gott hätte auf das Kreuz geschrieben: ‚Er hängt hier wegen der Schuld der ganzen Menschheit.'"

„Hm", überlegte Tim, „ist das nicht ein bisschen unfair, ihn für die Schuld der anderen zu verdonnern?"

„Ja, sicher, wenn man ihn verdonnert hätte, wär's unfair. Aber es hat ihn niemand verdonnert. Er hat's freiwillig von sich aus gemacht."

„Komischer Typ."

„Das kann man wohl sagen."

Er hielt es nicht länger aus. „Ich lasse dich jetzt lieber mal dein Chaos beseitigen, anstatt dich mit theologischen Diskussionen abzulenken. Grüß deine Eltern. Ich schaffe es wohl vor unserer Abreise nicht mehr, euch zu besuchen." Dann schnürte sich ihm die Kehle zu, und er konnte nichts mehr sagen. Er würde sie nicht wiedersehen. Niemals.

Katrin war zu sehr mit ihrem Teig beschäftigt, um es zu bemerken. „Schade. Dann erhol dich gut. Und schreib mal, okay? Ich kann dir noch nicht einmal die Hand geben. Aber ich wünsche euch 'ne richtig gute Zeit."

Und so verabschiedete Tim sich ohne Handschlag von ihr. Verabschiedete sich von David, ohne ihn überhaupt anzusehen. Verabschiedete sich von Rolf und Mona gar nicht. Von dieser Familie, die seine hätte sein sollen. Von diesem Haus, in dem er hätte aufwachsen sollen. Von diesem Leben, das eigentlich seins hätte sein sollen. Er ging, ohne sich noch einmal umzusehen, aus der Küche hinaus durch das Wohnzimmer in den Flur.

Auf der Haustürklinke war eine Spur Mehl, die Katrin beim Öffnen dort hinterlassen hatte. Tim zögerte einen Moment lang, dann wischte er die Spur entschlossen weg. Wegwischen. Auswischen. Das war das Beste, was er jetzt tun konnte.

Scheiße, dachte er, als er aus dem Haus ging. Oder eher flüchtete. Und dann dachte er gar nichts mehr. Er wollte nicht mehr denken. Er konnte es auch gar nicht mehr.

Er würde nach Norwegen reisen, er würde einen Mord begehen, er würde niemals wiederkommen. Was gab es da noch zu denken?

Am Abend

Katrin hatte endlich alle Spuren der Backaktion beseitigt, und nur der angenehme Duft der gelungenen und der leicht verbrannte Geruch der nicht so gelungenen Kekse erinnerte noch an das Chaos. David lag im Bett und Katrin hatte gerade eine Flasche Wein und drei Gläser auf den Tisch gestellt, als sie das Öffnen der Wohnungstür hörte. *Prima abgepasst*. Aber nur ihre Mutter kam ins Wohnzimmer.

„Was ist los? Hast du Paps verloren?"

Mona grinste. „Nee, der hat sich selbst verloren. Er hat die Kuhns getroffen."

Jetzt grinste auch Katrin. „Schon klar: und dann haben sich alle drei verloren in ihrer Diskussion über die möglichen Musikinstrumente der Leviten."

„So ist es. Da habe ich mich lieber aus dem Staub gemacht." Und schmunzelnd fügte sie mit einem Blick auf die Weinflasche hinzu: „Eine kluge Entscheidung, würde ich sagen."

Die beiden machten es sich gemütlich und Katrin sagte: „Übrigens, Tim war heute Nachmittag hier."

„Ach, tatsächlich? Schade, dass wir ihn verpasst haben." Aus Monas Stimme klang wirklich Enttäuschung heraus.

Katrin schüttelte grinsend den Kopf. „Das ist schon alles ziemlich verrückt. Wenn du mir vor einem Jahr gesagt hättest, dass ich hier mit meinem Bruder Kekse backe und dann mein anderer Bruder zu Besuch kommt, hätte ich dich ausgelacht. Aber um ganz ehrlich zu sein: Als Schwester genieße ich es, zwei Brüder zu haben. Stell dir vor, gestern hat Tina mich ganz mitfühlend gefragt, wie ich denn damit zurechtkomme, dass David nun gar nicht mein richtiger Bruder ist. So was Bescheuertes! David wird immer mein Bruder bleiben, selbst wenn man mir jetzt erzählte, dass er ursprünglich vom Mond gekommen ist. Und Tim habe ich noch als Bruder dazubekommen. Finde ich cool. Aber manchmal frage ich mich, wie du das als Mutter wohl empfindest? Cool ist da wahrscheinlich nicht der richtige Ausdruck."

Mona musste lächeln. „Nein, ganz bestimmt nicht. Aber soll ich dir was sagen? Inzwischen genieße ich es auch."

Sie schwiegen einen Moment, dann fuhr Mona fort: „Ich hab dir noch nie erzählt, wie das damals war. Wir hatten ja zwei Krisen auf einmal zu bewältigen: ‚Sohn schwer krank' und ‚Sohn mit fremdem Blut', aber ich konnte mich erst mal nur auf eine konzentrieren. Erst als David wieder zu Hause war und wir so langsam mit all dem umgehen konnten, was durch seine Behinderung auf uns zugekommen war, hab ich über das andere nachdenken können. Und das wurde dann eine Mischung aus allen möglichen Gedanken und Gefühlen. Wut auf die, die ihn vertauscht hatten. Wut auf mich selbst, weil ich es nicht gemerkt hatte. Angst, was aus meinem ‚ursprünglichen' Jungen wohl geworden ist. Schuldgefühle, weil ich David jetzt sozusagen seiner Mutter gestohlen hatte. Das alles hat mich eine Zeit lang fast umgebracht."

„Und was hat dir dann das Leben gerettet?“

Mona schmunzelte. „Etwas, das Paulus geschrieben hat. Ich las eines Morgens: *Bewahre das dir anvertraute Gut durch den Heiligen Geist, der in uns wohnt.* Ich weiß natürlich, dass Paulus was völlig anderes damit gemeint hat, aber in dem Moment war das mein Rettungsanker. David war mir von Gott anvertraut. Das allein zählte. Nicht dass er vertauscht war, nicht dass er behindert war, nicht dass irgendwer irgendwas falsch gemacht hatte. Vielleicht war das nicht gut, was da alles passiert war. Aber er war ein mir von Gott anvertrautes Gut und ich sollte ihn bewahren. Und zwar durch den Heiligen Geist. Das fand ich auch total ermutigend. Zum einen heißt das ja, dass ich ihn nicht aus eigener Kraft bewahren muss, sondern dass Gott mir immer dabei helfen wird. Zum anderen heißt es aber auch: ihn bewahren durch alles das, was der Heilige Geist bewirkt: Liebe, Geduld, Freundlichkeit, Treue und noch einiges mehr, das ich im Moment vergessen habe. Jedenfalls sollte ich David auf ganz hohem Niveau bewahren und würde dafür von ganz hohem Niveau Hilfe bekommen. So hab ich das damals verstanden und so habe ich seitdem gelebt. Übrigens auch mit anderen Dingen, die Gott mir anvertraut hat. Na, und jetzt, wo Tim in unser Leben getreten ist, natürlich erst nach dem anfänglichen Schock und der Verwirrung, da denke ich, dass das genauso gilt. Weißt du, ich hab versucht, mir vorzustellen, wie er wohl wäre, wenn er von Anfang an bei uns gewesen wäre. Aber das gelingt mir nicht. Er ist eben der, der er ist, bei den Benders aufgewachsen mit unseren Genen, mit ihrem Lebensstil und mit seinen eigenen Entscheidungen. Und damit ist er mir sozusagen ganz neu als Gut von Gott anvertraut. Völlig anders, als wenn die Vertauschung nicht passiert wäre, aber ich soll ihn jetzt genauso im Sinne Gottes und mit seiner Hilfe bewahren. Verstehst du, wie ich das meine?“

Katrin nickte. „Ich glaube, ja."

Mona spielte ein wenig mit ihrem Weinglas, bevor sie fortfuhr: „Liebe habe ich wahrscheinlich selbst genug für ihn. Aber schon bei der Geduld hapert es." Es war ihr fast ein bisschen peinlich, das zuzugeben. „Ich würde ihn am liebsten jeden Tag anrufen und fragen, wie es ihm geht. Und dass die Benders David nicht kennenlernen wollten, dafür hatte ich überhaupt kein Verständnis. Na gut, seit ich mich mit Frau Bender getroffen habe, verstehe ich manches vielleicht ein wenig besser. Aber jedenfalls merke ich ständig, wie viel Hilfe ich brauche, um Tim nicht zu überfordern oder noch weiter zu verunsichern, indem ich einfach nur meinen eigenen Bedürfnissen folge. Ich will ihn, nachdem wir mit unserem Schweigen damals schon verkehrt gehandelt haben, wenigstens jetzt als mir von Gott anvertrautes Gut richtig bewahren. Das finde ich total schwierig." Sie grinste. „Aber wie gesagt, so langsam genieße ich es auch."

Katrin hob ihr Weinglas. „Der Gedanke gefällt mir. Wenn Gott dir so viel Gut anvertraut hat, dann bist du ja eine Gutsbesitzerin. Auf dein Wohl, Frau Gutsbesitzerin. Ich muss glatt mal überlegen, welches Gut Gott *mir* anvertraut hat, damit ich es bewahre."

Am Ende der Woche

Drei Tage später war Gerds letzter Arbeitstag. Am nächsten Morgen sollte es in aller Frühe losgehen. Gabi hatte ihre eigenen Sachen gepackt und auch den Koffer für Gerd. Tim hatte irgendwann einmal entschieden, dass er seinen Koffer selbst packen wollte. Ja, er hatte seiner Mutter regelrecht verboten, sich da einzumischen. (Was er nicht wusste, war, dass Gabi in all den Jahren heimlich nachts seinen Koffer inspiziert hatte und in ihren eigenen dann noch das hineingelegt hatte, was bei Tim fehlte. Es war ihm nie aufgefallen, dass sie ganz zufällig immer die Dinge dabeihatte, die er vermisste, wenn sie in Norwegen waren.)

„Brauchst du Hilfe? Ach nein, du brauchst ja keine Hilfe", war Gabis Standardspruch, wenn Tim sich ans Kofferpacken machte.

„Brauche ich Hilfe? Ach nein, ich brauche ja keine Hilfe", war Tims Standardantwort.

Diesmal hätte er ihre Hilfe gern in Anspruch genommen. Nicht, weil er sie brauchte, sondern weil es das letzte Mal war. Seine erste Tat nach dem Abi – sie zog wirklich eine Menge letzter Taten nach sich. Das hatte er gar nicht bedacht.

Der letzte Besuch bei Liegers. Den hatte er schon hinter sich.

Die letzte Radtour mit Eeke. Die hatte er auch hinter sich.

Das letzte Mal in seinem Bett schlafen. Das würde diese Nacht kommen.

Er mochte gar nicht nachdenken über die vielen anderen letzten Taten, die er schon vollbracht hatte oder noch vollbringen würde. Und das alles, weil er sich ausgerechnet für diese eine erste Tat entschieden hatte. Er wusste nicht genau, ob er das bereuen sollte. Aber jetzt war es zu spät, darüber nachzudenken. Er würde es irgendwann bereuen, wenn er es jetzt bereute.

Also packte er alles ein, was er brauchen würde. Und dann noch alles das, was er vielleicht nicht brauchen würde. Aber was er eben dringend brauchen würde, wenn …, nun ja, wenn es zu seiner ersten Tat kommen würde. Und dann setzte er sich neben seinen gepackten Koffer und wusste nicht, was er jetzt noch als Letztes tun sollte. Es gab so viele letzte Taten, die man vollbringen konnte, bevor die erste Tat alles veränderte.

Er wollte nicht durchdrehen, jetzt, wo er so weit gekommen war mit seiner Planung. Daher steckte er nur eben den Kopf aus der Tür und rief Gabi zu, dass er schon schlafen gehen wollte. Sie hätten schließlich einen anstrengenden Tag vor sich.

Gabi verstand ihn. Jedenfalls glaubte sie, dass sie ihn verstand. Natürlich verstand sie in Wirklichkeit gar nichts. Aber dafür konnte sie ja nichts.

Tim war sich sicher, dass er die ganze Nacht kein Auge zutun würde, doch er schlief tief und fest in dieser letzten Nacht vor einer Reise, von der er nicht zurückkommen würde, falls er seine erste Tat tatsächlich begehen sollte, die ihn dann von allem wegführen würde, was sein bisheriges Leben ausgemacht hatte. Es war etwas verwirrend.

Vermutlich hatte die Verwirrung ihn so ermüdet.

Die Fahrt nach Norwegen war stressig wie immer. Gerd fuhr die ganze Zeit selbst. Kein Gedanke daran, sich mit Gabi abzuwechseln. Schon gar kein Gedanke daran, Tim auch mal ans Steuer zu lassen. Sie hatten beschlossen, dass er erst nach Norwegen mit der Fahrschule anfangen sollte. Nein, *Gerd* hatte das beschlossen, und es war ihm nicht mal aufgefallen, dass Tim nicht protestiert hatte. Falls Gabi sich darüber gewundert haben sollte, so behielt sie es für sich. Und falls sie sich darüber wunderte, dass ihr Sohn auf dieser langen Fahrt in den Norden so schweigsam war, dann behielt sie auch das für sich.

Die endlosen Stunden Fahrt, die Streitereien, wenn Gerd müde war, die Pausen, in denen keiner sich wirklich erholte. Die Raststätten und das Auftanken, die Knabbereien im Auto und das warme Mittagessen in irgendeinem Restaurant am Straßenrand, die diversen Autofähren – alles das waren letzte Taten für Tim. Er versuchte, sie zu genießen, so wie er sie doch früher immer genossen hatte. Er hatte gedacht, als letzte Taten würde er sie ganz besonders genießen, aber es gelang ihm nicht. Es war einfach nur eine traurige Kette von letzten Malen. Es machte ihm nicht einmal mehr Spaß, Gesprächsfetzen der Norweger aufzuschnappen und zu versuchen, sie als *bokmal* oder *nynorsk* einzuordnen.

Und dann fuhren sie an ihrem diesjährigen „Schlauch“ entlang. Es hätte eine gewisse Wiedersehensfreude da sein sollen, aber irgendwie hatte sich doch vieles verändert, seit sie im letzten Jahr hier gewesen waren. Sie sprachen alle ihr Bedauern darüber aus, aber Tim war im Grunde genommen froh darüber. *Wenn man schon einen Mord begeht*, dachte er, *sollte man es nicht in vertrauten Gegenden tun. Nicht im eigenen Haus, nicht im eigenen Garten, möglichst nicht mal in der eigenen Stadt. Und auch nicht in einer Gegend, mit der man schöne Erinnerungen verbindet.*

Der Prospekt hatte nicht gelogen. Als sie endlich übermüdet und jeder aus eigenen Gründen mit den Nerven am Ende in ihrem Urlaubsort ankamen, stellten sie fest, dass sie tatsächlich weit ab von Massentourismus gelandet waren. Nun ja, weitab ist ein relativer Begriff. Aber das Häuschen stand außer Sichtweite von anderen Ferienhäusern, war umgeben von viel Grün, man bildete sich beinahe ein, das Wasser zu hören und zu riechen, obwohl es noch einen zehnminütigen Spaziergang entfernt war. In den nächsten Tagen sollte Tim feststellen, dass es eine Menge ruhige versteckte Plätze gab, in denen man völlig ungestört abschalten, ausruhen und neue Kraft tanken konnte. Oder einen Mord begehen. Je nachdem.

„*Ha det bra*", begrüßten die Vermieter sie wie immer, als sie sich den Schlüssel zu ihrer „Hytte" abholten.

„Hab es gut", hieß das oder: „Lass es dir gut gehen." Früher hatte Tim diesen Gruß gemocht. Jetzt dachte er nur: *Frommer Wunsch …*

Die ersten Tage vergingen langsam, wie das ja immer in den ersten Ferientagen der Fall ist. Gabi genoss die Ruhe und die Dreisamkeit. Gerd genoss es, keine Kollegen, Vorgesetzten oder Kunden um sich herum zu haben. Tim tat so, als genieße er seine letzten Sommerferien vor dem Unistress.

Sie erlebten ein paar erholsame Tage. Manchmal gemeinsam am Ufer des Fjord. Manchmal Tim allein, manchmal er und Gerd, manchmal er und Gabi.

Und Tim wartete auf die Entscheidung des Schicksals.

Und dann ging alles ganz schnell. So erschreckend schnell. Und unglaublich einfach.

Am ersten von ihm gewählten Tag kam seine Konstellation nicht. Er wusste nicht, ob er sich darüber freuen oder ärgern sollte. Aber beim nächsten Mal … es war sein Tag geworden, seine Konstellation. Er hatte sie nicht ausgewählt und also konnte er auch nichts dafür. Und also war er auch nicht schuldig. Fühlte sich nicht schuldig. Zumindest noch nicht. Das konnte ja noch kommen, und dann musste er damit umgehen. Alles zu seiner Zeit.

Er stand bis zu den Knien im kristallklaren Wasser und blickte auf das blasse leblose Gesicht zu seinen Füßen. Eher eine verzerrte Fratze. Interessant. Es war vielleicht keine besondere Leiche. Aber eben seine Leiche. Seine erste Leiche. Ob wohl noch andere folgen würden? Er hatte mal gelesen, dass nur der erste Mord Überwindung kostete. Danach gewöhnte man sich irgendwie daran.

Dabei war es noch nicht einmal besonders schwierig gewesen. Im Gegenteil. Fast enttäuschend einfach. Während er geistesabwesend mit seinem knallroten Hemd das Messer abwischte – vom Griff die Fingerabdrücke und von der Klinge das Blut –, fragte er sich, ob das alles diesen monatelangen Aufwand überhaupt wert gewesen war. Die Heimlichkeiten. Die endlosen Fahrten durch die Stadt. Alle Pläne und Vorbereitungen. Das stundenlange Grübeln und Verwerfen und Umdenken.

Für das da?

Er warf noch einen letzten Blick auf das Gesicht zu seinen Füßen. Auf die verständnislos weit geöffneten, starrenden Augen. Dann warf er Hemd und Messer achtlos hinter sich. Nur einen Augenblick beobachtete er, wie sie Kreise im Wasser zogen, dann wandte er sich ab.

Er watete aus dem Fjord heraus, öffnete seine Tasche und zog das unauffällige graue T-Shirt heraus und die dunkelblauen Bermudas. Er hatte sie schon vor Wochen in irgendeinem Kaufhaus gekauft. Und dann hatte er sie heute Morgen in die Tasche gepackt. Noch bevor er wusste, ob dies sein Tag werden würde, seine Konstellation. Er musste vorbereitet sein.

Er zog beides an und wunderte sich. Er hatte gedacht, dass er sich mit dieser Kleidung nun wie ein anderer fühlen würde. Aber er fühlte sich noch immer genau wie Tim. Ein wehmütiger Blick auf seine bunten Shorts und das grellrote Hemd. Auch die phosphorgelbe Mütze entrang ihm ein kurzes trauriges Lächeln. Aber er konnte sich jetzt keine Sentimentalitäten leisten. Er zog die weiße Kappe aus seiner Tasche, setzte sie auf und drehte sich um. All die Dinge dort auf dem Boden und besonders die Fratze im Wasser musste er hinter sich lassen.

Trotzig und traurig marschierte Tim Bender davon, in sein neues eigenes selbst geschaffenes Leben.

Viel, viel später

Er arbeitete, so wie er es sich vorgenommen hatte, in dem kleinen Behindertenzentrum. Er pflegte Idioten und Krüppel und stellte bald fest, dass sie Namen hatten und Gesichter, Stärken und Schwächen, Vorlieben und Abneigungen.

Er stellte fest, dass er sie mochte. Manche mehr, manche weniger, aber das Verwunderliche für ihn war, dass er sie überhaupt mögen konnte. Es lag an ihnen, auch das stellte er fest.

Er hatte es seinem Direktor bekannt: „Wissen Sie, manche von ihnen mag ich wirklich sehr. Jenny und Mary zum Beispiel und Mike und Ben und Chris natürlich. Aber andere – ich finde sie okay, aber nicht mehr."

Der Direktor war nicht beeindruckt gewesen. „Und? Was weiter? Manche Leute mag man eben mehr und andere weniger. Das ist schlicht und einfach menschlich. Was hast du denn erwartet?"

Darauf wollte Tim lieber nicht antworten. *Wahrscheinlich habe ich nicht erwartet, dass sie menschlich sein würden.* Er sagte es nicht, er dachte es nur.

Dabei waren sie so … so menschlich, wie man nur sein konnte. Da war vor allem Chris, ein unglaublich pfiffiger süßer kleiner Downie. Tim, der sich eigentlich nicht viel aus kleinen Kindern machte, war absolut verliebt in ihn. Da war Mary, eine schwerstbehinderte junge Frau, die angezogen, gewaschen, gefüttert, gewickelt werden musste. Tim hatte nichts damit zu tun, das machten die Frauen im Team. Er wusste nur, dass sie völlig hilflos war. Aber ihre Augen! Sie verfolgte alles um sich herum, ihre Augen drückten Freude aus oder Unwillen, Langeweile oder Begeisterung. Wenn Tim Klavier spielte, suchte er immer ihre Augen. Erst wenn er Begeisterung in ihnen sah, war er selbst zufrieden mit seinem Spiel. Oft, wenn er Mary ansah, musste er an diesen Uwe denken, von dem Katrin ihm einmal erzählt hatte. Ob Mary jemals Tabletten gesammelt hatte, um Selbstmord zu begehen? Er konnte es sich kaum vorstellen. In ihren Augen war so viel … so viel Lebenswille.

Da war Ben, der den ganzen Tag über dummes Zeug redete. Jedenfalls nannte Tim es so. Aber wenn er sich einsam fühlte, traurig war, Heimweh hatte, suchte er immer Bens Nähe. Dann plauderten sie über all die Abenteuer, die Ben mit dem großen Löwen erlebt hatte. Ben machte aus allem Geschichten. Vor einiger Zeit hatte er einen Löwen im Zoo gesehen, und seitdem war er Löwenbändiger im Zirkus, Großwildjäger in Afrika und Tarzan zur gleichen Zeit. Ben war geistig behindert, aber körperlich und sprachlich so fit wie Tim. Sie tobten gemeinsam durch den Garten, entweder auf der Flucht vor oder auf der Jagd nach dem Löwen. Und interessanterweise war es immer Ben, der sie irgendwann in die Wirklichkeit zurückholte.

„Okay, lass uns eine Pause machen und den Löwen sich selbst überlassen. Ich brauche was zu essen."

Mit seinen vielen verrückten Ideen und dem ständigen Hungergefühl erinnerte er Tim immer ein bisschen an Eeke. Und wie bei Eeke fühlte er sich immer ein wenig überlegen und gleichzeitig einfach unglaublich wohl in seiner Gesellschaft. Derselbe alte Tim. Nichts hatte sich verändert.

Er wünschte sich durchaus nicht jede Minute, dass er endlich fliehen könnte. Nur ungern gab er es vor sich selbst zu, aber zunehmend genoss er diese Arbeit, die doch als Strafe gedacht gewesen war.

Es machte ihm besonders viel Spaß, für sie Klavier zu spielen auf diesem alten Ding, das im Aufenthaltsraum herumstand. Einige tanzten dazu, manche bewegten sich nur in ihren Rollstühlen im Takt hin und her. Alle liebten die Musik. Manche streichelten ihm nach dem Spiel oder auch einfach mittendrin über die Wange oder gaben ihm einen Kuss. Und was den gefeierten Künstler immer angewidert hatte, berührte den flüchtigen Volontär auf eine Weise, die er sich selbst nicht erklären konnte.

Keiner von ihnen hielt ihn für ein Genie. Sie hielten ihn einfach nur für einen Freund.

Er dachte oft an seine Eltern, und wenn er an seinen Vater dachte, dann dachte er an Gerd Bender, nicht an Rolf Liegers.

„Es gibt einfach viele Dinge, die verbinden mich nur mit David", hatte Katrin einmal gesagt. „So wie es ja auch viele Dinge gibt, die dich eben nur mit deinen Eltern verbinden."

Sie hatte recht gehabt.

Er hätte seine große Schwester gerne wiedergesehen und über Gott und die Welt mit ihr diskutiert. Und er vermisste Gabi, seine Mutter. Mein Gott, wie er sie vermisste. Selbst Gerd fehlte ihm. Es war unfassbar, aber wahr. Monatelang hatte er damit verbracht, zu planen, wie er Gerd loswerden konnte, und jetzt vermisste er ihn. Er hätte auch Rolf und Mona gern wiedergesehen und sie besser kennengelernt. Und er hätte gerne mit David Kekse gebacken. Das machten sie hier häufig, und er hatte nicht geahnt, wie viel Spaß so etwas brachte.

Er vermisste sie alle entsetzlich, und nach einem Jahr, zwei Monaten und elf Tagen schrieb er einen Brief an Katrin. Er war lang und umständlich und mit hundert Verbesserungen gespickt, aber er selbst war genauso durcheinander wie der Brief, und deshalb schickte er ihn auch so ab. Zum Schluss schrieb er: „Kannst du herkommen? Bitte! Sag niemandem etwas davon. Ich muss mit dir reden."

Sie würde ihm auch juristisch helfen können.

Eine Woche später

„Ich möchte gern einen Wochenendtrip nach London machen“, verkündete Katrin, während sie die Kakaobecher auf den Tisch stellte.

„Ich denke, du bist so im Stress.“

„Bin ich auch, aber ich habe jemandem versprochen, etwas für ihn zu tun, und dazu muss ich nach England.“

Rolf betrachtete seine Tochter einen Moment lang kritisch. Sie war seit ein paar Tagen ziemlich merkwürdig, unkonzentriert und wirkte manchmal nahezu verwirrt. „Brauchst du irgendwie Hilfe?“, wollte er wissen.

„Nein, und ich wäre dankbar, wenn ihr keine Fragen stellen würdet. Es ist Teil des Versprechens.“

„Hat es etwas mit dem Brief zu tun, der diese Woche aus England gekommen ist?“, fragte ihre Mutter. Rolf wusste nichts von einem Brief aus England und sah Katrin erwartungsvoll an. Sie nickte jedoch nur, ohne weitere Informationen zu geben.

„Müssen wir uns Sorgen um dich machen?“, wollte Mona wissen.

Katrin lächelte ihr aufmunternd zu. „Nein, bestimmt nicht.“

„Okay. Dann viel Spaß.“

Ich bezweifle, dass ich Spaß haben werde, dachte Katrin, aber laut sagte sie: „Das will ich doch hoffen!“

Sie hatte Tim gemailt, wann sie in Heathrow ankommen würde, Zeit, Gate, Airline. Er wartete auf sie, und als sie ihn sah, ließ sie ihre Tasche fallen, rannte auf ihn zu und nahm ihn in den Arm. Ganz fest. Ganz lange. Sie weinte. Es war kein

Schluchzen, einfach nur Tränen, die flossen und flossen und flossen. Er weinte auch, aber er merkte es nicht.

Als Katrin ganz leer geweint war, ließ sie Tim los und sah ihn an. „Wenn ich eine deiner vielen Mütter oder Väter wäre, würde ich dich jetzt übers Knie legen."

Tim lächelte kläglich. „Das wird wahrscheinlich noch kommen."

„O Gott, die kriegen alle miteinander einen Herzinfarkt."

Sie mussten einen Zug nehmen, danach einen Bus, dann noch einmal umsteigen in einen anderen Bus. „Ich hab dir ein Zimmer in einer kleinen Ferienpension reserviert."

Sie hatten während der ganzen Fahrt nicht viel gesprochen. Tim hatte an diesem Wochenende frei, und er nahm an, dass Katrin gern das Zentrum besuchen wollte. Er täuschte sich.

„Das Einzige, was ich im Moment will, ist mit dir zusammenzusitzen, zu reden oder besser gesagt: zu hören und zu verstehen. Damit werden wir wahrscheinlich völlig ausgelastet sein."

Ja, wahrscheinlich.

Sie hatte ihm alle Zeitungsausschnitte mitgebracht von seiner Ermordung. Er las nur die Schlagzeilen:

„Brutaler Mord an einem Studenten"

„Deutscher Schüler brutal abgeschlachtet"

„Blutige Kleidung, aber keine Spur von der Leiche"

Katrin beobachtete ihn beim Lesen. „Du hast es wirklich großartig inszeniert", sagte sie leise.

„Ich weiß", antwortete er ebenso leise. „Was ich mache, mache ich meistens ziemlich gut."

Es dauerte sehr lange, bis er sich zu fragen traute: „Wie geht es meinen Eltern?"

„Furchtbar. Wir haben lockeren Kontakt. Jedenfalls mit

deiner Mutter. Sie können's nicht überwinden. Vor ungefähr einem halben Jahr wollten sie sich scheiden lassen. Aber sie sind noch zusammen. Wahrscheinlich mehr aus Gewohnheit als aus Überzeugung."

Später fragte er: „Und wie geht's deinen Eltern?"

„Es hat uns alle zerrissen", antwortete Katrin leise. „Unser Leben ging äußerlich vielleicht noch relativ normal weiter. Aber wirklich nur äußerlich. Mam leidet noch immer darunter, dass sie dich nie in den Arm genommen hat. Sie hat es immer gewollt und sich nie getraut. Und Paps? Er hat seinen Sohn verloren, so etwas verwindet man nicht so einfach, egal, wie komisch alles vorher war." Sie schwieg einen Moment. „Mir geht's ja genauso. Ich dachte, ich hätte meinen Bruder verloren, egal, wie komisch alles vorher war. David haben wir erst gar nichts erzählt. Es war schon schwierig genug für uns. Aber er hat natürlich gespürt, dass etwas nicht in Ordnung ist, und einmal, als wir Samstagvormittag losgehen wollten, fragte er: ‚Bim?' Da hab ich's ihm gesagt. Ich denke, er hat es verstanden. Jedenfalls war er wirklich traurig."

Sie schwiegen lange.

„Katrin, glaub mir, ich weiß, was ich euch angetan habe", sagte er einmal leise.

Katrins Tränen flossen schon wieder ohne Ende. „Nein, Tim, glaub mir, das weißt du nicht." Sie trocknete sich die Tränen und sah Tim direkt in die Augen.

„Hör zu, ich will jetzt wirklich nicht den Moralapostel spielen, aber ich glaube, du hast nicht die geringste Ahnung, was du uns angetan hast. Ich will jetzt gar nicht von dieser entsetzlichen Trauerfeier reden, wo ich deine Mutter zum ersten Mal gesehen habe. Sie saß total versteinert da."

Auch Tim wischte sich jetzt möglichst unauffällig die Tränen weg. Konnte Katrin sich nicht denken, dass ihn diese

Vorstellung schon die ganze Zeit über mehr plagte als alles andere?

„Sie besucht uns manchmal. Sie wirkt noch immer so versteinert. Sie sagt es selbst: *Es gibt kein Leben mehr bei uns. Mein Mann geht zur Arbeit wie ein Automat, ich sitze zu Hause wie ein Automat.*"

Tim schluckte. *Ich habe doch gewusst, dass ich Leben zerstöre. Warum wundert es mich jetzt, dass es funktioniert hat?* „Sie hat euch gesagt, dass sie sich scheiden lassen wollten?"

„Sie hat es eher beiläufig erwähnt. Sie sagte mal, dass sie darüber gesprochen hätten, aber eigentlich sei es ja auch egal, ob jeder für sich wie ein Automat dasitzt oder ob sie das nebeneinander tun."

Das Bild seiner versteinerten Eltern ließ ihn nicht los. „Das habe ich nicht gewollt", flüsterte er.

„Was hast du denn dann gewollt?", fragte Katrin leise.

„Wie soll ich das erklären?" Tim suchte verzweifelt nach Worten. „Ich wusste einfach keinen anderen Ausweg. Ich dachte, wenn ich diesen alten Tim ermorde, der sowieso zu keinem gehört, dann könnte ich einen neuen Tim leben lassen. Einen, der sich selbst aussuchen kann, wohin er gehören will. Ich dachte sogar, das könnte ich ja immer wieder machen, wenn irgendwas schlecht läuft. Einfach den alten Menschen wegwerfen, woanders hingehen und neu anfangen. Aber es funktioniert nicht. Ich weiß nicht, wie ich das erklären soll. Ich konnte den alten Tim nicht loswerden."

„Nein", sagte Katrin leise, „das kann man wohl nicht."

„Und ich konnte auch keinen neuen Tim schaffen."

Wieder nickte Katrin. „Nein, das konntest du ganz sicher nicht. Das kann keiner. – Außer natürlich einer", fügte sie mit einem müden Lächeln hinzu.

Tim ahnte, das sie Gott damit meinte, aber er hatte nicht

die Energie, darauf einzugehen. Er dachte an seinen Oberschenkel. Immer hatte er gehofft, es würde eine Narbe bleiben, wo er sich aufgeschlitzt hatte, um sein Blut auf dem Messer zu hinterlassen. Aber die Wunde war vollständig verheilt. Nichts wies darauf hin, dass hier ein neuer Tim entstehen sollte. Da war nur der alte Tim selbst, den er Tag für Tag im Spiegel sah.

Er dachte auch an seinen letzten Blick auf seine „Leiche". Er hatte sein Spiegelbild dort im Wasser gesehen, verzerrt und unwirklich, und war irgendwie stolz darauf gewesen, dass er sie alle getäuscht hatte. Idiot, der er war. Wen hatte er denn getäuscht außer sich selbst?

Hatte er nicht gemeint, Gerd die Schuld an allem geben zu können? Nur weil die Idee mit dem „nur über meine Leiche" von ihm gekommen war? Aber in die Tat umgesetzt hatte er die Idee. Er, Tim Bender, niemand sonst.

Hatte er nicht gemeint, dem Schicksal die Schuld geben zu können? Weil es ihm seine Konstellation gab an dem Tag? Aber *er* hatte diesen Tag bestimmt, *er* hatte all diese Vorbereitungen getroffen, *er*, Tim Bender, er ganz allein.

Mal ganz ernsthaft: Wen hatte er jemals zu täuschen versucht, ohne sich selbst zuallererst zu täuschen? Er fand keine Antwort auf diese Frage.

„Ich wusste natürlich, wie schmerzlich das für alle werden würde", flüsterte er. „Am meisten hab ich dabei an Gabi gedacht. Und jetzt im Nachhinein weiß ich auch nicht, warum mich nicht allein dieser Gedanke von allem abgehalten hat."

Katrin holte tief Luft. „Ich könnte jetzt natürlich sagen, dass du einfach egoistisch gewesen bist und nicht an unsere Gefühle gedacht hast. Aber im Grunde war ich genauso egoistisch. Ich fand es einfach super, einen zweiten Bruder zu haben und hab mir auch nicht sehr eingehende Gedanken über deine Gefühle gemacht. Nimmt sich also nicht viel."

„Immerhin hast du keinen Mord vorgetäuscht."

„Nee, das hab ich nicht."

„Sagt … sagt meine Mutter irgendwas über meinen Vater?"

„Selten. Einmal sagte sie, dass er nicht mehr im Schlafzimmer schläft, sondern in deinem Zimmer, und dass er die Vorhänge nicht zuzieht. Sie hat das gar nicht ärgerlich gesagt, es hörte sich eher an wie eine Vereinbarung zwischen ihnen. Ich hab nicht verstanden, was sie damit meinte."

Aber Tim verstand. „Meine Uhrwand. Er hat mir immer gesagt, ich sollte abends die Gardinen zuziehen, aber ich wollte nicht, weil ja dann meine Uhrwand nicht funktioniert hätte."

Katrin konnte nicht ahnen, welche Bedeutung das für ihn hatte.

„Weißt du, ich habe mir in diesen letzten Monaten viele Gedanken über meine Eltern gemacht. Wie sie das verkraften. Über meine Mutter mochte ich gar nicht nachdenken, aber wenn ich über meinen Vater nachgedacht habe – na ja, ich hab mir alles Mögliche vorgestellt, aber jedenfalls nicht, dass er sich in mein Zimmer legt und meine Uhrwand benutzt."

Katrin machte sich gerade über etwas ganz anderes Gedanken. „Du hast vorhin gesagt, du wolltest dich sozusagen neu erfinden, weil du ohnehin zu niemandem gehörst. Aber fällt dir eigentlich auf, dass du die ganze Zeit von *deiner Mutter* und von *deinem Vater* redest? Und immer meinst du damit Gabi und Gerd Bender. Tim, ich glaube, du weißt im Grunde deines Herzens ganz genau, wohin du gehörst."

Darüber musste Tim erst einmal nachdenken. Konnte das sein? Er hatte sie alle in diesen letzten Monaten so entsetzlich vermisst. Ständig hatte er an sie gedacht. Am allermeisten an Gabi. Aber gleich danach? *Ja*, gestand er sich ein, *gleich danach an Gerd. Trotz allen Ärgers. Trotz aller Wut.* Er war wohl doch … Ben-Gerd. Sohn von Gerd. Ein bisschen konnte er sich auch vorstellen, Ben-Rolf zu sein. Aber das müsste sich irgendwie entwickeln. Ben-Gerd war er schon. Vielleicht hatten die Orientalen doch nicht so unrecht damit, sich nach ihren Vätern zu benennen. Man konnte sie nicht so einfach abschütteln.

Tim holte aus seiner Brieftasche ein Foto heraus. Es zeigte Chris, diesen pfiffigen kleinen „Downie“, der ihn gerade mit einem strahlenden Lächeln umarmte. Sein Mund war kakaoverschmiert, und es hatte Tim überhaupt nichts ausgemacht, von ihm abgeküsst zu werden.

Davon musste er Katrin erzählen. „Da ist so ein kleiner Junge mit Down Syndrom. Der hat keinen Vater mehr. Er hat überhaupt keine Angehörigen, oder vielleicht besuchen sie ihn nur nicht. Aber er ist immer quietschvergnügt. Jeden Morgen, wenn er mich sieht, fragt er als Erstes: ‚Hi Timtim, are you kay?‘ Und wenn ich mal nicht so gut drauf bin, dann hängt er sich an mich und erdrückt mich fast vor lauter Liebe. Und da ist noch einer, Ben, so ein Typ, der ständig verrückte Ideen hat. Du wirst es kaum glauben, aber die beiden haben mir immer wieder über die schwierigsten Zeiten hinweggeholfen.“

Katrin musste lächeln. „Doch, das glaube ich dir sofort.“

Auch Tim musste lächeln. Er hatte plötzlich David und Katrin vor Augen, wie sie miteinander umgingen. Ja, das stimmt, Katrin verstand ihn in diesem Punkt ganz sicherlich. „Ich wollte ja eigentlich zu niemandem mehr gehören. Aber Chris und Ben und auch noch so ein paar andere hier geben mir irgendwie immer ein bisschen das Gefühl, dass ich dazugehöre.“

Auch das konnte Katrin gut verstehen. Sie nickte. „Wenn man geliebt wird, gehört man dazu, dagegen kann man wahrscheinlich gar nichts machen."

Ich bin geliebt, also bin ich, fiel Tim wieder ein. *Ich bin geliebt, also gehöre ich dazu. Dagegen kann ich gar nichts machen. Warum um alles in der Welt wollte ich überhaupt etwas dagegen machen?* Es fiel ihm im Moment nicht ein.

Sie redeten und schwiegen und weinten und redeten und schwiegen. Es war inzwischen lange nach Mitternacht.

„Das ist das erste Mal, dass ich nicht pünktlich zurück ins Zentrum komme", sagte er einmal. Sie lächelte nur müde.

Irgendwann kurz vor Sonnenaufgang schlief sie ein. Er deckte sie zu und betrachtete sie lange. Er erinnerte sich plötzlich an das erste Treffen in der Mensa. Vor ungefähr hundert Jahren. Damals hatte er gedacht, alle hätten ihm Unrecht getan. Na, das hatte er jetzt gründlich ausgeglichen. *Rache total.* Aber es war nicht einfach nur Rache gewesen. Oder doch? Falls ja, dann wusste er jetzt jedenfalls, dass das Sprichwort log. „Rache ist süß", hieß es doch. Das stimmte nicht. Rache war bitter. Entsetzlich bitter.

Schließlich schlief er ein.

Katrin wachte als Erste auf. Sie betrachtete ihn lange, so wie er sie vorher betrachtet hatte. Sie dachte nicht an ihre erste Begegnung in der Mensa. Sie dachte an die Zeitungsausschnitte, die sie ihm nicht gezeigt hatte. Die Todesanzeigen. Es waren vier gewesen, eine von Benders, eine von Liegers, eine von seiner Abi-Abschlussklasse und eine von einem Freund mit einem komischen Namen.

In tiefer Trauer. Seine Eltern.

In tiefer Hoffnung auf die Barmherzigkeit Gottes. Mona und Rolf Liegers, Katrin und David.

Wir werden dich nie vergessen. Deine Mitschüler.

Warum, Tim? Warum Tim? Eeke

Sie dachte an die Trauerfeier mit dem leeren Sarg. Weil man die Leiche nicht finden konnte. Nur sein Hemd mit seinem Blut daran. Und ein Messer. Auch mit Spuren von seinem Blut.

Sie betrachtete ihn, und obwohl sie die ganze Nacht darüber geredet hatten, konnte sie noch immer nicht verstehen, wie er ihnen das hatte antun können. Aber sie ahnte, dass er es vielleicht selbst nicht mehr so recht verstand.

Als er aufwachte, saß sie noch immer so da. Lange Zeit herrschte ein peinliches Schweigen zwischen ihnen.

„Gibt's hier eigentlich ein vernünftiges Frühstück?", fragte Katrin schließlich.

„Keine Ahnung. Wollen wir es rausfinden?"

„Was bleibt uns übrig?"

Die Vermieterin sah Tim strafend an. „You have a reservation for one person only."

„I know. I'm sorry. She is my sister."

„I bet she is. You pay for a double room."

„Sure. No problem."

Sie genossen das Frühstück. Sie hatten eine entsetzliche Zeit hinter sich. Und eine entsetzlich schwierige Aufgabe vor sich. Aber im Moment hatten sie eine entsetzte Vermieterin neben sich, die sie für ein unmoralisches Liebespärchen hielt. Die alle zwei Minuten an ihrem Tisch vorbeiging und sie abwechselnd mit bitterbösen Blicken bedachte. Das musste man einfach genießen.

Als sie wieder zurück auf ihrem Zimmer waren, sahen sie sich einen Moment lang an – und dann platzten sie heraus mit dem Lachen. Sie lehnten beide noch an der Tür und rutschten nun langsam daran herunter, hockten auf dem Boden und hielten sich den Bauch vor Lachen.

„So was ist mir ja noch nie passiert", japste Katrin endlich.

„So was kann dir auch nur mit mir passieren", japste Tim zurück.

Das wirkte. Sie hielten beide schlagartig inne. Sie sahen sich an. Sie schluckten.

„Das stimmt", sagte Katrin sehr ernst. „Wir beide, wir haben was ganz Besonderes."

„Und das wollte ich wegwerfen", murmelte Tim ganz erschüttert.

„Wir alle miteinander, du und deine Eltern, David und ich und meine Eltern, wir alle haben etwas ganz Besonderes", fügte sie hinzu.

„Und ich wollte das alles wegwerfen", wiederholte Tim noch einmal leise.

Sie standen vom Boden auf und setzten sich wieder an den kleinen Tisch. Die Zeitungsausschnitte lagen noch immer da. Katrin öffnete ihre Aktenmappe, um sie wieder zurückzulegen. Auf der Innenseite ihrer Mappe klebte eine Postkarte. Rembrandts Mose. Die Gesetzestafeln. Gott oben auf dem Berg. Die gottlosen Leute unten im Tal. Der alte Mann Moses zwischen ihnen.

„Gott hat es die ganze Zeit über gewusst. Und er hatte schon beschlossen zu vergeben." Tim starrte auf die Postkarte. Katrin hatte gar nichts gewusst, aber er hatte den Eindruck, als ob sie ihm auch vergeben hatte oder es jedenfalls tun könnte.

Und dann hatte er noch eine ganze Menge Eltern. Ob die ihm vergeben konnten, was er ihnen angetan hatte? Konnte er selbst Gerd vergeben? Denn der hatte ihm auch einiges angetan, sonst wäre das alles doch gar nicht passiert. Vergebung und solche Dinge hatten bislang keine besondere Rolle gespielt in seinem Leben. Tim hatte plötzlich das Gefühl, dass sich das ändern konnte.

„Komm, lass uns nach Hause fahren", sagte Katrin.

Nach Hause. Tim hatte gedacht, das gäbe es für ihn nicht mehr. Aber es war noch da. Er hatte es nicht zerstören können.

Und dann hatten sie es plötzlich sehr eilig. Tim duschte zuerst und rannte hinüber ins Zentrum, während Katrin sich fertig machte, bezahlte und auscheckte. Er schnappte sich seinen Pass und den Briefumschlag mit den Ersparnissen, schloss sein Zimmer ab, sprintete in den ersten Stock, stürzte ins Zimmer des Direktors. Er musste unbedingt ein paar Tage frei haben, erklärte er. Ja, natürlich, er würde wiederkommen. Nein, er würde sie nicht mitten im Semester im Stich lassen. Ganz bestimmt nicht. Aber er musste kurzfristig zurück nach Deutschland. Ja, heute noch. Jetzt sofort. Wegen dringender Familienangelegenheiten.

Er hatte das nur so dahingesagt. Aber während er zurück zur Pension ging, dachte er: *Es sind tatsächlich Familienangelegenheiten. Ich habe nämlich Familie. Sogar ziemlich viel davon. Ich habe sie kaputt gemacht, oder jedenfalls habe ich es versucht, und ich habe nicht die geringste Ahnung, wie ich das wieder hinkriegen soll. Aber sie sind immer noch meine Familie. Irgendwie. Alle miteinander. Egal, wie wütend ich auf sie bin oder war*. Und dann dachte er an den alten Mann Mose, der vor Wut diese Tafeln zerschmissen hatte. Und Gott hatte alles schon vorher gewusst. *Und wenn ich den Thorakurs richtig in Erinnerung habe, hat Gott sogar diese Tafeln noch mal neu gemacht.*

Schon aus einiger Entfernung sah er, dass Katrin vor der Pension auf ihn wartete. Er blieb stehen und atmete einmal tief durch. Dies war jetzt seine letzte Chance. Er konnte einfach mit seinen Ersparnissen und seinem Pass abhauen, irgendwo hingehen und noch einmal versuchen, ein neues Leben anzufangen, sich selbst neu zu erfinden. Vielleicht würde es ihm diesmal ja besser gelingen.

Oder er konnte mit Katrin gehen und versuchen, herauszufinden, was das alles miteinander zu tun hatte: Familie und Liebe und David und Einstein und Dazugehören und Gott. Er stöhnte. *Meine Güte, da brauche ich ja ein ganzes Leben, um das zu verstehen.*

Aber dann fiel ihm etwas ein, und das fand er doch tröstlich: *Immerhin hab ich mich nicht wirklich umgebracht. Ich hab also noch mein ganzes Leben, um das alles zu verstehen.* Und als Katrin ihn sah und ihm zuwinkte, winkte er zurück und ging langsam, aber entschlossen auf sie zu.